JUSTE RETOUR DES CHOSES

Jeffrey Archer est l'auteur de nombreux best-sellers dont *Kane* et *Abel*, *Seul contre tous*, prix Polar international de Cognac, et *Le Sentier de la gloire*, prix Relay du roman d'évasion. Traduits dans le monde entier, ses livres se sont déjà écoulés à plus de 270 millions d'exemplaires et figurent régulièrement en tête des meilleures ventes dans différents domaines (fiction, nouvelles et non-fiction). Marié avec Dame Mary Archer, Jeffrey Archer a deux fils et deux petits-fils.

Paru au Livre de Poche :

CHRONIQUE DES CLIFTON

1. Seul l'avenir le dira
2. Les Fautes de nos pères
3. Des secrets bien gardés
5. Plus fort que l'épée

KANE ET ABEL

LE SENTIER DE LA GLOIRE

SEUL CONTRE TOUS

JEFFREY ARCHER

Juste retour des choses

Chronique des Clifton, 4

TRADUIT DE L'ANGLAIS PAR GEORGES-MICHEL SAROTTE

LES ESCALES

Titre original :

BE CAREFUL WHAT YOU WISH FOR
Publié par Macmillan, 2014.

ISBN : 978-2-253-06620-0 – 1re publication LGF

À Gwyneth

FAMILLE BARRINGTON

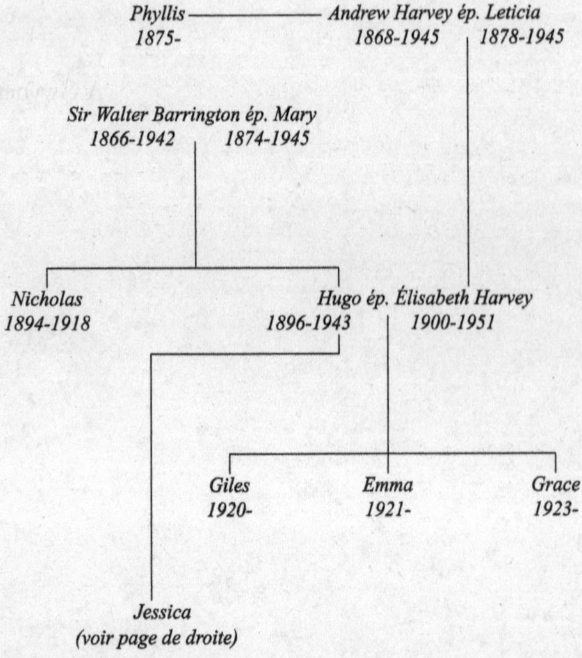

FAMILLE CLIFTON

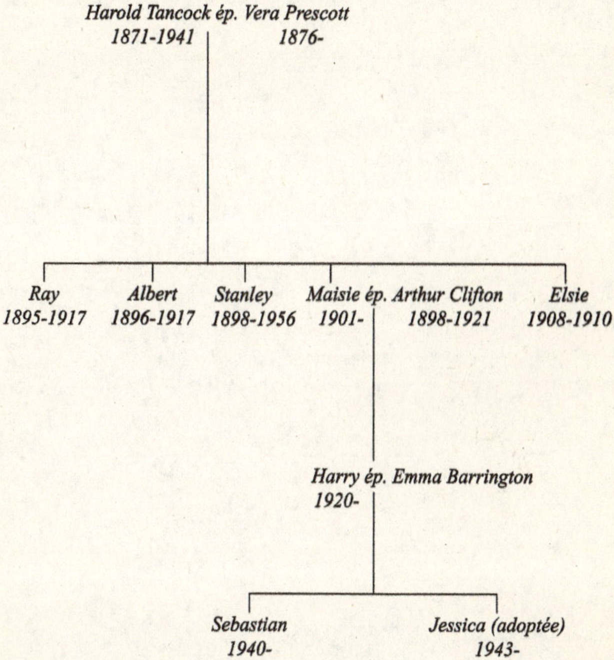

Prologue

Sebastian serra le volant encore plus fort lorsque le camion qui le suivait toucha son pare-chocs arrière et poussa la petite MG, éjectant dans les airs la plaque minéralogique. Il essaya d'avancer d'une cinquantaine de centimètres mais il ne pouvait pas rouler plus vite sans heurter le camion devant lui et être plissé entre les deux comme un accordéon.

Quelques secondes plus tard, ils furent projetés en avant une deuxième fois quand le camion de derrière emboutit plus violemment la MG, la propulsant à trente centimètres du camion de devant. Ce fut seulement au moment où le camion de derrière les heurta une troisième fois que les paroles de Bruno ressurgirent dans son esprit. « Es-tu certain d'avoir pris la bonne décision ? » Il jeta un coup d'œil à son ami Bruno qui, livide de peur, agrippait le tableau de bord des deux mains.

— Ils essayent de nous tuer ! hurla-t-il. Pour l'amour du ciel, Seb, fais quelque chose !

L'air désemparé, Sebastian regarda vers les voies en sens inverse où un flot ininterrompu de véhicules roulaient en direction du sud.

Lorsque le camion qui les précédait commença à ralentir, Sebastian savait que, pour avoir le moindre espoir de s'en tirer, il devait prendre une décision, et très vite. Il lança un coup d'œil affolé vers l'autre côté de la route, guettant désespérément l'ouverture d'une brèche dans le flot de véhicules. Quand le camion le percuta une quatrième fois, il comprit qu'il n'avait plus le choix.

Il donna un brusque coup de volant à droite, traversa en zigzaguant le terre-plein central et se jeta au milieu des voitures. Il appuya à fond sur l'accélérateur, priant pour qu'ils puissent atteindre les vastes champs qui s'étendaient à perte de vue avant qu'une voiture ne les emboutisse.

Freinant comme des fous, une camionnette et une voiture firent une embardée pour éviter la petite MG qui se précipitait sur elles. L'espace d'un instant, Sebastian crut qu'ils allaient s'en tirer, jusqu'à ce qu'il aperçoive l'arbre qui se dressait devant eux. Ôtant le pied de l'accélérateur, il donna un coup de volant à gauche, mais c'était trop tard. La dernière chose qu'il entendit fut le hurlement de Bruno.

Harry et Emma Clifton

1957-1958

1

Harry Clifton fut réveillé par la sonnerie du téléphone.

Il était en plein rêve mais il ne se rappelait pas le sujet. Peut-être le son métallique persistant en faisait-il partie. Il se retourna à contrecœur et, clignant des yeux, regarda les petites aiguilles vertes phosphorescentes du réveil posé sur la table de chevet : 6 h 43. Il sourit. Une seule personne oserait l'appeler à cette heure matinale. Il décrocha et murmura d'une voix exagérément endormie :

— Bonjour, ma chérie.

La réponse ne fut pas immédiate et Harry se demanda un instant si le standardiste de l'hôtel s'était trompé de chambre. Il s'apprêtait à raccrocher quand il entendit des sanglots.

— C'est toi, Emma ? s'enquit-il.

— Oui.

— Qu'est-ce qui ne va pas ? fit-il avec douceur.

— Sebastian est mort.

Harry ne réagit pas tout de suite, s'efforçant de croire qu'il était toujours en train de rêver.

— Comment est-ce possible ? finit-il par dire. Je lui ai parlé pas plus tard qu'hier.

— Il a été tué ce matin, expliqua-t-elle, à l'évidence incapable de prononcer plus de quelques mots à la suite.

Harry se redressa brusquement, soudain tout à fait réveillé.

— Dans un accident de voiture, poursuivit Emma entre deux sanglots.

Il tenta de rester calme en attendant qu'elle lui explique précisément ce qui s'était passé.

— Ils se rendaient ensemble à Cambridge.

— « Ensemble » ?

— Sebastian et Bruno.

— Bruno a-t-il survécu ?

— Oui. Il est hospitalisé à Harlow mais les médecins ne sont pas sûrs qu'il passe la nuit.

Harry rejeta la couverture et posa les pieds sur le tapis. Il était frigorifié et avait mal au cœur.

— Je vais prendre un taxi pour l'aéroport sur-le-champ et attraper le premier vol pour Londres.

— Moi, je pars immédiatement pour l'hôpital…

Elle se tut brusquement et Harry se demanda un instant si la communication avait été coupée. Puis il l'entendit murmurer :

— Il faut que quelqu'un identifie le corps.

*

* *

Emma raccrocha mais elle mit un certain temps à trouver la force de se lever et de traverser le salon d'un pas chancelant, en s'appuyant sur les meubles, comme un marin durant une tempête. Quand elle ouvrit la porte, elle tomba sur Marsden qui se tenait dans le vestibule, la tête baissée. Ne l'ayant jamais vu montrer la moindre émotion devant un membre de la famille, elle eut du mal à reconnaître leur vieux serviteur en l'être rabougri qui agrippait le manteau de la cheminée pour ne pas tomber. La cruelle réalité de la mort avait arraché son habituel masque de sérénité.

— Mabel vous a préparé un sac de voyage, madame, balbutia-t-il, et, si vous le permettez, je vais vous conduire à l'hôpital.

— Merci, Marsden. C'est très aimable à vous, répondit-elle comme il lui ouvrait la porte.

Il lui prit le bras pour l'aider à descendre les marches jusqu'à la voiture ; c'était la première fois qu'il touchait madame. Il ouvrit la portière et, telle une vieille femme, elle s'affala sur le siège en cuir. Il mit le contact, passa la première et entama le long trajet jusqu'à l'hôpital Princess Alexandra, à Harlow.

Elle se rendit soudain compte qu'elle n'avait appelé ni son frère Giles ni sa sœur Grace pour les mettre au courant. Elle leur téléphonerait dans la soirée car elle aurait alors davantage de chances de les trouver seuls, ne voulant pas partager ce moment en présence de tierces personnes. Elle ressentit une vive douleur au ventre, comme si elle avait reçu un coup de couteau. Qui allait annoncer à Jessica qu'elle ne reverrait plus son frère ? Redeviendrait-elle jamais la joyeuse fillette éperdue d'admiration pour Seb, tournant autour de lui tel un chiot obéissant qui remue la queue ? Il ne fallait pas qu'elle l'apprenne de la bouche de quelqu'un d'autre. Emma devrait donc revenir au manoir le plus vite possible.

Marsden entra dans la cour du garage où il avait l'habitude de faire le plein, le vendredi après-midi. Quand le pompiste aperçut Mme Clifton assise à l'arrière de l'Austin A30 verte, il porta la main à sa casquette. Elle ne répondit pas à son salut et le jeune homme se demanda s'il avait fait quelque chose qui lui avait déplu. Il remplit le réservoir puis souleva le capot pour vérifier le niveau d'huile. Lorsqu'il l'eut refermé, il porta à nouveau la main à sa casquette mais Marsden démarra sans un mot et sans lui laisser les six pence habituels.

— Qu'est-ce qui leur prend ? murmura le jeune gars, la voiture s'éloignant et quittant son champ de vision.

Une fois qu'ils eurent regagné la route, Emma essaya de se rappeler les paroles exactes prononcées d'une voix entrecoupée par le responsable des admissions du *college* Peterhouse. « Madame Clifton, je suis désolé d'avoir à vous annoncer que votre fils a trouvé la mort dans un accident de voiture. » À part ces faits bruts, M. Padgett ne semblait guère en savoir plus. Mais, comme il l'expliqua, il n'était que le messager.

Les questions s'entrechoquaient dans l'esprit d'Emma. Pourquoi son fils se rendait-il à Cambridge en voiture alors qu'elle lui avait acheté un billet de train seulement deux jours plus tôt ? Qui conduisait, Sebastian ou Bruno ? Roulaient-ils trop vite ? Un pneu avait-il éclaté ? Un autre véhicule était-il impliqué dans l'accident ? Tant de questions ! Mais elle doutait que quelqu'un connaisse toutes les réponses.

Quelques minutes après l'appel de M. Padgett, la police avait téléphoné pour demander si M. Clifton pouvait venir identifier le corps à l'hôpital. Elle avait expliqué que son mari se trouvait à New York pour la tournée de promotion d'un livre. Elle n'aurait peut-être pas accepté de le remplacer si elle avait deviné qu'il serait de retour en Angleterre dès le lendemain. Rentrant en avion, il n'aurait pas, Dieu merci, à passer cinq jours à bord d'un transatlantique, seul avec son chagrin.

Tandis que Marsden traversait des villes inconnues – Chippenham, Newbury, Slough –, don Pedro Martinez fit plus d'une fois irruption au milieu des pensées d'Emma. Était-il possible qu'il ait cherché à se venger de ce qui s'était passé à Southampton quelques semaines auparavant ? Mais cela n'avait aucun sens si l'autre passager de la voiture était son fils Bruno. Ses pensées revinrent vers Sebastian au moment où Marsden quittait la Great West Road et prenait la direction du nord pour gagner l'A1, route empruntée par Sebastian seulement quelques heures plus tôt. Elle avait lu quelque part que, lorsqu'une tragédie personnelle survenait, on n'avait qu'un seul désir : revenir en arrière. Elle avait la même réaction.

Le voyage passa rapidement, Sebastian quittant rarement son esprit. Elle se rappela sa naissance, alors que Harry était en prison à l'autre bout du monde, ses premiers pas à huit mois et quatre jours, son premier mot : « Plus ! » Son premier jour d'école et son bond hors de la voiture avant que Harry n'ait le temps de freiner, puis, plus tard, le collège de Beechcroft Abbey, la fois où le directeur avait voulu le renvoyer mais lui avait accordé sa grâce parce qu'il avait obtenu une bourse prestigieuse de l'université de Cambridge.

Tant de joies en perspective, tant de projets à accomplir... jetés d'un seul coup aux oubliettes de l'histoire. Finalement, l'affreuse erreur d'avoir permis au secrétaire général du gouvernement de la persuader de laisser Sebastian participer à son plan pour traduire don Pedro Martinez en justice. Si elle avait repoussé la demande de sir Alan Redmayne, son fils unique serait toujours en vie. Si, si...

Comme ils atteignaient les abords de Harlow, Emma aperçut par la vitre un panneau indiquant la direction de l'hôpital Princess Alexandra. Elle s'efforça de se concentrer sur ce qu'on allait la prier de faire. Quelques minutes plus tard, la voiture franchit un portail en fer forgé qui restait toujours ouvert, avant de s'arrêter devant l'entrée principale de l'hôpital. Emma mit pied à terre et se dirigea vers la porte, tandis que Marsden partait à la recherche d'une place où se garer.

Elle donna son nom à la jeune réceptionniste et le joyeux sourire de celle-ci céda immédiatement la place à une expression de pitié.

— Auriez-vous l'amabilité d'attendre un instant, madame Clifton ? demanda-t-elle en décrochant le téléphone. Je vais avertir le Dr Owen de votre arrivée.

— Le Dr Owen ?

— C'était le médecin de garde lorsque votre fils a été admis ce matin.

Emma hocha la tête et se mit à faire nerveusement les cent pas dans le corridor. Ses pensées, après les souvenirs, se bousculaient dans sa tête. « Qui ? Pourquoi ? Quand ? » Elle ne s'interrompit que lorsqu'une infirmière au col empesé, élégamment vêtue, lui adressa la parole.

— Madame Clifton ?

Emma hocha la tête.

— Venez avec moi, je vous prie, reprit l'infirmière.

Elle la conduisit le long d'un couloir aux murs peints en vert. Aucune parole ne fut échangée. Mais qu'auraient-elles pu se dire ? Elles s'arrêtèrent devant une porte sur laquelle se trouvait l'inscription : Dr William Owen FRCS[1]. L'infirmière frappa, ouvrit la porte et s'écarta pour laisser passer Emma.

Un grand homme svelte au crâne dégarni et à l'air sombre d'un entrepreneur des pompes funèbres se leva derrière son bureau. Elle se demanda s'il lui arrivait de sourire.

— Bonjour, madame Clifton, dit-il, avant de la faire asseoir dans le seul fauteuil confortable de la pièce. Je suis désolé que nous devions nous rencontrer dans d'aussi tristes circonstances.

Elle plaignit le pauvre homme. Combien de fois par jour devait-il prononcer ces paroles ? À sa mine, on devinait que c'était toujours aussi difficile.

— Il y aura, hélas, pas mal de formalités administratives, mais avant que nous y venions, je crains que le coroner ne demande une identification officielle.

Emma baissa la tête et éclata en sanglots, regrettant de ne pas avoir laissé à Harry, comme il l'avait suggéré, le soin d'accomplir cette horrible tâche. Le

---

1. *Fellow of the Royal College of Surgeons* : membre de l'Académie royale de chirurgie. *(Toutes les notes sont du traducteur.)*

Dr Owen se leva d'un bond de son siège et vint s'accroupir à côté d'elle.

— Je suis vraiment désolé, madame Clifton.

*

* *

Harold Guinzburg n'aurait pu être plus compréhensif et empressé.

L'éditeur de Harry lui avait pris une place en première classe à bord du premier avion en partance pour Londres. Il serait ainsi confortablement installé, se dit Harold, même s'il doutait que le malheureux homme puisse réussir à fermer l'œil. Pensant que ce n'était pas le bon moment pour lui annoncer une bonne nouvelle, il se contenta de le prier de présenter ses sincères condoléances à Emma.

Quand, quarante minutes plus tard, Harry sortit du Pierre, le chauffeur de Harold l'attendait sur le trottoir pour le conduire à l'aéroport Idlewild. N'ayant aucune envie de bavarder, Harry monta à l'arrière de la limousine. Ses pensées se tournèrent instinctivement vers Emma et les tourments qu'elle devait endurer. Il n'aimait pas l'idée qu'elle ait à identifier le corps de leur fils. Peut-être l'hôpital allait-il lui suggérer d'attendre son retour.

Il ne réfléchit pas un seul instant au fait qu'il allait être l'un des premiers passagers à traverser l'Atlantique sur un vol sans escale, incapable de penser à autre chose qu'à la joie de Sebastian à l'idée de débuter sa première année d'université à Cambridge. Il avait imaginé que, vu son don inné pour les langues,

Seb chercherait ensuite à entrer au Foreign Office, deviendrait interprète, peut-être même professeur, ou…

Après le décollage du Comet, Harry refusa la coupe de champagne que lui offrit une hôtesse souriante. Comment aurait-elle pu savoir qu'il n'avait aucune raison de sourire ? Il n'expliqua pas pourquoi il n'allait ni manger ni dormir. Pendant la guerre, quand il se trouvait en territoire ennemi, il s'était entraîné à rester éveillé trente-six heures d'affilée et à ne tenir que grâce à l'adrénaline de la peur. Il savait qu'il ne pourrait dormir qu'après avoir vu son fils pour la dernière fois, et longtemps après avoir ressenti l'adrénaline du désespoir.

*

* *

Le médecin lui fit longer en silence un couloir lugubre jusqu'à une porte close ; sur la vitre en verre dépoli était inscrit – en lettres noires, comme il se devait – un seul mot : Morgue. Le Dr Owen poussa la porte et s'écarta pour laisser passer Emma. La porte se referma derrière elle avec un bruit étouffé. Le soudain changement de température la fit frissonner puis ses yeux se posèrent sur le chariot au milieu de la pièce. Sous le drap, on devinait la forme du corps de son fils.

Un agent hospitalier en blouse blanche se tenait à la tête du chariot, mais il ne dit rien.

— Êtes-vous prête, madame Clifton ? demanda le Dr Owen d'une voix douce.

— Oui, répondit-elle d'un ton ferme, les ongles plantés dans ses paumes.

Le médecin hocha la tête et l'agent souleva le drap pour dévoiler un visage balafré, défoncé, qu'elle reconnut immédiatement. Elle poussa un cri, tomba à genoux et éclata en sanglots.

Si le Dr Owen et l'agent hospitalier ne furent pas étonnés par cette réaction prévisible chez une mère qui se trouve face au cadavre de son fils, ils furent stupéfaits quand elle murmura :

— Ce n'est pas Sebastian.

2

Le taxi approchait de l'hôpital. Harry fut surpris de voir Emma près de l'entrée, à l'évidence en train de l'attendre. Il fut encore plus étonné de la voir courir vers lui, l'air manifestement soulagée.

— Seb est vivant ! hurla-t-elle bien avant de le rejoindre.

— Mais tu m'as dit… commença-t-il tandis qu'elle se jetait dans ses bras.

— La police a commis une erreur. Elle a cru que c'était le propriétaire de la voiture qui conduisait et que, par conséquent, Seb se trouvait sur le siège du passager.

— Bruno était donc le passager ? dit Harry à voix basse.

— Oui, répondit Emma avec un léger sentiment de culpabilité.

— Tu te rends compte de ce que cela signifie ? fit Harry en la relâchant.

— Non. Quoi ?

— La police a dû annoncer à Martinez que son fils avait survécu, avant de découvrir que c'est Bruno qui a été tué et non pas Sebastian.

Emma baissa la tête.

— Le pauvre homme, dit-elle au moment où ils entraient dans le bâtiment.

— Sauf si… fit Harry sans finir sa phrase. Bon. Comment va Seb ? demanda-t-il d'un ton calme. Dans quel état est-il ?

— En piteux état, hélas. Selon le Dr Owen, il ne lui restait guère d'os à se briser. Apparemment, il va rester plusieurs mois à l'hôpital et il risque de passer le reste de sa vie dans un fauteuil roulant.

— Remercie le ciel qu'il soit vivant, dit Harry en entourant d'un bras les épaules de sa femme. Va-t-on me laisser le voir ?

— Oui, mais seulement quelques instants. Et, mon chéri, je préfère te prévenir qu'il est entièrement plâtré et couvert de bandages, si bien que tu risques même de ne pas le reconnaître.

Elle lui prit la main et le conduisit au premier étage, où ils tombèrent sur une femme en uniforme bleu foncé qui s'affairait tout en surveillant de près les patients et en lançant de temps en temps des ordres à son personnel.

— Je suis Mlle Puddicombe, annonça-t-elle en leur tendant la main d'un geste brusque.

— C'est l'infirmière en chef, chuchota Emma.

— Bonjour, mademoiselle, dit Harry en lui serrant la main.

Sur ce, la petite femme leur fit traverser la salle Bevan jusqu'à deux rangées de lits qui étaient tous occupés. Continuant son chemin, elle finit par arriver devant un patient à l'autre bout de la salle. Elle tira le rideau qui entourait le lit de Sebastian Arthur Clifton avant de s'éloigner. Harry regarda son fils. Sa jambe gauche était retenue en l'air par une poulie tandis que l'autre, enserrée dans un plâtre, reposait à plat sur le lit. Sa tête était emmaillotée dans des bandages qui ne lui laissaient qu'un œil pour regarder ses parents, mais ses lèvres ne bougeaient pas.

Harry se pencha pour l'embrasser sur le front. Sebastian demanda :

— Comment va Bruno ?

*

* *

— Je suis désolé de devoir vous interroger tous les deux après ce que vous avez enduré, dit le commissaire Miles. Je me serais abstenu si ce n'était pas absolument nécessaire.

— Mais pourquoi est-ce nécessaire ? demanda Harry qui n'ignorait pas la façon dont les inspecteurs soutirent des renseignements.

— Je ne suis pas encore convaincu que ce qui s'est passé sur l'A1 soit un accident.

— Que sous-entendez-vous ? fit Harry en regardant le commissaire droit dans les yeux.

— Je ne sous-entends rien, monsieur, mais nos limiers de labo ont étudié minutieusement le véhicule et ils considèrent que certains éléments clochent.

— Par exemple ? fit Emma.

— Tout d'abord, madame Clifton, nous ne comprenons pas pourquoi votre fils a traversé la bande centrale alors qu'il était clair qu'il risquait de heurter un véhicule venant en sens inverse.

— Peut-être la voiture a-t-elle eu un problème technique ? suggéra Harry.

— C'est ce que nous avons d'abord pensé, répondit Miles. Mais, bien que la voiture soit très abîmée, aucun des pneus n'a éclaté et l'arbre de transmission est intact, ce qui n'est presque jamais le cas dans un accident de ce type.

— Cela ne prouve guère qu'il y ait eu tentative de meurtre, dit Harry.

— En effet, monsieur. Et cela n'aurait pas suffi pour que je demande au coroner d'envoyer le dossier au DPP[1]. Mais un témoin a fait une déposition assez troublante.

— Qu'a-t-il dit ?

— Il s'agit d'une femme, répondit Miles en jetant un coup d'œil à son carnet. Une certaine Mme Challis a déclaré qu'elle a été dépassée par une MG décapotable sur le point de doubler un convoi de trois camions roulant sur la voie intérieure. C'est alors que le premier camion est passé sur la voie extérieure bien qu'il n'y ait eu aucun véhicule devant lui, ce qui a forcé le conducteur de la MG à freiner brutalement. Le troisième camion est passé lui aussi sur la voie externe, sans raison apparente non plus, tandis que le camion du milieu restait à la même vitesse, empêchant ainsi la MG de dépasser ou de se rabattre sur la voie intérieure. Mme Challis a ajouté que les trois camions ont ainsi percuté puis coincé la MG dans cette position un bon bout de temps, jusqu'au moment où le conduc-

1. *Director of Public Prosecutions*, l'équivalent du procureur de la République.

teur de la voiture, sans raison, a fait une embardée sur le terre-plein central et s'est jeté au milieu du flot de voitures roulant en sens inverse.

— Avez-vous pu interroger l'un des chauffeurs des trois camions ? demanda Emma.

— Non. Nous avons été incapables d'en retrouver un seul, madame Clifton. Ça n'a pas été faute d'essayer.

— Ce que vous suggérez est inconcevable, intervint Harry. Qui voudrait tuer deux jeunes innocents ?

— Je serais d'accord avec vous, monsieur Clifton, si nous n'avions pas récemment découvert que Bruno Martinez n'avait pas eu, au départ, l'intention d'aller avec votre fils à Cambridge.

— Comment pouvez-vous le savoir ?

— Parce que sa petite amie, une certaine Mlle Thornton, est venue nous informer qu'elle avait projeté d'aller au cinéma avec Bruno ce jour-là mais qu'elle avait décommandé au dernier moment à cause d'un rhume.

Le commissaire prit un stylo dans sa poche, tourna une page de son carnet, puis, fixant les parents de Sebastian, leur demanda :

— L'un de vous a-t-il des raisons de croire que quelqu'un ait pu vouloir faire du mal à votre fils ?

— Non, répondit Harry.

— Si, rétorqua Emma.

3

— Cette fois-ci, assure-toi de finir le boulot, hurla presque don Pedro Martinez. Ça ne devrait pas être trop difficile, ajouta-t-il en se penchant en avant sur son fauteuil. J'ai pu entrer tranquillement dans l'hôpital hier matin sans qu'on m'arrête, et la nuit ça devrait être encore plus facile.

— Comment voulez-vous qu'on lui règle son compte ? demanda simplement Karl.

— Tranche-lui la gorge. Tu n'as besoin que d'une blouse blanche, d'un stéthoscope et d'un bistouri. Veille seulement à ce qu'il soit bien affûté.

— C'est imprudent de trancher la gorge du gamin. Vaut peut-être mieux l'étouffer avec un oreiller pour faire croire qu'il est mort des suites de ses blessures.

— Non. Je tiens à ce que le jeune Clifton ait une mort lente et douloureuse. En fait, la plus lente possible.

— Je sais ce que vous ressentez, patron, mais on n'a pas besoin de donner au commissaire de nouvelles raisons de rouvrir l'enquête.

Martinez eut l'air déçu.

— Bon, d'accord. Étouffe-le, répondit-il à contrecœur. Mais débrouille-toi pour que ça dure longtemps.

— Voulez-vous que je fasse participer Diego et Luis ?

— Non. Mais je veux qu'ils assistent à l'enterrement en tant qu'amis de Sebastian pour qu'ils puissent m'en faire un compte rendu. Je veux apprendre que sa famille a souffert autant que moi lorsque j'ai appris que ce n'était pas Bruno qui avait survécu.

— Mais, et…

Le téléphone posé sur le bureau se mit à sonner. Don Pedro s'empressa de décrocher.

— Oui ? fit-il.

— J'ai un certain colonel Scott-Hopkins au bout du fil, annonça sa secrétaire. Il souhaite discuter avec vous d'une affaire personnelle. Il affirme que c'est urgent.

*

* *

Ils avaient tous les quatre modifié leur emploi du temps afin de pouvoir se trouver le lendemain matin à 9 heures dans le bureau du secrétaire général du gouvernement à Downing Street.

Sir Alan Redmayne, le secrétaire général, avait annulé son rendez-vous avec M. Chauvel, l'ambassadeur de France, avec qui il avait projeté de discuter des conséquences d'un possible retour de Charles de Gaulle au palais de l'Élysée.

Le député sir Giles Barrington n'assisterait pas à

la réunion hebdomadaire du « cabinet fantôme[1] » car, comme il l'avait expliqué à M. Gaitskell, le chef de l'opposition, un problème de famille devait être réglé de toute urgence.

Harry Clifton n'assurerait pas la séance de signatures de son dernier livre, *La voix du sang est la plus forte*, chez Hatchards à Piccadilly. Il avait signé une centaine d'exemplaires à l'avance pour amadouer le libraire qui n'avait pu cacher sa déception, surtout après avoir appris que, le dimanche suivant, Harry allait occuper la première place sur la liste des meilleures ventes.

Emma avait repoussé un rendez-vous avec Ross Buchanan pour discuter de l'idée du président de construire un nouveau paquebot de luxe, lequel, si le conseil d'administration le soutenait, ferait partie de la compagnie maritime Barrington.

Ils s'installèrent tous les quatre autour de la table ovale dans le bureau du secrétaire général.

— C'est fort aimable à vous de nous recevoir si rapidement, dit Giles depuis l'autre bout de la table. (Sir Alan hocha la tête.) Je suis certain que vous comprenez que M. et Mme Clifton craignent encore pour la vie de leur fils.

— Je partage leur angoisse, répondit Redmayne, et laissez-moi vous dire, madame Clifton, que l'accident de votre fils m'a beaucoup affecté. D'autant plus que je me sens en partie responsable de ce qui est arrivé. Cependant, croyez que je ne suis pas resté les bras

1. Le *shadow cabinet* est formé des parlementaires de l'opposition qui deviendraient ministres si l'opposition accédait au pouvoir.

croisés. J'ai parlé ce week-end au Dr Owen, au commissaire Miles et au coroner du district. Ils n'auraient pu être plus coopératifs, et je ne peux qu'être d'accord avec Miles : il n'y a pas assez d'éléments pour prouver que don Pedro Martinez est, de près ou de loin, impliqué dans l'accident. Néanmoins, s'empressa d'ajouter sir Alan devant l'air exaspéré d'Emma, les preuves et la conviction ne sont pas des oiseaux du même plumage, et lorsque j'ai appris que Martinez ignorait que son fils se trouvait dans la voiture, j'ai compris qu'il risquait de frapper derechef, même si cela paraît complètement irrationnel.

— Œil pour œil, intervint Harry.

— Il est possible que vous ayez raison. À l'évidence, il ne nous a pas pardonné ce qu'il considère comme le vol de ses huit millions de livres, même s'il s'agissait de fausse monnaie. Et bien qu'il n'ait peut-être pas encore deviné que le gouvernement tirait les ficelles, il ne fait aucun doute qu'il tient votre fils pour personnellement responsable de ce qui s'est passé à Southampton. Mon seul regret est de ne pas avoir pris assez au sérieux, à l'époque, votre compréhensible inquiétude.

— Je vous suis au moins reconnaissante de cela, dit Emma. Mais ce n'est pas vous qui êtes constamment en train de vous demander où et quand Martinez va frapper à nouveau. Et on entre dans cet hôpital comme dans un moulin.

— Je confirme. Je l'ai moi-même constaté hier après-midi.

Cette révélation instaura le silence, ce qui lui permit de poursuivre.

— Cependant, je peux vous affirmer, madame Clifton, que cette fois-ci j'ai pris les mesures nécessaires pour que votre fils ne coure absolument aucun danger.

— Pouvez-vous révéler à M. et Mme Clifton la raison de votre conviction ? s'enquit Giles.

— Non, sir Giles. Je ne le puis pas.

— Pourquoi donc ? demanda Emma.

— Parce que j'ai dû m'adresser au ministre de l'Intérieur et à celui de la Défense... Je suis donc tenu au secret du Conseil privé.

— Qu'est-ce que ça signifie ? s'écria Emma. N'oubliez pas, je vous prie, qu'il s'agit de la vie de mon fils.

— Si ces mesures étaient rendues publiques, même dans cinquante ans, intervint Giles en se tournant vers sa sœur, il serait important de montrer que ni toi ni Harry n'étiez au courant de l'intervention de ministres de la Couronne.

— Merci, sir Giles, dit le secrétaire général.

— J'arriverai à supporter ces pompeux messages codés que vous n'arrêtez pas d'échanger, dit Harry, si l'on peut m'assurer que la vie de mon fils n'est plus en danger, sir Alan. Car si quelque chose d'autre arrivait à Sebastian, la faute en incomberait à une seule personne.

— J'accepte votre mise en garde, monsieur Clifton. Je suis cependant à même de confirmer que Martinez ne constitue plus une menace pour Sebastian ni pour aucun membre de votre famille. Franchement, j'ai tellement tiré sur la corde du règlement qu'on pourrait presque dire que c'est faire beaucoup d'honneur à Martinez.

Harry eut l'air sceptique et, bien que Giles ait semblé accepter les paroles de sir Alan, il comprit qu'il faudrait qu'il devienne Premier Ministre pour que le secrétaire général lui révèle pourquoi il était si confiant, et peut-être ne serait-ce même pas suffisant.

— Toutefois, poursuivit sir Alan, il ne faut pas oublier que Martinez est un être retors et sans scrupule, et je ne doute pas qu'il cherche toujours à assouvir sa vengeance, d'une façon ou d'une autre. Mais tant qu'il n'enfreint pas la loi, ni vous ni moi ne pouvons faire grand-chose.

— En tout cas, cette fois-ci nous ne serons pas pris au dépourvu, conclut Emma, trop consciente de l'implication du secrétaire général.

*

* *

Le colonel Scott-Hopkins frappa à la porte du 44 Eaton Square à 9 h 59. Quelques instants plus tard, la porte s'ouvrit sur un géant qui domina de toute sa hauteur le directeur du SAS[1].

— Scott-Hopkins. J'ai rendez-vous avec M. Martinez.

Karl inclina légèrement le buste et entrouvrit la porte, juste assez pour laisser passer le visiteur. Il lui fit traverser le vestibule et frappa à la porte du cabinet de travail.

— Entrez !

1. *Special Air Service*, le commando des forces spéciales de l'armée britannique, l'équivalent du GIGN.

Lorsque le colonel pénétra dans la pièce, don Pedro se leva derrière son bureau en regardant le visiteur d'un air soupçonneux. Il n'avait aucune idée de la raison pour laquelle ce membre du SAS souhaitait le voir toutes affaires cessantes.

— Voulez-vous un café, mon colonel ? demanda don Pedro après que les deux hommes se furent serré la main. Ou quelque chose d'un peu plus fort peut-être ?

— Non, merci, monsieur. Il est un peu trop tôt pour moi.

— Eh bien, asseyez-vous donc et expliquez-moi pourquoi vous souhaitiez me voir de toute urgence. Je suis certain, reprit-il après un court silence, que vous comprenez que je suis un homme très occupé.

— Je ne le sais que trop bien. J'irai droit au but, par conséquent.

S'efforçant de demeurer impassible, don Pedro se cala dans son fauteuil et continua à fixer son interlocuteur.

— Mon seul but est de m'assurer que Sebastian Clifton jouisse d'une longue vie paisible, poursuivit le colonel.

Le masque d'arrogance et de suffisance tomba, mais, se ressaisissant très vite, Martinez se redressa vivement.

— Que suggérez-vous ? lança-t-il en agrippant le bras du fauteuil.

— Vous le savez parfaitement, monsieur Martinez. Permettez-moi cependant de mettre les choses au clair. Je suis ici pour m'assurer qu'il n'arrive plus rien aux membres de la famille Clifton.

Don Pedro se leva d'un bond et pointa un doigt sur le colonel.

— Sebastian Clifton était le meilleur ami de mon fils.

— J'en suis absolument persuadé, monsieur Martinez. Mais mes instructions ne pourraient être plus claires. Je dois simplement vous avertir que si Sebastian ou tout autre membre de la famille Clifton devaient être victimes d'un autre… accident, vos fils, Diego et Luis, seraient mis dans le premier vol pour l'Argentine et ils ne voyageraient pas en première classe, mais dans la soute, dans deux caisses en bois.

— Savez-vous qui vous menacez ? hurla Martinez, les poings serrés.

— Un petit gangster sud-américain qui croit pouvoir se faire passer pour un gentleman parce qu'il a de l'argent et vit à Eaton Square.

Don Pedro appuya sur un bouton sous son bureau. Quelques instants plus tard, la porte s'ouvrit à toute volée et Karl entra en trombe.

— Fichez cet homme dehors, dit-il en désignant le colonel, pendant que j'appelle mon avocat.

— Rebonjour, lieutenant Lunsdorf ! lança le colonel à Karl qui se dirigeait vers lui. En tant qu'ancien membre de la SS, vous comprenez sans doute la faiblesse de la position de votre maître. (Karl s'arrêta net.) Alors permettez-moi de vous donner un petit conseil. Si M. Martinez ne respecte pas mes ordres, nos projets vous concernant ne comprennent pas l'expulsion vers Buenos Aires, où languissent tant de vos anciens collègues ; nous avons pour vous une autre destination en tête, un endroit où vous trouverez plusieurs citoyens qui seront trop heureux de témoigner à propos du rôle que vous avez joué en tant que fidèle lieutenant de Goebbels, et sur la façon poussée dont vous les avez interrogés.

— Vous bluffez, dit Martinez. Vous n'y arriveriez jamais.

— Vous connaissez bien mal les Anglais, monsieur Martinez, déclara le colonel en se levant de son siège pour se diriger vers la fenêtre. Permettez-moi de vous présenter quelques exemples typiques.

Martinez et Karl le rejoignirent et regardèrent par la fenêtre. De l'autre côté de la rue se tenaient trois hommes qu'on n'aimerait pas avoir pour ennemis.

— Trois de mes hommes de toute confiance, expliqua le colonel. L'un d'entre eux vous surveillera nuit et jour, dans l'espoir que vous commettiez un faux pas. À gauche, c'est le capitaine Hartley, qui a été malheureusement renvoyé des Dragons pour avoir versé de l'essence sur sa femme et sur son amant qui dormaient paisiblement jusqu'à ce qu'il gratte une allumette. Naturellement, après sa sortie de prison, il a eu du mal à retrouver un emploi. Je l'ai ramassé sur le pavé et lui ai redonné un but dans la vie.

Sachant qu'on parlait de lui, Hartley leur fit un chaleureux sourire.

— Au milieu, reprit le colonel, se tient le caporal Crann, charpentier. Il adore scier des choses, aussi bien du bois que des os.

Crann fixa sur eux un regard vide.

— Mais je reconnais que mon préféré, c'est le sergent Roberts, un sociopathe avéré. S'il est inoffensif la plupart du temps, je crains qu'après la guerre il n'ait pas réussi à se réadapter à la vie civile… Peut-être, ajouta le colonel en se tournant vers Martinez, n'aurais-je pas dû lui dire que vous avez bâti votre fortune en collaborant avec les nazis, mais, bien sûr, c'est ainsi que vous avez rencontré le lieutenant Lunsdorf. Voilà un petit détail dont je n'informerai pas Roberts, sauf si vous m'ennuyez vraiment, parce que, voyez-vous, la mère de Roberts était juive.

Se détournant de la fenêtre, don Pedro vit que Karl regardait le colonel, comme s'il avait très envie de l'étrangler mais qu'il se rendait compte que ce n'était ni le lieu ni le moment de passer à l'acte.

— Je suis ravi d'avoir retenu votre attention, reprit Scott-Hopkins, car je suis désormais convaincu que vous aurez compris ce qui est dans votre intérêt. Au revoir, messieurs… Inutile de me raccompagner.

4

— L'ordre du jour est très chargé, déclara le président. Aussi serais-je très reconnaissant envers mes collègues directeurs d'avoir l'obligeance de faire des exposés précis et succincts.

Emma admirait le professionnalisme avec lequel Ross Buchanan conduisait les réunions du conseil d'administration de la compagnie maritime Barrington. Il ne montrait jamais de préférence envers un directeur en particulier et écoutait toujours attentivement ceux qui avaient une opinion différente de la sienne. De temps en temps seulement, on parvenait même à le persuader de changer d'avis. Il avait aussi le don de résumer une discussion complexe tout en s'assurant que le point de vue de chacun soit bien présenté. Si Emma savait que certains membres du conseil jugeaient un peu trop brusques ses manières écossaises, elle considérait qu'il allait simplement droit au but et il lui arrivait de se demander en quoi son propre comportement différerait de celui de Ross au cas où elle deviendrait présidente. S'empressant de chasser cette pensée de son esprit, elle se concentra sur l'élément le plus important de l'ordre du jour. Elle avait répété son exposé la veille, Harry jouant le rôle du président.

Dès que Philip Webster, le secrétaire de la compagnie, eut lu le compte rendu de la dernière réunion et réglé toutes les questions soulevées, le président passa au premier point de l'ordre du jour, à savoir l'éventuel appel d'offres pour la construction du *Buckingham*, un paquebot de luxe qui s'ajouterait à la flotte Barrington.

Buchanan fit clairement comprendre qu'il considérait cette mise en chantier comme la seule manière pour la Barrington d'évoluer si elle comptait rester l'une des plus importantes entreprises de transport maritime du pays. Plusieurs membres opinèrent du chef.

Une fois que le président eut présenté ses arguments, il pria Emma de défendre le point de vue contraire. Elle commença par suggérer que, tant que le taux bancaire demeurait à un tel niveau, l'entreprise devait consolider son assise et ne pas engager une telle somme pour un projet qui, à son avis, avait au mieux 50 % de chances de réussite.

M. Anscott, un directeur extérieur nommé au conseil par sir Hugo Barrington, le défunt père d'Emma, suggéra que le temps était venu de lever l'ancre. La formule ne fit rire personne. Le contre-amiral Summers pensait qu'on ne devait pas prendre une aussi grave décision sans l'aval des actionnaires.

— C'est nous qui sommes sur la passerelle de commandement, rappela Buchanan à l'amiral. À nous, par conséquent, de prendre les décisions.

L'amiral fronça les sourcils, mais resta coi. Après tout, son vote parlerait de lui-même.

Emma écouta attentivement l'avis de chaque directeur et ne tarda pas à noter que les deux camps étaient à égalité. Un ou deux étaient encore indécis, mais elle devinait que si on soumettait la question au vote le président l'emporterait.

Une heure plus tard, le conseil n'était pas plus près de prendre une décision, certains directeurs se contentant de répéter leurs arguments antérieurs, ce qui, à l'évidence, irritait Buchanan. Mais Emma savait que le conseil serait tôt ou tard contraint de passer à la question suivante, car d'autres sujets importants devaient être abordés.

— Force m'est de constater, déclara le président pour résumer la situation, que nous ne pouvons pas repousser davantage la prise de décision. C'est pourquoi je suggère que nous réfléchissions chacun de notre côté à notre position sur ce sujet. L'avenir de l'entreprise est en jeu, ni plus ni moins. Je propose qu'à la prochaine réunion, dans un mois, nous décidions si on organise un appel d'offres ou si on laisse tomber ce projet.

— Ou, au moins, si on attend une accalmie, suggéra Emma.

Le président passa à la question suivante et, les autres sujets à l'ordre du jour étant bien moins épineux, lorsque le président demanda s'il y avait d'autres affaires à traiter, les débats houleux du début avaient cédé la place à des échanges plus détendus.

— J'ai le devoir de porter à la connaissance du conseil, déclara le secrétaire de la compagnie, une information en ma possession. Vous n'avez pu manquer de constater que le taux de nos actions a régulièrement monté ces dernières semaines et vous vous êtes peut-être demandé quelle était la raison de cette hausse, vu que nous n'avons fait aucune annonce significative ni récemment publié de prévisions de bénéfices. Eh bien, ce mystère s'est éclairci hier lorsque j'ai reçu une lettre du directeur de la Midland Bank de la rue Saint-James, à Mayfair, dans laquelle il me signalait que l'un de ses clients possédait 7,5 % des actions de l'entreprise et qu'il allait nommer un directeur pour le représenter au conseil.

— Laissez-moi deviner, dit Emma. Le commandant Alex Fisher ?

— Je le crains, reconnut le président, baissant pour une fois sa garde.

— Y a-t-il une récompense si on devine qui le brave commandant va représenter ? s'enquit l'amiral.

— Aucune, répliqua Buchanan, parce que vous vous tromperiez. Même si je dois avouer que, lorsque j'ai appris la nouvelle, j'ai pensé comme vous que ce serait notre vieille amie lady Virginia Fenwick. Or, le directeur de la Midland m'assure qu'elle n'est pas cliente de sa banque. Quand j'ai insisté pour savoir qui possédait les actions, il m'a poliment répondu qu'il ne pouvait me fournir ce renseignement, ce qui en jargon bancaire signifie : « Occupez-vous de vos oignons ! »

— Il me tarde de découvrir comment le commandant va voter à propos du projet de construction du *Buckingham*, déclara Emma avec un sourire désabusé, car nous pouvons être au moins sûrs d'une chose : quelle que soit la personne qu'il représente, elle n'aura sûrement pas à cœur de défendre les intérêts de la Barrington.

— Soyez certaine, Emma, que je refuserai que ce petit merdeux fasse pencher la balance d'un côté ou de l'autre, affirma Buchanan.

Emma resta sans voix.

Une autre des admirables qualités du président était sa capacité, une fois la réunion du conseil terminée, à laisser de côté tout désaccord, même le plus profond.

— Au fait, comment va Sebastian ? demanda-t-il à Emma tandis qu'il la rejoignait pour prendre l'apéritif avant le déjeuner.

— L'infirmière en chef est très satisfaite de ses progrès. Je suis ravie de pouvoir dire que je constate une nette amélioration à chacune de mes visites à l'hôpital. Sa jambe gauche a été déplâtrée et on voit ses deux yeux à présent. Il a un avis sur tout, affirmant que son oncle Giles est la personne idoine pour remplacer Gaitskell comme chef du parti travailliste, ou que les parcmètres ne sont qu'une nouvelle façon pour le gouvernement de nous soutirer de l'argent durement gagné.

— Je suis d'accord avec lui sur les deux points, dit Ross. Espérons que sa volubilité est le prélude d'un rétablissement complet.

— C'est ce que pense son chirurgien. Le Dr Owen m'a expliqué que la chirurgie moderne a accompli de rapides progrès pendant la guerre parce qu'un grand nombre de soldats devaient être opérés sans qu'on ait le temps de demander un deuxième ou un troisième avis. Il y a trente ans, Seb aurait fini ses jours dans un fauteuil roulant, mais pas aujourd'hui.

— Espère-t-il toujours aller à Cambridge en septembre ?

— Je crois que oui. Il a récemment reçu la visite de son professeur conseiller qui lui a dit qu'il pouvait prendre sa place au collège Peterhouse à la rentrée. Il lui a même donné quelques livres à lire.

— En tout cas, il ne peut arguer qu'il a trop de distractions.

— C'est drôle que vous disiez cela, parce que, étonnamment, il s'intéresse beaucoup au sort de l'entreprise. En fait, il lit de bout en bout les procès-verbaux de chaque séance du conseil d'administration. Il a même acheté dix actions, ce qui lui donne légalement le droit de suivre le moindre de nos mouvements, et je puis vous affirmer, Ross, qu'il n'hésite pas à donner son avis, notamment sur le projet de construction du *Buckingham*.

— Avis sans nul doute influencé par sa mère, dont l'opinion sur cette question est bien connue.

— Non, c'est justement ce qui est étrange. Quelqu'un d'autre semble le conseiller sur cette question.

*

* *

Emma éclata de rire.

Assis à l'autre bout de la table du petit déjeuner, Harry leva les yeux et reposa son journal.

— Étant donné que ce matin il n'y a rien de drôle

dans le *Times*, déclara-t-il, dis-moi donc ce qui te fait rire.

Elle but une petite gorgée de café avant de reprendre sa lecture du *Daily Express*.

— Apparemment, lady Virginia Fenwick, fille unique du neuvième comte de Fenwick, a entamé une procédure de divorce contre le comte de Milan. William Hickey suggère que Virginia va recevoir une indemnité de deux cent cinquante mille livres sterling, en plus de l'obtention de leur appartement de Lowndes Square et de leur propriété dans le Berkshire.

— C'est pas mal payé pour deux ans de travail.

— Et, naturellement, le nom de Giles est cité.

— Il en sera ainsi chaque fois que Virginia fera les gros titres.

— Oui, mais c'est tout à fait flatteur pour une fois, dit Emma, les yeux de nouveau tournés vers le journal. « Le premier mari de lady Virginia, sir Giles Barrington, lut-elle, député de la circonscription des docks de Bristol, pourrait très probablement devenir ministre dans le cas où les travaillistes gagneraient les prochaines élections. »

— Il n'y a guère de chance, à mon avis.

— Que Giles soit nommé ministre ?

— Non. Que les travaillistes gagnent les prochaines élections.

— « À la Chambre, il a montré de redoutables talents d'orateur en tant que l'un des leaders de l'opposition, poursuivit Emma, et il vient de se fiancer à Mlle Gwyneth Hughes, docteur ès sciences et maître de conférences au King's College, à l'université de

Londres. » Il y a une magnifique photo de Gwyneth et un atroce cliché de Virginia.

— Ça ne va pas plaire à Virginia, commenta Harry en se replongeant dans le *Times*. Mais elle ne peut plus y faire grand-chose.

— N'en sois pas si sûr. J'ai le sentiment que ce scorpion n'a pas encore perdu son dard.

*

* *

Tous les dimanches, Harry et Emma faisaient le trajet du Gloucestershire à Harlow pour rendre visite à Sebastian, toujours accompagnés de Jessica qui ne ratait jamais l'occasion de voir son grand frère. Chaque fois qu'Emma tournait à gauche après avoir franchi les grilles du manoir et commençait le long voyage jusqu'à l'hôpital Princess Alexandra, elle ne pouvait chasser de son esprit le souvenir de ce premier trajet alors qu'elle pensait que son fils avait été tué dans un accident de voiture. Heureusement qu'elle n'avait pas téléphoné à Grace et à Giles pour leur apprendre la nouvelle et que Jessica campait dans les collines Quantock à ce moment-là. Seul le pauvre Harry avait cru pendant vingt-quatre heures qu'il ne reverrait plus son fils.

Jessica considérait les visites à Sebastian comme le meilleur moment de la semaine. À son arrivée à l'hôpital, elle lui présentait sa dernière œuvre et, après avoir couvert le moindre centimètre carré de son plâtre de dessins représentant le manoir, la famille et les amis, elle était passée aux murs de l'hôpital. L'infirmière en chef accrochait tous les nouveaux tableaux dans le couloir, mais elle finit par reconnaître qu'elle allait bientôt devoir utiliser l'étage inférieur. Emma espérait que Sebastian sortirait avant que les œuvres de Jessica aient gagné le hall d'accueil. Elle était toujours un peu embarrassée quand Jessica offrait son dernier dessin en date à Mlle Puddicombe.

— Ne soyez pas gênée, madame Clifton, disait celle-ci. Vous devriez voir certaines des croûtes que me présentent des parents gagas qui s'attendent à ce que je les accroche dans mon bureau... De toute façon, lorsque Jessica deviendra membre de la Royal Academy of Arts – l'Académie royale –, je les vendrai et je ferai construire un nouveau bâtiment avec les fonds récoltés.

Emma n'avait pas besoin qu'on lui rappelle à quel point sa fille était douée, puisque Mlle Fielding, son professeur de dessin à Red Maids, avait l'intention de la faire concourir pour l'obtention d'une bourse à la Slade School of Fine Art – l'École des beaux-arts Slade – et semblait persuadée que son élève réussirait.

— C'est un vrai défi, madame Clifton, de devoir être le professeur de quelqu'un que vous savez bien plus doué que vous-même, lui avait déclaré Mlle Fielding.

— Ne le lui dites jamais, avait répondu Emma.

— Tout le monde le sait, avait répliqué l'enseignante, et nous lui prédisons tous un avenir radieux. Personne ne sera surpris quand on lui offrira une place à l'école de l'Académie royale. Ce sera une première pour Red Maids.

Heureusement, Jessica paraissait inconsciente de

son don exceptionnel comme de tant d'autres choses, Dieu soit loué, pensait Emma, qui avait à plusieurs reprises averti Harry que leur fille adoptive ne tarderait pas à découvrir la vérité sur l'identité de son père. Et elle avait suggéré qu'il vaudrait mieux que Jessica l'apprenne de la bouche d'un membre de la famille plutôt que de celle d'un étranger. Harry semblait bizarrement réticent à lui faire part de la véritable raison pour laquelle ils l'avaient choisie au foyer du Dr Barnardo, il y avait si longtemps, parmi un grand nombre de candidates présentant un meilleur profil. Giles et Grace s'étaient tous les deux portés volontaires pour expliquer à la fillette pourquoi ils avaient tous le même père, sir Hugo Barrington, et comment la mère de Jessica avait causé la mort prématurée de celui-ci.

À peine Emma eut-elle garé son Austin A30 sur le parking de l'hôpital que Jessica bondit hors de la voiture, sa dernière œuvre sous un bras, une plaquette de chocolat au lait Cadbury dans l'autre main, puis courut jusqu'au lit de Sebastian. Emma pensait que personne ne pouvait aimer son fils autant qu'elle, mais si cette personne existait, c'était Jessica.

Quand Emma entra dans la salle quelques minutes plus tard, elle fut surprise et ravie de voir Sebastian hors de son lit pour la première fois et assis dans un fauteuil. Dès qu'il aperçut sa mère, il se mit debout en s'appuyant sur les bras du fauteuil, trouva son équilibre, puis l'embrassa sur les deux joues. Autre nouveauté. À quel moment, se demanda-t-elle, les mères arrêtent-elles d'embrasser leurs enfants et les jeunes hommes commencent-ils à embrasser leurs mères ?

Jessica racontait à son frère avec moult détails ce qu'elle avait fait cette semaine. Emma se percha donc au bout du lit et, pour la seconde fois, écouta avec joie le récit de ses exploits. Lorsque Jessica cessa de parler assez longtemps pour permettre à Sebastian d'en placer une, il se tourna vers sa mère.

— Ce matin, j'ai relu le compte rendu du dernier conseil d'administration. Tu réalises, n'est-ce pas, qu'à la prochaine séance le président demandera un vote, et que cette fois-ci vous devrez décider si vous souhaitez ou non mettre en chantier la construction du *Buckingham* ?

Emma resta coite tandis que Jessica se tournait vers le vieil homme qui dormait dans le lit d'à côté et se mettait à le dessiner.

— À sa place, je ferais la même chose, poursuivit Sebastian. Par conséquent, quel camp va gagner, à ton avis ?

— Aucun ne va gagner, parce que, quel que soit le résultat, le conseil restera divisé jusqu'à ce qu'on puisse déterminer qui avait raison.

— J'espère que non, parce que je crains que vous ne soyez confrontés à un problème bien plus grave, et qui exigera que le président et toi travailliez main dans la main.

— Fisher ?

Il opina du chef.

— Et Dieu seul sait, reprit-il, comment il votera quand il faudra décider si oui ou non vous allez construire le *Buckingham*.

— Fisher suivra les instructions de don Pedro Martinez, quelles qu'elles soient.

— Comment peux-tu être sûre que c'est Martinez et non pas lady Virginia qui a acheté ces actions ?

— Selon William Hickey, dans le *Daily Express*, Virginia est en ce moment prise dans les tourments d'un nouveau divorce compliqué. Tu peux donc être certain qu'elle va se concentrer sur la façon de soutirer le maximum au comte de Milan en matière de pension alimentaire, avant de choisir la façon de le dépenser. Quoi qu'il en soit, j'ai de bonnes raisons de croire que Martinez se trouve derrière le dernier achat d'actions de l'entreprise.

— J'étais moi-même parvenu à la même conclusion, parce qu'une des dernières choses que m'a dites Bruno dans la voiture sur la route de Cambridge, c'est que son père avait reçu un commandant et qu'il avait entendu par hasard le nom de Barrington dans leur conversation.

— Si c'est vrai, Fisher soutiendra le président, ne serait-ce que pour se venger de Giles qui l'a empêché de devenir député.

— Si c'est le cas, il ne voudra pas que la construction du *Buckingham* se déroule sans encombre. Il changera de camp chaque fois qu'il croira avoir l'occasion de mettre à mal, à court terme, les finances de l'entreprise et, à long terme, sa réputation. Excuse le cliché mais chassez le naturel, il revient au galop. Rappelle-toi seulement que son but est exactement le contraire du tien. Tu souhaites le succès de l'entreprise, lui veut son échec.

— Pourquoi donc ?

— Je crois que tu connais trop bien la réponse à cette question, maman.

Il se tut en attendant sa réaction, mais elle se contenta de changer de sujet.

— Comme se fait-il que tu sois soudain si plein de sagesse ?

— Je reçois les leçons quotidiennes d'un expert, répondit-il. Et je suis son seul élève, qui plus est, ajouta-t-il sans autre explication.

— Et que me suggère ton expert pour que le conseil d'administration me soutienne et vote contre la construction du *Buckingham* ?

— Il a élaboré un plan qui t'assurera de gagner la partie à la prochaine réunion du conseil.

— C'est impossible tant que le conseil est divisé en deux camps parfaitement égaux.

— Oh si, c'est possible ! Mais seulement si tu acceptes de jouer le même jeu que Martinez.

— À quoi penses-tu ?

— Tant que la famille possède 22 % des actions de l'entreprise, tu as le droit de nommer deux directeurs supplémentaires au conseil d'administration. Il te suffit de coopter oncle Giles et tante Grace qui pourront te soutenir quand aura lieu le vote décisif. Ainsi, tu ne peux pas perdre.

— Je suis incapable de faire ça.

— Pourquoi donc ? Alors que l'enjeu est si grand ?

— Parce que cela saperait l'autorité de Ross Buchanan en tant que président. S'il perdait un vote de cette importance parce que la famille s'est liguée contre lui, il n'aurait plus qu'à démissionner. Et je pense que d'autres directeurs lui emboîteraient le pas.

— Mais, sur le long terme, c'est peut-être ce qui peut arriver de mieux à l'entreprise.

— C'est possible, mais il faut qu'on me voie gagner grâce à ma force de persuasion et non parce que j'ai truqué le vote. C'est le genre de procédé minable auquel s'abaisserait Fisher.

— Ma chère maman, personne ne pourrait admirer plus que moi ta façon de toujours choisir le chemin escarpé de la morale, mais tu dois comprendre que les Martinez se fichent de la morale comme d'une guigne et qu'ils ne se gêneront pas pour emprunter les sentiers les plus bourbeux. En fait, Martinez serait prêt à se vautrer dans le caniveau s'il pensait que ça lui permettrait d'en sortir gagnant.

Il y eut un long silence avant que Sebastian ne le brise en déclarant d'une voix très calme :

— Maman, lorsque je me suis réveillé après l'accident, j'ai vu don Pedro debout au pied du lit. (Emma frissonna.) « Comment vas-tu, mon garçon ? » m'a-t-il demandé en souriant. J'ai secoué la tête et ce n'est qu'à ce moment-là qu'il s'est rendu compte que je n'étais pas Bruno. Je n'oublierai jamais le regard qu'il m'a lancé avant de s'en aller à grands pas. (Emma se taisait toujours.) Maman, tu ne crois pas qu'il est temps de me révéler pourquoi Martinez est à ce point déterminé à faire mordre la poussière à notre famille ? Parce que je n'ai pas eu beaucoup de mal à comprendre que c'est moi qu'il voulait tuer sur l'A1, et non son fils.

5

« Vous bouillez toujours d'impatience, sergent Warwick, déclara le médecin pathologiste en étudiant le corps de plus près.

— Mais pouvez-vous au moins seulement me dire pendant combien de temps le corps était resté dans l'eau ? s'enquit l'inspecteur. »

Harry était en train de barrer « seulement » et de remplacer « était » par « est » lorsque le téléphone sonna. Il posa son stylo et décrocha.

— Oui ? fit-il avec une certaine brusquerie.

— Harry, c'est Harold Guinzburg. Félicitations, vous êtes en huitième position cette semaine. (L'éditeur appelait tous les jeudis après-midi pour l'informer de la place qu'il occuperait le dimanche suivant sur la liste des meilleures ventes.) C'est la neuvième semaine que vous figurez parmi les quinze premiers.

Un mois plus tôt, Harry avait grimpé à la quatrième place, la plus élevée qu'il ait jamais atteinte, et, s'il ne l'avouait même pas à Emma, il espérait toujours faire partie du petit groupe d'auteurs britanniques qui obtenaient la première place des deux côtés de l'Atlantique. Les deux romans policiers de la série William Warwick avaient été numéro un en Grande-

Bretagne mais la première place lui échappait toujours aux États-Unis.

— Ce qui compte, c'est le nombre de ventes, reprit Guinzburg, comme s'il lisait dans les pensées de Harry. Et, de toute façon, je suis persuadé que vous monterez plus haut quand le livre de poche sortira au mois de mars. (Harry nota qu'il avait dit « plus haut » et non « à la première place ».) Comment va Emma ?

— Elle prépare un exposé pour expliquer pourquoi l'entreprise ne doit pas construire un nouveau paquebot de luxe en ce moment.

— Je n'ai pas l'impression qu'il aura des chances de devenir un best-seller… Donnez-moi plutôt des nouvelles de Sebastian.

— Il est en fauteuil roulant mais le chirurgien m'assure qu'il n'en a plus pour longtemps, et ils lui permettront de sortir pour la première fois la semaine prochaine.

— Bravo ! Est-ce que cela signifie qu'il va rentrer chez vous ?

— Non. Pour le moment, l'infirmière en chef refuse de le laisser aller si loin. Peut-être pourra-t-il se rendre à Cambridge pour voir son professeur conseiller et prendre le thé avec sa tante.

— Ça me paraît pire que l'internat. De toute façon, sa libération ne devrait pas trop tarder.

— Ou son exclusion. Je ne sais pas ce qui arrivera en premier.

— Pourquoi voudrait-on le mettre à la porte ?

— Quelques infirmières commencent à s'intéresser davantage à lui au fur et à mesure qu'on lui retire les bandages et je crains que Seb ne les décourage pas.

— La danse des sept voiles.

Harry éclata de rire.

— Compte-t-il toujours aller à Cambridge en septembre ?

— Oui, autant que je sache. Mais il a tellement changé depuis l'accident que rien ne m'étonnerait.

— En quoi a-t-il changé ?

— Je ne peux pas le dire précisément. Disons qu'il a mûri d'une façon que je n'aurais pas cru possible il y a seulement un an. Et je pense avoir compris pourquoi.

— Intrigant.

— En effet. Je vous en dirai plus la prochaine fois où je viendrai à New York.

— Devrai-je attendre aussi longtemps ?

— Oui, parce que c'est comme dans mes romans. Je ne sais pas ce qui va se passer à la page suivante.

— Alors, parlez-moi de notre enfant prodige.

— Oh, non, pas vous !

— Dites à Jessica, je vous prie, que j'ai accroché dans mon bureau son dessin du manoir en automne à côté d'un Roy Lichtenstein.

— Qui est Roy Lichtenstein ?

— La coqueluche de New York, mais je ne crois pas que ça durera très longtemps. Jessica dessine beaucoup mieux, à mon avis. Dites-lui, s'il vous plaît, que, si elle me peint un tableau de New York en automne, je lui offrirai un Lichtenstein à Noël.

— Je ne suis pas certain qu'elle sache qui c'est.

— Puis-je vous demander comment progresse le dernier William Warwick ?

— Il progresserait sacrément plus vite si je n'étais pas constamment interrompu.

— Désolé. On ne m'a pas prévenu que vous étiez en train d'écrire.

— En fait, Warwick est confronté à un problème insurmontable. Ou plutôt moi, pour être précis.

— Pourrais-je vous aider ?

— Non. Parce que vous êtes l'éditeur et que je suis l'auteur.

— Quel genre de problème ? insista Harold.

— Il a trouvé le corps de l'ex-épouse au fond d'un lac, mais il est à peu près certain qu'elle a été tuée avant d'être jetée à l'eau.

— Et quel est le problème ?

— Le mien ou celui de Warwick ?

— Commençons par celui de Warwick.

— On l'oblige à attendre au moins vingt-quatre heures avant d'avoir le droit de lire le rapport du médecin pathologiste.

— Et quel est le vôtre ?

— Il me reste vingt-quatre heures pour décider du contenu de ce rapport.

— Warwick sait-il qui a tué l'ex-épouse ?

— Il n'en est pas sûr. Pour le moment, il y a cinq suspects et chacun d'entre eux a un motif… et un alibi.

— Mais je suppose que vous connaissez le coupable.

— Non, en fait, reconnut Harry. Car si je ne connais pas son identité, le lecteur ne peut pas la deviner.

— N'est-ce pas un brin risqué ?

— Pour sûr. Mais c'est sacrément plus passionnant pour moi et pour le lecteur.

— Il me tarde de lire le premier jet.

— À moi aussi.

— Désolé... Je vous laisse retourner au corps de l'ex-épouse dans le lac. Je vous rappellerai la semaine prochaine pour savoir si vous avez réglé la question de l'identité de la personne qui l'y a jeté.

Lorsque Guinzburg eut raccroché, Harry reposa l'appareil et fixa la feuille blanche devant lui. Il essaya de se concentrer.

« Alors, quel est votre avis, Percy ?

— C'est trop tôt pour parvenir à un jugement définitif. Je vais devoir la ramener au labo pour pratiquer d'autres examens avant de pouvoir vous donner un avis certain.

— Quand puis-je espérer recevoir votre prérapport ? demanda Warwick.

— Vous bouillez toujours d'impatience, William... »

Harry leva les yeux, ayant soudain deviné le nom de l'assassin.

*

* *

Bien qu'Emma eût refusé la suggestion de Sebastian de coopter Giles et Grace pour s'assurer d'avoir la majorité lors du vote décisif, elle considérait tout de même qu'il était de son devoir de les mettre au courant de ce qui se passait. Elle était fière de représenter sa famille au conseil d'administration de l'entreprise Barrington quoiqu'elle sût parfaitement que, du moment qu'ils touchaient leurs dividendes trimestriels, ni son frère ni sa sœur ne s'intéressaient vraiment aux débats qui s'y déroulaient à huis clos.

Giles était très pris par ses responsabilités à la Chambre des communes, qui s'étaient encore alourdies depuis que Hugh Gaitskell l'avait invité à faire partie du cabinet fantôme et lui avait confié le portefeuille des affaires européennes. On le voyait donc rarement sur le terrain, bien qu'il fût censé choyer les électeurs d'une circonscription disputée tout en se rendant régulièrement dans les pays qui devaient voter l'adhésion de la Grande-Bretagne à la CEE. Les sondages donnant les travaillistes gagnants aux prochaines élections législatives, il semblait de plus en plus probable que Giles deviendrait ministre lorsqu'ils reviendraient au pouvoir. On ne pouvait donc lui demander d'être à la fois au four et au moulin.

Harry et Emma furent enchantés qu'il annonce enfin ses fiançailles avec Gwyneth Hughes, non pas dans la rubrique mondaine du *Times*, mais au cœur de sa circonscription, au pub The Ostrich.

— Je veux que vous vous mariiez avant les prochaines élections, déclara Griff Haskins, son directeur de campagne. Et si Gwyneth pouvait tomber enceinte dès la première semaine de la campagne, ce serait encore mieux.

— Comme c'est romantique ! soupira Giles.

— Au diable le romantisme ! En tant que directeur de campagne, mon rôle est de m'assurer que vous gardiez votre siège à la Chambre des communes après les prochaines élections. Autrement, adieu le portefeuille ministériel !

Giles se retint de rire mais il savait que Griff avait raison.

— A-t-on fixé une date ? s'enquit Emma qui les avait rejoints.

— Pour le mariage ou pour les élections ?

— Pour le mariage, espèce d'idiot.

— Le 17 mai au bureau de l'état civil de Chelsea, répondit Giles.

— Ça ne vaut guère Sainte-Marguerite, paroisse de Westminster, mais cette fois-ci Harry et moi pouvons espérer recevoir une invitation.

— J'ai demandé à Harry d'être mon garçon d'honneur. Mais je n'ai pas encore pris de décision en ce qui te concerne, ajouta-t-il avec un large sourire.

*

* *

On aurait sans doute pu trouver un meilleur moment, mais Emma n'avait pas eu l'occasion de voir sa sœur avant la réunion capitale du conseil d'administration. Elle avait déjà pris contact avec les directeurs dont elle était sûre d'avoir le soutien ainsi qu'avec un ou deux autres qui paraissaient hésiter. Elle voulait néanmoins faire savoir à Grace qu'elle ne pouvait toujours pas prédire le résultat du vote.

Grace s'intéressait encore moins que Giles au sort de l'entreprise et elle avait oublié une ou deux fois d'encaisser son chèque représentant ses dividendes trimestriels. Elle venait d'être promue professeur à Newnham et dépassait rarement les limites de la ville de Cambridge. Emma parvenait parfois à l'attirer jusqu'à Londres pour assister à une représentation au Royal Opera, mais seulement s'il s'agissait d'une séance en matinée. Elle avait alors juste le temps de dîner avant de reprendre le train pour Cambridge, sous prétexte qu'elle n'avait aucune envie de dormir dans un lit inconnu. « Elle est si raffinée par certains côtés et si étriquée par d'autres », avait un jour déclaré leur chère mère.

Le *Don Carlo* de Verdi, mis en scène par Luchino Visconti, s'était révélé irrésistible, et elle s'attarda même après le dîner pour écouter attentivement Emma expliquer les conséquences d'un si gros investissement des réserves et provisions de l'entreprise dans un seul projet. Grace mangeait sa salade verte du bout des dents, faisant une remarque de temps en temps mais sans émettre d'opinion, jusqu'au moment où fut cité le nom de Fisher.

— Je sais de source sûre que lui aussi se marie dans quelques semaines, dit-elle, à la grande surprise d'Emma.

— Dieu du ciel, qui a envie d'épouser cette vile créature ?

— Susan Lampton, semble-t-il.

— Pourquoi ce nom me dit-il quelque chose ?

— Elle était à Red Maids lorsque tu y étais élève-major, mais comme elle était deux classes en dessous de la tienne, il est peu probable que tu te souviennes d'elle.

— Je me rappelle son nom. C'est donc ton tour de me mettre au courant.

— À seize ans, c'était déjà une beauté, et elle le savait. Quand ils la croisaient, les garçons tombaient en arrêt et la fixaient, bouche bée. Après Red Maids, elle a pris le premier train pour Londres et elle s'est fait engager par une importante agence de mannequins. Dès qu'elle est montée sur un podium, elle n'a pas caché qu'elle était en quête d'un mari fortuné.

— Dans ce cas, Fisher ne constitue guère une belle prise.

— Peut-être que ç'aurait été vrai à l'époque, mais aujourd'hui qu'elle a la trentaine bien tassée et que sa carrière de mannequin est derrière elle, l'un des directeurs de la compagnie maritime Barrington, soutenu par un millionnaire argentin, constitue sa dernière chance.

— Est-elle à ce point aux abois ?

— Oui ! On l'a déjà laissée tomber deux fois devant l'autel et il paraît qu'elle a déjà dépensé les dommages-intérêts accordés par le tribunal à l'issue du procès qu'elle avait intenté pour « violation de promesse de mariage ». Elle a même mis au clou la bague de fiançailles. Le nom de M. Micawber ne lui dit rien[1].

— Pauvre femme ! murmura Emma.

— Ne t'en fais surtout pas pour Susan. Elle possède une dose de malice innée qui n'est au programme d'aucune université, ajouta-t-elle avant de finir son café. Remarque, je ne sais pas lequel des deux est le plus à plaindre car je ne pense pas que ça durera très longtemps… Il faut que je file, poursuivit Grace après avoir jeté un coup d'œil à sa montre. Je ne veux pas manquer le dernier train.

1. Personnage de *David Copperfield* de Charles Dickens. Commis voyageur sans le sou, c'est un incorrigible optimiste persuadé que quelque chose va bouleverser le cours de sa vie.

Sur ce, elle posa un semblant de baiser sur les joues d'Emma avant de sortir du restaurant et de héler un taxi.

Emma sourit en regardant sa sœur s'engouffrer dans le véhicule noir. Bien que les bonnes manières n'aient pas été l'un de ses points forts, c'était la femme qu'Emma admirait le plus. Plusieurs générations d'étudiantes de Newnham n'avaient pu que tirer parti de l'enseignement du professeur Barrington.

Quand Emma demanda l'addition, elle s'aperçut que Grace avait laissé un billet d'une livre sur sa petite assiette. Ce n'était pas le genre de femme qui aimait devoir quoi que ce fût à quiconque.

*

* *

Le garçon d'honneur remit au marié une simple alliance en or, que Giles plaça sur l'annulaire gauche de Mlle Hughes.

— Je vous déclare à présent mari et femme, déclara l'officier d'état civil. Vous pouvez embrasser la mariée.

Quelques applaudissements saluèrent sir Giles et lady Barrington. La réception qui suivit se tint au pub à l'enseigne des Cadogan Arms sur King's Road. Giles paraissait décidé à ce que le contraste avec ses précédentes noces soit manifeste aux yeux de tous.

Lorsque Emma pénétra dans la salle, elle vit Harry bavarder avec le directeur de campagne de Giles qui souriait de toutes ses dents.

— Un homme marié recueille beaucoup plus de

voix qu'un divorcé, expliquait Griff à Harry avant d'avaler une troisième coupe de champagne.

Grace parlait avec la mariée qui, il n'y avait pas si longtemps, avait été l'une de ses thésardes. Gwyneth lui rappelait qu'elle avait rencontré Giles à une soirée donnée par Grace pour fêter son anniversaire.

— En fait, mon anniversaire n'était qu'un prétexte, déclara Grace sans autre explication.

Emma tourna à nouveau son regard vers Harry qui avait été rejoint par Deakins. Ils échangeaient sans doute des propos sur leur expérience de garçon d'honneur de Giles. Emma ne se rappelait pas si Algernon était professeur à Oxford. En tout cas, il en avait l'allure, mais il est vrai que c'était le cas depuis ses seize ans, et même s'il n'arborait pas une barbe hirsute à l'époque, il avait dû porter le même costume.

Emma sourit en découvrant Jessica assise par terre, les jambes croisées, en train de dessiner son frère au dos de la nappe en papier. Sebastian, qui avait été autorisé à sortir de l'hôpital pour l'occasion, du moment qu'il rentrait sans faute à 18 heures, bavardait avec son oncle. Giles se penchait pour écouter attentivement ce que lui disait son neveu. Elle devinait aisément le sujet de la conversation.

— Mais si Emma n'obtenait pas la majorité… disait Giles.

— Comme il est peu probable que la Barrington fasse des bénéfices dans un avenir proche, tu ne peux donc plus compter sur des dividendes trimestriels réguliers.

— Y a-t-il de bonnes nouvelles ?

— Oui. Si Ross Buchanan a raison à propos du

paquebot de luxe, et c'est un gestionnaire perspicace, la Barrington pourra alors s'attendre à un brillant avenir. Et tu pourras t'asseoir à la table du Conseil des ministres sans avoir à chercher à survivre avec un salaire de ministre.

— Je dois dire que je suis enchanté de te voir t'intéresser de si près à l'entreprise familiale et je ne peux que souhaiter que tu continues dans cette voie lorsque tu seras à Cambridge.

— Tu peux en être sûr, car mon principal souci, c'est l'avenir de l'entreprise. J'espère seulement qu'elle existera toujours quand je serai prêt à en assumer la présidence.

— Crois-tu vraiment qu'il soit possible qu'elle coule ? fit Giles, pour la première fois anxieux.

— Ça paraît improbable, mais le fait que le commandant Fisher ait repris sa place au conseil d'administration n'aide pas, parce que je suis convaincu qu'en ce qui concerne l'entreprise ses intérêts sont diamétralement opposés aux nôtres. En fait, si c'est bien don Pedro Martinez qu'il représente, je ne suis pas du tout certain que la survie de la Barrington fasse partie de leur projet à long terme.

— Je suis persuadé que Ross Buchanan et Emma seront largement de taille à affronter Fisher, et même Martinez.

— C'est possible. Mais rappelle-toi qu'ils ne chantent pas toujours à l'unisson et Fisher ne va pas manquer d'en tirer parti. Et même s'ils contrecarrent les desseins de Fisher à court terme, il n'aura qu'à attendre deux ans pour que cela lui tombe tout cuit dans la bouche.

— Qu'entends-tu par là ?

— Ce n'est un secret pour personne que Ross Buchanan a l'intention de prendre sa retraite dans un avenir assez proche, et il paraît qu'il vient d'acquérir une propriété dans le Perthshire, agréablement située près de trois terrains de golf et de deux rivières, ce qui lui permettra de s'adonner à ses deux passe-temps favoris. Par conséquent, l'entreprise ne va pas tarder à chercher un nouveau président.

— Mais si Buchanan prend sa retraite, ta mère serait à l'évidence la personne idéale pour le remplacer, non ? Après tout, elle fait partie de la famille et on détient toujours 22 % des actions.

— À ce moment-là, il se pourrait que Martinez ait lui aussi acquis 22 % des actions, peut-être même davantage, car nous savons pertinemment qu'il continue à acheter des actions de la Barrington dès qu'elles apparaissent sur le marché. Et je crois qu'en ce qui concerne la présidence de l'entreprise il aura alors un autre candidat en tête.

6

Lorsque Emma entra dans la salle du conseil le vendredi matin, elle ne fut pas étonnée de voir que la majorité de ses collègues directeurs étaient déjà là. Seule la mort aurait pu être une raison valable pour s'abstenir d'assister à cette réunion. Il s'agissait de ce que Giles aurait appelé une « invitation impérative à voter », convocation adressée à un parlementaire par son chef de file.

Le président bavardait avec le contre-amiral Summers. Sans surprise, Clive Anscott était en pleine conversation avec Jim Knowles, son partenaire de golf. Ils avaient déjà informé Emma qu'ils soutiendraient tous les deux le président lorsqu'on passerait au vote. Emma se joignit à Andy Dobbs et David Dixon qui lui avaient clairement indiqué qu'ils seraient de son côté.

Philip Webster, le secrétaire de la compagnie, et Michael Carrick, le directeur financier, étaient en train d'étudier les plans de l'architecte du paquebot de luxe étalés sur la table du conseil, à côté d'une maquette du *Buckingham* qu'Emma voyait pour la première fois. Elle devait reconnaître que c'était très beau, et on sait que les garçons adorent les jouets.

— Cela va être très serré, disait Andy Dobbs à

Emma, quand la porte s'ouvrit pour laisser passer le dixième directeur.

Alex Fisher resta près de la porte. Il paraissait un peu nerveux, comme un petit nouveau le jour de la rentrée qui se demande si un élève va lui parler. Le président se détacha immédiatement du groupe où il se trouvait et traversa la pièce pour venir le saluer. Emma le regarda serrer la main du commandant d'un air guindé, pas comme s'il accueillait un collègue estimé. En ce qui concernait Fisher, elle et lui étaient du même avis.

Quand l'horloge qui se dressait dans un coin de la salle égrena dix coups, les conversations cessèrent immédiatement et les directeurs s'installèrent à leur place respective autour de la table. Telle une fille qui fait tapisserie au bal de la paroisse, Fisher demeura debout jusqu'à ce qu'il ne reste qu'un siège libre, comme dans le jeu des chaises musicales. Il s'assit prestement juste en face d'Emma, mais sans regarder dans sa direction.

— Bonjour, dit le président, une fois que tout le monde fut assis. Puis-je ouvrir la séance en saluant le retour parmi nous du commandant Fisher ?

Une seule personne réussit à émettre un « Oyez, oyez ! » étouffé. Il est vrai que ce directeur ne faisait pas partie du conseil à l'époque où Fisher y siégeait.

— Puisque c'est la seconde fois que le commandant siège au conseil, il connaît nos habitudes et il sait que nous attendons de tous nos collègues une loyauté sans faille envers notre grande entreprise.

— Merci, président, répondit Fisher. J'aimerais dire à quel point je suis ravi de faire à nouveau partie du conseil d'administration, et permettez-moi de vous assurer que j'agirai toujours dans le sens de ce qui me semblera être les intérêts de la Barrington.

— Enchanté de l'apprendre, dit le président. J'ai cependant le devoir de vous rappeler, comme à chaque nouveau membre du conseil, qu'il est illégal pour un directeur d'acheter ou de vendre des actions de l'entreprise sans en avoir avisé au préalable la Bourse ainsi que le secrétaire de la compagnie.

Si Fisher comprit que cette flèche lui était destinée, elle rata sa cible car il se contenta de hocher la tête en souriant, bien que M. Webster ait dûment inscrit les propos du président au procès-verbal de la séance. En tout cas, Emma fut satisfaite qu'ils y figurent cette fois-ci.

Après que celui de la précédente réunion eut été lu et approuvé, le président reprit :

— Les membres du conseil n'ont pu manquer de remarquer qu'une seule question est inscrite à l'ordre du jour. Vous savez tous que je considère l'heure venue de prendre une décision qui va, et je ne crois pas exagérer, décider de l'avenir de la Barrington et peut-être de celui d'un ou deux d'entre nous aujourd'hui au service de la compagnie.

Manifestement, ce préambule étonna plusieurs directeurs qui se mirent à chuchoter entre eux. Buchanan venait de balancer une grenade au milieu de la table du conseil en faisant implicitement comprendre que, si le vote ne lui était pas favorable, il démissionnerait.

Emma, elle, n'avait pas de grenade à lancer en réplique. Elle ne pouvait pas menacer de démissionner pour plusieurs raisons, notamment parce que aucun autre membre de la famille n'avait le moindre désir de prendre sa place. Sebastian lui avait déjà suggéré que si le vote ne lui était pas favorable elle pourrait toujours quitter le conseil. Elle et Giles pourraient alors vendre leurs actions, ce qui aurait le double avantage de faire réaliser de beaux bénéfices à la famille tout en déjouant les manœuvres de Martinez.

Emma leva les yeux vers le portrait de sir Walter Barrington. Elle pouvait entendre son grand-père lui dire : « Ne fais rien que tu risquerais de regretter toute ta vie, mon enfant. »

— Il faut absolument que nous ayons une discussion franche et sans tabous, reprit Ross Buchanan, au cours de laquelle, j'espère, tous les directeurs s'exprimeront sans peur et sans flatteries. C'est dans cet esprit, poursuivit-il en lançant sa deuxième grenade, que je suggère que Mme Clifton ouvre les débats, non seulement parce qu'elle est contre mon projet de construction d'un nouveau paquebot en ce moment, mais aussi parce qu'elle représente 22 % des actions de la compagnie et que c'est son illustre ancêtre, sir Joshua Barrington, qui a fondé l'entreprise il y a plus d'un siècle.

Elle avait plus ou moins espéré intervenir parmi les derniers, consciente du fait que, lorsque le président récapitulerait les arguments, les siens auraient perdu leur force. Elle était cependant décidée à les exposer avec le plus de persuasion possible.

— Merci, président, dit-elle en jetant un coup d'œil à ses notes. Permettez-moi de débuter en affirmant que, quel que soit le résultat de la discussion d'aujourd'hui, je suis certaine que nous espérons tous que vous continuerez à diriger l'entreprise durant de nombreuses années encore.

De sonores « Oyez, oyez ! » se firent entendre et Emma se dit qu'elle avait au moins regoupillé l'une des grenades.

— Comme le président nous l'a rappelé, mon arrière-grand-père a fondé cette entreprise il y a plus d'un siècle. Il possédait le don stupéfiant de repérer la bonne occasion tout en évitant habilement les ornières. Je regrette de ne pas avoir la clairvoyance de sir Joshua, car je serais alors capable de vous dire, poursuivit-elle en désignant le plan de l'architecte, s'il s'agit là d'une bonne occasion ou d'une ornière. En ce qui concerne ce projet, je me demande sérieusement s'il est souhaitable de mettre tous nos œufs dans le même panier. Investir une partie aussi importante des fonds de réserve dans un seul projet pourrait être une opération que nous regretterions tous amèrement. L'avenir des paquebots de luxe n'est-il pas très incertain ? Deux importantes compagnies maritimes ont déjà déclaré des pertes cette année et attribué leurs difficultés à la très forte augmentation du trafic des avions de ligne. Et ce n'est pas une coïncidence si la chute du nombre des passagers voyageant à bord de nos cargos transatlantiques correspond presque exactement à l'augmentation du nombre de ceux qui ont préféré l'avion durant la même période. Les choses sont très simples : les hommes d'affaires veulent arriver à leur réunion le plus vite possible et rentrer chez eux tout aussi rapidement. Rien de plus normal. Le changement d'allégeance des clients a beau nous déplaire, nous serions idiots de ne pas prendre en compte les conséquences à long terme. Je crois que nous devrions nous en tenir à ce qui a valu à la Barrington sa réputation internationale méritée – le transport du charbon, des voitures, des véhicules lourds, de l'acier, des aliments et autres articles – et laisser à d'autres compagnies la charge de convoyer des passagers. Je suis persuadée que, si nous nous contentons de ce qui constitue notre activité principale, à savoir les navires de commerce comportant des cabines pour une douzaine de passagers tout au plus, l'entreprise traversera ces temps difficiles et continuera à déclarer de jolis bénéfices, année après année, et à assurer à nos actionnaires un excellent retour sur investissement. Je refuse de jouer la totalité de l'argent que la compagnie a économisé avec tant de soin durant toutes ces années pour satisfaire les désirs de voyageurs capricieux.

Le moment est venu de balancer ma grenade, se dit Emma en tournant la page.

— Mon père, sir Hugo Barrington, a réussi à mettre cette entreprise à genoux en deux ans, et nous avons eu besoin de toute l'adresse et la grande habileté de Ross Buchanan pour la redresser ; ce pour quoi nous devons tous lui être éternellement reconnaissants. Cependant, cette dernière proposition constituant à mes yeux un pas de trop, j'espère que le conseil va la rejeter afin que nous poursuivions notre principale activité, qui nous a si bien réussi par le passé. Voilà pourquoi j'invite le conseil à voter contre cette résolution.

Elle fut ravie de constater qu'un ou deux des

membres les plus anciens qui avaient jusque-là hésité opinaient du chef à présent. Buchanan pria les autres directeurs de présenter leurs arguments et, une heure plus tard, ils avaient tous donné leur avis, sauf Alex Fisher qui était resté silencieux.

— Commandant, maintenant que nous avons entendu le point de vue de vos collègues, peut-être aurez-vous l'amabilité de faire part de votre opinion au conseil.

— Président, répondit Fisher, j'ai étudié ce mois-ci les procès-verbaux détaillés des réunions du conseil sur ce sujet précis et je ne suis certain que d'une chose : nous ne pouvons plus temporiser et il nous faut trancher aujourd'hui, dans un sens ou dans l'autre.

Il attendit que les « Oyez, oyez ! » se calment avant de poursuivre.

— J'ai écouté avec intérêt les interventions de mes collègues directeurs, et en particulier celle de Mme Clifton, qui a défendu avec beaucoup de passion un point de vue réfléchi, bien argumenté, et rappelé la longue association de sa famille avec la compagnie. Toutefois, avant de décider comment voter, j'aimerais savoir pourquoi le président est à ce point convaincu que nous devrions construire le *Buckingham*. Je ne suis toujours pas persuadé que le jeu en vaille la chandelle et je crains que ce soit là le pas de trop évoqué par Mme Clifton.

— La voix de la sagesse, commenta l'amiral.

Avait-elle mal jugé Fisher ? se demanda Emma, l'espace d'un instant. Avait-il réellement à cœur les intérêts de l'entreprise ? Elle se souvint alors de la formule de Sebastian : Chassez le naturel, il revient au galop.

— Merci, commandant, dit Buchanan.

Emma ne douta pas que, malgré son intervention soigneusement préparée et bien présentée, la décision avait été prise à sa place et qu'il suivait à la lettre les instructions de Martinez. Toutefois, elle n'avait aucune idée de la nature de ces instructions.

— Les membres du conseil connaissent parfaitement mon opinion bien ancrée sur le sujet, commença le président après avoir jeté un coup d'œil aux sept titres de rubriques figurant sur sa feuille. Je pense que la décision que nous allons prendre aujourd'hui est évidente. Cette entreprise veut-elle faire un pas en avant ou devons-nous nous contenter de faire du surplace ? Je n'ai pas besoin de vous rappeler que la Cunard vient de lancer deux vaisseaux de ligne, que la P&O procède en ce moment à la construction à Belfast du *Canberra*, que l'Union-Castle ajoute le *Windsor Castle* et le *Transvaal Castle* à sa flotte sud-africaine. De notre côté, nous semblons nous satisfaire de rester les bras croisés, tandis que nos rivaux, tels des pirates en maraude, prennent le contrôle des mers. C'est le moment ou jamais pour la Barrington d'entrer dans le commerce des paquebots, celui des transatlantiques en été et des bateaux de croisière en hiver. Mme Clifton a raison de faire remarquer que le nombre de nos passagers diminue. Mais c'est uniquement parce que notre flotte est caduque et que nous ne pouvons plus offrir un service que nos clients peuvent trouver ailleurs à un prix plus compétitif. Et si, comme le suggère Mme Clifton, nous décidions aujourd'hui de ne rien faire en attendant le bon moment, d'autres ne manqueraient pas de profiter de notre absence et nous resterions à quai. Certes, comme l'a indiqué le commandant Fisher, nous prendrions un risque, mais c'est ce que de grands chefs d'entreprise comme sir Joshua Barrington sont toujours disposés à faire. Et permettez-moi de vous rappeler que ce projet ne constitue pas le risque financier dépeint par Mme Clifton, poursuivit-il en désignant la maquette du paquebot placé au centre de la table, parce que nous pouvons couvrir une grande partie des dépenses engendrées par la construction de ce magnifique navire en puisant dans nos réserves actuelles et que nous n'allons pas avoir à emprunter à la banque de grosses sommes d'argent pour la financer. J'ai le sentiment que Joshua Barrington aurait aussi approuvé cet aspect des choses… Je crois, reprit Buchanan après avoir jeté un regard circulaire sur ses collègues, que nous sommes aujourd'hui confrontés à un choix simple : ne rien faire et se contenter, au mieux, de rester où nous sommes, ou voter pour l'avenir et donner à notre entreprise une chance de continuer à demeurer en tête dans le monde du transport maritime, comme c'est le cas depuis le début du siècle. Je demande par conséquent au conseil de soutenir ma proposition et d'investir dans l'avenir.

Malgré les propos vivifiants du président, Emma ne pouvait toujours pas prévoir le résultat du vote. C'est alors que Buchanan décida de dégoupiller sa troisième grenade.

— À présent, je vais prier le secrétaire de la compagnie d'inviter chaque directeur à déclarer s'il est pour ou contre la proposition.

Emma avait cru que, en accord avec la procédure

habituelle de la compagnie, on voterait à bulletin secret, ce qui, pensait-elle, lui donnerait une meilleure chance d'obtenir la majorité. Elle se rendait néanmoins compte qu'une objection formulée à ce stade risquait d'être perçue comme un signe de faiblesse, ce qui jouerait en faveur de Buchanan.

M. Webster sortit un seul feuillet d'un dossier qui se trouvait devant lui et lut à haute voix : « Les membres du conseil d'administration sont invités à voter sur une résolution proposée par le président et appuyée par le directeur général, à savoir que la compagnie mette en chantier un nouveau paquebot de luxe, le *Buckingham*, dès maintenant. »

Emma avait demandé qu'on ajoute les deux derniers mots à la résolution, dans l'espoir de persuader les membres du conseil les plus conservateurs d'attendre pour se décider.

Le secrétaire de la compagnie ouvrit le registre et lut à haute voix, l'un après l'autre, les noms des directeurs.

— Monsieur Buchanan.

— Pour la proposition, répondit le président sans la moindre hésitation.

— Monsieur Knowles.

— Pour.

— Monsieur Dixon.

— Contre.

— Monsieur Anscott.

— Pour.

Emma plaçait un plus ou un moins à côté du nom inscrit sur sa liste. Aucune surprise pour le moment.

— Amiral Summers.

— Contre, déclara-t-il d'une voix tout aussi ferme.

Emma n'en croyait pas ses oreilles. Il avait changé d'avis, ce qui signifiait que, si tous les autres campaient sur leur position, elle ne pouvait pas perdre.

— Madame Clifton.

— Contre.

— Monsieur Dobbs.

— Contre.

— Monsieur Carrick.

Le directeur financier hésita. Il avait dit à Emma qu'il était contre le projet, certain que les coûts allaient s'envoler et, malgré l'assurance de Buchanan, que la compagnie allait en fin de compte devoir contracter un gros emprunt bancaire.

— Pour, chuchota-t-il.

Elle jura à part elle. Elle mit une croix à côté du nom de Carrick et vérifia sa liste. Chaque camp avait cinq voix. Tous les regards se tournèrent vers le nouveau membre du conseil, dont la voix serait décisive.

Emma et Ross Buchanan allaient à présent découvrir comment aurait voté don Pedro Martinez, mais pas la raison de son vote.

Don Pedro Martinez

1958-1959

7

— À une seule voix ?

— Oui, répondit le commandant.

— Par conséquent, l'achat de ces actions s'est déjà révélé un bon investissement.

— Que voulez-vous que je fasse à présent ?

— Pour le moment, continuez à soutenir le président, parce qu'il ne va pas tarder à avoir une fois de plus besoin de vous.

— Je ne suis pas certain de comprendre.

— Il n'est pas nécessaire que vous compreniez, commandant.

Don Pedro se leva de son bureau et se dirigea vers la porte. La réunion était terminée et Fisher le suivit rapidement dans le vestibule.

— La vie conjugale se passe bien, commandant ?

— Merveilleusement bien, mentit Fisher qui s'était vite rendu compte que vivre à deux coûte plus cher que tout seul.

— Ravi de l'entendre, dit Martinez en lui remettant une épaisse enveloppe.

— Qu'est-ce que c'est ?

— Une petite prime pour vous remercier d'avoir

réussi le coup, répondit Martinez tandis que Karl ouvrait la porte d'entrée.

— Je vous dois déjà de l'argent, dit Fisher en glissant l'enveloppe dans une poche intérieure.

— Je suis persuadé que vous me rembourserez en nature, répliqua Martinez, tout en remarquant un homme assis sur un banc de l'autre côté de la rue qui faisait semblant de lire le *Daily Mail*.

— Souhaitez-vous toujours que je vienne à Londres avant la prochaine réunion du conseil d'administration ?

— Non. Mais téléphonez-moi dès que vous saurez qui a décroché le contrat pour la construction du *Buckingham*.

— Vous serez le premier à l'apprendre.

Il fit un semblant de salut militaire à son nouveau patron avant de se diriger d'un pas martial vers Sloane Square. L'homme assis de l'autre côté de la rue ne le suivit pas, mais il est vrai que le capitaine Hartley savait exactement où se rendait le commandant. Don Pedro rentra chez lui en souriant.

— Karl, dis à Diego et à Luis que je veux les voir sur-le-champ. Et je vais avoir besoin de toi également.

Le majordome inclina le buste en refermant la porte d'entrée, jouant soigneusement son rôle lorsque quelqu'un regardait. Don Pedro regagna son cabinet de travail, s'assit à son bureau, sourit et réfléchit à l'entretien qu'il venait d'avoir. Cette fois-ci, on ne contrarierait pas ses plans. Tout était prêt pour éliminer non pas un seul de ses membres, mais toute la famille. Il n'avait pas l'intention de mettre le commandant au courant de son nouveau projet, ayant le sentiment que, malgré le versement régulier de primes, l'homme risquait d'hésiter et de refuser de dépasser certaines limites. Il n'eut pas longtemps à attendre avant qu'on frappe à la porte et que le rejoignent les trois seuls hommes à qui il faisait confiance. Ses deux fils s'assirent en face de lui, ce qui lui rappela que le plus jeune ne pouvait être là et renforça sa détermination. Karl resta debout.

— La séance du conseil d'administration n'aurait pu mieux se dérouler. Ils ont voté à une voix de majorité le projet de construction du *Buckingham* et c'est la voix du commandant qui a fait la différence. Nous devons à présent découvrir quel chantier naval sera chargé du travail. Il nous faudra attendre de le savoir pour passer à la deuxième phase de mon plan.

— Et comme ça risque d'être très coûteux, dit Diego, sais-tu comment nous allons financer toute l'opération ?

— Oui. J'ai l'intention de dévaliser une banque.

*

* *

Le colonel Scott-Hopkins entra dans le Clarence juste avant midi. Le pub se trouvait à deux cents mètres de Downing Street et était connu pour être fréquenté par des touristes. Il s'approcha du bar et commanda un demi et un double gin-tonic.

— Trois shillings, six pence, monsieur, dit le barman.

Le colonel posa deux pièces de deux shillings sur le comptoir, prit les deux verres et gagna un box à l'autre bout de la salle où ils seraient à l'abri des regards indiscrets. Il posa les boissons sur une petite table en bois couverte de traces de ronds laissées par les verres de bière, puis consulta sa montre. Son chef était rarement en retard, même si dans son travail les problèmes tendaient à surgir au dernier moment. Ce n'était pas le cas ce jour-là puisque le secrétaire général du gouvernement entra peu après dans le pub et se dirigea tout droit vers le box.

— Bonjour, monsieur, dit le colonel en se levant.

Il n'aurait jamais pensé l'appeler « sir Alan » en s'adressant à lui. C'eût été trop familier.

— Bonjour, Brian. Comme je ne dispose que de quelques minutes, peut-être pourriez-vous me donner tout de suite les dernières nouvelles.

— Martinez, ses fils Diego et Luis, ainsi que Karl Lunsdorf travaillent manifestement en équipe. Toutefois, depuis mon entretien avec Martinez, aucun d'entre eux ne s'est approché de l'hôpital Princess Alexandra à Harlow ni ne s'est rendu à Bristol.

— Ravi de l'apprendre, dit sir Alan en prenant son verre. Mais cela ne signifie pas que Martinez ne prépare pas autre chose. Il n'est pas homme à renoncer aussi facilement.

— Vous avez sans aucun doute raison, monsieur. S'il ne va pas à Bristol, cela ne signifie pas que Bristol ne vient pas à lui.

Le secrétaire général arqua un sourcil.

— Alex Fisher travaille maintenant à plein temps pour Martinez. Il siège à nouveau au conseil d'administration de la Barrington et fait un compte rendu à son nouveau patron de vive voix à Londres, une ou deux fois par semaine.

Le secrétaire général but une petite gorgée de son double gin tout en réfléchissant aux implications des propos du colonel. La première chose à faire était d'acheter quelques actions de la compagnie maritime Barrington afin de recevoir une copie des minutes de chaque réunion du conseil d'administration.

— Autre chose ?

— Oui. Martinez a pris un rendez-vous pour voir le gouverneur de la Banque d'Angleterre jeudi matin à 11 heures.

— Nous sommes donc sur le point de découvrir le nombre de faux billets de cinq livres que possède encore ce satané Martinez.

— Mais je croyais qu'on les avait tous détruits à Southampton en juin ?

— Seulement ceux qu'il avait dissimulés dans le socle de la statue de Rodin. Mais cela fait dix ans qu'il passe de petites quantités en fraude depuis Buenos Aires, bien avant qu'aucun d'entre nous ne s'aperçoive de son manège.

— Pourquoi le gouverneur ne refuse-t-il pas simplement de traiter avec ce type, alors qu'on sait tous que les billets sont faux ?

— Parce que le gouverneur est un âne bâté qui refuse de croire qu'on puisse fabriquer une copie parfaite de ses chers billets de cinq livres. Martinez s'apprête à échanger ses ampoules grillées contre des neuves, et je ne peux rien y faire.

— Et si je le tuais, monsieur ?

— Le gouverneur ou Martinez ? demanda sir Alan, sans trop savoir si Scott-Hopkins plaisantait.

Le colonel sourit. L'un ou l'autre. Peu lui aurait importé.

— Non, Brian. Je ne puis sanctionner le meurtre de Martinez sans motif légal, et la dernière fois que j'ai vérifié, les faux-monnayeurs n'étaient pas passibles de la pendaison.

*

* *

Assis à son bureau, attendant impatiemment que le téléphone sonne, don Pedro tambourinait des doigts sur son sous-main.

La réunion du conseil d'administration devait se tenir à 10 heures et se terminait généralement vers midi. Il était déjà 12 h 20 et il n'avait toujours aucune nouvelle de Fisher, bien qu'il lui ait intimé l'ordre de l'appeler dès la fin de la séance. Il se rappela cependant que Karl avait recommandé à Fisher de ne pas chercher à contacter le patron avant de se trouver assez loin du bâtiment Barrington, afin d'être sûr qu'aucun autre membre du conseil ne le voie passer l'appel.

Karl avait également suggéré au commandant de choisir un endroit qu'aucun de ses collègues directeurs n'aurait fréquenté. Fisher avait donc choisi le Lord Nelson, non seulement parce qu'il était à moins de quinze cents mètres du chantier naval Barrington mais aussi parce qu'il se trouvait sur les docks. C'était un pub qui servait des pintes de bière et du cidre à l'occasion, et qui n'avait pas besoin d'avoir du sherry Harveys Bristol Cream en stock. Surtout, il y avait une cabine téléphonique près de la porte d'entrée.

Le téléphone posé sur le bureau se mit à sonner. Don Pedro décrocha d'un geste brusque avant la seconde sonnerie. Karl avait aussi dit à Fisher de ne pas s'identifier quand il appelait d'un téléphone public, de ne pas s'embarrasser d'entrées en matière et de transmettre son message en moins d'une minute.

— Harland & Wolff, Belfast.

— Dieu existe donc, dit don Pedro.

Fisher raccrocha. Apparemment, on n'avait discuté de rien d'autre au conseil d'administration qui ne puisse attendre la venue de Fisher à Londres le lendemain. Don Pedro reposa l'appareil et regarda les trois hommes de l'autre côté du bureau. Ils savaient déjà en quoi consisterait leur prochaine tâche.

*

* *

— Venez.

Le chef comptable ouvrit la porte et s'écarta pour permettre au banquier argentin d'entrer dans le bureau du gouverneur. Martinez portait un costume croisé à fines rayures, une chemise blanche et une cravate en soie achetés chez un tailleur de Savile Row. Il était suivi par deux gardes en uniforme chargés d'une vieille malle défoncée de pensionnaire marquée des initiales B.M. Un homme grand et svelte fermait la marche ; il était vêtu d'une élégante veste noire, d'un gilet gris, d'un pantalon rayé et sa cravate sombre aux raies bleu pâle rappelait au commun des mortels que le gouverneur et lui avaient fréquenté le même collège privé.

Les gardes déposèrent la malle au milieu de la pièce tandis que le gouverneur quittait prestement sa table de travail pour serrer la main de don Pedro. Il fixa la malle pendant que son visiteur déverrouillait les fermoirs et relevait le couvercle. Les cinq hommes contemplèrent les rangées de billets de cinq livres soigneusement empilés les uns sur les autres. Ce n'était pas la première fois qu'ils assistaient à ce genre de spectacle.

— Somerville, dit le gouverneur au chef comptable, il faut compter ces billets puis vérifier le résultat une seconde fois. Si M. Martinez est d'accord avec vous, vous les détruirez.

Le chef comptable opina du chef et l'un des gardes referma et verrouilla la lourde malle. Les gardes la soulevèrent lentement et quittèrent la pièce derrière le chef comptable. Le gouverneur ne reprit la parole qu'après avoir entendu la porte se refermer.

— Peut-être accepterez-vous de boire avec moi un verre de Bristol Cream, vieille branche, en attendant qu'on nous confirme que nous avons abouti au même résultat que vous.

Don Pedro avait mis un certain temps à comprendre que « vieille branche » était une formule affectueuse, voire une façon de vous montrer que, bien que vous soyez un étranger, vous apparteniez au club.

Le gouverneur remplit deux verres et tendit l'un des deux à son visiteur.

— À la vôtre, mon vieux !

— À la vôtre, mon vieux ! répéta don Pedro.

— Je suis étonné, reprit le gouverneur après avoir bu une petite gorgée de la liqueur, que vous ayez conservé une telle somme en espèces.

— Je gardais cet argent dans un coffre à Genève depuis cinq ans et il y serait resté si votre gouvernement n'avait pas décidé d'imprimer de nouveaux billets.

— Ce n'est pas moi qui ai pris cette décision, vieille branche. En fait, j'avais déconseillé cette opération, mais cet imbécile de secrétaire général du gouvernement – mauvais *college* et mauvaise université, marmonna-t-il entre deux petites gorgées – a soutenu que les Allemands avaient fabriqué de faux billets de cinq livres sterling pendant la guerre. J'ai eu beau lui expliquer que c'était tout simplement impossible, il n'a rien voulu savoir. Il pensait en savoir plus que la Banque d'Angleterre. Je lui ai également affirmé que, du moment que ma signature figurait sur un billet de banque anglais, le montant serait entièrement honoré.

— Je ne m'attendais pas à moins, fit don Pedro en risquant un sourire.

Les deux hommes eurent ensuite du mal à trouver un sujet de conversation qui leur soit familier à tous les deux. Seuls le polo (pas le water-polo), le tournoi de Wimbledon et l'attente jusqu'au 12 août – date de l'ouverture de la chasse à la grouse – les occupèrent assez longtemps pour que le gouverneur serve un second verre de sherry, et il ne put cacher son soulagement lorsque le téléphone sur son bureau sonna. Il reposa son verre, décrocha et écouta attentivement, puis sortit un stylo Parker d'une poche intérieure pour écrire un chiffre, avant de demander au chef comptable de le répéter.

— Merci, Somerville, fit-il avant de raccrocher. Je suis ravi que nos deux chiffres soient identiques, mon vieux, dit-il à Martinez. Non que j'aie jamais eu le moindre doute à ce sujet, s'empressa-t-il d'ajouter.

Il ouvrit le premier tiroir de son bureau, en tira un carnet de chèques et écrivit *Deux millions cent quarante-trois mille cent trente-cinq livres*, d'une écriture ferme et précise, sans pouvoir s'empêcher d'ajouter le mot « seulement » avant de signer. Il tendit en souriant le chèque à don Pedro, lequel vérifia le montant avant de lui rendre son sourire.

Don Pedro aurait préféré une traite bancaire, mais un chèque rédigé par le gouverneur de la Banque d'Angleterre était presque aussi acceptable. Ne portait-il pas sa signature, à l'instar du billet de cinq livres ?

8

S'ils quittèrent le 44 Eaton Square à différents moments de la matinée, ils arrivèrent tous les trois au même endroit.

Luis fut le premier à sortir dans la rue. Il se dirigea vers la station de métro Sloane Square et monta dans une rame de la Circle Line pour gagner Hammersmith où il emprunta la Piccadilly Line, le caporal Crann le suivant toujours d'assez près.

Diego prit un taxi pour se rendre à la gare routière Victoria et monta à bord d'un autobus pour aller à l'aéroport, rejoint quelques instants plus tard par l'homme qui l'avait pris en filature.

Si Luis s'arrangeait pour que le capitaine Hartley n'ait aucune difficulté à le suivre, il ne faisait qu'obéir aux ordres de son père. À Hounslow West, il sortit du métro et héla un taxi pour gagner l'aéroport de Londres, où il consulta le tableau des départs afin de vérifier que son avion décollerait bien un peu plus d'une heure plus tard. Il acheta le dernier *Playboy* chez WHSmith et, n'ayant aucun bagage à enregistrer, il se dirigea lentement vers la porte numéro 5.

L'autobus de Diego le déposa devant le terminal un peu avant 10 heures. Lui aussi consulta le panneau des départs et constata que son vol pour Madrid aurait quarante minutes de retard, mais cela n'avait pas d'importance. Il se dirigea vers Forte's Grill, commanda un café et un sandwich au jambon, puis s'assit près de l'entrée afin qu'on le voie bien.

Karl ouvrit la porte d'entrée du numéro 44 quelques minutes après le décollage de l'avion de Luis pour Nice. Il prit la direction de Sloane Street avec un sac Harrods déjà plein, s'arrêtant en chemin pour faire du lèche-vitrine, non pour admirer les articles mais, utilisant un vieux stratagème, pour vérifier grâce aux reflets qu'il n'était pas suivi. Il l'était, par le même homme mal habillé qui le filait depuis un mois. Lorsqu'il arriva à Harrods, il savait fort bien que son poursuivant n'était qu'à quelques pas derrière lui.

Un portier vêtu d'un long manteau vert et coiffé d'un haut-de-forme lui ouvrit la porte et le salua. Il se flattait de reconnaître ses clients réguliers.

Après être entré dans le magasin, Karl traversa rapidement la mercerie, accélérant l'allure en passant devant la maroquinerie et courant presque au moment où il atteignit les six ascenseurs. Un seul était ouvert et, quoiqu'il fût déjà plein à craquer, il réussit à s'y glisser. L'homme qui le suivait faillit le rejoindre mais le liftier referma la grille juste avant qu'il ait le temps d'y entrer. Tandis que la cabine disparaissait dans les hauteurs, le poursuivi ne put s'empêcher de sourire au poursuivant.

Karl ne sortit qu'au dernier étage et parcourut d'un bon pas le rayon de l'électricité, celui du mobilier, la librairie et la galerie d'art, avant d'emprunter l'escalier de pierre, situé à l'extrémité nord du magasin et rarement utilisé. Il dévala les marches deux par deux et ne s'arrêta de courir qu'au rez-de-chaussée. Il traversa alors le rayon des vêtements pour hommes, celui des parfums, des stylos et de la papeterie et finit par atteindre une porte latérale qui s'ouvrait sur Hans Road. Une fois sur le trottoir, il héla le premier taxi qui passait, y grimpa et se tassa sur son siège pour se dissimuler à la vue.

— Aéroport de Londres, lança-t-il au chauffeur.

Il attendit que le taxi eût franchi deux feux de circulation avant d'oser jeter un coup d'œil par la lunette arrière. Aucun poursuivant en vue, sauf si le sergent Roberts roulait à vélo ou se trouvait à bord d'un autobus.

Karl s'était rendu chez Harrods tous les matins depuis quinze jours, gagnant directement le rayon de l'alimentation au rez-de-chaussée pour acheter quelques articles, avant de retourner à Eaton Square. Mais pas ce jour-là. Même s'il s'était débarrassé de l'homme du SAS cette fois-ci, il savait qu'il ne pourrait pas s'en tirer une nouvelle fois chez Harrods. Et puisqu'il devrait très probablement retourner là où il se rendait ce jour-là, il ne leur serait pas difficile de deviner sa destination et ils l'attendraient à sa descente d'avion.

Lorsque le taxi le déposa devant le terminal Europa, il n'acheta pas un exemplaire de *Playboy*, ne prit pas de café et se dirigea directement vers la porte numéro 18.

*

* *

L'avion de Luis atterrit à Nice quelques minutes après le décollage de celui de Karl. Il avait dissimulé une liasse de billets de cinq livres tout neufs dans son sac de toilette et les instructions n'auraient pu être plus claires : « Amuse-toi bien et ne reviens pas avant une semaine au moins. » On ne pouvait pas dire qu'il s'agissait d'une mission pénible, et elle faisait partie du plan de don Pedro.

L'avion de Diego pénétra dans l'espace aérien espagnol avec une heure de retard mais, n'ayant rendez-vous avec l'un des plus grands importateurs de bœufs qu'à 16 heures, il avait du temps devant lui. Chaque fois qu'il allait à Madrid, il descendait au même hôtel, dînait dans le même restaurant et fréquentait le même bordel. L'homme qui le suivait prit une chambre dans le même hôtel, mangea dans le même restaurant, mais quand Diego passa deux heures à La Buena Noche, il s'installa tout seul dans un café de l'autre côté de la rue. Il pensait que le colonel Scott-Hopkins n'aurait pas trouvé amusant de voir figurer cette dépense sur la note de frais.

*

* *

Karl Lunsdorf ne connaissait pas Belfast, mais après avoir offert plusieurs tournées au Ward's Irish House à Piccadilly, il quitta le pub en ayant cette fois-ci obtenu une réponse à presque toutes ses questions. Et il jura de ne plus jamais boire de Guinness.

Il prit un taxi à l'aéroport pour gagner le Royal Windsor Hotel, situé au centre de la ville. Il réserva une chambre pour trois nuits et indiqua au réceptionniste qu'il pourrait rester plus longtemps si ses affaires le nécessitaient. Une fois dans sa chambre, il ferma la porte à clé, vida son sac Harrods et se fit couler un bain. Puis il s'allongea sur le lit, réfléchit à ce qu'il avait l'intention de faire ce soir-là et ne bougea que lorsque qu'il vit les réverbères s'allumer. Ensuite, il étudia une fois de plus le plan de la ville afin de ne pas avoir besoin de le consulter dans la rue.

Il quitta sa chambre un peu après 18 heures et descendit au rez-de-chaussée par l'escalier. Il n'utilisa pas l'ascenseur de l'hôtel car la minuscule cabine étant très fortement éclairée, il aurait été trop exposé au regard des autres clients qui auraient pu facilement se souvenir de lui. Il traversa vite – mais pas trop non plus – le vestibule et émergea dans Donegall Road. Après une centaine de mètres de lèche-vitrine, il fut certain que personne ne le suivait. Une fois de plus, il se retrouvait derrière les lignes ennemies.

Il n'emprunta pas le plus court chemin pour atteindre sa destination, revenant sur ses pas dans les ruelles, si bien qu'il mit presque une heure pour faire un trajet qui aurait dû lui prendre normalement vingt minutes. Il est vrai qu'il n'était pas pressé. Lorsqu'il arriva enfin dans Falls Road, il sentit la sueur perler sur son front, conscient que la peur lui tiendrait compagnie tant qu'il resterait dans le périmètre des quatorze pâtés de maisons occupés seulement par des catholiques. Ce n'était pas la première fois qu'il se retrouvait à un endroit dont il n'était pas sûr de ressortir vivant.

Avec son épaisse crinière blonde, son mètre quatre-vingt-huit, ses quatre-vingt-quinze kilos presque uniquement constitués de muscles, il n'allait pas lui être facile de se fondre dans le paysage. Ce qui avait été un avantage lorsqu'il était un jeune officier SS serait un handicap durant les heures à venir. Une seule chose le servirait : son accent allemand. Beaucoup de catholiques vivant sur Falls Road détestaient les Anglais encore plus que les Allemands, même s'il s'en fallait de peu. Hitler n'avait-il pas promis de réunir le Nord et le Sud dès qu'il aurait gagné la guerre ? Karl se demandait parfois à quel poste Himmler l'aurait nommé si, comme il l'avait recommandé, l'Allemagne avait envahi l'Angleterre au lieu de commettre la tragique erreur de se tourner vers l'Est et la Russie. Dommage que le Führer n'ait pas davantage étudié l'histoire. Karl ne doutait pas cependant qu'un grand nombre de ceux qui soutenaient la cause de l'unité irlandaise n'étaient que des voyous et des criminels qui considéraient le patriotisme comme une façon à peine déguisée de faire de l'argent. C'était le point commun entre l'armée républicaine irlandaise et les SS.

Il aperçut l'enseigne qui se balançait dans la brise du soir. S'il devait faire demi-tour, c'était maintenant ou jamais. Mais il n'hésita pas. Il n'oublierait jamais que c'était grâce à Martinez qu'il avait pu fuir sa patrie alors que le Reichstag se trouvait à portée de tir des tanks russes.

Il poussa la porte verte à la peinture écaillée du bar, sachant qu'il passait aussi inaperçu qu'une bonne sœur dans une salle de jeu. Mais il était conscient qu'il était impossible de faire savoir discrètement à l'IRA qu'il était arrivé en ville. Il ne s'agissait pas de connaître la bonne personne, puisqu'il ne connaissait personne.

Lorsqu'il commanda un whisky Jameson, il exagéra son accent allemand. Puis il sortit son portefeuille, en tira un billet de cinq livres tout neuf et le plaça sur le comptoir. Le barman regarda le billet d'un air suspicieux, même pas sûr d'avoir assez d'argent dans la caisse pour rendre la monnaie.

Karl avala son whisky et s'empressa d'en commander un autre. Il lui fallait au moins montrer qu'ils avaient quelque chose en commun. Cela l'amusait toujours de constater que beaucoup de gens pensent qu'un grand costaud doit être un gros buveur. Après le deuxième whisky, il parcourut la salle du regard mais personne ne souhaitait établir un contact visuel avec lui. Environ vingt clients bavardaient, jouaient aux dominos, sirotaient leur pinte de bière, tous faisant semblant de ne pas avoir remarqué la présence de l'éléphant.

À 21 h 30, le barman sonna la cloche et cria que le moment de la dernière consommation était arrivé, ce qui fit se précipiter vers le comptoir plusieurs clients pour commander un dernier verre. Mais personne ne prêta attention à Karl ni, bien sûr, ne lui adressa la parole. Il resta là quelques minutes de plus, mais puisque rien ne se passait, il décida de rentrer à l'hôtel et de retenter le coup le lendemain. Il savait qu'il faudrait des années – et encore ! – pour qu'on le traite comme un autochtone. Or il ne disposait que de quelques jours pour rencontrer quelqu'un qui n'aurait jamais songé à entrer dans ce bar, mais à qui on aurait appris avant minuit que Karl s'y était trouvé.

Comme il ressortait dans Falls Road, il se rendit compte que plusieurs paires d'yeux le surveillaient. Quelques instants plus tard, alors qu'il traversait la rue, deux hommes plutôt éméchés l'imitèrent d'un pas chancelant. Il ralentit l'allure pour que ses poursuivants ne manquent pas de voir où il allait passer la nuit afin qu'ils puissent relayer l'information à une autorité supérieure. Il entra dans l'hôtel et, se retournant, il les aperçut qui traînaient dans l'ombre de l'autre côté de la rue. Il monta au troisième étage, ouvrit la porte de sa chambre en se disant que, le premier jour de son séjour, il n'aurait pas pu faire beaucoup mieux que de leur signaler sa présence.

Karl dévora tous les biscuits offerts laissés sur la commode, ainsi qu'une orange, une pomme et une banane disposées dans la corbeille de fruits. C'était tout à fait suffisant. Quand il avait fui Berlin en avril 1945, il avait survécu en buvant de l'eau puisée dans des rivières boueuses récemment troublées par des tanks et autres véhicules et, luxe suprême, grâce à un lapin cru dont il avait même mangé la peau, avant de passer la frontière suisse. Il n'avait jamais dormi sous un toit, marché sur une route et traversé une ville ou un village pendant le long trajet sinueux jusqu'à la côte méditerranéenne où il fut transporté clandestinement sur un cargo, comme un sac de charbon. Ce ne fut que cinq mois plus tard qu'il descendit du bateau pour débarquer à Buenos Aires. Il partit immédiatement à la recherche de don Pedro Martinez, exécutant ainsi le dernier ordre que lui avait donné Himmler avant de se suicider. Martinez était désormais son chef.

9

Le lendemain, il fit la grasse matinée. Sachant qu'il ne pouvait se permettre d'être vu dans la salle du petit déjeuner de l'hôtel pleine de protestants, il avala un sandwich au bacon dans un café au coin de la rue Leeson, avant de revenir lentement à Falls Road, parmi les gens qui faisaient leurs courses, de jeunes mères poussant des landaus, des enfants suçant des tétines et des prêtres en soutane noire.

Quelques instants après l'ouverture, il était de retour au Volunteer. Si le tavernier reconnut immédiatement « le type aux cinq livres », il ne le montra pas. Karl commanda une pinte de bière blonde et la régla avec la monnaie du sandwich. Il resta accoudé au comptoir jusqu'à la clôture, ne s'en éloignant brièvement que deux fois pour aller se soulager. Il déjeuna d'un paquet de chips Smith salées. En début de soirée, il avait mangé le contenu de trois paquets, ce qui lui donna encore plus soif. Des gens du coin entraient et sortaient du bar et il remarqua que certains ne restaient pas pour boire, ce qui lui redonna espoir. Ils regardaient sans avoir l'air de voir et les heures avaient beau passer, personne ne lui parla ni ne lui jeta le moindre coup d'œil.

Un quart d'heure après avoir lancé que c'était le moment de la dernière commande, le barman cria : « S'il vous plaît, messieurs, c'est l'heure ! » Karl se dit alors qu'il avait encore perdu sa journée. Comme il se dirigeait vers la porte, il pensa même passer au plan B, ce qui impliquait qu'il allait devoir changer de camp et prendre contact avec les protestants.

À peine était-il sorti sur le trottoir qu'une Hillman noire s'approcha de lui. La portière arrière s'ouvrit brusquement et, avant qu'il ait le temps de réagir, deux hommes s'emparèrent de lui, le jetèrent sur le siège arrière et claquèrent la portière. Puis la voiture démarra sur les chapeaux de roues.

Levant les yeux, il aperçut un jeune gars qui n'avait sûrement pas l'âge légal pour voter mais qui pointait une arme sur sa tempe. Ce qui l'inquiétait, c'était que l'adolescent avait manifestement plus peur que lui et tremblait si fort que le coup risquait de partir par mégarde. Il aurait pu le désarmer en un tournemain, mais comme ç'aurait été à l'encontre de ses intérêts, il ne résista pas quand l'homme plus âgé, assis de l'autre côté, lui attacha les mains derrière le dos avant de lui bander les yeux, de vérifier s'il était armé, puis de le délester prestement de son portefeuille. Karl l'entendit siffloter en comptant les billets de cinq livres.

— Ce n'est qu'une toute petite partie du trésor, dit Karl.

Une discussion animée s'ensuivit dans ce qui devait être leur langue maternelle. Il eut l'impression que l'un d'entre eux voulait le tuer, mais il espérait que l'homme plus âgé serait tenté par la perspective d'une plus grosse somme d'argent. L'appât du gain fut probablement le plus fort, parce qu'il ne sentait plus le canon du pistolet sur sa tempe.

La voiture tourna à droite, puis à gauche quelques instants plus tard. Qui croyaient-ils tromper ? Sachant qu'ils n'oseraient pas quitter le bastion catholique, Karl pensa qu'ils rebroussaient chemin.

La voiture s'arrêta brusquement, une portière s'ouvrit et Karl fut projeté sur la chaussée. *Si je suis encore en vie dans cinq minutes*, se dit-il, *j'ai des chances de vivre assez longtemps pour toucher ma pension de retraite.* On lui tira sur les cheveux pour qu'il se relève et une bourrade dans les reins lui fit franchir d'un coup une porte ouverte. Une odeur de viande brûlée venait d'une pièce du fond mais il se douta qu'il n'était pas prévu qu'on le nourrisse.

On lui fit monter un escalier jusqu'à une pièce où on le jeta sur une chaise de bois. La porte claqua et on le laissa seul. Mais l'était-il vraiment ? Il supposa qu'il se trouvait dans une maison sûre et qu'un responsable de l'organisation, voire un chef de zone, allait décider de son sort.

Impossible d'évaluer avec précision la durée de l'attente. Il eut l'impression d'être là depuis de nombreuses heures, chaque minute étant plus longue que la précédente, quand la porte s'ouvrit à la volée et qu'au moins trois hommes entrèrent dans la pièce. L'un d'entre eux se mit à tourner autour de la chaise.

— Qu'est-ce que tu veux, l'Anglais ? demanda la voix d'un ton bourru.

— Je ne suis pas anglais. Je suis allemand.

— Alors, qu'est-ce que tu veux, le Boche ? reprit la voix après un long silence.

— J'ai une proposition à vous faire.

— Est-ce que tu soutiens l'IRA ? fit une autre voix, plus jeune, vibrante mais dépourvue d'autorité.

— Je me fous de l'IRA.

— Alors, pourquoi risquer ta vie pour nous rencontrer ?

— Parce que, je le répète, j'ai une proposition à vous faire qui a des chances de vous intéresser. Alors, pourquoi est-ce que vous foutez pas le camp pour aller chercher quelqu'un qui puisse prendre une décision ? Parce que je suppose, petit, que ta mère t'apprend toujours à faire sur le pot.

Un coup de poing lui écrasa la bouche puis une discussion animée s'ensuivit, plusieurs personnes parlant en même temps. Il sentit du sang dégouliner sur son menton et se raidit, prêt à recevoir un deuxième coup qui ne vint pas. L'homme plus âgé avait dû s'interposer. Quelques instants plus tard, trois des hommes sortirent de la pièce en claquant la porte derrière eux. Cette fois-ci, Karl savait qu'il n'était pas seul. Avoir les yeux bandés depuis si longtemps l'avait rendu plus sensible aux sons et aux odeurs. Une heure au moins s'écoula avant que la porte ne s'ouvre à nouveau pour laisser passer quelqu'un chaussé de souliers et non pas de bottes. Karl sentait qu'il ne se trouvait qu'à quelques centimètres de lui.

— Comment vous appelez-vous ? s'enquit l'homme à la voix distinguée quasiment dépourvue d'accent.

Karl devina qu'elle appartenait à un homme âgé de trente-cinq à quarante ans. Il sourit car, même s'il ne pouvait le voir, il savait que c'était la personne avec qui il était venu négocier.

— Karl Lunsdorf.

— Et qu'est-ce qui vous amène à Belfast, monsieur Lunsdorf ?

— J'ai besoin de votre aide.

— Qu'avez-vous à l'esprit ?

— Il me faut quelqu'un qui soutient votre cause et qui travaille à Harland & Wolff.

— Vous savez, n'est-ce pas, que rares sont les catholiques qui peuvent trouver du travail chez Harland & Wolff ? L'entreprise pratique le monopole d'embauche. Je crains, par conséquent, que vous ayez fait ce voyage pour rien.

— D'accord, il n'y a qu'une poignée de catholiques, triés sur le volet, qui y travaillent dans des domaines précis – électricité, plomberie, soudage –, et seulement lorsque la direction n'arrive pas à trouver un protestant compétent dans ce domaine.

— Vous êtes bien renseigné, monsieur Lunsdorf. Mais, même si nous pouvions trouver un ouvrier adepte de notre cause, que souhaiteriez-vous qu'il fasse ?

— Harland & Wolff vient de signer un contrat avec la compagnie maritime Barrington…

— Pour la construction d'un paquebot de luxe appelé *Buckingham*.

— Je vous retourne le compliment. Vous aussi, vous êtes bien renseigné.

— Pas vraiment, répliqua la voix. Le lendemain de la signature du contrat, un dessin d'architecte a été publié à la une de nos deux journaux locaux. Par conséquent, monsieur Lunsdorf, donnez-moi des détails que je ne connais pas déjà.

— Les travaux de construction commencent le mois prochain et le paquebot doit être livré à la Barrington le 15 mars 1962.

— Et qu'espérez-vous de nous ? Que nous accélérions le processus ou que nous le ralentissions ?

— Que vous y mettiez fin.

— Ce ne sera pas tâche facile avec un grand nombre d'yeux suspicieux qui surveilleront le chantier.

— Nous saurons nous montrer généreux.

— Pour quelle raison ? fit la voix bourrue.

— Disons simplement que je représente une entreprise rivale qui aimerait voir la compagnie maritime Barrington en proie à de graves difficultés financières.

— Et comment serions-nous rémunérés ? s'enquit la voix.

— Selon les résultats. Le contrat stipule que la construction du navire doit s'accomplir en huit phases, chacune d'elles se terminant à une date précise. Par exemple, la fin des travaux de la première phase devra être approuvée par la signature des deux parties au plus tard le 1er décembre de cette année. Je propose que nous vous donnions mille livres par jour de retard durant n'importe quelle phase. Autrement dit, si la construction était retardée d'une année, on vous paierait trois cent soixante-cinq mille livres.

— Je sais combien de jours il y a dans une année, monsieur Lunsdorf. Si nous acceptions votre proposition, nous demanderions un « acompte de courtoisie ».

— De combien ? s'enquit Karl qui, pour la première fois, avait le sentiment de parler d'égal à égal.

Les deux hommes chuchotèrent entre eux.

— Je pense qu'un à-valoir de vingt mille livres aiderait à nous convaincre que vous êtes sérieux, dit la voix.

— Donnez-moi vos coordonnées bancaires et dès demain matin je virerai la somme intégrale sur votre compte.

— Nous reprendrons contact avec vous, mais nous allons d'abord réfléchir à votre proposition.

— Mais vous ne connaissez pas mon adresse...

— 44 Eaton Square, Chelsea, monsieur Lunsdorf. (Karl eut le souffle coupé.) Et si nous acceptons de vous aider, monsieur Lunsdorf, évitez de sous-estimer les Irlandais, erreur que commettent les Anglais depuis près de mille ans.

*

* *

— Mais comment avez-vous réussi à perdre la piste de Lunsdorf ?

— Il a échappé au sergent Roberts chez Harrods.

— Je regrette parfois de ne pas avoir cette possibilité quand je fais du shopping avec ma femme, dit le secrétaire général du gouvernement. Et Luis et Diego Martinez ? Ont-ils disparu dans la nature eux aussi ?

— Non, mais ce n'étaient finalement que deux écrans de fumée destinés à nous occuper pendant que Lunsdorf réussissait à nous filer entre les doigts.

— Combien de temps a-t-il été absent ?

— Trois jours. Il est revenu à Eaton Square vendredi après-midi.

— Il n'a pas pu aller très loin en si peu de temps.

Si j'étais joueur, je crois que je parierais plutôt sur Belfast gagnant, vu qu'il a passé ce mois-ci plusieurs soirées à boire de la Guinness au Ward's Irish House à Piccadilly.

— Et c'est à Belfast qu'on construit le *Buckingham*. Mais je n'ai toujours pas deviné le but de Martinez, dit Scott-Hopkins.

— Moi non plus, mais je peux vous révéler qu'il vient de déposer un peu plus de deux millions de livres à l'agence Saint-James de la Midland Bank et qu'il s'est empressé d'acheter de nouvelles actions de la Barrington. Il ne va pas tarder à placer un deuxième directeur au conseil d'administration.

— Peut-être a-t-il l'intention de s'emparer de l'entreprise.

— Que Martinez puisse diriger l'entreprise familiale serait pour Mme Clifton une perspective plutôt humiliante. « Si vous ravissez ma réputation… » comme dit Iago à Othello.

— Martinez pourrait perdre une fortune !

— J'en doute. L'homme doit déjà avoir un plan de rechange mais je ne parviens pas à comprendre ce qu'il manigance.

— Que peut-on faire ?

— Pas grand-chose, à part attendre que l'un d'eux fasse un faux pas… C'est dans ce genre de cas, reprit le secrétaire général après avoir terminé son verre, que je regrette de ne pas être né en Russie. Je serais déjà directeur du KGB et je ne serais pas contraint de respecter le règlement.

10

— Ce n'est la faute de personne, dit le président.

— Peut-être, mais il semble que nous subissions d'inexplicables infortunes les unes après les autres, répliqua Emma. Un incendie dans une aire de chargement, commença-t-elle, lisant à haute voix la longue liste posée devant elle, qui retarde la construction durant plusieurs jours… La courroie se rompt alors qu'on est en train de décharger une chaudière, qui finit au fond du port… Une intoxication alimentaire renvoie chez eux soixante-treize électriciens, plombiers et soudeurs… Une grève sauvage…

— Et à quoi aboutit tout cela, président ? demanda le commandant Fisher.

— À un retard très important. Il n'y a aucune chance que la première phase soit terminée à la fin de l'année. Si les choses continuent ainsi, nous n'avons guère d'espoir de respecter le calendrier initial.

— Et quelles seraient les conséquences d'un retard ? s'enquit l'amiral.

Michael Carrick, le directeur financier de l'entreprise, consulta ses chiffres.

— Pour le moment, répondit-il, le surcoût s'élève à trois cent douze mille livres.

— Pouvons-nous régler ce dépassement en puisant dans nos fonds de réserve où allons-nous devoir recourir à un emprunt à court terme ? demanda Dobbs.

— Nos réserves couvrent largement cette première dépense imprévue, expliqua Carrick. Mais durant les prochains mois nous devrons faire tout ce qui est en notre pouvoir pour rattraper le temps perdu.

Emma écrivit « en notre pouvoir » sur le bloc-notes posé devant elle.

— Peut-être serait-il prudent, reprit le président, de repousser l'annonce de la date du lancement du bateau, car nous devons désormais réviser nos prévisions en ce qui concerne et les dates et les coûts.

— Lorsque vous étiez vice-président de la P&O, demanda Knowles, avez-vous rencontré ce genre de difficultés ? Ou celles que nous subissons sont-elles inhabituelles ?

— Tout à fait insolites. En fait, je n'en ai jamais rencontré de semblables. Toute construction connaît des contretemps et des revers inattendus mais en général les choses finissent par s'arranger.

— Notre assurance couvre-t-elle ces problèmes ?

— Nous avons pu effectuer quelques demandes de remboursement mais les compagnies d'assurances imposent toujours des limites, et nous les avons déjà franchies.

— Nul doute cependant que certains de ces retards soient directement imputables à Harland & Wolff, déclara Emma. Nous pouvons donc invoquer les clauses du contrat concernant les pénalités.

— J'aimerais beaucoup que cela soit aussi facile,

dit le président, mais Harland & Wolff conteste presque toutes nos réclamations, arguant que leur entreprise n'est pas directement responsable de ces retards. L'affaire est devenue un champ de bataille pour les avocats, ce qui augmente les frais.

— Cela vous met-il la puce à l'oreille, président ?

— Je ne suis pas sûr de comprendre ce que vous sous-entendez, amiral.

— Une installation électrique défectueuse faite par une entreprise de Liverpool pourtant connue pour son sérieux, une chaudière en train d'être déchargée par un caboteur de Glasgow qui se retrouve dans les eaux du port, notre équipe est victime d'une intoxication alimentaire alors que les autres secteurs du chantier naval sont épargnés, bien que la nourriture soit fournie par le même traiteur de Belfast...

— Où voulez-vous en venir, amiral ?

— Ce sont trop de coïncidences à mon goût, qui surviennent toutes au moment où l'IRA commence à faire jouer ses muscles.

— Vous y allez un peu fort ! fit Knowles.

— Il se peut que je tire des conclusions hâtives, reconnut l'amiral, mais il est vrai que je suis né dans le comté de Mayo, que mon père était protestant et ma mère catholique. Alors ça fait peut-être partie de mon héritage.

Jetant un coup d'œil de l'autre côté de la table, Emma vit que Fisher griffonnait des notes à toute allure. Il reposa son stylo dès qu'il s'aperçut qu'elle l'observait. Elle savait que Fisher n'était pas catholique, ni don Pedro Martinez d'ailleurs, lequel n'avait foi qu'en lui-même. Toutefois, si ce dernier avait accepté de vendre des armes aux Allemands pendant la guerre, pourquoi ne traiterait-il pas avec l'IRA si c'était dans son intérêt ?

— Espérons que je serai à même de présenter un rapport plus positif le mois prochain, déclara le président, l'air peu convaincu.

À l'issue de la réunion, Emma fut surprise de voir Fisher quitter la salle en hâte, sans parler à personne. Était-ce une nouvelle coïncidence, comme celles qu'avait évoquées l'amiral ?

— Puis-je vous dire un mot, Emma ? lui demanda Buchanan.

— Je reviens dans un instant, président, répondit Emma, avant de sortir dans le couloir à la suite de Fisher qui disparut dans l'escalier.

Pourquoi n'avait-il pas pris l'ascenseur qui se trouvait à l'étage ? Elle y entra et appuya sur le bouton du rez-de-chaussée. Lorsque les portes s'ouvrirent, elle ne sortit pas tout de suite de la cabine et regarda Fisher quitter le bâtiment. Quand elle atteignit l'entrée, il était déjà en train de monter en voiture. Elle resta à l'intérieur de l'immeuble et le vit rouler vers les grilles du chantier naval. À sa grande surprise, il tourna à gauche en direction des docks et non pas à droite vers Bristol.

Elle poussa à son tour la porte et se précipita vers sa voiture. Quand elle parvint au portail, elle regarda vers la gauche et aperçut au loin le véhicule du commandant. Elle s'apprêtait à le suivre lorsqu'un camion la dépassa. Elle jura, tourna à gauche et se colla à lui. Un flot de véhicules venant en sens inverse l'empêchait de le doubler. Environ huit cents mètres plus loin, elle repéra la voiture de Fisher garée devant le Lord Nelson. Comme elle s'en approchait, elle vit le commandant composer un numéro dans la cabine téléphonique qui se trouvait devant le pub.

Demeurant dans le sillage du camion, elle continua à rouler jusqu'à ce que la cabine téléphonique disparaisse de son rétroviseur. Elle fit alors demi-tour et rebroussa lentement chemin jusqu'à la cabine. Elle se gara sur le bas-côté sans arrêter le moteur. Le commandant sortit bientôt de la cabine, remonta en voiture et s'éloigna. Elle ne le prit en chasse qu'une fois qu'il eut quitté son champ de vision. Ne savait-elle pas parfaitement où il allait ?

En refranchissant les grilles du chantier naval quelques instants plus tard, elle ne fut pas étonnée d'apercevoir la voiture du commandant à sa place habituelle. Elle prit l'ascenseur pour gagner le quatrième étage et se dirigea tout droit vers la salle à manger. Plusieurs directeurs, Fisher y compris, se servaient au buffet dressé sur une longue table placée contre le mur. Emma prit une assiette et se joignit à eux, avant de s'asseoir à côté du président.

— Vous vouliez me parler, Ross ? fit-elle.

— Oui. Il faut que nous discutions de quelque chose de toute urgence.

— Pas maintenant, répondit Emma au moment où Fisher s'asseyait en face d'elle.

*

* *

— Vous avez intérêt à ce que ce soit important,

mon colonel, parce que je sors d'une réunion avec le président de la Chambre.

— Martinez a un nouveau chauffeur.

— Et alors ? fit le secrétaire général du gouvernement.

— C'est l'ancien racketteur de Liam Doherty.

— Le chef de l'IRA à Belfast ?

— Exact.

— Comment s'appelle-t-il ? demanda sir Alan en saisissant un crayon.

— Kevin Rafferty, en Irlande du Nord.

— Et en Angleterre ?

— Jim Croft.

— Vous aurez besoin d'engager un homme de plus dans votre équipe.

*

* *

— C'est la première fois que je prends le thé dans la salle Palm Court, dit Buchanan.

— Ma belle-mère, Maisie Holcombe, travaillait naguère au Grand Hotel, expliqua Emma. Mais à l'époque elle nous en interdisait l'accès, à Harry et à moi. « Ce ne serait pas du tout professionnel », affirmait-elle.

— Une autre femme manifestement en avance sur son temps.

— Et vous ne connaissez que la moitié de l'histoire, mais je la garde pour une autre occasion. Je dois d'abord vous prier de m'excuser de ne pas avoir voulu vous parler pendant le déjeuner. En tout cas, tant que Fisher pouvait nous entendre.

— Vous ne pensez quand même pas qu'il a quelque chose à voir avec nos problèmes actuels ?

— Pas directement. En fait, jusqu'à ce matin, je pensais même qu'il s'était peut-être acheté une conduite.

— Mais il ne pourrait être plus coopératif au conseil !

— Tout à fait d'accord. Ce n'est qu'aujourd'hui que j'ai découvert qui bénéficie de sa loyauté.

— Je suis perplexe…

— Vous vous rappelez qu'après la réunion vous avez souhaité me parler mais que j'ai dû m'esquiver ?

— Oui. Mais en quoi cela concerne-t-il Fisher ?

— Je l'ai suivi et j'ai découvert qu'il était parti téléphoner.

— Tout comme un ou deux autres directeurs, probablement.

— Sans aucun doute, mais ils ont certainement donné leur coup de téléphone ici même. Fisher, lui, a quitté le bâtiment, pris sa voiture et s'est dirigé vers les docks où il a passé son coup de téléphone d'une cabine téléphonique devant un pub appelé le Lord Nelson.

— Ce nom ne me dit rien.

— C'est probablement la raison pour laquelle il l'a choisi. L'appel a duré moins de deux minutes et il était de retour dans le bâtiment Barrington à temps pour le déjeuner, avant qu'on ait pu remarquer son absence.

— Mais pourquoi avait-il besoin d'être si discret ?

— À cause de ce que l'amiral a dit, qui l'a obligé

à mettre immédiatement son patron au courant. Il ne pouvait pas courir le risque d'être entendu.

— Vous ne pensez quand même pas que Fisher soit lié à l'IRA ?

— Fisher, non, mais don Pedro Martinez, si.

— Don Pedro qui ?

— Je pense que le moment est venu de vous parler de la personne que représente Fisher, de la façon dont mon fils Sebastian a croisé son chemin et de l'importance d'une statue de Rodin appelée *Le Penseur.* Vous comprendrez alors ce que nous allons devoir affronter.

*

* *

Un peu plus tard ce soir-là, trois hommes montèrent à bord du ferry de Heysham en partance pour Belfast. L'un d'eux portait un gros sac, un autre une serviette et le troisième avait les mains vides. Ils n'étaient pas amis et ce n'était même pas de vagues connaissances. En fait, seules leurs compétences particulières et leurs croyances les rassemblaient.

La traversée prenait en général huit heures, pendant lesquelles la plupart des passagers tentaient de dormir un peu ; pas ces trois hommes. Ils se dirigèrent vers le bar, commandèrent des pintes de Guinness, l'une des rares choses qu'ils avaient en commun, avant d'aller s'asseoir sur le pont supérieur.

D'un commun accord, ils décidèrent que le meilleur moment pour faire le boulot serait vers 3 heures du matin, lorsque les autres passagers seraient endormis, soûls ou trop fatigués pour se soucier de ce qui se passait. À l'heure dite, l'un d'entre eux quitta le groupe, enjamba une chaîne portant une pancarte qui indiquait ÉQUIPAGE SEULEMENT, descendit par l'escalier jusqu'au pont des marchandises. Il se retrouva au milieu de plusieurs grosses caisses mais n'eut aucun mal à repérer les quatre qu'il cherchait, puisque toutes portaient clairement l'inscription Harland & Wolff. À l'aide d'un marteau fendu, il dégagea les clous, cent seize en tout, sur le côté des quatre caisses dissimulées à la vue. Quarante minutes plus tard, il rejoignit ses compagnons et leur annonça que tout était prêt. Sur ce, ses deux collègues descendirent au pont des marchandises.

Le plus corpulent des deux qui, avec ses oreilles en feuille de chou et son nez cassé, avait l'air d'un boxeur à la retraite, peut-être parce que c'était bien le cas, extirpa les clous de la première caisse puis arracha les lattes de bois, découvrant ainsi un panneau électrique comportant des centaines de fils recouverts de gaines rouges, vertes et bleues. Il était destiné au *Buckingham*, afin que le capitaine puisse rester en contact avec toutes les parties du bateau, de la salle des machines à la coquerie. Un groupe d'ingénieurs électriciens experts avaient mis quatre mois à construire ce remarquable appareil et un jeune diplômé de la Queen's University de Belfast, docteur en physique, armé de tenailles, ne mit que vingt-sept minutes à le démanteler. Il recula pour admirer son œuvre un court instant avant que le boxeur ne remette en place les lattes. Après s'être assuré qu'ils étaient toujours seuls, il passa à la deuxième caisse.

Elle contenait deux hélices de bronze fabriquées

avec amour par une équipe d'artisans de Durham. Le travail leur avait pris six mois et ils étaient, à juste titre, fiers du résultat. Le jeune diplômé ouvrit sa serviette, en retira un flacon d'acide nitrique, le déboucha et en versa le contenu dans les sillons des hélices. Lorsque la caisse serait ouverte, les hélices sembleraient bonnes pour la décharge et non prêtes à être installées sur un paquebot.

La troisième caisse contenait ce que le jeune docteur ès sciences attendait de voir avec impatience, et il ne fut pas déçu lorsque son collègue musclé écarta les lattes pour révéler le chef-d'œuvre. L'ordinateur de navigation Rolex était le premier en son genre et devait figurer sur tous les documents promotionnels de la Barrington pour expliquer aux éventuels passagers pourquoi, en matière de sécurité, ils devaient préférer le *Buckingham* à tous les autres paquebots. Cela ne prit que douze minutes pour transformer ce chef-d'œuvre de technologie unique en appareil obsolète.

La dernière caisse contenait une magnifique roue de gouvernail en chêne et cuivre fabriquée dans le Dorset, derrière laquelle n'importe quel capitaine aurait aimé se tenir. Le jeune homme sourit. Comme le temps pressait et que le gouvernail ne servait plus à rien, il le laissa briller de tous ses feux.

Une fois que son collègue eut replacé la dernière latte de bois, ils remontèrent tous les deux sur le pont supérieur. Si quelqu'un avait eu le malheur de les gêner pendant l'heure qui venait de s'écouler, il aurait compris pourquoi l'ancien boxeur avait été surnommé « Le Tueur ».

Dès qu'ils retrouvèrent leur collègue, celui-ci

descendit par l'escalier tournant. Il n'avait plus beaucoup de temps. À l'aide d'un mouchoir et d'un marteau, il renfonça avec soin les cent seize clous. Il en était à la dernière caisse lorsqu'il entendit les deux coups de sirène.

Quand le ferry s'amarra au quai Donegall à Belfast, les trois hommes débarquèrent à quinze minutes d'intervalle, chacun ignorant toujours le nom des autres et sans qu'il soit question qu'ils se revoient.

11

— Laissez-moi vous assurer, commandant, qu'il est hors de question que je songe jamais à travailler avec l'IRA, affirma don Pedro. Ce n'est qu'une bande de voyous et d'assassins, et plus vite on les bouclera dans la prison de Crumlin Road, mieux ce sera pour tout le monde.

— Je suis ravi de vous l'entendre dire, répondit Fisher, parce que, si je pensais que vous traitiez avec ces criminels derrière mon dos, je serais forcé de démissionner sur-le-champ.

— Et je ne veux surtout pas que cela arrive, protesta Martinez. N'oubliez pas que je vous vois comme le prochain président de la Barrington, peut-être même prochainement.

— Buchanan n'est pas près de démissionner, semble-t-il.

— Cela pourrait arriver plus tôt que prévu s'il s'y sentait obligé.

— Mais pour quelle raison, alors qu'il a approuvé le plus important programme d'investissement de l'histoire de l'entreprise ?

— Ou le plus gros flop. Si cet investissement se révélait une imprudence, alors qu'il a mis sa réputation en jeu pour s'assurer que le conseil le soutienne, la faute en incombera uniquement à celui qui l'a proposé, puisque la famille Barrington était dès le début contre le projet.

— C'est possible, mais la situation devra empirer avant qu'il envisage de passer la main.

— Peut-elle se détériorer davantage ? fit Martinez en poussant un exemplaire du *Daily Telegraph* sur son bureau.

Fisher fixa le gros titre : « La police croit l'IRA coupable du sabotage du ferry de Heysham. »

— Cela retarde à nouveau la construction du *Buckingham* de six mois, et n'oubliez pas que tout cela survient pendant le mandat de Buchanan. Quelle nouvelle avanie doit souffrir l'entreprise pour qu'il commence à se demander s'il est l'homme de la situation ? Je peux vous assurer que, si le taux des actions chute davantage, il sera viré avant qu'on lui offre la possibilité de démissionner. Voilà pourquoi vous devez penser sérieusement à prendre sa place. Une telle occasion ne se présentera peut-être pas deux fois.

— Même si Buchanan s'en allait, Mme Clifton serait, à l'évidence, favorite pour lui succéder. Sa famille a fondé l'entreprise, elle possède toujours 22 % du capital et elle est très appréciée de ses collègues directeurs.

— Nul ne doute qu'elle soit la favorite, mais il arrive que des favoris tombent à la première haie. Je vous suggère donc de continuer à soutenir loyalement le président, parce qu'il se peut qu'il ait finalement la voix décisive… Désolé de devoir vous quitter, poursuivit Martinez en se levant de son fauteuil, mais j'ai rendez-vous avec mon banquier pour parler précisément de cette question. Appelez-moi ce soir. Il se peut que j'aie une nouvelle intéressante à vous communiquer.

*

* *

Une fois installé dans sa Rolls-Royce et que le chauffeur se fut glissé dans la circulation matinale, Martinez déclara :

— Bonjour, Kevin. Vos gars ont fait du bon boulot à bord du ferry de Heysham. Je regrette seulement de ne pas avoir vu la tête des types de Harland & Wolff quand ils ont ouvert les caisses. Alors, qu'avez-vous prévu ensuite ?

— Rien. Tant que vous ne nous payez pas les cent mille livres que vous nous devez toujours.

— Je m'en occupe ce matin. En fait, c'est l'une des raisons pour lesquelles je me rends à la banque.

— Ravi de l'apprendre, dit Rafferty. Ce serait dommage que vous perdiez un autre fils si peu de temps après le malheureux décès de Bruno.

— Pas de menaces ! hurla Martinez.

— Ce n'était pas une menace, répliqua Rafferty en arrêtant la voiture au feu rouge. Et c'est uniquement parce que je vous aime bien que je vous permettrai de choisir le fils qui aura le droit de vivre.

Martinez s'affala contre le dossier de son siège et ne rouvrit pas la bouche jusqu'à ce que la voiture s'arrête devant la Midland Bank, rue Saint-James.

Chaque fois qu'il gravissait les marches de la

banque, il avait l'impression d'entrer dans un univers où on lui faisait sentir qu'il n'en faisait pas partie. Il s'apprêtait à saisir la poignée de la porte quand elle s'ouvrit brusquement pour laisser apparaître un jeune homme.

— Bonjour, monsieur Martinez, dit-il en faisant un pas en avant. M. Ledbury vous attend avec impatience.

Sur ce, le jeune homme conduisit au bureau du directeur l'un des clients de la banque les plus estimés.

— Bonjour, Martinez, dit le directeur à don Pedro qui pénétrait dans la pièce. Le temps est fort doux pour la saison.

Martinez avait mis du temps à comprendre que lorsqu'un Anglais abandonne le « monsieur » et ne s'adresse à vous que par votre nom de famille, il s'agit, en fait, d'un compliment ; cela signifie qu'il vous traite en égal. Tant qu'il ne vous appelle pas par votre prénom, en revanche, il ne vous considère pas comme un ami.

— Bonjour, Ledbury, répondit Martinez.

Il ne savait toujours pas très bien comment réagir à l'obsession des Anglais pour la météo.

— Puis-je vous servir un café ? proposa le directeur.

— Non, merci. J'ai un autre rendez-vous à midi.

— Bien sûr. Ainsi que vous nous l'avez demandé, nous avons continué à acheter des actions Barrington au fur et à mesure qu'elles apparaissaient sur le marché. Comme vous le savez, maintenant que vous possédez 22,5 % des actions de la compagnie, vous avez le droit de nommer deux directeurs de plus, qui rejoindront le commandant Fisher au conseil d'administration. Cependant, je dois souligner que, si votre nombre d'actions atteignait les 25 %, la banque serait légalement obligée d'informer la Bourse que vous avez l'intention de pratiquer une OPA sur l'entreprise.

— Je n'en ai pas la moindre intention. 22,5 % me suffisent amplement pour atteindre mon but.

— Excellent. Alors il me faut seulement les noms des deux directeurs que vous avez choisis pour vous représenter au conseil d'administration de la Barrington.

Martinez prit une enveloppe dans une poche intérieure et la remit au directeur. Ledbury l'ouvrit, en retira le document et lut les deux noms. Malgré son étonnement, il se garda de faire le moindre commentaire, se contentant de dire :

— Étant votre banquier, j'espère que les regrettables contretemps qu'a récemment connus la Barrington ne vont pas finir par vous causer des problèmes.

— Je n'ai jamais eu davantage confiance dans l'avenir de la compagnie.

— Ravi de l'apprendre, car l'achat d'un nombre d'actions aussi considérable a énormément entamé votre capital. Espérons que le prix de l'action ne chute pas davantage.

— La compagnie va bientôt faire une annonce qui plaira aux actionnaires et à la City.

— Voilà une bonne nouvelle. Puis-je faire autre chose pour vous aujourd'hui ?

— Oui. Je souhaiterais que vous transfériez cent mille livres sur un compte à Zurich.

*

* *

— J'ai le regret de devoir annoncer au conseil que j'ai décidé de démissionner de mon poste de président.

La première réaction des collègues de Ross Buchanan fut la stupéfaction et l'incrédulité, immédiatement suivies d'une vague de protestation quasiment unanime. L'un des directeurs resta silencieux, car c'était le seul que l'annonce n'avait pas étonné. Presque tous les membres du conseil ne souhaitaient pas que Buchanan démissionne. Le président attendit que le calme soit revenu avant de poursuivre sa déclaration.

— Je suis touché par votre loyauté, reprit-il, mais j'ai le devoir de vous informer qu'un important actionnaire a clairement fait savoir que je ne jouis plus de sa confiance *personnelle*, dit-il en insistant sur le mot. Il m'a rappelé, à juste titre, que j'ai engagé mon autorité dans la construction du *Buckingham*, ce qui s'est révélé à ses yeux un manque de jugement et une décision irresponsable. Nous avons dépassé la date de fin des deux premières phases et le surcoût s'élève déjà à plus de 18 %.

— Raison supplémentaire pour que vous demeuriez à la barre, dit l'amiral. Quand se prépare une tempête, le capitaine doit être le dernier à abandonner le navire.

— Mais, dans ce cas précis, amiral, je pense que notre seul espoir est que j'abandonne le navire.

Il y eut un ou deux hochements de tête. Emma craignait que, quoi qu'elle dise, Buchanan ne revienne pas sur sa décision.

— Si j'en juge par mon expérience, poursuivit-il, dans ce genre de circonstances, la City s'attend à ce qu'une nouvelle direction résolve le problème, et qu'elle le résolve rapidement... Je suis persuadé que vous n'aurez pas à chercher au-delà du cercle des directeurs présents pour me remplacer, ajouta-t-il après avoir parcouru du regard l'assemblée de ses collègues.

— Peut-être que si nous nommions Mme Clifton et le commandant Fisher comme vice-présidents associés, suggéra Anscott, cela calmerait les nerfs de nos maîtres du « mile carré[1] ».

— Je crains qu'il ne s'agisse là que d'un compromis à court terme, Anscott. Si à l'avenir la Barrington a besoin d'emprunter davantage, votre nouveau président doit s'adresser aux banques avec confiance, le mot le plus important dans le dictionnaire de la City.

— Est-ce que cela apporterait quelque chose, Ross (c'était la première fois qu'Emma appelait le président par son prénom pendant une séance du conseil), si j'indiquais clairement que ma famille a pleinement confiance en votre gestion et qu'elle souhaite que vous demeuriez président ?

— Cela me toucherait beaucoup, bien sûr, mais la City resterait de marbre et ne considérerait cette déclaration que comme un geste de courtoisie. Même si, à titre personnel, Emma, je vous suis très reconnaissant de votre appui.

1. *The Square Mile* désigne la City de Londres, dont la superficie fait environ un mile carré.

— Et vous pouvez toujours compter sur moi, intervint Fisher. Je vous soutiendrai jusqu'à la fin.

— C'est justement le problème, commandant. Si je ne quitte pas mon poste, cela risque de sonner la fin de cette grande entreprise telle que nous la connaissons, et je ne m'en remettrais pas.

Il jeta un regard circulaire pour voir si quelqu'un d'autre souhaitait donner son avis, mais tous semblaient à présent accepter que les dés fussent jetés.

— À 17 heures, après la clôture de la Bourse, j'annoncerai que, pour des raisons personnelles, j'ai présenté ma démission du poste de président du conseil d'administration de la compagnie maritime Barrington. Toutefois, si vous êtes d'accord, je mènerai les affaires courantes de l'entreprise jusqu'à la nomination d'un nouveau président.

Personne ne souleva d'objection. La séance fut levée et Emma ne fut pas étonnée de voir Fisher quitter discrètement la salle. Vingt minutes plus tard, il était de retour pour déjeuner avec ses collègues.

*

* *

— Il va vous falloir jouer votre unique atout, dit Martinez après que Fisher lui eut expliqué en détail ce qui s'était passé lors de la réunion du conseil.

— C'est-à-dire ?

— Vous êtes un homme ; aucune entreprise britannique cotée en Bourse n'est présidée par une femme. En fait, rares sont celles où une femme siège au conseil d'administration.

— Emma Clifton a l'habitude de sortir des sentiers battus, lui rappela Fisher.

— C'est peut-être vrai, mais est-ce que l'un de vos collègues directeurs ne supporterait pas l'idée qu'une femme soit nommée présidente ?

— Non, mais…

— Mais ?

— Je sais que Knowles et Anscott ont voté contre l'admission des femmes au Royal Wyvern Golf Club le jour des matchs.

— Alors faites-leur savoir à quel point vous admirez leur avis et que vous auriez agi ainsi si vous aviez été membre du club.

— C'est ce que j'ai fait. Et j'en suis membre.

— Alors voilà deux voix dans le sac. Et l'amiral ? Il est célibataire, après tout.

— C'est une possibilité. Je me rappelle qu'il s'est abstenu quand on a proposé le nom de Mme Clifton pour devenir membre du conseil.

— C'est peut-être une troisième voix.

— Mais, même s'ils me soutenaient, ça ne fait que trois voix. Je suis quasiment certain que les quatre autres directeurs voteraient pour Mme Clifton.

— N'oubliez pas que je vais nommer deux directeurs supplémentaires la veille du jour où doit se tenir la réunion. Cela vous donnera six voix, ce qui est plus que suffisant pour faire pencher la balance en votre faveur.

— Pas si les Barrington occupent tous les autres sièges. Il me faudrait alors une voix de plus pour être assuré de la victoire, parce que, si les candidats sont à égalité, je suis à peu près certain que la voix de Buchanan sera en faveur de Mme Clifton.

— Alors il nous faut placer un nouveau directeur au conseil avant jeudi.

Les deux hommes se turent jusqu'à ce que Martinez brise le silence.

— Connaissez-vous quelqu'un qui possède un peu d'argent de côté, étant donné que le prix des actions est très bas en ce moment, et qui n'accepterait pas que Mme Clifton soit la prochaine présidente de la Barrington ?

— Oui, répondit Fisher sans hésitation. Je connais quelqu'un qui déteste Emma Clifton encore plus que vous, et elle vient de recevoir une importante indemnité de divorce.

12

— Bonjour, lança Ross Buchanan, et bienvenue à cette réunion générale extraordinaire du conseil d'administration. Un seul point figure à l'ordre du jour, à savoir la nomination du nouveau président de la compagnie maritime Barrington. Je souhaiterais ouvrir la séance en affirmant que cela a été un grand privilège d'être votre président, ces cinq dernières années, et que je suis triste de quitter ce poste. Cependant, pour des raisons sur lesquelles il n'est pas nécessaire de revenir, je considère que l'heure est venue pour moi de démissionner et de céder la place à quelqu'un d'autre.

» Ma première tâche, poursuivit-il, est de présenter les actionnaires qui nous ont rejoints aujourd'hui et qui ont le droit de voter à une réunion générale extraordinaire, comme le stipulent les statuts et le règlement de la compagnie. Une ou deux personnes assises autour de cette table sont connues du conseil d'administration, mais peut-être pas les autres. Voici, à ma droite, M. David Dixon, le directeur général, et, à ma gauche, M. Philip Webster, le secrétaire de l'entreprise. À sa gauche se trouve M. Michael Carrick, notre directeur financier, et, assis à ses côtés, le contre-amiral Summers, puis Mme Clifton, M. Anscott, M. Knowles, le commandant Fisher et M. Dobbs, qui sont tous des directeurs extérieurs. Ils sont accompagnés aujourd'hui par des particuliers ou des représentants de compagnies qui possèdent un important stock d'actions de la Barrington ; entre autres, M. Peter Maynard et Mme Alex Fisher qui ont été tous les deux désignés par le commandant Fisher, puisqu'il possède maintenant 22,5 % de l'entreprise.

Maynard fit un radieux sourire mais Susan Fisher baissa la tête en rougissant lorsque tout le monde se tourna vers elle.

— Représentant la famille Barrington et ses 22 % de parts, voici sir Giles Barrington, député et croix de guerre, et sa sœur, le Pr Barrington, docteur ès sciences. Les deux autres personnes présentes qui peuvent légalement prendre part au vote d'aujourd'hui sont lady Virginia Fenwick (elle tapota le dos de Fisher pour que personne n'ait le moindre doute sur sa préférence), ainsi que M. Cedric Hardcastle, qui représente la Farthings Bank, laquelle détient en ce moment 7,5 % des actions de la compagnie.

Tous se tournèrent vers la seule personne qu'aucun d'eux ne connaissait. Vêtu d'un costume trois-pièces gris, d'une chemise blanche et d'une cravate en soie bleue très fatiguée, il mesurait un mètre cinquante-deux, tout au plus, et était presque entièrement chauve, n'ayant gardé qu'une mince couronne de cheveux gris qui descendait à peine jusqu'aux oreilles. Parce qu'il portait des verres épais cerclés d'une monture en corne, il était quasi impossible de lui donner un âge. Cinquante ans ? Soixante, voire soixante-dix ?

Quand il ôta ses lunettes, révélant ainsi des yeux gris acier, Emma se dit qu'elle l'avait déjà vu, sans réussir à se rappeler où.

— Bonjour, président, se contenta-t-il de dire, ces deux mots suffisant pour indiquer de quel comté il était originaire.

— Passons au point figurant à l'ordre du jour, déclara Buchanan. À 18 heures hier soir, date limite pour présenter sa candidature, deux personnes avaient accepté de postuler la place de président de la compagnie. D'une part, Mme Emma Clifton, dont le nom a été proposé par sir Giles Barrington, député et croix de guerre, appuyé par le Pr Grace Barrington, docteur ès sciences ; d'autre part, le commandant Alex Fisher, dont le nom a été proposé par M. Anscott, appuyé par M. Knowles. Les deux candidats vont à présent s'adresser au conseil d'administration pour indiquer comment ils envisagent l'avenir de l'entreprise. Je vais demander au commandant Fisher de prendre la parole en premier.

Fisher ne bougea pas de sa place.

— Il me semble qu'il serait courtois de laisser madame parler la première, dit-il en faisant un chaleureux sourire à Emma.

— C'est très aimable à vous, commandant, répondit Emma, mais j'approuve parfaitement la décision du président de vous laisser parler en premier.

Fisher parut se troubler un peu avant de reprendre ses esprits. Il ramassa ses notes, se leva de son siège et, avant de commencer son exposé, promena un long regard autour de la table.

— Président, membres du conseil d'administration, je considère que c'est déjà un grand privilège d'être admis à postuler pour la place de président de la compagnie maritime Barrington. Étant né et ayant été élevé à Bristol, j'ai été toute ma vie conscient de la présence de cette grande entreprise, de son histoire, de ses traditions et de sa réputation, et qui fait désormais partie du magnifique héritage de navigation maritime de Bristol. Sir Joshua Barrington était une figure légendaire et sir Walter, que j'ai eu le privilège de connaître… (Emma fut étonnée, à moins que « connaître » son grand-père ne signifiât l'avoir aperçu à une distribution de prix, une trentaine d'années auparavant)… a fait coter en Bourse l'entreprise et a bâti sa réputation d'une des meilleures compagnies maritimes, non seulement en Grande-Bretagne mais dans le monde entier. Or, ce n'est plus le cas à présent, hélas, en partie parce que sir Hugo, le fils de sir Walter, n'était tout simplement pas à la hauteur, et même si notre président actuel a fait beaucoup pour restaurer la réputation de la compagnie, une série d'événements récents, indépendants de sa volonté, ont engendré un manque de confiance parmi certains de nos actionnaires. Mes collègues directeurs, vous devez décider aujourd'hui, poursuivit Fisher en jetant un nouveau regard autour de la table, qui est le plus à même d'affronter cette crise de confiance. Étant donné les circonstances, je pense devoir exposer mon passé en matière de combats. J'ai servi mon pays comme jeune lieutenant à Tobrouk, décrit par Montgomery comme l'un des affrontements les plus féroces de l'histoire. J'ai eu la chance de survivre au massacre et j'ai été décoré sur le champ de bataille.

Giles plaça sa tête entre ses mains. Il aurait aimé expliquer au conseil ce qui s'était réellement passé ce jour-là lorsque l'ennemi était apparu à l'horizon nord-africain, mais il savait que ça ne servirait pas la cause de sa sœur.

— Mon combat suivant a eu lieu lorsque je me suis présenté contre sir Giles Barrington aux élections législatives en tant que candidat du parti conservateur, continua Fisher en insistant sur le mot « conservateur », sachant qu'à part Giles il était improbable que les personnes assises autour de la table aient jamais voté travailliste, pour tenter de gagner le siège de la circonscription des docks de Bristol depuis longtemps acquise aux travaillistes. Je n'ai perdu que de quelques voix… Et seulement après un triple recomptage, ajouta-t-il en gratifiant Giles d'un sourire.

Celui-ci avait envie de bondir de son siège et de lui faire ravaler son sourire, mais il réussit à se maîtriser.

— Je peux donc affirmer avec une certaine conviction que j'ai connu à la fois la victoire et l'échec et, pour citer Kipling, j'ai traité ces deux imposteurs de la même manière.

» À présent, poursuivit-il, permettez-moi de dire un mot des divers problèmes qui affectent notre distinguée entreprise en ce moment. J'insiste sur l'expression "en ce moment". Il y a un peu plus d'un an, nous avons pris une importante décision ; je me permets de rappeler au conseil qu'à l'époque j'ai soutenu la proposition du président qui souhaitait construire le *Buckingham*. Or, depuis, une série de calamités sont survenues, certaines inattendues, d'autres que nous aurions dû prévoir et qui nous ont fait prendre du retard sur notre calendrier. C'est ainsi que, pour la première fois dans l'histoire de l'entreprise, afin de passer ce cap difficile, nous avons dû envisager de solliciter un prêt auprès des banques.

» Si j'étais élu président, permettez-moi de vous faire part des plusieurs changements que j'effectuerais immédiatement. Je commencerais par inviter Mme Clifton à être ma vice-présidente, afin que la City n'ait aucun doute sur le fait que la famille Barrington participe entièrement à la destinée de la compagnie, comme c'est le cas depuis plus d'un siècle.

Plusieurs « Oyez, oyez ! » jaillirent autour de la table et Fisher sourit à Emma pour la deuxième fois depuis qu'il avait rejoint le conseil. Giles ne put qu'admirer son toupet : il devait bien se douter qu'Emma ne songerait jamais à lui retourner le compliment, puisque, sachant qu'il était responsable des ennuis de la compagnie, elle n'accepterait jamais de devenir sa vice-présidente.

— *Deuzio*, continua Fisher, dès demain matin, je prendrais un vol pour Belfast afin d'avoir un entretien avec sir Frederick Rebbeck, président de Harland & Wolff, afin de renégocier notre contrat et lui faire remarquer que son entreprise a constamment refusé d'assumer la responsabilité des malheureux revers que nous avons subis durant la construction du *Buckingham*. *Tertio*, j'utiliserais les services d'une entreprise de sécurité de premier plan pour surveiller l'équipement envoyé à Belfast par la Barrington afin que le genre de sabotage qui a eu lieu sur le ferry de Heysham ne puisse jamais se reproduire. *Quarto*, je souscrirais à de nouvelles polices d'assurance qui ne comportent pas de nombreuses pages remplies de clauses inscrites en tout petits caractères. Et enfin, j'ajouterai que, si j'avais la chance de devenir président, je commencerais à travailler dès cet après-midi et ne prendrais aucun repos avant le lancement du *Buckingham* et avant qu'il ait assuré à l'entreprise un bon retour sur investissement.

Il se rassit sous des applaudissements nourris, accompagnés de sourires et de hochements de tête approbatifs. Avant même la fin des applaudissements, Emma se rendit compte qu'elle avait commis une erreur tactique en permettant à son adversaire de parler en premier. Il avait évoqué les divers sujets qu'elle souhaitait aborder ; au mieux, elle aurait l'air d'être d'accord avec lui et, au pire, elle semblerait n'avoir aucune opinion personnelle. Elle se rappelait parfaitement la façon dont Giles avait humilié Fisher à Colston Hall pendant la dernière campagne électorale. Mais c'était un homme très différent qui se tenait à la réunion aujourd'hui, et un seul regard à son frère confirma qu'il ne s'attendait pas non plus à ce changement.

— Madame Clifton, dit le président, peut-être souhaitez-vous faire part au conseil de votre point de vue.

Elle se leva en chancelant tandis que Grace lui faisait un signe d'encouragement, geste qui la fit se sentir telle une esclave chrétienne sur le point d'être livrée en pâture aux lions.

— Président, permettez-moi de commencer en disant que vous avez devant vous aujourd'hui une candidate qui se présente à contrecœur ; si cela ne dépendait que de moi, vous resteriez président de la compagnie. C'est seulement depuis que vous avez décidé ne pas avoir d'autre choix que j'ai songé à occuper votre poste et à poursuivre la longue tradition familiale. Tout d'abord, j'aimerais parler de ce que certains membres du conseil risquent de considérer comme mon plus grand handicap, autrement dit mon sexe.

Cette dernière phrase provoqua des éclats de rire de nervosité chez certains, bien que Susan Fisher parût compatir.

— Je souffre du handicap d'être une femme dans un monde d'hommes et, franchement, je ne peux rien faire pour y remédier. Je me rends compte que le conseil devra faire preuve de courage pour nommer une femme présidente de la Barrington, surtout au moment où l'entreprise connaît des difficultés. Mais c'est précisément de courage et d'esprit d'innovation qu'elle a besoin aujourd'hui. La Barrington se trouve à la croisée des chemins et la personne que vous élirez aujourd'hui devra choisir quelle direction suivre. Comme vous le savez, lorsque le conseil a décidé l'année dernière de construire le *Buckingham*, je me suis opposée à ce projet et j'ai voté contre. Aussi est-il tout à fait normal que je fasse part au conseil de mon point de vue à ce sujet. Je pense que nous ne pouvons plus envisager de faire machine arrière parce que cela serait une humiliation pour l'entreprise, voire sa disparition. Le conseil a pris sa décision de bonne foi et nous devons à nos actionnaires de ne pas tout laisser tomber en accusant des tiers. Au contraire, nous avons le devoir de faire tout ce qui est en notre pouvoir pour rattraper le temps perdu et réussir sur le long terme.

Elle jeta un coup d'œil à un feuillet de notes qui reprenaient quasiment tous les propos de son adversaire. Elle continua cependant coûte que coûte dans l'espoir que son enthousiasme et son énergie feraient oublier à ses collègues qu'ils entendaient des idées déjà exprimées.

Lorsqu'elle parvint à la dernière ligne de son exposé, elle sentit que l'intérêt de ses collègues faiblissait. Giles l'avait avertie qu'il allait ce jour-là se passer quelque chose d'inattendu et il avait vu juste : Fisher s'était montré sous un nouveau jour.

— Je conclurai, président, en disant que ce serait un grand privilège pour moi de prendre la suite de mes illustres ancêtres Barrington en tant que présidente de ce conseil, surtout au moment où l'entreprise est en proie à de si graves difficultés. Je sais qu'avec votre aide je pourrais les surmonter et restaurer la réputation d'excellence et de probité financière de la Barrington.

Elle s'assit en se disant que, sur son bulletin scolaire, aurait figuré la mention : « Peut mieux faire. » Elle espérait qu'une autre prédiction de Giles serait juste et que presque toutes les personnes autour de la table avaient décidé pour qui elles allaient voter longtemps avant l'ouverture de la séance.

Après l'exposé des deux candidats, ce fut au tour des membres du conseil de donner leur avis. La plupart d'entre eux souhaitèrent intervenir, mais il n'y eut guère de remarques particulièrement fines ou originales pendant l'heure qui suivit. Et bien qu'Emma ait refusé de répondre à la question : « Choisiriez-vous le commandant Fisher comme vice-président ? » elle avait l'impression que rien n'était encore décidé. En tout cas, jusqu'à ce que lady Virginia prenne la parole.

— Je souhaite faire une seule remarque, président, roucoula-t-elle dans un battement de cils. Je ne crois pas que les femmes aient été placées sur Terre pour présider des conseils d'administration, affronter des dirigeants syndicaux, construire des paquebots de luxe ou lever des sommes considérables auprès des banquiers de la City de Londres… Quoique j'éprouve la plus grande admiration pour Mme Clifton et sa réussite professionnelle, je vais soutenir le commandant Fisher et j'espère seulement qu'elle acceptera la généreuse proposition du commandant de servir à ses côtés en tant que vice-présidente… Je suis venue à cette réunion l'esprit ouvert et prête à lui accorder le bénéfice du doute, mais, hélas, elle m'a déçue.

Emma ne put qu'admirer son toupet. Elle avait manifestement appris son texte par cœur longtemps avant d'entrer dans la salle du conseil, répétant même les silences théâtraux, tout en s'arrangeant pour donner l'impression qu'elle n'avait pas eu l'intention d'intervenir jusqu'au moment où elle avait dû se résoudre à improviser quelques remarques. *Combien de membres du conseil ont été bernés ?* se demanda Emma. Sûrement pas Giles, en tout cas, qui avait l'air d'avoir envie d'étrangler son ex-femme.

Deux personnes seulement n'avaient encore rien dit au moment où lady Virginia se rassit.

— Avant que l'on passe au vote, déclara le président, toujours aussi courtois, Mme Fisher et M. Hardcastle souhaiteraient-ils donner leur avis ?

— Non, merci, président, lança Susan Fisher avant de baisser à nouveau la tête, tandis que le président se tournait vers M. Hardcastle.

— C'est fort aimable à vous, président, déclara Hardcastle, mais je dirai seulement que j'ai écouté toutes les interventions avec beaucoup d'intérêt, notamment celle des deux candidats et, comme lady Virginia, je sais lequel des deux je vais soutenir.

Fisher sourit à l'homme du Yorkshire.

— Merci, monsieur Hardcastle, dit le président. À moins que quelqu'un désire intervenir à nouveau, le moment est venu pour les membres du conseil de voter. (Il se tut quelques instants mais personne ne se manifesta.) À présent, le secrétaire de la compagnie va vous appeler l'un après l'autre. Dites-lui alors, je vous prie, pour quel candidat vous votez.

— Je vais commencer par les chefs de service, annonça Webster, avant d'inviter les autres membres du conseil. Monsieur Buchanan ?

— Je ne vais soutenir ni l'un ni l'autre des candidats, répondit Buchanan. Toutefois, s'il y avait égalité de voix, exerçant la prérogative du président, je voterais pour la personne qui, à mon avis, doit être le prochain président.

Il avait passé plusieurs nuits blanches à débattre intérieurement concernant le choix de son successeur et il avait finalement préféré Emma. Or, le vibrant exposé de Fisher et la réponse faiblarde d'Emma l'avaient poussé à reconsidérer sa position. Ayant toujours du mal à voter pour Fisher, il avait décidé de s'abstenir, permettant ainsi à ses collègues de prendre la décision. Toutefois, si les candidats obtenaient le même nombre de voix, il soutiendrait Fisher à contrecœur.

Emma ne put cacher sa surprise et sa déception en l'entendant déclarer qu'il s'abstenait. Fisher sourit et barra le nom du président, qui jusque-là avait figuré dans la colonne Clifton.

— Monsieur Dixon ?

— Mme Clifton, répondit le directeur général sans la moindre hésitation.

— Monsieur Carrick ?

— Le commandant Fisher, dit le directeur financier.

— Monsieur Anscott ?

— Le commandant Fisher.

Emma ne fut pas surprise mais déçue, parce qu'elle savait que cela signifiait que Knowles allait également voter contre elle.

— Sir Giles Barrington ?

— Mme Clifton.

— Professeur Grace Barrington ?

— Mme Clifton.

— Madame Emma Clifton ?

— Je ne vais pas prendre part au vote, président. Je m'abstiens.

Fisher approuva cette décision d'un signe de tête.

— Monsieur Dobbs ?

— Mme Clifton.

— Lady Virginia Fenwick ?

— Le commandant Fisher.

— Commandant Fisher ?

— Je vote pour moi-même, comme j'en ai le droit,

répondit Fisher en souriant à Emma assise de l'autre côté de la table.

Combien de fois Sebastian avait-il supplié sa mère de ne pas s'abstenir, certain qu'il n'y avait absolument aucune chance que Fisher se conduise en gentleman ?

— Madame Fisher ?

Susan leva les yeux vers le président, hésita quelques instants avant de chuchoter nerveusement :

— Mme Clifton.

Alex pivota sur son siège et fixa sa femme d'un air incrédule. Or, cette fois-ci, loin de baisser la tête, elle regarda Emma et lui sourit. Celle-ci, tout aussi étonnée que Fisher, plaça un plus à côté du nom de Susan.

— Monsieur Knowles ?

— Le commandant Fisher, dit-il sans hésiter.

— Monsieur Maynard ?

— Le commandant Fisher.

Emma compta les plus et les moins sur son bloc-notes. Fisher menait par six voix contre cinq.

— Amiral Summers ? demanda le secrétaire de la compagnie.

Il y eut un silence qui parut interminable à Emma mais qui ne dura en fait que quelques secondes.

— Mme Clifton, dit-il finalement.

Emma retint son souffle. Le vieil homme se pencha vers elle et chuchota :

— Je n'ai jamais trop su que penser de Fisher, mais quand il a voté pour lui-même, j'ai compris que j'avais vu juste dès le début.

Elle n'eut pas le temps de se demander si elle allait rire ou l'embrasser car le secrétaire de la compagnie interrompit le cours de ses pensées.

— Monsieur Hardcastle ? fit-il. (À nouveau, toutes les personnes présentes regardèrent l'homme dont personne ne savait rien.) Auriez-vous l'amabilité de nous faire part de votre décision, monsieur ?

Fisher fronça les sourcils. Six partout. Si Susan avait voté pour lui, le vote de Hardcastle n'aurait eu aucune importance, quoiqu'il fût à peu près certain que l'homme du Yorkshire allait voter pour lui.

Cedric Hardcastle prit un mouchoir dans sa poche de poitrine, ôta ses lunettes et les nettoya avant de répondre :

— Je vais m'abstenir et permettre au président, qui connaît les candidats bien mieux que moi, de décider qui des deux mérite de lui succéder.

*

* *

Susan Fisher repoussa sa chaise et sortit discrètement de la salle du conseil tandis que le nouveau président prenait place au bout de la table.

Tout s'était bien passé jusque-là. Cependant, Susan savait que l'heure suivante serait cruciale si elle espérait mener à bien son projet. Alex n'avait même pas fait le moindre commentaire quand elle lui avait proposé le matin de conduire la voiture afin qu'il puisse se concentrer sur son exposé. Elle ne l'avait pas prévenu, en revanche, qu'elle n'avait pas l'intention de le ramener.

Il y avait quelque temps que Susan s'était faite à l'idée que leur mariage n'était qu'une mascarade et elle ne se rappelait même pas quand ils avaient fait l'amour pour la dernière fois. Elle se demandait souvent pourquoi elle avait accepté de l'épouser. La mise en garde de sa mère y avait été pour quelque chose. « Si tu ne fais pas attention, ma fille, tu vas rester sur l'étagère comme un article défraîchi », lui serinait-elle constamment. À présent, elle avait bien l'intention de ne rien laisser sur les étagères de l'appartement.

*

* *

Alex Fisher ne parvenait pas à se concentrer sur le discours d'investiture d'Emma. Comment allait-il expliquer à don Pedro que sa femme avait voté contre lui ?

Martinez avait d'abord suggéré que Diego et Luis le représentent au conseil, mais Alex l'avait persuadé que les directeurs seraient davantage effrayés par la perspective d'un étranger s'emparant de la compagnie que par celle d'une femme président.

Il décida qu'il lui dirait seulement qu'Emma avait reçu davantage de voix sans signaler que sa femme n'avait pas voté pour lui. Il évita de penser à ce qui se passerait si don Pedro lisait le procès-verbal de la réunion.

*

* *

Susan Fisher gara la voiture devant les Arcadia Mansions, ouvrit la porte d'entrée, prit l'ascenseur jusqu'au troisième étage et entra dans l'appartement. Elle gagna rapidement la chambre à coucher, s'agenouilla et tira deux valises de dessous le lit. Puis elle sortit d'une des armoires six robes, deux tailleurs, plusieurs jupes, ainsi qu'une robe de bal qu'elle ne remettrait peut-être jamais. Elle ouvrit ensuite les tiroirs de la commode l'un après l'autre et y prit ses bas, ses sous-vêtements, ses chemisiers et ses chandails, ce qui remplit presque la première valise.

Quand elle se releva, son regard tomba sur une aquarelle représentant le Lake District, qu'Alex avait payée un peu trop cher au cours de leur voyage de noces. Elle fut ravie de constater qu'elle s'adaptait parfaitement au fond de la seconde valise. Puis elle se rendit à la salle de bains, ramassa toutes ses affaires de toilette, une robe de chambre et plusieurs serviettes qu'elle fourra dans les moindres recoins de la seconde valise.

Elle ne voulait pas emporter grand-chose de la cuisine, à part le service de table Wedgwood, cadeau de mariage de la mère d'Alex. Elle enveloppa soigneusement chaque pièce dans des feuilles du *Daily Telegraph* puis les rangea dans deux sacs à provisions qu'elle trouva sous l'évier.

Elle laissa le service à thé vert ordinaire qu'elle n'avait jamais beaucoup aimé, surtout parce qu'il était ébréché et qu'il ne restait pas de place dans la seconde valise. « À l'aide ! » lança-t-elle à haute voix lorsqu'elle se rendit compte qu'il y avait encore pas mal de choses qu'elle aurait voulu emporter alors que les deux valises étaient déjà pleines.

Elle repassa dans la chambre, monta sur une chaise

pour attraper au-dessus de l'armoire la vieille malle d'interne d'Alex. Elle la traîna dans le couloir, défit les sangles et poursuivit sa mission. Sur la cheminée du salon, il y avait une pendulette de voyage, un objet de famille, selon Alex, ainsi que trois photographies dans des cadres d'argent. Elle enleva les photos qu'elle déchira, ne gardant que les cadres. Elle aurait aimé emporter le poste de télévision mais il était bien trop volumineux et, de toute façon, sa mère aurait désapprouvé ce geste.

*

* *

Après que le secrétaire de la compagnie eut levé la séance, Alex ne se joignit pas à ses collègues directeurs pour déjeuner. Suivi de Peter Maynard, il s'empressa de quitter la salle du conseil sans adresser la parole à personne. Don Pedro lui avait remis deux enveloppes contenant chacune mille livres. Sa femme n'allait sûrement pas recevoir les cinq cents livres promis. Une fois dans l'ascenseur, Alex tira l'une des deux enveloppes de sa poche.

— En tout cas, vous, vous avez honoré votre promesse, dit-il en tendant une enveloppe à Peter.

— Merci, dit Maynard avec reconnaissance en empochant l'argent. Mais qu'est-ce qui est arrivé à Susan ? ajouta-t-il comme la porte de l'ascenseur s'ouvrait au rez-de-chaussée.

Alex resta coi.

Si, lorsque les deux hommes quittèrent le bâtiment Barrington, Alex ne fut pas surpris de constater que sa voiture n'était pas garée à sa place habituelle, en revanche, il s'étonna qu'elle soit occupée par un véhicule qu'il n'avait jamais vu.

Un jeune homme, une serviette en cuir à la main, se tenait près de la portière avant. Dès qu'il aperçut Alex, il se dirigea vers lui.

*

* *

Finalement, épuisée par l'effort, Susan entra dans le cabinet de travail d'Alex, sans frapper pour une fois. Elle devinait qu'elle n'y trouverait pas grand-chose à ajouter à son butin : deux autres cadres, un en argent, l'autre en cuir, et un coupe-papier en argent qu'elle lui avait offert à Noël. Or, comme il était seulement en plaqué, elle décida qu'il pouvait le garder.

L'heure tournait et Alex n'allait pas tarder à rentrer, mais alors qu'elle s'apprêtait à partir, elle remarqua une grosse enveloppe portant son nom. Elle l'ouvrit en hâte et n'en crut pas ses yeux. Elle contenait les cinq cents livres qu'il lui avait promis si elle assistait à la réunion du conseil et votait pour lui. Puisqu'elle avait tenu sa promesse, au moins à moitié, elle glissa l'argent dans son sac à main et sourit pour la seconde fois de la journée.

Elle referma la porte du cabinet de travail et vérifia une dernière fois qu'elle n'avait rien oublié. Si, elle avait oublié quelque chose... Mais quoi ? Ah oui, bien sûr. Elle se précipita dans la chambre à coucher, ouvrit le petit placard et sourit une deuxième fois en voyant les innombrables rangées de chaussures qui lui restaient de l'époque où elle était mannequin. Elle prit le temps de toutes les caser dans la malle. Juste au moment où elle allait refermer le placard, son regard tomba sur une rangée de richelieus marron et de chaussures en cuir noir bien alignés et cirés, comme prêts pour la parade. Elle savait que ces souliers faisaient la fierté et la joie d'Alex. Tous cousus main par Lobb de la rue Saint-James et, comme il le lui rappelait constamment, faits pour durer toute la vie.

Elle prit le pied gauche de chaque paire et les jeta dans la vieille malle d'interne d'Alex. Elle y ajouta le pied droit d'un mocassin, d'une botte en caoutchouc et celui d'une chaussure de sport, puis s'assit sur le couvercle de la malle pour attacher les sangles.

Finalement, elle traîna sur le palier la malle, les deux valises et les deux sacs à provisions, puis referma la porte d'un appartement où elle ne reviendrait jamais.

*

* *

— Commandant Alex Fisher ?

— Oui.

— On m'a prié de vous remettre ceci, mon commandant, lui dit le jeune homme en lui tendant une longue enveloppe couleur chamois.

Sur ce, il tourna les talons, se dirigea vers sa voiture et démarra. L'échange avait duré moins d'une minute.

Un Alex perplexe déchira l'enveloppe et en tira un document de plusieurs pages. Lorsqu'il lut l'inscription sur le premier feuillet, il sentit ses jambes flageoler et agrippa le bras de Maynard pour ne pas tomber. « Demande de divorce : Mme Susan Fisher contre le commandant Fisher. »

— Qu'est-ce qui ne va pas, mon vieux ?

Cedric Hardcastle

1959

13

À bord du train qui le ramenait à Londres, Cedric Hardcastle repensa à ce qui l'avait conduit à assister à la réunion du conseil d'administration d'une compagnie maritime de Bristol. Tout avait commencé lorsqu'il s'était cassé la jambe.

Durant près de quarante-cinq ans, il avait mené ce que même le pasteur de sa paroisse aurait décrit comme une vie sans tache. Au fil des ans, il s'était bâti une réputation d'homme honnête, intègre et sensé.

Après avoir quitté le lycée de Huddersfield à quinze ans, il avait rejoint son père à la Farthings Bank, au coin de la grand-rue, où on ne pouvait ouvrir un compte que si l'on était natif et résident du Yorkshire. Dès le premier jour de stage, on inculquait à tous les employés la philosophie fondamentale de la banque : « Prends soin des pennies et les livres prendront soin d'elles-mêmes[1]. »

À trente-deux ans, Cedric fut le plus jeune directeur d'agence dans l'histoire de la banque et son père, qui était toujours simple guichetier, prit sa retraite

1. *Take care of the pennies, and the pounds will take care of themselves.* Adage correspondant au proverbe français « Les petits ruisseaux font les grandes rivières ».

juste avant d'être obligé de donner du « monsieur » à son fils.

Cedric fut invité à devenir membre du conseil d'administration de la banque quelques semaines avant son quarantième anniversaire ; tout le monde était sûr qu'il n'allait pas tarder à laisser derrière lui la petite agence de province et, comme Dick Whittington, le personnage du conte, partir pour la City de Londres. Mais pas Cedric. Il était avant tout un natif du Yorkshire. Il avait épousé Beryl, une fille de Batley, et Arnold, leur fils, conçu pendant des vacances à Scarborough, était né à Keighley. Votre fils devait naître dans le comté si vous vouliez qu'il travaille à la banque.

Lorsque Bert Entwistle, le président de la Farthings, mourut d'une crise cardiaque à soixante-trois ans, on n'eut pas besoin de recourir à une élection pour savoir qui allait le remplacer.

Après la guerre, la Farthings devint l'une des banques souvent décrites dans les pages financières des journaux nationaux comme « mûres pour être reprises ». Or, Cedric avait d'autres projets et, malgré plusieurs avances de la part d'établissements plus importants, toutes repoussées sans la moindre discussion, le nouveau président se mit en devoir de renforcer la banque et d'ouvrir de nouvelles agences, au point que, quelques années plus tard, c'était la Farthings qui reprenait d'autres banques. Depuis trois décennies, Cedric dépensait toutes ses économies, toutes ses primes et tous ses dividendes pour acheter des actions de la banque, si bien qu'à soixante ans il en était non seulement le président mais également le principal actionnaire puisqu'il détenait 51 % des parts.

À soixante ans, âge auquel la plupart des hommes pensent à la retraite, il possédait onze agences dans le Yorkshire et occupait une place importante dans la City de Londres. Il ne cherchait sûrement pas quelqu'un pour le remplacer comme président de la Farthings.

La grande déception de sa vie était son fils Arnold. Le gamin avait bien réussi au lycée de Leeds, avant de se rebeller et d'accepter une place à l'université d'Oxford plutôt que la bourse prestigieuse offerte par celle de Leeds. Pire encore, il refusa de rejoindre son père à la Farthings, préférant faire des études d'avocat à Londres. Ce qui signifait que Cedric n'avait personne à qui léguer la banque.

Pour la première fois de sa vie, il envisagea sa reprise par la Midland. Celle-ci lui offrit une somme qui lui aurait permis de passer le restant de sa vie à jouer au golf sur la Costa del Sol, à rester en chaussons, à boire des verres de lait malté Horlicks et à se retrouver au fond de son lit à 22 heures. Ce que personne, à part Beryl, ne semblait comprendre, c'est que la banque n'était pas seulement son travail mais aussi son passe-temps et, tant qu'il détenait la majorité des parts de la Farthings, le golf, les chaussons et les verres de Horlicks pouvaient attendre encore quelques années. Il dit à sa femme qu'il préférait casser sa pipe assis à son bureau plutôt qu'au premier des dix-huit trous.

En fait, il faillit casser sa pipe, tard un vendredi soir, en revenant dans le Yorkshire. Même lui n'aurait pu prévoir à quel point sa vie changerait quand il fut impliqué dans un accident de voiture sur l'A1. Épuisé après une série de longues réunions au quartier général de la banque à la City, il aurait dû dormir dans son appartement londonien, mais il préférait toujours rentrer à Huddersfield pour passer le week-end avec Beryl. Il s'endormit au volant et se réveilla à l'hôpital, les deux jambes dans le plâtre, ce qu'il avait en commun avec le jeune homme couché dans le lit voisin.

Sebastian Clifton représentait tout ce que Cedric désapprouvait. C'était un homme du Sud snob, irrespectueux, indiscipliné qui avait un avis sur tout et, pis, qui considérait que le monde lui devait quelque chose. Cedric demanda immédiatement à l'infirmière en chef s'il pouvait être transféré dans une autre salle. Mlle Puddicombe refusa mais indiqua qu'il y avait deux chambres simples disponibles. Cedric resta où il était… Il ne jetait pas l'argent par la fenêtre.

Pendant les semaines qui suivirent, il ne savait plus vraiment lequel des deux prisonniers avait le plus d'influence sur l'autre. D'abord, les incessantes questions du gamin sur le système bancaire lui portèrent sur les nerfs jusqu'au moment où, abandonnant la lutte, il devint son formateur à contrecœur. Quand Mlle Puddicombe l'interrogea, force lui fut de reconnaître que le jeune homme était non seulement très intelligent mais qu'on n'avait jamais besoin de lui dire deux fois la même chose.

— N'êtes-vous pas content que je ne vous aie pas fait changer de chambre ? le taquina-t-elle.

— Eh bien, je n'irai pas jusque-là, répondit-il.

Être le formateur de Sebastian comportait deux

primes supplémentaires. Il appréciait beaucoup les visites hebdomadaires de sa mère et de sa sœur, deux dames impressionnantes, qui avaient chacune leurs problèmes. Il ne mit pas longtemps à deviner que Jessica ne pouvait pas être la fille de Mme Clifton et lorsque Sebastian finit par lui raconter toute l'histoire, il se contenta de déclarer :

— Il est temps que quelqu'un la mette au courant.

Il comprit également que Mme Clifton affrontait une crise dans l'entreprise familiale. Chaque fois qu'elle rendait visite à son fils, Cedric se retournait et faisait semblant de dormir, alors qu'avec l'assentiment de Sebastian il écoutait toute la conversation entre la mère et le fils.

Jessica venait souvent à côté de lui afin de dessiner son nouveau modèle, ce qui obligeait Cedric à garder les yeux fermés.

Les visites – plus rares – du père de Sebastian, Harry Clifton, de son oncle Giles et de sa tante Grace aidèrent Cedric à ajouter des pièces au puzzle aux vives couleurs qui prenait lentement forme. Il n'était pas difficile de comprendre les manigances de Martinez et de Fisher, bien qu'il ne fût pas certain de ce qui les motivait, en partie parce que même Sebastian semblait ne pas connaître la réponse à cette question. Toutefois, à propos du vote sur la construction du *Buckingham*, il considéra que l'instinct viscéral de Mme Clifton, ou ce que les femmes appellent l'intuition, était peut-être juste. C'est pourquoi, après avoir consulté le règlement de la compagnie, il recommanda à Sebastian de lui rappeler qu'elle avait le droit, vu qu'elle possédait 22 % de l'entreprise, d'avoir trois représentants au conseil d'administration, ce qui devrait amplement suffire à empêcher la proposition d'être acceptée. Elle ne suivit pas son avis et perdit d'une seule voix.

Le lendemain, Cedric acheta dix actions de la compagnie maritime Barrington afin qu'ils puissent suivre régulièrement les délibérations du conseil. Il ne mit que quelques semaines à deviner que Fisher se préparait à devenir le prochain président de l'entreprise. Si Ross Buchanan et Mme Clifton avaient un point faible en commun, c'était leur croyance naïve selon laquelle tout le monde respectait leurs valeurs morales. Hélas, le commandant Fisher n'avait aucune valeur et don Pedro Martinez, aucune morale…

Il épluchait régulièrement le *Financial Times* et *The Economist*, à la recherche d'informations expliquant pourquoi les actions de la Barrington étaient en chute libre. Si, comme un article du *Daily Express* le suggérait, l'IRA était impliquée, alors Martinez devait être le lien. Ce qu'il ne comprenait pas, c'était pourquoi Fisher était disposé à courber l'échine. Avait-il à ce point besoin d'argent ? Il prépara une liste de questions que Sebastian devrait poser à sa mère durant ses visites hebdomadaires et il ne tarda pas à être aussi bien informé sur les activités quotidiennes de la compagnie maritime que les membres du conseil d'administration.

Quand arriva le moment où, complètement remis, il était en assez bonne forme pour sortir de l'hôpital et retourner au travail, il avait déjà pris deux décisions. La banque allait acquérir 7,5 % de la compagnie maritime Barrington, le minimum de parts lui permettant d'obtenir un siège au conseil d'administration et de participer à l'élection du prochain président de l'entreprise. Lorsqu'il appela son courtier le lendemain, il fut surpris de découvrir le grand nombre d'acheteurs d'actions de la Barrington, sans doute dans le même but que lui. Ce qui l'obligea à débourser un peu plus d'argent que prévu et, même si c'était contraire à ses habitudes, il dut avouer à Beryl qu'il y avait pris grand plaisir.

Après plusieurs mois d'observation extérieure, il lui tardait d'être présenté à Ross Buchanan, à Mme Clifton, au commandant Fisher, à l'amiral Summers et *tutti quanti*. Toutefois, la seconde décision qu'il prit tira davantage à conséquence.

Juste avant la sortie de Cedric de l'hôpital, Sebastian reçut la visite de M. Padgett, son professeur conseiller à Cambridge, qui lui indiqua clairement que, s'il le souhaitait, il pouvait rejoindre Peterhouse College au mois de septembre.

Dès qu'il eut regagné son bureau à la City, l'une des premières lettres qu'écrivit Cedric fut celle dans laquelle il offrait un emploi d'été à Sebastian avant son entrée à Cambridge.

*

* *

Ross Buchanan descendit du taxi quelques minutes avant son rendez-vous avec le président de la Farthings. L'assistant personnel de M. Hardcastle l'attendait dans le hall du 127 Threadneedle Street et l'accompagna jusqu'au bureau du président, situé au cinquième étage.

Cedric se leva derrière sa table de travail lorsque Buchanan entra dans la pièce. Il serra chaleureusement la main de son visiteur et le conduisit vers l'un des deux fauteuils confortables près de la cheminée. L'homme du Yorkshire et l'Écossais découvrirent rapidement qu'ils avaient beaucoup d'intérêts en commun, notamment celui qu'ils portaient tous les deux à l'avenir de la compagnie maritime Barrington.

— J'ai constaté que le prix de l'action avait quelque peu augmenté récemment, déclara Cedric. Peut-être les choses commencent-elles à se calmer.

— En effet, il semble que l'IRA ne cherche plus à harceler l'entreprise de toutes les façons possibles, ce qui doit constituer un grand soulagement pour Emma.

— Serait-ce parce que la source financière s'est asséchée ? Après tout, Martinez a dû investir une quantité considérable d'argent pour acquérir 22,5 % des actions de la compagnie, et sans réussir à faire élire le président de son choix.

— Si c'est le cas, pourquoi ne récupère-t-il pas sa mise et ne met-il pas un terme à l'opération ?

— Parce que c'est, à l'évidence, un homme têtu qui refuse de s'avouer vaincu, et je ne crois pas du tout qu'il soit du genre à se recroqueviller dans un coin pour lécher ses blessures. Il attend simplement son heure. Mais dans quel but ?

— Je n'en ai aucune idée. Martinez est une énigme et il est quasiment impossible de deviner ce qu'il a en tête. En revanche, je sais qu'en ce qui concerne les Barrington et les Clifton, c'est une affaire personnelle.

— C'est évident, mais ça risque tôt ou tard d'entraîner sa chute. Il devrait se rappeler la règle de la mafia : quand il faut tuer un rival, ça ne doit être que pour les affaires, jamais pour une question personnelle.

— Je ne vous avais jamais considéré comme un mafieux.

— Ne vous y trompez pas, Ross ! Le Yorkshire avait sa mafia longtemps avant que les Italiens embarquent pour New York. Nous ne tuons pas nos rivaux, nous les empêchons seulement de traverser la frontière du comté. (Ross sourit.) Chaque fois que je rencontre quelqu'un d'aussi vicieux que Martinez, poursuivit-il en reprenant son sérieux, j'essaye de me mettre à sa place et de deviner ses projets. Or, dans le cas de Martinez, il y a toujours quelque chose que je ne comprends pas. J'espérais que vous pourriez me fournir les pièces manquantes.

— Je ne connais pas moi-même toute l'histoire, reconnut Ross, mais ce que m'a raconté Emma Clifton est digne d'un roman de Harry Clifton.

— Avec autant de rebondissements ? fit Cedric, qui se rappuya au dossier de son fauteuil et n'interrompit plus Ross jusqu'à ce que celui-ci lui ait dit tout ce qu'il savait à propos de la vente à Sotheby's d'une statue de Rodin qui contenait huit millions de livres en faux billets, et d'un accident de voiture sur l'A1 qui n'avait jamais été élucidé.

— Il se peut bien que Martinez ait effectué une retraite tactique, conclut Ross, mais je ne suis pas persuadé qu'il ait quitté le champ de bataille.

— Si nous travaillions tous les deux ensemble, suggéra Cedric, peut-être pourrions-nous couvrir les arrières de Mme Clifton et lui permettre de rétablir la situation de la compagnie, ainsi que sa réputation.

— Qu'avez-vous en tête ?

— Eh bien, d'abord, j'espérais que vous accepteriez de faire partie du conseil d'administration de la Farthings comme directeur extérieur.

— Je suis flatté.

— Vous êtes trop modeste. Vous apporteriez à la banque votre expérience considérable et vos compétences dans un grand nombre de domaines, notamment dans celui du transport maritime, et nul doute que personne n'est mieux qualifié que vous pour surveiller nos investissements dans la Barrington. Refléchissez-y, je vous prie, et faites-moi part de votre décision dès que vous l'aurez prise.

— Je n'ai pas besoin d'y réfléchir. Je serais très honoré de faire partie de votre conseil d'administration. J'ai toujours eu le plus grand respect pour la Farthings. « Prends soin des pennies et les livres prendront soin d'elles-mêmes », voilà une philosophie dont plusieurs autres établissements que je ne mentionnerai pas pourraient s'inspirer. (Cedric sourit.) Je considère que l'affaire Barrington n'est pas terminée.

— C'est également mon avis, acquiesça Cedric. (Il se leva, traversa la pièce et appuya sur un bouton placé sous son bureau.) Accepteriez-vous de déjeuner avec moi chez Rules ? Vous pourriez m'expliquer pourquoi vous avez changé d'avis au dernier moment et, par votre vote décisif, fait pencher la balance en faveur de Mme Clifton alors que votre première intention avait été de soutenir Fisher.

Interloqué, Buchanan fut réduit au silence, interrompu par un coup frappé à la porte. Levant les yeux, il découvrit le jeune homme qui l'avait accueilli dans le hall d'entrée.

— Ross, je ne crois pas que vous connaissiez mon assistant personnel.

14

Tout le monde se leva quand M. Hardcastle entra dans la salle. Sebastian avait mis un certain temps à s'habituer à la déférence que tous les employés de la Farthings témoignaient à leur président. Lorsqu'on a dormi plusieurs mois dans un lit à côté de quelqu'un, qu'on l'a vu non rasé, en pyjama, en train d'uriner dans un pistolet ou qu'on l'a entendu ronfler, il est très difficile d'être intimidé par lui, même si, quelques jours seulement après leur première rencontre, Sebastian avait appris à respecter le banquier de Huddersfield.

M. Hardcastle leur fit signe de se rasseoir et s'installa au bout de la table.

— Bonjour, messieurs, commença-t-il, en jetant un regard circulaire sur ses collègues. Je vous ai convoqués parce qu'une occasion exceptionnelle se présente à la banque, qui, si on s'y prend correctement, peut engendrer toute une nouvelle source de revenus dont la Farthings pourrait profiter durant de nombreuses années.

Ces paroles captèrent l'attention de l'équipe.

— La banque, poursuivit-il, a été récemment contactée par le fondateur et président de Sony International, la compagnie japonaise d'équipements électroniques, qui espère négocier un emprunt à court terme et à taux fixe de dix millions de livres.

Il se tut pour étudier l'expression des visages des quatorze chefs de service assis autour de la table, qui allaient de « Quelle horreur ! » à « Quelle opportunité ! » en passant par toutes les réactions intermédiaires. Cependant, Cedric avait préparé avec le plus grand soin la partie suivante de son exposé.

— Voilà quatorze ans que la guerre est terminée. Toutefois, certains d'entre vous estiment toujours peut-être, comme l'exprime avec vigueur l'éditorial du *Daily Mirror* de ce matin, qu'on ne devrait jamais envisager de traiter avec « cette bande de sales Nippons bellicistes ». Néanmoins, deux ou trois d'entre vous ont peut-être remarqué la bonne affaire qu'a réalisée la Westminster en signant un contrat d'association avec la Deutsche Bank en vue de la construction d'une nouvelle usine Mercedes à Dortmund. C'est une occasion similaire qui se présente à nous. Réfléchissez un instant à ce que sera l'état des affaires dans quinze ans. Non pas à ce qu'il est aujourd'hui, et sûrement pas à ce qu'il était il y a quinze ans. Allons-nous continuer à avoir les mêmes vieux préjugés ou aurons-nous progressé et pris en compte un nouvel ordre mondial qui reconnaît l'existence d'une nouvelle génération de Japonais qu'on ne doit pas condamner à cause du passé ? Si l'un de vous ne se sent pas capable d'envisager de traiter avec les Japonais parce que cela rouvrirait d'anciennes blessures, l'heure est venue de le déclarer clairement, parce que, sans votre indéfectible soutien, cette initiative ne peut espérer être couronnée de succès. La dernière fois que j'ai tenu ces propos, les dents serrées, c'était en 1947, lorsque j'ai fini par permettre à un habitant de Lancaster d'ouvrir un compte à la Farthings.

Les petits rires qui parcoururent l'assistance contribuèrent à détendre l'atmosphère, même si Cedric savait fort bien qu'il rencontrerait une certaine opposition de la part de plusieurs dirigeants de sa banque et que quelques-uns de ses clients les plus conservateurs risqueraient même de transférer leurs comptes dans un autre établissement.

— Tout ce que je peux vous annoncer à présent, reprit-il, c'est que le président de Sony International et deux des directeurs de sa compagnie ont l'intention de venir à Londres dans six semaines environ. On m'a clairement indiqué que nous n'étions pas la seule banque contactée par leur entreprise, même si nous sommes pour le moment leur premier choix.

— Mais, président, pourquoi la Sony s'intéresse-t-elle à nous alors qu'il existe plusieurs banques plus importantes spécialisées dans ce domaine ? s'enquit Adrian Sloane, chef du service du change.

— Si bizarre que cela puisse paraître, Adrian, l'année dernière, lorsque j'ai été interviewé par *The Economist*, sur la photographie prise chez moi à Huddersfield, on voit à l'arrière-plan un poste à transistors Sony. D'un caprice du hasard dépend parfois la fortune…

— *Dixit* John Kenneth Galbraith, intervint Sebastian.

Deux ou trois hommes, qui normalement n'auraient pas osé interrompre le président, applaudirent discrètement, ce qui, pour une fois, fit rougir Sebastian.

— Il est bon de savoir qu'il y a au moins une personne cultivée dans cette salle, dit le président. Sur ce, reprenons le travail… Si l'un de vous souhaite discuter de cette question en privé, inutile de prendre rendez-vous, venez juste me voir.

Lorsque Cedric retourna dans son bureau, Sebastian lui emboîta le pas et le pria immédiatement de l'excuser pour son intervention intempestive.

— Vous n'avez pas à vous excuser, Seb. En fait, vous avez contribué à alléger l'atmosphère tout en rehaussant votre prestige aux yeux des cadres supérieurs. Espérons que ça encouragera quelques-uns d'entre eux à me tenir tête à l'avenir. Passons aux affaires sérieuses. J'ai une tâche à vous confier.

— Enfin ! fit Sebastian qui en avait assez d'accompagner des clients importants dans l'ascenseur et qu'on lui ferme la porte au nez dès qu'ils étaient entrés dans le bureau du président.

— Combien de langues parlez-vous ?

— Cinq avec l'anglais. Mais mon hébreu est un peu rouillé.

— Alors vous avez six semaines pour apprendre le japonais de façon acceptable.

— Qui décidera si je suis accepté ?

— Le président de Sony International.

— Bien. Par conséquent, il n'y a aucune pression.

— Jessica m'a dit que, lorsque vous étiez en vacances dans la villa de famille toscane, après trois semaines vous vous débrouilliez en italien.

— Se débrouiller dans une langue ne signifie pas

la parler parfaitement… Et, de toute façon, ma sœur a tendance à exagérer, ajouta-t-il en regardant un dessin intitulé *Portrait d'un mourant* qui représentait Cedric dans son lit à l'hôpital Princess Alexandra.

— Je n'ai pas d'autre candidat à l'esprit, déclara Cedric en lui tendant une brochure. En ce moment, l'université de Londres offre trois cours de japonais : débutants, deuxième et troisième niveaux. Vous pourrez donc passer deux semaines dans chaque groupe, précisa-t-il en ayant la gentillesse de rire.

Le téléphone posé sur le bureau du président sonna. Il décrocha, écouta en silence quelques instants avant de dire :

— Merci de m'avoir rappelé, Jacob. Il fallait que je vous parle du projet minier bolivien, parce que je sais que vous êtes le premier financier…

Sebastian sortit du bureau et referma la porte sans faire de bruit.

*

* *

— Le protocole est la clé de la compréhension de la mentalité japonaise, déclara le Pr Marsh en regardant les rangées de visages attentifs dans l'amphithéâtre. C'est tout aussi important que la maîtrise de la langue.

Sebastian n'avait pas tardé à découvrir que les classes des trois niveaux se tenaient à différentes heures de la journée, lui permettant ainsi d'assister à quinze cours par semaine. Ce qui, vu les heures consacrées à lire d'innombrables livres et à écouter une douzaine de bandes sur un magnétophone, signifiait qu'il ne lui restait guère de temps pour manger ou dormir.

Le Pr Marsh s'était habitué à voir, assis au premier rang pendant ses cours, le même jeune homme prendre des notes à toute vitesse.

— Commençons par le salut. Il importe de comprendre que l'inclinaison du buste chez les Japonais est bien plus significative que la poignée de main chez les Britanniques. À part sa force ou sa faiblesse, la poignée de main ne comporte pas différents niveaux et, par conséquent, ne révèle pas la position sociale des deux personnes. En revanche, chez les Japonais, il existe un code en ce qui concerne le salut. Pour commencer par le haut de la hiérarchie, seul l'empereur ne s'incline devant personne. Si vous rencontrez quelqu'un de votre rang, hochez tous les deux la tête, poursuivit le professeur en inclinant modérément la tête. Mais, par exemple, si le président d'une compagnie a un rendez-vous avec son directeur général, le président ne fera qu'un signe de tête tandis que le directeur général inclinera le buste, de cette façon. Si un salarié tombe par hasard sur le président, il s'inclinera très bas afin que leurs yeux ne se rencontrent pas, et il se peut que le président se contente de passer son chemin comme s'il ne l'avait pas vu.

— Par conséquent, dit Sebastian lorsqu'il revint à la banque plus tard dans l'après-midi, si j'étais japonais, je m'inclinerais très bas pour montrer ma déférence.

— Ce n'est pas demain la veille ! s'exclama Cedric.

— Et vous, continua Sebastian, sans faire de cas de

l'interjection, soit vous hocheriez la tête, soit vous passeriez votre chemin. Ainsi, lorsque vous rencontrerez M. Morita pour la première fois, puisque le rendez-vous se passera dans votre pays, vous devez le laisser faire le signe de tête le premier, puis lui retourner le compliment, avant d'échanger vos cartes professionnelles. Si vous souhaitez vraiment l'impressionner, votre carte sera libellée en anglais d'un côté et en japonais de l'autre. Lorsque M. Morita présentera son directeur général, celui-ci effectuera un profond salut, mais vous ferez à nouveau un simple signe de tête. Et lorsqu'il vous présentera la troisième personne de son groupe, celle-ci s'inclinera encore plus bas, alors qu'une fois de plus vous vous contenterez d'un hochement de tête.

— Donc je me contente de faire des signes de tête. Y a-t-il quelqu'un devant qui je devrais m'incliner ?

— Seulement devant l'empereur, mais je ne pense pas qu'il cherche à contracter un emprunt à court terme en ce moment. M. Morita constatera que vous le placez au-dessus de ses collègues – c'est tout aussi important – et ses collègues apprécieront le respect que vous montrez envers leur président.

— Je pense que cette philosophie devrait être mise en pratique sur-le-champ à la Farthings, déclara Cedric.

— Il faudra également suivre un autre épineux protocole lorsque vous dînerez ensemble. Au restaurant, M. Morita doit commander et être servi en premier mais il ne peut pas entamer son repas avant vous. Ses collègues ne peuvent pas commencer en premier, mais ils doivent terminer juste avant lui.

— Imaginez que vous assistiez à un dîner de seize personnes et que vous soyez le plus jeune…

— Vous attraperiez une indigestion. Toutefois, à la fin du repas, M. Morita ne quittera pas la table avant que vous vous leviez et lui demandiez de se joindre à vous.

— Et les femmes ?

— C'est un terrain miné. Les Japonais ne comprennent pas pourquoi les Anglais se lèvent lorsqu'une femme entre dans la pièce, permettent qu'on serve les femmes en premier et ne saisissent leurs couverts qu'après leur épouse.

— Voulez-vous dire par là qu'il vaudrait mieux que Beryl reste à Huddersfield ?

— Ce serait une bonne idée, vu les circonstances.

— Et si vous dîniez avec nous, Seb ?

— Je serais le dernier à commander, à être servi, à manger et à quitter la table.

— Ce serait à nouveau une première… Au fait, quand avez-vous appris tout ça ?

— Ce matin.

*

* *

Sebastian aurait abandonné le cours des débutants dès la fin de la première semaine s'il n'avait pas été distrait. Il essayait de se concentrer sur ce que disait le Pr Marsh mais il se surprenait à se retourner bien trop souvent vers la jeune femme. Quoiqu'elle ait été beaucoup plus âgée que lui – elle devait avoir trente, voire trente-cinq ans –, elle était très jolie et ses jeunes collègues de la banque lui avaient assuré que les femmes qui travaillaient à la City préféraient souvent les hommes plus jeunes.

Il se retourna et regarda à nouveau dans sa direction mais elle buvait les paroles du maître. Ou se faisait-elle seulement désirer ? Il n'y avait qu'une seule façon de savoir ce qu'il en était.

Lorsque le cours se termina enfin, il la suivit dans le hall et la trouva tout aussi attirante de dos. Une jupe droite serrée laissait voir des jambes sveltes qu'il acccompagna avec plaisir jusqu'au bar des étudiants. Il reprit confiance quand elle se dirigea vers le comptoir et que le barman attrapa tout de suite une bouteille de vin blanc. Sebastian s'assit sur le tabouret à côté d'elle.

— Laissez-moi deviner… Un verre de chardonnay pour la dame, et moi je prendrai une bière.

Elle sourit.

— Tout de suite, dit le barman.

— Je m'appelle Seb.

— Moi, Amy.

L'accent américain le surprit. Allait-il se rendre compte que les Américaines étaient aussi faciles que l'affirmaient les gars de la banque ?

— Que faites-vous quand vous n'apprenez pas le japonais ? demanda Sebastian tandis que le barman plaçait deux verres sur le comptoir.

— Ça fera quatre shillings, annonça-t-il.

Sebastian donna deux demi-couronnes.

— Gardez la monnaie, dit-il.

— Je viens de prendre ma retraite comme hôtesse de l'air.

La cerise sur le gâteau, pensa Sebastian.

— Qu'est-ce qui vous a fait rendre votre tablier ?

— On cherche toujours de plus jeunes recrues.

— Mais vous ne pouvez pas avoir plus de vingt-cinq ans !

— J'aimerais bien, répondit-elle en avalant une petite gorgée de vin. Et vous, que faites-vous ?

— Je travaille dans une banque d'affaires.

— Cela semble très intéressant.

— Ça l'est. Aujourd'hui, j'ai signé un contrat avec Jacob Rothschild pour acheter une mine d'étain en Bolivie.

— Oh ! là là ! mon univers paraît bien banal à côté du vôtre. Alors, pourquoi apprenez-vous le japonais ?

— Le directeur du service d'Extrême-Orient vient d'être promu et je suis pressenti pour le remplacer.

— N'êtes-vous pas un peu jeune pour un poste de cette envergure ?

— La banque est une affaire de jeunes, répliqua Sebastian alors qu'elle finissait son vin. Puis-je vous commander un autre verre ?

— Non, merci. J'ai beaucoup de travail. Il vaut mieux que je rentre chez moi si je ne veux pas sécher demain quand le professeur m'interrogera.

— Et si je vous accompagnais ? On pourrait réviser ensemble…

— C'est tentant, dit-elle. Comme il pleut, on va devoir prendre un taxi.

— Laissez-moi faire, dit-il en lui décochant un chaleureux sourire.

Il sortit presque en courant du bar et se précipita sous la forte pluie. Il mit un certain temps à trouver un taxi et quand il finit par en arrêter un, il ne lui restait plus qu'à espérer qu'elle n'habite pas trop loin car il n'avait plus que de la monnaie. L'apercevant debout derrière la porte vitrée, il lui fit un signe de la main.

— Où allez-vous, m'sieur ? demanda le chauffeur de taxi.

— Aucune idée. Sais pas où habite la dame, répondit Sebastian en lui faisant un clin d'œil.

Se retournant, il vit Amy courir vers le taxi. Il se dépêcha d'ouvrir la portière arrière pour qu'elle ne se trempe pas. Elle se glissa sur le siège et il s'apprêtait à la rejoindre lorsqu'il entendit une voix derrière lui.

— Merci, Clifton. C'est gentil d'avoir trouvé un taxi pour mon épouse par ce temps horrible. À demain ! ajouta le professeur en refermant la portière.

15

— Bonjour, monsieur Morita. Quel plaisir de vous rencontrer ! lança Cedric avec un vif hochement de tête.

— Tout le plaisir est pour moi, monsieur Hardcastle, improvisa-t-il pour le remercier. Puis-je vous présenter M. Ueyama, mon directeur général ?

Celui-ci s'approcha à son tour et inclina respectueusement le buste.

Cedric hocha à nouveau la tête.

— Et voici M. Ono, mon secrétaire particulier.

Lequel se courba encore plus bas, mais, cette fois encore, Cedric ne fit qu'un bref signe de tête.

— Asseyez-vous, je vous prie, monsieur Morita, dit Cedric, qui attendit que son visiteur s'asseye avant de regagner son siège derrière son bureau. J'espère que vous avez fait bon voyage ?

— Oui, merci. J'ai pu dormir quelques heures dans l'avion entre Hong Kong et Londres et je vous suis extrêmement reconnaissant d'avoir envoyé une voiture et votre assistant personnel pour nous accueillir à l'aéroport.

— Je vous en prie. Votre hôtel est-il confortable ?

— Tout à fait satisfaisant, merci. Et très bien situé par rapport à la City.

— Ravi de vous l'entendre dire. Bien. Et si nous parlions affaires ?

— Non, non, non ! s'écria Sebastian en bondissant de son siège. Aucun gentleman japonais n'envisagerait de discuter affaires avant qu'on lui propose une tasse de thé. À Tokyo, la cérémonie du thé est conduite par une geisha et elle peut durer trente minutes, voire plus, selon votre rang. Il peut, bien sûr, décliner l'offre, mais il s'attend néanmoins à ce que vous la fassiez.

— J'avais oublié, fit Cedric. Quelle faute idiote, mais je ne la commettrai pas le jour J ! Dieu soit loué, vous serez là pour me le rappeler au cas où.

— Ça me sera impossible, car je serai assis au fond de la pièce avec M. Ono. Nous prendrons des notes de votre conversation et ni lui ni moi n'oserions interrompre nos patrons.

— Alors, quand aurai-je le droit de lui parler affaires ?

— Pas avant que M. Morita n'ait avalé la première gorgée de sa deuxième tasse de thé.

— Mais, pendant notre échange qui précédera la discussion sérieuse, devrais-je parler de ma femme et de ma famille ?

— Seulement si c'est lui qui aborde le sujet. Il est marié à Yoshiko depuis onze ans et elle l'accompagne parfois à l'étranger.

— Ont-ils des enfants ?

— Il a trois jeunes enfants. Deux fils, Hideo, âgé de six ans, et Masao, âgé de quatre ans, ainsi qu'une fille, Naoko, qui n'a que deux ans.

— Ai-je le droit de lui dire que mon fils est juriste et qu'il vient d'être nommé avocat de la Couronne ?

— Uniquement s'il parle de ses enfants, ce qui est fort improbable.

— Je comprends. En tout cas, je crois comprendre. Pensez-vous que les présidents des autres banques prendront autant de gants ?

— Ils ont intérêt à le faire s'ils veulent décrocher ce contrat autant que vous.

— Je vous suis très reconnaissant, Seb. Faites-vous des progrès en japonais ?

— Tout se passait très bien jusqu'au moment où je me suis complètement ridiculisé en draguant la femme du professeur.

Cedric rit tout le long du récit détaillé des événements qui s'étaient déroulés la veille.

— Vous étiez trempé, dites-vous ?

— Jusqu'aux os. Je ne sais pas quel est mon problème avec les femmes mais il semble que je n'ai pas autant de succès que les autres gars de la banque.

— Je vais vous dire ce qu'il en est des autres gars. Après deux demis, ils cherchent à vous persuader que James Bond ne leur arrive pas à la cheville. Et, croyez-moi, pour la plupart d'entre eux c'est du baratin.

— Aviez-vous le même problème à mon âge ?

— Sûrement pas ! Mais il est vrai que j'ai rencontré Beryl à six ans.

— Six ans ? Vous êtes pire que ma mère. Elle est tombée amoureuse de mon père à dix ans et elle n'a plus laissé la moindre chance au malheureux.

— C'est également mon cas, reconnut Cedric. Voyez-vous, Beryl distribuait le lait à l'école primaire de Huddersfield et si je voulais quinze centilitres de plus… Elle menait tout le monde à la baguette, cette petite. Elle n'a guère changé, finalement. Mais je n'ai jamais rencontré quelqu'un d'autre.

— Et vous n'avez même jamais regardé une autre femme ?

— Regardé, si. Mais rien de plus. Quand on a trouvé de l'or, pourquoi se faire chercheur de cuivre ?

Sebastian sourit.

— Alors, comment saurai-je que j'ai trouvé de l'or ?

— Vous le saurez, mon garçon. Croyez-moi, vous le saurez.

*

* *

Les deux dernières semaines précédant l'arrivée de M. Morita à l'aéroport de Londres, Sebastian suivit tous les cours du Pr Marsh sans se retourner une seule fois pour jeter un coup d'œil à sa femme. Le soir, il rentrait chez son oncle Giles à Smith Square, puis après un dîner léger où, abandonnant couteau et fourchette, il utilisait des baguettes, il montait dans sa chambre pour lire, écouter des bandes magnétiques et s'entraîner à incliner le buste devant un miroir en pied.

La veille du lever de rideau, il se sentait prêt. Disons, à moitié prêt.

*

* *

Giles commençait à s'habituer à voir Seb lui faire

un profond salut tous les matins en entrant dans la salle du petit déjeuner.

— Et tu dois me faire un signe de tête, autrement je ne peux pas m'asseoir, répondait Sebastian.

— Je commence à y prendre plaisir, déclara ce jour-là Giles au moment où Gwyneth entrait dans la pièce pour se joindre à eux. Bonjour, ma chérie, dit-il en se levant.

— Une belle Daimler est garée devant la porte d'entrée, annonça Gwyneth en s'asseyant en face de Giles.

— Oui. Elle va m'emmener à l'aéroport pour aller chercher M. Morita.

— Ah, bien sûr ! C'est aujourd'hui le grand jour.

— En effet, répondit Sebastian.

Il finit son jus d'orange, se leva d'un bond, se précipita dans le couloir et jeta un dernier coup d'œil dans la glace.

— La chemise me plaît, dit Gwyneth tout en beurrant un toast, mais la cravate est un petit peu… vieux jeu. Je crois que la bleue en soie que tu as portée à notre mariage serait plus appropriée.

— Tu as raison, acquiesça-t-il, avant de monter l'escalier et de disparaître dans sa chambre.

— Bonne chance ! lança Giles à Seb qui redescendait les marches à toute vitesse.

— Merci ! cria Sebastian par-dessus son épaule en courant vers la porte.

Le chauffeur de M. Hardcastle se tenait près de la portière arrière de la voiture.

— Je pense que je vais m'asseoir devant avec vous, Tom, puisque ce sera ma place au retour.

— À vot' guise, fit Tom en s'intallant au volant.

— Dites-moi, poursuivit Sebastian alors que la voiture tournait à droite en sortant de Smith Square et se dirigeait vers l'Embankment, quand vous étiez jeune…

— Tout doux, petit. J'ai que trente-quatre ans.

— Désolé, je reprends. Quand vous étiez célibataire, combien de femmes avez-vous connues avant le mariage ?

— Baisées ?

Sebastian rougit comme une pivoine.

— Oui, souffla-t-il.

— On a du mal avec les nénettes, c'est ça ?

— En fait, oui.

— Eh ben, j'ai pas l'intention de répondre à cette question, Vot' Honneur, car nul doute que ce serait à mon détriment… (Sebastian éclata de rire.) Mais pas autant que j'aurais voulu ni autant que je le disais à mes potes.

Sebastian rit à nouveau.

— Et la vie d'homme marié, c'est comment ?

— Y a des hauts et des bas, comme le pont-levis de Tower Bridge. Pourquoi ces questions, Seb ? Vous avez trouvé quelqu'un qui vous plaît, c'est ça ?

— J'aimerais bien… Non, c'est juste qu'avec les femmes je me débrouille comme un manche. Il semble que je rate mon coup chaque fois que je rencontre une fille qui me plaît. Pour une raison ou une autre, je m'y prends toujours mal.

— Ça ce n'est pas très malin, parce que vous avez tout pour plaire.

— Que voulez-vous dire ?

— Vous êtes joli garçon, dans le genre bêcheur. Vous êtes instruit, parlez bien, venez d'une bonne famille. Que voulez-vous de plus ?

— Je suis fauché.

— D'accord, mais vous avez du potentiel et ça, ça plaît aux filles. Elles pensent toujours qu'elles peuvent le développer et en tirer profit. Alors, croyez-moi, vous aurez aucun problème dans ce domaine. Une fois que vous passerez à l'action, vous vous arrêterez plus.

— Vous gâchez votre talent, Tom. Vous auriez dû être philosophe.

— Ne vous fichez pas de moi, petit. C'est pas moi qui vais à Cambridge. Et, vous voyez, j'hésiterais pas beaucoup si je pouvais changer de place avec vous.

Sebastian n'avait jamais pensé à ça.

— Remarquez, je me plains pas, poursuivit Tom. J'ai un bon boulot, M. Hardcastle a un cœur en or et Linda est sympa. Mais si j'avais eu vos avantages à la naissance, je serais pas chauffeur de maître, ça c'est sûr.

— Qu'est-ce que vous feriez ?

— Je serais à présent propriétaire d'un parc automobile et vous m'appelleriez monsieur.

Sebastian eut soudain honte. Il trouvait jusque-là ses privilèges tout naturels sans se soucier de ce qui se passait dans la vie des autres ni se dire qu'il pouvait leur paraître nanti. Il resta coi pendant le reste du voyage, douloureusement conscient désormais que les circonstances de la naissance sont un premier billet de loterie.

Tom rompit le silence au moment où il quitta la Great West Road.

— C'est vrai qu'on va chercher trois Japs ? s'enquit-il.

— Surveillez votre langage, Tom. Nous allons accueillir trois gentlemen japonais.

— Vous y trompez pas ! J'ai rien contre ces petits salopards jaunes. C'est évident, non, qu'ils ont seulement fait la guerre parce qu'on les a forcés ?

— En plus, vous êtes historien, dit Sebastian au moment où la voiture s'arrêtait devant le terminal de l'aéroport. Tom, laissez la portière arrière ouverte et faites tourner le moteur dès qu'on sortira, parce que ces trois messieurs sont très importants pour M. Hardcastle.

— Je serai ici, au garde-à-vous. Et je me suis même entraîné à faire mon salut.

— Un salut très bas, dans votre cas, précisa Sebastian avec un grand sourire.

*

* *

Le panneau des arrivées indiquait que l'avion n'avait pas de retard et Sebastian avait une heure d'avance. Il but un café tiède dans une petite cafétéria bourrée de monde, prit un exemplaire du *Daily Mail* et lut un article annonçant que les deux singes envoyés dans l'espace par les Américains venaient de revenir sur Terre sains et saufs. Il alla deux fois aux toilettes, vérifia trois fois la position de sa cravate – Gwyneth avait eu raison – et fit d'innombrables allées et venues dans le hall tout en répétant en japonais « Bonjour, monsieur Morita, bienvenue en Angleterre », paroles suivies d'un salut.

« Le vol numéro 1027 de la Japan Airlines en provenance de Tokyo vient d'atterrir », annonça une voix flûtée dans le haut-parleur.

Il alla tout de suite prendre place devant la porte des arrivées d'où il pouvait facilement voir les passagers qui venaient de passer la douane. Toutefois, il n'avait pas prévu le grand nombre d'hommes d'affaires japonais débarquant du vol 1027 et il ne savait pas du tout à quoi ressemblait M. Morita ou ses collègues.

Chaque fois que trois hommes franchissaient la barrière ensemble, il s'approchait d'eux, faisait un profond salut et se présentait. La quatrième fois fut la bonne mais il était à présent si troublé qu'il prononça son petit discours en anglais.

— Bonjour, monsieur Morita. Soyez le bienvenu en Angleterre, dit-il en s'inclinant très bas. Je suis l'assistant personnel de M. Hardcastle et une voiture va vous conduire au Savoy.

— Merci beaucoup. C'est très aimable à M. Hardcastle de se donner cette peine, répondit M. Morita.

Il devint tout de suite évident que son anglais était bien meilleur que le japonais de Sebastian.

Puisque M. Morita ne semblait pas vouloir présenter ses deux collègues, Sebastian les fit immédiatement sortir du terminal. Il fut soulagé de voir Tom au garde-à-vous près de la portière arrière ouverte de la voiture.

— Bonjour, monsieur, dit Tom en s'inclinant très

bas, mais M. Morita et ses collègues montèrent en voiture visiblement sans l'avoir entendu.

Sebastian s'installa prestement sur le siège avant et la voiture se joignit au flot de véhicules qui se dirigeaient lentement vers Londres. Il n'ouvrit pas la bouche durant tout le trajet jusqu'au Savoy, tandis que M. Morita bavardait à voix basse avec ses collègues dans leur langue maternelle. Quarante minutes plus tard, la Daimler s'arrêta devant l'hôtel. Trois chasseurs se précipitèrent vers le coffre et commencèrent à décharger les bagages.

Lorsque M. Morita mit le pied sur le trottoir, Sebastian fit un profond salut.

— Je reviendrai à 11 h 30, monsieur, dit-il en anglais, afin que vous arriviez à temps pour votre rendez-vous avec M. Hardcastle à midi.

M. Morita se fendit d'un hochement de tête lorsque le directeur de l'hôtel s'avança et dit en s'inclinant très bas :

— Nous sommes ravis de vous accueillir de nouveau au Savoy, Morita-san.

Sebastian ne remonta en voiture que lorsque M. Morita eut disparu derrière la porte tournante.

— Il faut qu'on rentre au bureau le plus vite possible ! lança Sebastian.

— Mais j'ai ordre de ne pas bouger, répliqua Tom en restant sur place, au cas où M. Morita aurait besoin de la voiture.

— Je me fiche pas mal des ordres que vous avez reçus. On rentre au bureau immédiatement, et appuyez sur le champignon !

— Vous en serez responsable, alors, rétorqua Tom

avant de démarrer en trombe et de rouler en sens interdit pour gagner le Strand.

Vingt-deux minutes plus tard, ils s'arrêtaient devant la Farthings.

— Faites demi-tour et laissez le moteur en marche, lui enjoignit Sebastian. Je serai de retour le plus vite possible.

Sur ce, il bondit hors de la Daimler, entra dans le bâtiment en courant et se dirigea vers l'ascenseur le plus proche. Au cinquième étage, il longea le couloir au pas de charge et entra dans le bureau du président sans frapper. Adrian Sloane se retourna et ne chercha pas à cacher son agacement devant une si brusque interruption de son entretien avec le président.

— Je croyais vous avoir indiqué de rester au Savoy, dit Cedric.

— Il y a eu un imprévu, président, et je n'ai que quelques minutes pour vous mettre au courant.

Sloane eut l'air encore plus mécontent lorsque Hardcastle le pria de les laisser seuls et de revenir un peu plus tard.

— Bon. Quel est le problème ? s'enquit Cedric, une fois la porte fermée.

— M. Morita a un rendez-vous avec la Westminster Bank cet après-midi à 15 heures et un autre avec la Barclays demain matin à 10 heures. Lui et ses conseillers s'inquiètent du fait que la Farthings n'a pas souvent fait de prêts aux entreprises, vous devrez donc les convaincre que vous êtes capables de gérer un aussi gros contrat. Et, entre parenthèses, votre vie n'a aucun secret pour eux. Ils savent même que vous avez quitté l'école à quinze ans.

— Par conséquent, il sait lire l'anglais. Mais comment avez-vous appris tout le reste ? Je ne peux pas croire qu'ils vous en aient fait part de leur plein gré.

— Non. Mais ils ne savent pas que je parle japonais.

— Alors gardons ça secret. Ça pourra peut-être nous servir plus tard. Mais pour le moment, vous avez intérêt à retourner au Savoy, et *fissa* !

— Encore une chose, reprit Sebastian en se dirigeant vers la porte. Ce n'est pas la première fois que M. Morita descend au Savoy. En fait, le directeur de l'hôtel l'a accueilli comme si c'était un habitué. Ah, je viens de me rappeler qu'ils espèrent obtenir trois billets pour *My Fair Lady*, quoiqu'on leur ait dit que c'était complet.

Le président décrocha le téléphone.

— Voyez dans quel théâtre on le joue, dit-il, et appelez-moi le bureau de location, ordonna-t-il à la personne au bout du fil.

Sebastian sortit en courant et fila dans le couloir, priant que l'ascenseur soit là. Ce n'était pas le cas et la cabine mit une éternité à arriver. Lorsqu'il put y entrer, elle s'arrêta à chaque étage en descendant. Il se précipita sur le trottoir, sauta dans la voiture, consulta sa montre et déclara :

— On a vingt-six minutes pour regagner le Savoy.

La circulation n'avait jamais été aussi lente. Tous les feux semblaient passer au rouge au moment où ils s'en approchaient. Et pourquoi y avait-il tant de piétons sur les passages cloutés à cette heure ?

Tom tourna dans Savoy Place à 11 h 27, au moment où un grand nombre de limousines déversaient leurs passagers devant l'hôtel. Sebastian ne pouvait se permettre d'attendre alors que les paroles du Pr Marsh résonnaient dans ses oreilles : « Les Japonais ne sont jamais en retard à un rendez-vous et ils considèrent comme une insulte que vous le soyez. » Il sortit de la voiture d'un bond et se mit à courir dans la rue en direction de l'hôtel.

Pourquoi n'ai-je pas utilisé le téléphone de l'hôtel ? se demanda-t-il longtemps avant d'atteindre l'entrée de l'hôtel. Mais il était trop tard pour se tracasser à ce sujet. Il passa en trombe devant le portier et poussa la porte tournante, projetant une dame dans la rue beaucoup plus vite qu'elle l'aurait voulu.

Il consulta l'horloge du hall : 11 h 29. Il marcha à grandes enjambées vers les ascenseurs, vérifia la position de sa cravate dans le miroir et prit une profonde inspiration. L'horloge sonna deux fois, les portes de l'ascenseur s'ouvrirent pour laisser passer M. Morita et ses deux collègues. Il gratifia Sebastian d'un sourire. Il pensait que le jeune homme l'attendait là depuis une heure.

16

Sebastian ouvrit la porte pour laisser entrer M. Morita et ses deux collègues dans le bureau du président.

En se dirigeant vers eux, Cedric eut l'impression d'être grand pour la première fois de sa vie. Il s'apprêtait à incliner le buste lorsque M. Morita lui tendit la main.

— Ravi de faire votre connaissance, dit Cedric en lui serrant la main tout en se préparant à faire un deuxième salut.

Mais M. Morita se tourna et lui dit :

— Permettez-moi de vous présenter M. Ueyama, mon directeur général.

Celui-ci fit un pas en avant et serra lui aussi la main de Cedric, qui aurait également serré celle de M. Ono si le secrétaire particulier de M. Morita n'avait pas tenu une grande boîte dans les mains.

— Asseyez-vous, je vous prie, dit Cedric, qui tentait de revenir à l'essentiel.

— Merci, dit M. Morita. Mais, avant toute chose, c'est une vénérable tradition japonaise d'échanger des cadeaux avec un nouvel ami.

M. Ono s'approcha et tendit la boîte à M. Morita, qui la remit à Cedric.

— Comme c'est aimable à vous ! dit Cedric, l'air un rien gêné, tandis que ses trois visiteurs restaient debout, attendant à l'évidence qu'il ouvre le cadeau.

Il prit son temps, commença par défaire le joli nœud bleu, puis le papier doré, tout en se demandant ce qu'il pourrait offrir à M. Morita pour le remercier. Allait-il devoir sacrifier son Henry Moore ? Il regarda Sebastian plein d'espoir mais sans illusion. D'ailleurs, le jeune homme semblait tout aussi déconcerté. Le rituel de l'échange de cadeaux avait dû être expliqué pendant l'un des rares cours qu'il avait manqués.

Cedric retira le couvercle de la boîte et retint son souffle en saisissant un magnifique vase noir et turquoise. Sebastian, qui se tenait au fond de la pièce, fit un pas en avant mais ne dit rien.

— Splendide ! fit Cedric avant d'enlever le bouquet de fleurs de son bureau et de mettre à sa place le joli vase ovale. Chaque fois que vous viendrez ici, monsieur Morita, vous trouverez votre vase sur mon bureau.

— Je suis très honoré, répondit Morita en inclinant le buste pour la première fois.

Sebastian fit un deuxième pas en avant, s'approchant ainsi à trente centimètres de M. Morita.

— Ai-je votre permission, monsieur, demanda-t-il au président, de poser une question à notre distingué visiteur ?

— Bien sûr, répondit Cedric, dans l'espoir d'être tiré d'embarras.

— Pourrais-je connaître le nom du potier, Morita-san ?

— Shoji Hamada, répondit M. Morita en souriant.

— C'est un grand honneur de recevoir un présent créé par l'un de vos plus grands artistes vivants, une véritable gloire nationale. Si le président l'avait su, il vous aurait offert une œuvre d'égale valeur créée par l'un de nos meilleurs potiers anglais, qui a d'ailleurs écrit un livre sur M. Hamada.

Les innombrables heures passées à bavarder avec Jessica avaient enfin porté leurs fruits.

— M. Bernard Leach. J'ai la chance de posséder trois de ses œuvres dans ma collection.

— Toutefois, le présent choisi par mon président, bien qu'il ne possède pas la même valeur, est néanmoins offert dans le même esprit d'amitié.

Cedric sourit. Il lui tardait de voir de quel présent il s'agissait.

— Le président a obtenu trois billets pour la représentation de ce soir de *My Fair Lady* au Théâtre royal, à Drury Lane. Avec votre permission, j'irai vous chercher à votre hôtel à 19 heures et je vous accompagnerai au théâtre, le rideau devant se lever à 19 h 30.

— On ne pourrait imaginer de plus agréable présent, dit M. Morita. Je vous suis extrêmement reconnaissant de cette généreuse attention, ajouta-t-il en se tournant vers Cedric.

Cedric fit un salut, tout en étant conscient que ce n'était pas le moment de révéler à Sebastian qu'il avait déjà appelé le théâtre et qu'on lui avait répondu que tout était complet pour les quinze jours suivants. Une voix languissante avait déclaré : « Vous pouvez toujours faire la queue en espérant que des billets soient rendus. » Ce que Sebastian allait devoir faire durant le reste de la journée.

— Asseyez-vous donc, monsieur Morita, dit Cedric en essayant de reprendre ses esprits. Voudriez-vous une tasse de thé ?

— Non, merci. Une tasse de café, si possible.

Cedric pensa tristement aux six différentes sortes de thé, en provenance d'Inde, de Ceylan et de Malaisie, qu'il avait choisies cette semaine chez Martin Carwardine & Co et qui venaient d'être toutes refusées en une seule phrase. Il appuya sur un bouton du téléphone, priant intérieurement que sa secrétaire ait du café.

— Du café, s'il vous plaît, mademoiselle Clough... J'espère que vous avez fait bon voyage, reprit-il après avoir raccroché.

— Trop d'escales, hélas. J'attends impatiemment le jour où l'on pourra voler de Tokyo à Londres d'une seule traite.

— Ce n'est sûrement pas demain la veille ! Et j'espère que votre hôtel est confortable.

— Je ne descends qu'au Savoy. C'est si commode pour se rendre à la City.

— Oui, bien sûr.

Nouveau faux pas.

M. Morita se pencha en avant pour regarder la photo qui se trouvait sur le bureau.

— Votre épouse et votre fils ? s'enquit-il.

— Oui, répondit Cedric, sans savoir s'il devait donner des précisions.

— Épouse qui supervise la distribution du lait, et fils avocat de la Couronne.

— En effet, fit Cedric, décontenancé.

— Voici mes fils, déclara Morita en tirant d'une poche intérieure son portefeuille, dont il sortit deux photos qu'il plaça sur le bureau devant Cedric. Hideo et Masao, qui vont à l'école à Tokyo.

Cedric étudia les photos et décida que le moment était venu de s'éloigner du scénario prévu.

— Et votre épouse ?

— Cette fois-ci, Mme Morita n'a pas pu venir en Angleterre, parce que Naoko, notre petite fille, a la varicelle.

— Vous m'en voyez désolé, dit Cedric, au moment où, après un petit coup frappé à la porte, Mlle Clough entra dans la pièce chargée d'un plateau sur lequel se trouvaient du café et des sablés.

Cedric s'apprêtait à boire sa première gorgée tout en se demandant quel pourrait être le prochain sujet de conversation, lorsque Morita déclara :

— Peut-être le moment est-il venu de parler affaires ?

— Oui, bien sûr, répondit Cedric en reposant sa tasse. (Il ouvrit une chemise placée sur son bureau et se remit en mémoire les principaux points qu'il avait soulignés la veille.) En premier lieu, je dirais que la Farthings n'a pas bâti sa réputation sur les prêts à taux fixe. Toutefois, étant donné que nous voulons établir une relation à long terme avec votre distinguée compagnie, j'espère que vous nous donnerez la chance de prouver notre compétence.

Morita opina du chef.

— Considérant que vous souhaitez emprunter la somme de dix millions de livres, remboursable dans le court délai de cinq ans, et ayant étudié les chiffres les plus récents de votre trésorerie, tout en prenant en compte le taux de change actuel du yen, nous considérons qu'un pourcentage réaliste...

Maintenant qu'il était à nouveau en terrain connu, Cedric se détendit pour la première fois depuis le début de l'entretien. Quarante minutes plus tard, il avait exposé ses idées et répondu à toutes les questions de M. Morita. Sebastian pensa que son patron n'aurait guère pu mieux se débrouiller.

— Puis-je vous suggérer de rédiger dès maintenant le contrat, monsieur Hardcastle ? Longtemps avant mon départ de Tokyo, j'étais absolument certain que vous étiez la personne idoine pour cette affaire et, après votre exposé, j'en suis encore plus convaincu. J'ai un rendez-vous avec deux autres banques, il est vrai, mais c'est uniquement pour montrer à mes actionnaires que j'étudie d'autres possibilités... Prends soin des rins et les yens prendront soin d'eux-mêmes.

Les deux hommes s'esclaffèrent.

— Si vous êtes libres, dit Cedric, peut-être accepterez-vous de déjeuner avec moi ? Un restaurant japonais vient d'ouvrir dans la City et a reçu d'excellentes critiques. Aussi ai-je pensé...

— Oh ! non, monsieur Hardcastle... Je n'ai pas fait près de dix mille kilomètres pour me rendre dans un restaurant japonais. Non, je vais vous emmener chez Rules où nous dégusterons du rôti de bœuf et du Yorkshire pudding, ce qui convient parfaitement à un natif de Huddersfield.

Les deux hommes éclatèrent à nouveau de rire.

Lorsqu'ils quittèrent le bureau quelques minutes plus tard, Cedric demeura un peu en arrière et chuchota à l'oreille de Sebastian :

— Vous avez eu une bonne réaction, mais comme tout est complet pour la représentation de *My Fair Lady* de ce soir, vous allez devoir passer le reste de la journée dans la queue pour espérer récupérer des billets sur liste d'atttente... Espérons qu'il ne pleuvra pas car vous vous feriez tremper à nouveau, ajouta-t-il avant de rejoindre M. Morita dans le couloir.

Sebastian fit un profond salut au moment où Cedric et ses visiteurs entrèrent dans l'ascenseur et disparurent en direction du rez-de-chaussée. Il traîna encore un peu au cinquième étage mais n'appela pas l'ascenseur avant d'être sûr qu'ils étaient bien engagés sur le chemin du restaurant.

Une fois sorti de la banque, il héla un taxi.

— Au théâtre royal, à Drury Lane, dit-il.

Lorsqu'ils s'arrêtèrent vingt minutes plus tard, la première chose qu'il remarqua fut la longueur de la file d'attente pour les billets. Il paya le chauffeur, entra dans le théâtre et se dirigea tout droit vers le guichet.

— Je ne pense pas que vous ayez trois billets pour ce soir... ? fit-il d'un ton suppliant.

— Vous pensez juste, mon cher, répondit la femme assise derrière le guichet. Vous pourriez bien sûr vous joindre à la queue pour les billets rendus, mais franchement, rares sont ceux qui obtiendront une place avant Noël. Il faudrait un mort pour qu'un billet soit retourné.

— Le prix ne compte pas.

— Il y a des gens dans la file d'attente qui affirment que c'est leur vingt et unième anniversaire, leurs noces d'argent… L'un d'eux était si désespéré qu'il m'a demandée en mariage…

Sebastian sortit du théâtre et s'immobilisa sur le trottoir. Il jeta un nouveau coup d'œil à la file d'attente, qui semblait s'être encore allongée ces dernières minutes, et s'efforça de trouver une solution. Se rappelant alors quelque chose qu'il avait lu dans l'un des romans de son père, il décida de voir si ça fonctionnerait pour lui comme ç'avait fonctionné pour William Warwick.

Il dévala la pente en direction de la Strand, se jetant au milieu du flot de voitures de l'après-midi pour traverser les rues, et arriva au Savoy quelques minutes plus tard. Il gagna directement la réception et demanda le nom du concierge.

— Albert Southgate, répondit la réceptionniste.

Sebastian la remercia et se rendit au bureau du concierge comme s'il était un client.

— Albert est-il là ? demanda-t-il.

— Je crois qu'il est allé déjeuner, monsieur, mais je vais vérifier, répondit l'homme avant de disparaître dans l'arrière-salle. Bert, un monsieur te demande, entendit Sebastian.

Un homme d'un certain âge apparut, vêtu d'un long manteau bleu orné de galons d'or aux poignets, de boutons dorés étincelants et de deux rangées de médailles militaires dont Sebastian reconnut l'une d'entre elles.

— Que puis-je faire pour vous ? demanda le concierge en le regardant d'un œil las.

— J'ai un problème, répondit Sebastian, tout

en se demandant s'il pouvait risquer le tout pour le tout. Mon oncle, sir Giles Barrington, m'a dit que si je séjournais au Savoy et que j'avais besoin de quelque chose, je devais en parler à Albert.

— Le monsieur qui a obtenu la médaille de guerre à Tobrouk ?

— Oui, répondit Sebastian, interloqué.

— Très peu ont survécu. Une sale affaire. En quoi puis-je vous aider ?

— Sir Giles a besoin de trois billets pour *My Fair Lady.*

— Pour quand ?

— Pour ce soir.

— Vous plaisantez ?

— Peu lui importe le coût.

— Restez là. Je vais voir ce que je peux faire.

Il regarda Albert sortir à grandes enjambées de l'hôtel, traverser la rue en direction du théâtre royal et disparaître. Il fit les cent pas dans le hall, jetant de temps en temps un regard inquiet vers la Strand, mais il dut attendre une demi-heure avant que le concierge ne revienne, une enveloppe dans la main. Celui-ci rentra dans l'hôtel et lui tendit l'enveloppe.

— Trois fauteuils d'orchestre, au milieu, rangée F.

— Merveilleux. Combien vous dois-je ?

— Rien.

— Je ne comprends pas.

— Le responsable du bureau de location demande qu'on le rappelle au bon souvenir de sir Giles… Son frère, le sergent Harris, a été tué à Tobrouk.

Sebastian sentit le rouge lui monter au front.

*
* *

— Bravo, Seb. Vous nous avez sauvé la mise. Maintenant, la seule tâche qu'il vous reste à effectuer est de vous assurer que la Daimler reste devant le Savoy jusqu'à ce que nous soyons sûrs que M. Morita et ses collègues sont au fond de leurs lits.

— Mais deux cents mètres seulement séparent l'hôtel et le théâtre.

— Cela peut être très long s'il pleut, comme votre brève rencontre avec la femme du Pr Marsh aurait dû vous le prouver. D'autre part, si nous ne prenons pas cette peine, soyez certain que d'autres s'en chargeront.

*
* *

Sebastian descendit de voiture et entra au Savoy à 18 h 30. Il se dirigea vers l'ascenseur et attendit patiemment. M. Morita et ses deux collègues apparurent juste après 19 heures. Sebastian fit un profond salut et leur remit l'enveloppe contenant les trois billets.

— Merci, jeune homme, dit M. Morita.

Ils traversèrent le hall, franchirent la porte tournante et sortirent dans la rue.

— La voiture du président va vous conduire au théâtre royal, déclara Sebastian tandis que Tom ouvrait la portière arrière de la Daimler.

— Non, merci, dit Morita. Un peu de marche nous fera du bien.

Sur ce, les trois hommes prirent le chemin du théâtre. Sebastian fit un deuxième profond salut avant de monter dans la voiture à côté du chauffeur.

— Pourquoi ne rentrez-vous pas chez vous ? fit Tom. Inutile de traîner là, et s'il se met à pleuvoir, je vous conduirai au théâtre pour aller les chercher.

— Mais il se peut qu'ils veuillent dîner après le spectacle ou aller dans une boîte de nuit. Vous en connaissez ?

— Tout dépend de ce qu'ils recherchent.

— Pas ce à quoi vous pensez, en tout cas ! De toute façon, je ne bouge pas, pour citer M. Hardcastle, avant qu'ils soient au fond de leurs lits.

Pas une seule goutte de pluie ne tomba et, à 22 heures, Sebastian connaissait la vie de Tom par le menu, y compris le nom de l'école qu'il avait fréquentée, son poste pendant la guerre et les divers endroits où il avait travaillé avant de devenir le chauffeur de M. Hardcastle. Il expliquait que sa femme voulait qu'ils aillent passer leurs prochaines vacances à Marbella lorsque Sebastian s'écria « Dieu du ciel ! » puis glissa de son siège pour se tapir au fond de la voiture, au moment où deux hommes élégants entraient dans l'hôtel.

— Que faites-vous donc ?

— J'évite quelqu'un que j'espérais ne plus jamais rencontrer.

— On dirait bien que le rideau est tombé, dit Tom, comme des hordes de spectateurs se déversaient sur la Strand en bavardant.

Quelques minutes plus tard, Sebastian repéra ses trois protégés qui revenaient vers l'hôtel. Juste avant que M. Morita n'atteigne l'entrée, Sebastian sortit de la voiture et fit un profond salut.

— J'espère que le spectacle vous a plu, Morita-san.

— Il n'aurait pu être plus plaisant. Il y a des années que je n'avais pas autant ri, et la musique était merveilleuse. Je vais personnellement remercier M. Hardcastle quand je le verrai demain matin. Rentrez chez vous, je vous en prie, monsieur Clifton, parce que je n'aurai pas besoin de la voiture ce soir. Désolé de vous avoir retenu.

— C'était avec plaisir, Morita-san.

Sebastian resta sur le trottoir et regarda les trois hommes entrer dans l'hôtel, traverser le hall et se diriger vers les ascenseurs. Son cœur se mit à battre plus vite lorsqu'il vit deux hommes s'avancer vers M. Morita, incliner le buste et lui serrer la main. Sebastian resta figé sur place. Les deux hommes bavardèrent avec lui quelques instants. M. Morita prit ensuite congé de ses collègues et accompagna les deux hommes au bar. Sebastian avait terriblement envie d'entrer dans l'hôtel et de les regarder de plus près, mais il savait que c'était trop risqué. Il remonta en voiture à contrecœur.

— Vous allez bien ? s'enquit Tom. Vous êtes blanc comme un linge.

— À quelle heure M. Hardcastle se couche-t-il ?

— 23 heures, 23 h 30, ça dépend. Mais vous pouvez savoir s'il est toujours debout à la lumière allumée dans son cabinet de travail.

Sebastian consulta sa montre. 22 h 43.

— Eh bien, allons voir s'il est encore éveillé.

Tom démarra, s'engagea sur la Strand, traversa

Trafalgar Square, longea le Mall jusqu'à Hyde Park Corner et arriva devant le 37 Cadogan Place un peu après 23 heures. Il y avait toujours de la lumière dans le bureau. Nul doute que le président était en train de vérifier pour la troisième fois le contrat que les Japonais devaient signer le lendemain matin.

Sebastian descendit lentement de voiture, gravit les marches et sonna à la porte d'entrée. Quelques instants plus tard, la lumière du vestibule s'alluma et Cedric ouvrit la porte.

— Je suis désolé de vous déranger si tard, président, mais nous avons un problème.

17

— Tout d'abord, vous devez dire la vérité à votre oncle, déclara Cedric. Absolument toute la vérité.

— Je vais lui raconter dès que je rentrerai ce soir.

— Il est important que sir Giles sache ce que vous avez fait en son nom, parce qu'il devra écrire un mot de remerciement à M. Harris au théâtre royal, ainsi qu'au concierge du Savoy.

— Albert Southgate.

— Et vous devez vous aussi leur écrire pour les remercier.

— Oui, bien sûr. Et je dois m'excuser à nouveau, monsieur, car j'ai l'impression de ne pas avoir été à la hauteur étant donné que toute l'opération a été pour vous une perte de temps.

— Ce genre d'expérience est rarement une perte de temps. Chaque fois qu'on essaye de décrocher un contrat, même si on échoue, on apprend toujours quelque chose qui servira la prochaine fois.

— Qu'est-ce que j'ai appris, moi ?

— D'abord le japonais, sans parler d'une ou deux choses sur vous-même dont vous tirerez profit tôt ou tard.

— Mais le temps que vous et vos adjoints ont passé

sur ce projet… Sans compter tout ce que ça a coûté à la banque.

— C'est sûrement la même chose pour la Barclays ou la Westminster. Si on gagne une fois sur cinq dans ce genre d'affaires, on considère que c'est une bonne moyenne.

Le téléphone sonna. Cedric décrocha et dit après quelques instants :

— Oui. Qu'il vienne.

— Je vous laisse, monsieur ?

— Non. Restez là. J'aimerais vous présenter mon fils.

La porte s'ouvrit pour laisser passer un homme qui ne pouvait être qu'un enfant de Cedric Hardcastle. Il avait peut-être deux ou trois centimètres de plus que lui mais le même chaleureux sourire, de larges épaules et un crâne presque entièrement dégarni, même si la demi-couronne de cheveux qui allait d'une oreille à l'autre était un peu plus fournie, le faisant ressembler à un moine du XVIIe siècle. Et, comme Sebastian était sur le point de le découvrir, il possédait la même acuité d'esprit.

— Bonjour, papa. Content de te voir.

Le même accent du Yorkshire.

— Arnold, je te présente Sebastian Clifton, qui m'a aidé dans les négociations avec Sony.

— Ravi de faire votre connaissance, monsieur, dit Sebastian en lui serrant la main.

— Je suis un grand admirateur…

— … des livres de mon père ?

— Non, je ne peux pas dire que j'en ai jamais lu un

seul. Je rencontre trop de détectives pendant la journée pour avoir envie de lire des livres sur eux le soir.

— De ma mère, alors ? La première femme présidente d'une entreprise ?

— Pas davantage. C'est votre sœur Jessica qui m'éblouit. Quel talent ! fit-il en désignant du menton le dessin accroché au mur représentant son père. Que fait-elle en ce moment ?

— Elle vient d'être admise à la Slade, à Bloomsbury, et elle s'apprête à commencer sa première année de cours.

— Alors je plains ses malheureux condisciples.

— Pourquoi donc ?

— Ils vont l'adorer ou la détester, parce qu'ils sont sur le point de s'apercevoir qu'ils ne lui arrivent pas à la cheville. Mais revenons à des choses plus terre à terre, poursuivit-il en s'adressant à son père. J'ai préparé trois exemplaires du contrat, dont les termes ont été acceptés par les deux parties, et une fois que tu les auras signés, tu auras quatre-vingt-dix jours pour lever le prêt de dix millions, à échéance de cinq ans et au taux de 2,25 %. Le 0,25 % correspondant à tes émoluments. Je dois également mentionner que…

— Ne t'embête pas… J'ai le sentiment que nous ne sommes plus dans la course pour cette transaction.

— Mais, papa, lorsque je t'ai parlé hier soir, tu semblais très optimiste.

— La situation a changé depuis. N'en disons pas plus.

— Désolé de l'apprendre, dit Arnold en ramassant les contrats.

Il s'apprêtait à les ranger dans sa serviette lorsqu'il l'aperçut pour la première fois.

— Je ne t'ai jamais considéré comme un esthète, papa, mais voilà un magnifique objet, dit-il en soulevant avec précaution le vase japonais posé sur le bureau. (Il l'examina de plus près avant de le retourner et d'en regarder la base.) Et, de surcroît, produit par l'une des gloires nationales du Japon.

— Toi aussi !

— Shoji Hamada, intervint Sebastian.

— Où l'as-tu déniché ?

— C'est un cadeau offert par M. Morita.

— Eh bien, tu n'as pas tout perdu dans cette affaire, dit Arnold tandis qu'on frappait à la porte.

— Entrez ! lança Cedric, tout en se demandant s'il se pouvait que ce soit…

La porte s'ouvrit brusquement sur Tom.

— Je croyais vous avoir dit de rester au Savoy, déclara le président.

— Ça servait à rien, monsieur. J'ai attendu devant l'hôtel à partir de 9 h 30, comme vous me l'aviez ordonné, mais M. Morita n'est pas sorti. Et vu que ce monsieur est jamais en retard, j'ai décidé de parler au portier, qui m'a indiqué que les trois clients japonais avaient payé leur note et quitté l'hôtel en taxi un peu après 9 heures.

— Je n'aurais jamais cru ça d'eux, dit Cedric. Je dois perdre la main.

— On ne peut pas toujours gagner, papa, comme tu me le rappelles si souvent.

— Les avocats, eux, semblent toujours gagner, même quand ils perdent.

— Voici ce que je vais faire, dit Arnold. J'oublie mes énormes honoraires immérités en échange de cette petite babiole.

— Va te faire voir !

— Bon. Je m'en vais, puisque je n'ai plus grand-chose à faire ici.

Arnold était en train de ranger les contrats dans sa serviette lorsque la porte s'ouvrit brusquement pour laisser passer M. Morita et ses deux collègues, au moment où plusieurs cloches d'église du « mile carré » commençaient à égrener onze coups.

— J'espère ne pas être en retard, déclara M. Morita en serrant la main de Cedric.

— Juste à l'heure, dit Cedric.

— Et vous, ajouta M. Morita en regardant Arnold, vous ne pouvez être que le fils indigne d'un père extraordinaire.

— En effet, monsieur, répondit Arnold en lui serrant la main.

— Avez-vous préparé les contrats ?

— Bien sûr, monsieur.

— Alors vous n'avez plus besoin que de ma signature. Et ensuite votre père pourra poursuivre sa tâche.

Arnold sortit les contrats de son sac et les disposa sur le bureau.

— Mais, avant de les signer, je dois offrir un cadeau à Sebastian Clifton, mon nouvel ami. Voilà pourquoi j'ai dû quitter l'hôtel de si bonne heure ce matin.

M. Ono fit un pas en avant et tendit une petite boîte à M. Morita qui la remit à Sebastian.

— S'il n'est pas toujours sage, il a un cœur d'or, comme disent les Anglais.

Sebastian ne répliqua pas mais dénoua le ruban rouge et retira le papier d'argent, avant de soulever le couvercle du coffret. Il en sortit un minuscule vase recouvert d'un émail jaune et pourpre. Il le fixait sans pouvoir le quitter des yeux.

— Vous n'avez pas besoin d'un avocat, par hasard ? s'enquit Arnold.

— Seulement si vous pouvez identifier le potier sans regarder la base.

Sebastian tendit le vase à Arnold qui admira tout à loisir la façon dont le rouge se fondait au jaune pour créer des filets orange, avant de répondre :

— Bernard Leach ?

— Finalement, ce fils n'est pas inutile, déclara Morita.

Les deux hommes éclatèrent de rire, tandis qu'Arnold rendait la jolie pièce à Sebastian.

— Je ne sais comment vous remercier, monsieur, dit Sebastian.

— Quand vous le ferez, que ce soit dans ma langue maternelle.

Interloqué, Sebastian faillit lâcher le vase.

— Je ne suis pas certain de comprendre, monsieur.

— Bien sûr que si, vous me comprenez. Et si vous ne me remerciez pas en japonais, je serai contraint d'offrir le vase au fils de Cedric.

Tout le monde attendit que Sebastian prenne la parole.

— *Arigatou gozaimasu. Taihenni kouei desu. Isshou taisetsuni itashimasu*[1].

— Tout à fait impressionnant. Il manque les ultimes finitions, contrairement au travail de votre sœur, mais c'est quand même impressionnant.

— Mais, Morita-san, comment avez-vous pu deviner que je pouvais parler votre langue alors que je n'ai pas prononcé un mot de japonais en votre présence ?

— Grâce aux trois billets pour *My Fair Lady*, dirai-je, intervint Cedric.

— M. Hardcastle est un homme perspicace. C'est la raison pour laquelle je l'ai choisi pour me représenter.

— Comment ça ? insista Sebastian.

— N'était-ce pas une coïncidence que vous m'ayez justement offert ces billets ? Réfléchissez-y, Sebastian, pendant que je signe les contrats. (Il prit un stylo dans sa poche de poitrine et le tendit à Cedric.) Vous devez signer en premier, précisa-t-il, autrement les dieux ne béniront pas notre union.

Morita regarda Cedric signer les trois exemplaires, avant d'ajouter sa propre signature. Les deux hommes inclinèrent le buste puis se serrèrent la main.

— Il faut que je file à l'aéroport pour prendre un avion pour Paris. Les Français me causent pas mal de problèmes.

— Quelle sorte de problèmes ? demanda Arnold.

— Hélas, pas du genre que vous pourriez m'aider à résoudre. Quarante mille postes à transistors sont

1. « Merci beaucoup. C'est un grand honneur que vous me faites. Je le chérirai toute ma vie. »

immobilisés dans un entrepôt. Les douanes françaises refusent de me laisser les livrer à mes distributeurs tant que chaque caisse n'a pas été ouverte et inspectée. En ce moment ils en vérifient deux par jour. L'idée est de me retenir le plus longtemps possible afin que les industriels français puissent vendre leurs produits de qualité inférieure aux clients impatients. Mais j'ai un plan pour les battre.

— J'ai hâte de savoir lequel, fit Arnold.

— C'est très simple, en fait. Je vais construire une usine en France, embaucher des ouvriers locaux et ensuite distribuer mes produits de qualité supérieure sans avoir à m'occuper des douaniers.

— Les Français vont deviner vos projets.

— J'en suis persuadé. Mais, à ce moment-là, comme Cedric, tout le monde voudra avoir une radio Sony dans son salon. Je ne peux pas me permettre de rater mon avion, mais avant de partir, je souhaiterais m'entretenir en tête à tête avec mon nouveau partenaire.

Arnold serra la main de M. Morita puis il quitta le bureau en compagnie de Sebastian.

— Cedric, reprit Morita en s'asseyant en face du président, avez-vous déjà rencontré un dénommé don Pedro Martinez ? Il est venu me voir hier soir après le spectacle en compagnie d'un certain commandant Fisher.

— Je connais Martinez seulement de réputation. En revanche, j'ai rencontré le commandant Fisher qui le représente au conseil d'administration de la compagnie maritime Barrington, dont je suis moi aussi l'un des directeurs extérieurs.

— Je considère Martinez comme un triste sire et un sale individu, et Fisher comme un faible qui a sans doute besoin de Martinez pour éviter de boire la tasse.

— Vous avez deviné tout ça après un seul entretien ?

— Non. Après vingt ans de rapports avec ce genre d'hommes. Mais celui-ci est intelligent et sournois, et vous ne devriez pas le sous-estimer. Je soupçonne que, pour Martinez, même la vie est une marchandise sans valeur.

— Je vous remercie de votre mise en garde, Akio, et encore plus de l'attention que vous me portez.

— Puis-je vous demander de m'accorder une petite faveur avant mon départ pour Paris ?

— Tout ce que vous voulez.

— J'aimerais que Sebastian reste un lien entre nos deux compagnies. Cela nous fera gagner à tous les deux pas mal de temps et nous facilitera beaucoup la tâche.

— J'aimerais pouvoir vous rendre ce service. Mais il intègre Cambridge en septembre.

— Êtes-vous allé à l'université, Cedric ?

— Non. J'ai quitté l'école à quinze ans et après deux semaines de vacances j'ai rejoint mon père à la banque.

Morita hocha la tête.

— Tout le monde n'est pas fait pour aller à l'université, et l'expérience dessert même certains. Je crois que Sebastian a trouvé la carrière qui lui sied et, avec vous pour mentor, il est même possible que ce soit la personne idoine pour vous succéder.

— Il est très jeune.

— Votre reine l'est aussi et elle est montée sur le trône à vingt-cinq ans. Cedric, nous vivons dans un nouveau monde merveilleux.

Giles Barrington

1963

18

— Es-tu sûr de vouloir devenir le chef de l'opposition ? s'enquit Harry.

— Non, répondit Giles. En fait, je veux être Premier Ministre, mais je vais devoir passer quelque temps dans l'opposition avant d'espérer avoir en main les clés du 10 Downing Street.

— Tu as peut-être gardé ton siège aux dernières élections législatives, dit Emma, mais ton parti a été battu à plate couture. Je commence à me demander si les travaillistes pourront un jour de nouveau gagner une élection. Ils semblent voués à demeurer le parti d'opposition.

— Je sais que ça semble être le cas à présent, répliqua Giles, mais je suis convaincu qu'aux prochaines élections les électeurs en auront eu assez des tories et penseront que l'heure du changement a sonné.

— L'affaire Profumo ne les a sûrement pas aidés, intervint Grace[1].

1. En 1963, John Profumo, ministre de la Guerre, eut une brève liaison avec une call-girl de dix-neuf ans, Christine Keeler. Cela devint un véritable scandale politique et une affaire nationale lorsqu'on découvrit qu'elle avait également une liaison avec l'attaché naval de l'ambassade soviétique.

— Qui doit décider qui sera le prochain chef du parti ?

— Bonne question, Sebastian, répondit Giles. Uniquement mes collègues de la Chambre des communes. Les deux cent cinquante-huit élus.

— C'est un minuscule électorat, commenta Harry.

— C'est vrai, mais la plupart d'entre eux vont tâter le pouls de leur circonscription pour voir quel député les électeurs préféreraient comme chef du parti. Quant aux syndiqués, ils voteront pour l'homme soutenu par leur syndicat. Par conséquent, tous les membres du syndicat des transports maritimes appartenant aux circonscriptions de Tyneside, Belfast, Glasgow, Clydesdale et Liverpool devraient me soutenir.

— « L'homme », releva Emma. Cela signifie-t-il que sur deux cent cinquante-huit députés travaillistes, il n'y a pas une seule femme qui puisse espérer diriger le parti ?

— Il se peut que Barbara Castle décide de briguer le poste, mais franchement elle n'a pas la moindre chance. Reconnais, Emma, qu'il y a plus de femmes sur les bancs des travaillistes que sur ceux des conservateurs. Ce qui signifie que, si une femme entre un jour au 10 Downing Street, je parie que ce sera une socialiste.

— Mais pour quelle raison voudrait-on devenir chef du parti travailliste ? Ce doit être l'un des boulots les plus ingrats du pays.

— Tout en étant l'un des plus passionnants, affirma Giles. Combien de personnes ont-elles l'occasion de changer vraiment les choses, d'améliorer la vie des gens et de léguer un bel héritage à la nouvelle génération ? N'oublie pas que je suis né avec une cuiller d'argent dans la bouche, comme on dit. Aussi l'heure est-elle peut-être venue pour moi de payer mes dettes.

— Bravo ! s'écria Emma. Je suis prête à voter pour toi.

— Nous allons tous te soutenir, bien sûr, renchérit Harry. Mais je doute que nous puissions faire grand-chose pour influencer deux cent cinquante-sept députés qu'on n'a jamais vus et qu'on n'a guère de chance de rencontrer.

— Je ne cherche pas ce genre de soutien. C'est plus personnel, parce que je dois prévenir aujourd'hui chacun d'entre vous qu'une fois de plus la presse va sûrement fouiller votre vie privée. Vous pensiez peut-être avoir déjà eu tout votre soûl de ces pratiques, et loin de moi l'idée de vous le reprocher.

— Du moment que nous entonnons tous le même hymne, dit Grace, et que nous nous contentons d'affirmer que nous sommes ravis que Giles soit dans la course pour devenir chef de son parti, parce que nous pensons que c'est l'homme idéal pour ce poste et que nous sommes sûrs qu'il va l'obtenir, les journalistes vont certainement en avoir assez et passer à autre chose, non ?

— C'est justement à ce moment-là qu'ils vont chercher quelque chose de nouveau à se mettre sous la dent, répondit Giles. Par conséquent, si quelqu'un veut avouer qu'il a commis un délit plus grave qu'une infraction aux règles de stationnement, le moment est venu de se mettre à table.

— J'espère que mon prochain roman arrivera en

tête de la liste des meilleures ventes du *New York Times*, dit Harry. Aussi devrais-je peut-être vous avertir que William Warwick va avoir une liaison avec la femme du commissaire de police. Giles, si tu penses que ça risque de te nuire, je pourrais toujours repousser la publication après le vote.

Tous éclatèrent de rire.

— Franchement, mon chéri, dit Emma, William Warwick devrait avoir une liaison avec la femme du maire de New York. Ça te donnerait une plus grande chance de devenir numéro un aux États-Unis.

— Ce n'est pas une mauvaise idée.

— Pour parler plus sérieusement, poursuivit Emma, peut-être le moment est-il venu de vous dire que la Barrington parvient tout juste à se maintenir à flot, et les choses ne vont guère s'améliorer les douze prochains mois.

— C'est vraiment grave ? demanda Giles.

— La construction du *Buckingham* a plus d'une année de retard et, bien que nous n'ayons pas souffert de graves contretemps récemment, l'entreprise a dû emprunter une grosse somme auprès des banques. Si notre découvert excédait la valeur de l'actif, les banques pourraient exiger le remboursement de leur prêt et on risquerait même de couler. C'est le scénario le plus pessimiste, mais ce n'est pas impossible.

— Quand cela pourrait-il se produire ?

— Pas dans un avenir proche. Sauf, naturellement, si Fisher avait le sentiment que le lavage de notre linge sale en public pouvait servir ses intérêts.

— Martinez ne le laissera pas agir ainsi tant qu'il possède une grande quantité d'actions dans l'entreprise, affirma Sebastian. Mais ça ne signifie pas qu'il se contentera d'être un simple observateur si tu décides de te présenter.

— Je suis d'accord, déclara Grace. Et, à mon avis, il n'est pas la seule personne qui serait ravie de te mettre des bâtons dans les roues.

— À qui penses-tu ? s'enquit Giles.

— À lady Virginia Fenwick, tout d'abord. Elle sera ravie de rappeler à tous les députés qu'elle rencontrera que tu es divorcé et que tu l'as quittée pour une autre femme.

— Virginia ne connaît que des conservateurs et ils ont déjà eu un Premier Ministre divorcé. Et n'oublie pas, ajouta Giles en prenant la main de Gwyneth, que j'ai le bonheur d'être marié avec cette autre femme.

— Franchement, intervint Harry, je pense que vous devriez craindre davantage Martinez que Virginia, vu qu'il cherche toujours un prétexte pour nuire à notre famille, comme l'a découvert Sebastian en travaillant à la Farthings. Giles, comme tu es un trophée bien plus prestigieux que Seb, j'imagine que Martinez fera tout ce qui est en son pouvoir pour s'assurer que tu ne deviennes jamais Premier Ministre.

— Si je décide de briguer le poste de chef du parti, je ne peux pas passer ma vie à regarder par-dessus mon épaule en me demandant ce que manigance Martinez. Pour le moment, je dois me concentrer sur des rivaux qui me touchent de plus près.

— Qui est ton plus grand rival ? demanda Harry.

— Harold Wilson est le favori des bookmakers.

— M. Hardcastle souhaite qu'il gagne, dit Sebastian.

— Pourquoi donc, Dieu du ciel ? s'indigna Giles.

— Ça n'a rien à voir avec le ciel. C'est plus terre à terre. C'est une question de voisinage… Ils sont tous les deux natifs de Huddersfield.

— C'est souvent une raison apparemment aussi insignifiante que celle-ci, soupira Giles, qui fait qu'un électeur vous soutient ou non.

— Peut-être Harold Wilson a-t-il quelques squelettes dans son placard qui intéresseront la presse, suggéra Emma.

— Pas que je sache, dit Giles. À moins que tu ne parles de sa mention très bien obtenue à Oxford et du fait qu'il a été reçu premier au concours d'entrée dans la fonction publique.

— Mais il n'a pas fait la guerre, dit Harry. Ta croix de guerre pourrait te donner un avantage.

— Denis Healey a lui aussi reçu la croix de guerre, et il se peut qu'il se présente.

— Il est bien trop intelligent pour diriger le parti travailliste, affirma Harry.

— Eh bien, ça, au moins, ça ne sera pas un problème pour toi, Giles, déclara Grace.

Toute la famille s'esclaffa et Giles sourit jaune à sa sœur.

— À mon avis, il y a au moins un problème auquel Giles risque d'être confronté, intervint Gwyneth, qui n'avait rien dit jusque-là. (Tout le monde se tourna vers elle.) Je suis la seule pièce rapportée ici, continua-t-elle, puisque je fais partie de la famille seulement par mariage. Voilà pourquoi je vois peut-être les choses sous un autre angle.

— Ce qui rend ton avis d'autant plus précieux,

déclara Emma. N'hésite pas à nous faire part de ce qui t'inquiète.

— Je crains cependant que ça rouvre une blessure mal cicatrisée, répondit Gwyneth d'un ton hésitant.

— Que ça ne t'empêche pas de nous dire à quoi tu penses, insista Giles en lui prenant la main.

— Il existe un autre membre de votre famille qui ne se trouve pas dans cette pièce et qui est, à mon avis, une bombe à retardement ambulante.

Il y eut un long silence.

— Tu as tout à fait raison, Gwyneth, déclara enfin Grace. Si un journaliste découvrait par hasard que la fille adoptive de Harry et Emma est en réalité la demi-sœur de Giles et la tante de Sebastian et que son père a été tué par sa mère après qu'il lui a volé ses bijoux et qu'il l'a abandonnée, la presse s'en donnerait à cœur joie.

— N'oubliez pas que sa mère s'est ensuite suicidée, murmura Emma.

— Vous pourriez au moins dire la vérité à la pauvre petite, dit Grace. Après tout, elle étudie à présent à la Slade et mène sa propre vie. Les journalistes pourraient aisément la trouver, par conséquent, et s'ils mettent la main sur elle avant que vous l'informiez…

— Ce n'est pas aussi facile que ça, intervint Harry. Comme nous ne le savons que trop, Jessica a des accès de dépression et, malgré son indéniable talent, il lui arrive souvent de douter d'elle-même. Et comme elle doit passer dans quelques semaines seulement ses partiels de mi-trimestre, ce n'est pas précisément le moment idéal.

Giles décida de ne pas rappeler à son beau-frère

qu'il l'avait averti plus d'une décennie plus tôt que ce ne serait jamais le moment idéal.

— Je pourrais toujours lui parler, suggéra Sebastian.

— Non ! lança Harry. Si quelqu'un doit le faire, c'est moi.

— Et le plus tôt possible, insista Grace.

— Fais-le-moi savoir dès que tu lui auras parlé, je te prie, dit Giles. Y a-t-il d'autres bombes contre lesquelles je dois me prémunir ? ajouta-t-il. (Un long silence s'ensuivit avant qu'il ne continue.) Eh bien, merci à tous de m'avoir consacré tout ce temps. Je vous ferai part de ma décision finale avant la fin de la semaine. Il faut que je vous quitte à présent car je dois retourner à la Chambre. Si je décide de me présenter, vous n'allez pas beaucoup me voir pendant les prochaines semaines ; je serai occupé à serrer des mains en faisant de grands sourires, à prononcer d'innombrables discours, à rendre visite à de lointaines circonscriptions et à passer mes rares soirées libres au bar d'Annie pour payer des tournées aux députés travaillistes.

— Au bar d'Annie ? fit Harry.

— L'abreuvoir le plus fréquenté de la Chambre des communes et dont les clients sont surtout des députés travaillistes. C'est là où je vais de ce pas.

— Bonne chance ! lança Harry.

Toute la famille se leva comme un seul homme et Giles quitta la pièce sous les applaudissements.

*

* *

— A-t-il la moindre chance de gagner ?

— Oh, oui ! répondit Fisher. Il est très aimé des électeurs de base des circonscriptions, même si Harold Wilson est le favori des députés en exercice, et eux seuls votent.

— Eh bien, envoyons une grosse donation à Wilson pour alimenter ses fonds de campagne. En espèces, si nécessaire.

— Surtout pas !

— Pourquoi pas ? demanda Diego.

— Parce qu'il la renverrait.

— Pour quelle raison ? s'enquit don Pedro.

— Parce que nous ne sommes pas en Argentine... Si la presse découvrait qu'un étranger soutient la campagne de Wilson, il risquerait non seulement de perdre mais devrait surtout renoncer à se présenter. En fait, il ne se contenterait pas de rendre l'argent, il annoncerait publiquement qu'il l'a fait.

— Comment peut-on gagner une élection si on n'a pas d'argent ?

— On n'a pas besoin de grosses sommes si l'électorat se compose seulement de deux cent cinquante-huit députés qui, pour la plupart, passent tout leur temps dans le même bâtiment. Il faut peut-être acheter quelques timbres, donner quelques coups de fil, payer de temps en temps une tournée au bar d'Annie et on aura alors été en contact avec presque tout l'électorat.

— Par conséquent, si on ne peut pas aider Wilson à gagner, que peut-on faire pour s'assurer que Barrington perde ? demanda Luis.

— S'il y a deux cent cinquante-huit électeurs, on

doit bien pouvoir graisser la patte de quelques-uns d'entre eux ? fit Diego.

— Pas avec de l'argent, répondit Fisher. La seule chose qui intéresse ces types, c'est l'avancement.

— L'avancement ? répéta don Diego. Qu'est-ce que c'est que ce truc-là ?

— En ce qui concerne les jeunes députés, le candidat peut leur laisser entendre qu'il pense à eux pour un poste de première importance, et dire aux anciens qui prendront leur retraite aux prochaines élections législatives que leur expérience et leur sagesse seraient fort appréciées par les lords. Et pour ceux qui seront toujours là aux prochaines élections mais qui n'ont aucun espoir de faire jamais partie du gouvernement, un chef de parti a toujours des postes à distribuer. J'ai connu un député qui souhaitait avant tout être nommé président du comité de la restauration à la Chambre des communes parce que c'est lui qui choisit les vins qui figurent sur la carte.

— D'accord. Alors, si on ne peut pas donner d'argent à Wilson ni suborner les électeurs, on peut au moins recycler notre stock de boue concernant la famille Barrington, suggéra Diego.

— Ça ne servira pas à grand-chose, car la presse sera ravie de faire le boulot sans notre aide, expliqua Fisher. Et elle se lassera au bout de quelques jours, à moins que nous ne dénichions une affaire dans laquelle les journalistes puissent mordre à belles dents. Non, il nous faut penser à quelque chose qui fasse à coup sûr les gros titres et mette Giles Barrington K-O une fois pour toutes.

— À l'évidence, commandant, vous avez déjà beaucoup réfléchi à la question, déclara don Pedro.

— En effet, reconnut Fisher, l'air plutôt content de lui. Et je crois avoir trouvé quelque chose qui va enfin faire couler Barrington.

— Eh bien, crachez le morceau !

— Il y a une chose dont un homme politique ne peut jamais se remettre. Mais pour tendre un traquenard à Barrington, il me faudra constituer une petite équipe et bien choisir le moment.

19

Griff Haskins, le directeur de campagne travailliste de la circonscription des docks de Bristol, décida qu'il devait cesser de boire pour que Giles ait une chance de devenir chef du parti. Avant toute élection, Griff se mettait au régime sec durant un mois, et buvait comme un trou le mois suivant l'élection, selon qu'ils avaient gagné ou perdu. Et puisque le député de la circonscription avait retrouvé son siège sur les bancs verts avec une majorité accrue, il considérait qu'il avait de temps en temps droit à une nuit de congé.

Ça tombait mal que Giles l'appelle le lendemain d'un soir de beuverie pour lui annoncer qu'il allait briguer le poste de chef de file du parti. Comme il avait la gueule de bois, Griff rappela une heure plus tard pour s'assurer qu'il avait bien compris le député. C'était bien le cas.

Il téléphona sur-le-champ à Penny, sa secrétaire, qui était en vacances dans les Cornouailles, et à Mlle Parish, sa collaboratrice la plus expérimentée, qui reconnut qu'elle s'ennuyait à mourir et qu'elle ne vivait pleinement que pendant les campagnes électorales. Il les pria toutes les deux de l'attendre à 16 h 30 sur le quai numéro 7, à la gare Temple Meads, si elles souhaitaient travailler pour le prochain Premier Ministre.

À 17 heures, ils étaient tous les trois assis dans un compartiment de troisième classe d'un train se dirigeant vers la gare Paddington. À midi, le lendemain, Griff avait installé un bureau à la Chambre des communes et un autre chez Giles à Smith Square. Il lui manquait encore un bénévole pour compléter son équipe.

Sebastian informa Griff qu'il serait ravi de renoncer à ses quinze jours de vacances pour aider son oncle Giles à gagner l'élection et, bien que sir Giles ne fût que son deuxième choix, Cedric accepta de lui donner un mois entier car le jeune homme ne pouvait que tirer profit de cette expérience.

La première tâche de Sebastian consista à établir un tableau mural où figuraient les deux cent cinquante-huit députés travaillistes électeurs et à cocher chaque nom en indiquant à quelle catégorie ils appartenaient. Sûr de voter pour Giles : croix rouge. Sûr de voter pour un autre candidat : croix bleue. Indécis (les plus nombreux) : croix verte. Bien que le tableau fût l'idée de Giles, c'est Jessica qui effectua la mise en œuvre.

Les premiers résultats donnèrent 86 « sûrs » pour Harold Wilson, 57 pour George Brown, 54 pour Giles et 19 pour James Callaghan. Il y eut 42 indécis, chiffre très important. Giles comprit qu'il devait d'abord se débarrasser de Callaghan, puis rattraper Brown, parce que si le député de Belper se retirait, la plus grande partie de ses voix se reporteraient sur lui, d'après les calculs de Griff.

Après une semaine de campagne, il s'avéra que Giles et Brown n'avaient qu'un point d'écart pour occuper la deuxième place et, même si Wilson caracolait en tête, les grands pontes politiques étaient tous d'accord pour dire que, si Brown ou Barrington jetait l'éponge, les résultats seraient très serrés.

Griff n'arrêtait pas d'arpenter les couloirs du pouvoir et s'empressait d'organiser des tête-à-tête entre le candidat et tout député déclarant qu'il n'avait pas encore pris sa décision. Plusieurs d'entre eux allaient attendre le dernier moment pour se décider, parce qu'ils n'avaient jamais été autant choyés et qu'ils avaient, d'autre part, bien l'intention de voler au secours de la victoire. Mlle Parish était pendue au téléphone, tandis que Sebastian, qui faisait constamment la navette entre la Chambre des communes et Smith Square pour porter à tous les dernières nouvelles, devenait les yeux et les oreilles de Giles.

Giles prononça vingt-trois discours pendant la première semaine de campagne, le plus souvent réduits à un seul paragraphe dans les journaux du lendemain et sans jamais figurer en première page. Comme il ne restait que deux semaines et que Wilson semblait avoir la victoire dans la poche, Giles décida que l'heure était venue de changer son message et de prendre des risques. Même Griff fut surpris par la réaction de la presse le lendemain matin. Giles fit la une de tous les journaux, y commpris celle du *Daily Telegraph*.

— Un trop grand nombre de gens de ce pays refusent d'effectuer la moindre journée de travail, avait déclaré Giles devant un auditoire de chefs syndicalistes. Si une personne en bonne santé refuse trois offres d'emploi au cours d'une période de six mois, elle devra immédiatement perdre son indemnité de chômage.

On ne peut pas dire que ces paroles furent accueillies par un délire d'applaudissements et la première réaction de ses collègues députés fut défavorable. « Il s'est tiré une balle dans le pied », répétèrent ses rivaux. Au fil des jours, cependant, de plus en plus de journalistes suggérèrent que le parti travailliste avait enfin trouvé un éventuel dirigeant qui vivait dans le monde réel et qui voulait vraiment que son parti gouverne, au lieu d'être condamné à rester à jamais dans l'opposition.

Lorsque les deux cent cinquante-huit députés travaillistes rentrèrent dans leur circonscription pendant le week-end, ils s'aperçurent vite qu'il existait une lame de fond en faveur du représentant de la circonscription des docks de Bristol. Le lundi, un sondage confirma cette tendance et plaça Barrington à deux points de Wilson, tandis que Brown arrivait bon troisième devant James Callaghan. Le mardi, Callaghan se retira de la course et indiqua à ses supporters qu'il voterait personnellement pour Barrington.

Ce soir-là, quand Sebastian mit à jour le tableau mural, Wilson recueillait 122 voix, Giles 107, et 29 députés étaient encore indécis. Vingt-quatre heures plus tard, Griff et Mlle Parish avaient identifié les vingt-neuf députés qui, pour une raison ou une autre, n'avaient toujours pas choisi leur camp. Parmi eux se trouvaient les onze membres de la très influente

Fabian Society[1]. Tony Crosland, son président, sollicita une entrevue particulière avec les deux principaux candidats, faisant savoir qu'il avait très envie de connaître leur point de vue sur l'Europe.

Giles eut l'impression que son entretien avec Crosland s'était bien passé. Or, chaque fois qu'il consultait le tableau, Wilson restait toujours en tête. Toutefois, tandis que la lutte entrait dans sa dernière semaine, la presse commençait à utiliser la formule « au coude à coude » dans ses gros titres. Giles savait que seul un sérieux coup de chance lui permettrait de rattraper Wilson durant les derniers jours. Coup de chance qui prit la forme d'un télégramme apporté à son bureau le lundi de la dernière semaine de campagne.

La Communauté économique européenne l'invitait à prononcer le discours-programme de sa conférence annuelle à Bruxelles, trois jours seulement avant l'élection du chef de file du parti. L'invitation ne mentionnait pas que le général de Gaulle s'était décommandé à la dernière minute.

— Voilà l'occasion, déclara Griff, non seulement de briller sur la scène internationale mais de récupérer les onze votes de la Fabian Society. Cela pourrait être déterminant.

« L'Angleterre est-elle prête pour intégrer le Marché commun ? » était le sujet choisi pour l'allocution. Et Giles avait des idées très précises sur la question.

— Mais quand vais-je avoir le temps de rédiger un discours aussi important ?

---

1. Association socialiste réformatrice fondée en 1884 à Londres, qui avait pour but l'établissement progressif d'une société socialiste en Grande-Bretagne et fut à l'origine du parti travailliste.

— Une fois que le dernier député travailliste sera allé se coucher et avant que le premier ne se lève le lendemain matin.

Giles aurait ri s'il n'avait pas su que Griff pensait ce qu'il disait.

— Et quand vais-je dormir ?

— Dans l'avion qui vous ramènera de Bruxelles.

*

* *

Griff suggéra que Sebastian accompagne Giles à Bruxelles, tandis que lui et Mlle Parish resteraient à Westminster afin de garder à l'œil les indécis.

— Votre avion décolle de l'aéroport de Londres à 14 h 20, expliqua Griff, mais n'oubliez pas que Bruxelles a une heure d'avance sur nous. Par conséquent, vous n'allez atterrir qu'à 16 h 10 environ, ce qui vous donnera amplement le temps de vous rendre à la conférence.

— N'est-ce pas un peu juste ? s'inquiéta Giles. Mon discours est prévu pour 18 heures.

— Je sais. Mais je ne peux pas me permettre de vous faire traîner dans un aéroport à moins qu'il ne soit plein de députés indécis. Comme la séance à laquelle vous allez parler durera une heure à peu près, elle devrait se terminer vers 19 heures. Vous aurez donc largement le temps d'attraper le vol de 20 h 40 pour rentrer à Londres, où le décalage horaire sera à votre avantage. Sautez alors dans un taxi parce que je veux que vous soyez de retour à la Chambre assez tôt pour voter sur la proposition de loi concernant les pensions.

— Et que voulez-vous que je fasse maintenant ?
— Rédigez votre discours. Tout repose dessus.

*
* *

Giles passa ses moments libres à peaufiner son discours, montrant les premières versions à son équipe et à ses principaux soutiens. Quand il le lut pour la première fois chez lui à Smith Square, juste après minuit, devant un auditoire d'une personne, Griff se déclara tout à fait satisfait. Le compliment lui alla droit au cœur.

— Ce matin, je vais distribuer sous le manteau des exemplaires à des journalistes clés pour qu'ils donnent leur opinion avant que vous prononciez le discours. Ils auront donc tout le temps de préparer des éditoriaux et de travailler sur des articles de fond pour les journaux du lendemain. Et je pense qu'il serait sage de montrer à Tony Crosland une version préliminaire afin qu'il ait le sentiment d'être toujours dans le circuit. Pour les journalistes paresseux qui se contenteront de survoler le discours, j'ai souligné le passage qui a le plus de chance de faire les gros titres.

Giles tourna deux feuillets du discours jusqu'à ce qu'il aperçoive le coup de crayon de Griff. « Je refuse de voir la Grande-Bretagne impliquée dans une nouvelle guerre en Europe. La fleur de la jeunesse de trop de nations a versé son sang sur le sol européen, non seulement durant les cinquante dernières années mais aussi pendant les dix derniers siècles. Ensemble, nous devons tout faire pour que les guerres européennes ne figurent plus que dans les livres d'histoire, où nos enfants et nos petits-enfants liront le récit de nos erreurs, évitant ainsi de les commettre à leur tour. »

— Pourquoi ce paragraphe en particulier ? s'enquit Giles.

— Certains des journaux vont non seulement le citer mot à mot mais ne pourront pas résister à la tentation de souligner que votre rival n'a jamais essuyé de tir ennemi.

Le lendemain matin, Giles fut ravi de recevoir un mot écrit de la main de Tony Crosland dans lequel il disait à quel point le discours lui avait plu et qu'il lui tardait de lire la réaction de la presse le matin suivant.

Un peu plus tard dans l'après-midi, quand il monta à bord de l'avion de la BEA en partance pour Bruxelles, Giles se dit pour la première fois qu'il avait une chance d'être le prochain chef du parti travailliste.

20

Lorsque l'avion toucha terre à l'aéroport de Bruxelles, Giles fut surpris d'apercevoir sir John Nicholls, l'ambassadeur de Grande-Bretagne, au bas des marches, à côté d'une Rolls-Royce.

— J'ai lu votre discours, sir Giles, dit l'ambassadeur comme ils sortaient de l'aéroport en voiture, avant même que le premier passager ne soit arrivé au contrôle des passeports, et, bien que les diplomates ne soient pas censés avoir d'avis, force m'est de déclarer que ça a été pour moi un souffle d'air frais même si je ne suis pas sûr de l'interprétation qu'en fera votre parti.

— J'espère que onze de ses membres auront la même opinion que vous.

— Voilà donc la cible… Je suis un peu lent à la détente.

Lorsqu'ils se rangèrent devant le Parlement européen, Giles fut à nouveau étonné d'être accueilli par une foule d'officiels, de journalistes et de photographes qui attendaient tous l'orateur chargé du discours d'ouverture. Sebastian sauta du siège avant et ouvrit pour Giles la portière arrière, geste qui était une première.

Gaetano Martino, le président du Parlement européen, s'avança pour serrer la main de Giles, puis lui présenta son équipe. Sur le chemin de la salle de conférences, Giles rencontra plusieurs autres personnages politiques européens, qui lui souhaitèrent tous bonne chance, et ils ne faisaient pas allusion au discours.

— Auriez-vous la bonté d'attendre là ? demanda le président une fois qu'ils furent sur la scène. Je vais d'abord faire quelques remarques liminaires avant de vous passer le relais.

Giles avait relu son discours dans l'avion, n'effectuant qu'une ou deux petites retouches, et quand il le rendit enfin à Sebastian, il le connaissait presque par cœur. Il jeta un coup d'œil par une fente entre les longs rideaux noirs et aperçut un millier d'Européens de premier plan venus l'entendre exposer ses idées. Trente-sept personnes, y compris Griff, Penny, Mlle Parish, ainsi que le cocker de celle-ci, avaient assisté à son dernier discours à Bristol pendant la campagne législative.

Il écouta nerveusement en coulisse M. Martino le décrire comme l'un des rares hommes politiques qui non seulement disaient ce qu'ils pensaient mais qui ne laissaient pas les derniers sondages leur servir de boussole morale. Il pouvait presque entendre Griff crier : « Oyez, oyez ! »

— … et l'homme que nous allons écouter sera-t-il le prochain Premier Ministre de Grande-Bretagne ? Mesdames et messieurs, je vous présente sir Giles Barrington.

Sebastian apparut à côté de Giles et lui tendit son discours.

— Bonne chance, lui chuchota-t-il.

Giles se dirigea vers le milieu de la scène sous une salve d'applaudissements. S'il s'était habitué, au fil des ans, aux flashes de photographes excessivement enthousiastes et même au ronronnement des caméras de télévision, il n'avait jamais reçu un tel accueil. Il plaça son discours sur le pupitre, fit un pas en arrière et attendit que l'auditoire se calme.

— Rares sont les moments de l'histoire, commença Giles, où se forge la destinée d'une nation ; la décision de la Grande-Bretagne de solliciter son adhésion au Marché commun est sans aucun doute l'un d'entre eux. Naturellement, le Royaume-Uni continuera à jouer un rôle sur la scène mondiale, mais nous devons être réalistes et accepter que nous ne gouvernons plus un empire sur lequel le soleil ne se couche jamais. Je pense que l'heure est venue pour la Grande-Bretagne de relever le défi, d'assumer ce nouveau rôle aux côtés de nouveaux partenaires, de travailler avec eux en amis et de jeter les anciennes rancœurs aux oubliettes de l'histoire. Je refuse de voir la Grande-Bretagne impliquée dans une nouvelle guerre en Europe. La fleur de la jeunesse de trop de nations a versé son sang sur le sol européen, non seulement durant les cinquante dernières années mais aussi pendant les dix derniers siècles. Ensemble, nous devons tout faire pour que les guerres européennes ne figurent plus que dans les livres d'histoire, où nos enfants et nos petits-enfants liront le récit de nos erreurs, évitant ainsi de les commettre à leur tour.

À chaque salve d'applaudissements Giles se détendait un peu plus, si bien que, lorsqu'il parvint à sa péroraison, il eut l'impression que la salle était subjuguée.

— Lorsque j'étais enfant, poursuivit-il, Winston Churchill, un vrai Européen, est venu à Bristol pour présider la cérémonie de la remise des prix de mon lycée... Je n'en ai remporté aucun, ce qui est sans doute la seule chose que j'ai en commun avec le grand homme, ajouta-t-il, ce qui provoqua l'hilarité de l'auditoire. Mais c'est grâce au discours qu'il a prononcé ce jour-là que je me suis lancé dans la politique, et c'est après avoir pris part à la guerre que j'ai rejoint le parti travailliste. Voici ce qu'avait dit sir Winston : « Aujourd'hui, notre nation fait à nouveau face à l'un de ses grands moments historiques où le peuple britannique risque d'être appelé, une fois de plus, à décider du sort du monde libre. » Quoique sir Winston et moi appartenions à des partis différents, sur ce sujet nous tomberions sans aucun doute d'accord.

Giles parcourut du regard la salle comble, sa voix enflant davantage à chaque phrase.

— Si dans cette salle nous venons de diverses nations, l'heure est cependant venue de travailler ensemble, pas dans notre propre intérêt, mais dans celui des générations futures. Permettez-moi de terminer en disant que, quel que soit le sort que me réserve l'avenir, vous pouvez être sûrs que je vais me consacrer à cette cause.

Sur ce, il recula d'un pas tandis que l'auditoire se levait. Plusieurs minutes s'écoulèrent avant qu'on lui laisse quitter la scène, et même sur le chemin de la sortie, il fut entouré de parlementaires, de fonctionnaires et de personnes venues le féliciter.

— On doit être à l'aéroport dans une heure environ, déclara Sebastian d'un ton qui s'efforçait de rester calme. Veux-tu que je fasse quelque chose ?

— Trouve un téléphone, qu'on puisse appeler Griff pour savoir s'il y a déjà eu des réactions au discours en Angleterre. Je veux m'assurer qu'il ne s'agit pas d'un simple mirage, répondit Giles tout en serrant des mains et en remerciant les gens pour leurs vœux de réussite.

Il signa même quelques autographes, ce qui était aussi une nouveauté.

— Le Palace Hotel se trouve de l'autre côté de la rue, dit Sebastian. On pourrait appeler le bureau de là-bas.

Giles opina du chef tout en continuant sa lente progression. Vingt minutes de plus s'écoulèrent avant qu'il prenne congé du président sur les marches du Parlement.

Sebastian et Giles s'empressèrent de traverser le large boulevard pour gagner le calme relatif du Palace Hotel. Sebastian donna le numéro à une réceptionniste qui appela Londres.

— Je vous passe tout de suite la communication, monsieur, déclara-t-elle lorsqu'elle entendit une voix au bout du fil.

Quand Giles prit le combiné, il entendit Griff.

— Je viens de regarder le bulletin d'information de 18 heures de la BBC, dit-il. Vous faites la une. Le téléphone n'a pas cessé de sonner. Tout le monde veut vous avoir. Lorsque vous rentrerez à Londres, une voiture vous attendra à l'aéroport pour vous emmener directement à ITV où Sandy Gall vous interviewera pendant le dernier journal télévisé du soir, mais ne traînez pas après parce qu'à 22 h 30 la BBC souhaite que vous soyez l'invité de Richard Dimbleby à « Panorama ». Les médias adorent qu'un outsider fasse une remontée sur le tard. Où êtes-vous en ce moment ?

— Je suis sur le point de partir pour l'aéroport.

— Parfait. Appelez-moi dès que vous aurez atterri.

Giles reposa le combiné et fit un grand sourire à Sebastian.

— Il va nous falloir un taxi, dit-il.

— Je ne crois pas. La voiture de l'ambassadeur vient d'arriver et elle est garée dehors, prête à nous emmener à l'aéroport.

Comme ils traversaient le hall de l'hôtel, un homme tendit la main :

— Félicitations, sir Giles. Beau morceau de bravoure. Espérons que ça fera pencher la balance…

— Merci, répondit Giles, qui voyait l'ambassadeur debout à côté de la voiture.

— Je m'appelle Pierre Bouchard et je suis vice-président de la Communauté économique européenne.

— Bien sûr, dit Giles en s'arrêtant pour lui serrer la main. Je sais, monsieur Bouchard, que vous avez déployé de grands efforts pour aider la Grande-Bretagne à devenir membre à part entière de la CEE.

— Je suis très touché. Pourriez-vous m'accorder un petit moment pour discuter d'une affaire privée ?

Giles jeta un coup d'œil à Sebastian qui consulta sa montre.

— Dix minutes, tout au plus, dit celui-ci. Je vais aller prévenir l'ambassadeur.

— Je crois que vous connaissez mon bon ami Tony Crosland, commença Bouchard en entraînant Giles vers le bar.

— En effet. Je lui ai donné hier un exemplaire de mon discours.

— Je suis certain qu'il l'a approuvé. C'est exactement ce que croit la Fabian Society. Que désirez-vous boire ? s'enquit-il comme ils entraient dans le bar.

— Un pur malt. Avec beaucoup d'eau.

Bouchard fit un signe de tête au barman en disant :

— La même chose.

Giles se jucha sur un tabouret, parcourut la salle du regard et remarqua, assis dans un coin, un groupe de journalistes politiques en train de relire leur article. L'un d'entre eux se toucha la tempe, parodie du salut militaire. Giles lui sourit.

— Ce qu'il est important de comprendre, reprit Bouchard, c'est que de Gaulle fera tout pour empêcher la Grande-Bretagne d'adhérer au Marché commun.

— « Pas de mon vivant ! » a-t-il déclaré, si j'ai bonne mémoire, rappela Giles en saisissant son verre.

— Espérons que nous n'aurons pas à attendre aussi longtemps.

— On a l'impression que le Général n'a pas pardonné à la Grande-Bretagne d'avoir gagné la guerre.

— À votre santé ! lança Bouchard avant de vider son verre.

— À la vôtre ! fit Giles.

— N'oubliez pas que de Gaulle a ses propres problèmes, notamment…

Soudain, Giles eut l'impression qu'il allait s'évanouir. Il s'agrippa au comptoir pour tenter de garder l'équilibre, mais la salle paraissait tournoyer autour de lui. Il lâcha son verre, glissa du tabouret et s'affala sur le plancher.

— Cher ami, fit Bouchard en s'agenouillant à côté de lui. Ça va ?

Il leva les yeux au moment où un homme qui était assis dans un coin de la salle arrivait en courant.

— Je suis médecin, annonça l'homme en se penchant au-dessus de Giles, dont il ouvrit le col de chemise et desserra la cravate.

Il plaça deux doigts sur le cou de Giles puis lança au barman d'un ton pressant :

— Appelez une ambulance ! Il fait une crise cardiaque.

Deux ou trois journalistes se précipitèrent vers le comptoir. L'un d'eux commença à prendre des notes. Le barman décrocha le téléphone et composa rapidement un numéro à trois chiffres.

— Oui ? fit une voix.

— Il nous faut une ambulance. De toute urgence. L'un de nos clients a eu une attaque cardiaque.

Bouchard se releva.

— Docteur, dit-il à l'homme qui était agenouillé à côté de Giles, je vais sortir pour attendre l'ambulance et indiquer l'endroit.

— Connaissez-vous le nom de cet homme ? demanda l'un des journalistes, comme Bouchard sortait de la salle.

— Aucune idée, répondit le barman.

Le premier photographe entra en courant dans le bar plusieurs minutes avant l'arrivée de l'ambulance et

Giles dut subir l'éblouissement de nouveaux flashes, sans être tout à fait conscient de ce qui se passait. La nouvelle se répandit et plusieurs autres journalistes, qui étaient dans le centre de congrès et faisaient part à leur rédaction de l'excellent accueil qu'avait reçu le discours de sir Giles Barrington, lâchèrent l'appareil pour accourir au Palace Hotel.

Sebastian était en train de bavarder avec l'ambassadeur quand il entendit la sirène sans y prêter la moindre attention, jusqu'au moment où l'ambulance s'arrêta devant l'hôtel et que deux aides-soignants vêtus d'une élégante tenue en sortirent d'un bond et s'engouffrèrent dans l'hôtel en poussant un brancard.

— Vous ne croyez pas… commença sir John.

Sebastian escaladait déjà les marches de l'hôtel. Il fit halte en voyant les ambulanciers pousser le brancard vers lui. Un seul coup d'œil au patient confirma ses pires craintes. Lorsqu'on plaça le brancard à l'arrière de l'ambulance, Sebastian y sauta en criant :

— C'est mon patron.

L'un des brancardiers opina du chef et l'autre referma les portières.

Sir John suivit l'ambulance dans sa Rolls-Royce. Quand il arriva à l'hôpital, il se présenta à l'accueil et demanda au réceptionniste si sir Giles Barrington était déjà pris en charge par un médecin.

— Oui, monsieur, le Dr Clairbert est en train de l'examiner aux urgences. Ayez l'amabilité de vous asseoir, Votre Excellence. Je suis persuadé que le médecin viendra vous donner de ses nouvelles dès qu'il aura terminé son examen.

*

* *

Griff alluma la télévision pour regarder les informations de 19 heures sur la BBC, dans l'espoir que le discours de Giles en constituerait encore la principale nouvelle.

C'était bien le cas, en effet, mais Griff eut un certain mal à accepter l'identité de l'homme transporté sur le brancard. Il s'affala contre le dossier de son fauteuil. Il était depuis trop longtemps dans la politique pour ne pas comprendre que sir Giles Barrington ne pouvait plus briguer la direction du parti travailliste.

*

* *

Un homme qui avait passé la nuit dans la chambre 437 du Palace Hotel rendit sa clé à la réception et régla sa note en espèces. Il prit un taxi pour gagner l'aéroport et, une heure plus tard, monta dans l'avion qu'aurait dû prendre Giles. En arrivant à l'aéroport de Londres, il fit la queue pour un taxi et, lorsque ce fut son tour, il s'installa sur le siège arrière en lançant :

— 44 Eaton Square !

*

* *

— Je suis perplexe, monsieur l'ambassadeur, dit le Dr Clairbert après avoir examiné son patient une seconde fois. Le cœur de sir Giles me semble tout à fait normal. En fait, sir Giles est dans une forme excellente pour un homme de son âge. Néanmoins, je serai sûr que tout va bien lorsque j'aurai reçu les résultats des examens de laboratoire, ce qui veut dire que je vais devoir le garder cette nuit.

*

* *

Le lendemain matin, comme l'avait espéré Griff, Giles fit les gros titres de la presse nationale.

Malheureusement, les formules telles que « Au coude à coude » (l'*Express*), « Dans la poche ! » (le *Mirror*), « Naissance d'un homme d'État » (le *Times*), avaient été rapidement remplacées. La nouvelle une du *Daily Mail* résuma succinctement les choses : « Une crise cardiaque met un terme aux chances de Barrington de diriger le parti travailliste. »

*

* *

Tous les journaux du dimanche présentaient des portraits détaillés du nouveau chef de l'opposition.

Une photo de Harold Wilson à l'âge de huit ans, debout devant le 10 Downing Street, en casquette et habits du dimanche, fit la une de la plupart des journaux.

*

* *

Accompagné de Gwyneth et de Sebastian, Giles revint à Londres le lundi matin.

Lorsque l'avion atterrit à l'aéroport, il n'y avait aucun journaliste, aucun photographe ou cameraman pour l'accueillir. Il n'intéressait plus personne. Gwyneth les ramena en voiture à Smith Square.

— Selon le médecin, que devez-vous faire une fois qu'on vous aura reconduit chez vous ? s'enquit Griff.

— Il n'a rien recommandé, répondit Giles. Il cherche même toujours à savoir pourquoi on a dû m'hospitaliser.

*

* *

Ce fut Sebastian qui montra à son oncle un article en page 11 du *Times*, rédigé par l'un des journalistes qui s'étaient trouvés dans le bar du Palace Hotel au moment où Giles avait tourné de l'œil.

Même si toute la scène s'était déroulée sous ses yeux, n'étant pas du tout convaincu que sir Giles avait eu une crise cardiaque, Matthew Castle avait décidé de rester quelques jours de plus à Bruxelles pour mener son enquête :

Primo, Pierre Bouchard, le vice-président de la CEE, n'ayant pas été présent à Bruxelles ce jour-là, puisqu'il était à l'enterrement d'un vieil ami à Marseille, n'avait pas pu assister au discours de sir Giles.

Deuzio, le barman qui avait appelé l'ambulance par téléphone n'avait fait que trois chiffres et n'avait pas donné à son interlocuteur l'adresse à laquelle l'ambulance devait se rendre.

Tertio, selon l'hôpital Saint-Jean, personne n'avait téléphoné du Palace Hotel pour demander une ambulance et on ne pouvait identifier les deux brancardiers qui avaient transporté sir Giles.

Quarto, l'homme qui était sorti du bar pour accueillir l'ambulance n'était jamais revenu, et personne n'avait réglé les deux verres.

Quinto, on n'avait jamais revu l'homme qui avait prétendu être médecin et qui avait annoncé que sir Giles faisait une attaque cardiaque.

Et, pour finir, le barman n'était pas revenu travailler le lendemain.

Peut-être tout cela n'était-il dû qu'à une série de coïncidences, suggérait le journaliste, mais, dans le cas contraire, le parti travailliste aurait-il pu avoir aujourd'hui un autre chef ?

*

* *

Le lendemain matin, Griff rentra à Bristol, et comme il était peu probable qu'il y ait de nouvelles élections avant une année au moins, il passa le mois suivant à faire la bringue.

Jessica Clifton

1964

21

— Suis-je censée comprendre ce que cela représente ? demanda Emma en examinant le tableau de plus près.

— Il n'y a rien à comprendre, maman, dit Seb. Tu n'as pas saisi le but.

— Et quel est le but ? Parce que je me rappelle l'époque où Jessica dessinait des êtres humains. Des gens que je reconnaissais.

— Elle a dépassé ce stade, maman. À présent elle entre dans sa période abstraite.

— Malheureusement, pour moi, ce sont seulement des grosses taches.

— C'est parce que tu ne les regardes pas en ayant l'esprit ouvert. Elle ne veut plus ressembler à Constable ou Turner.

— Alors, qui veut-elle être ?

— Jessica Clifton.

— Même si tu as raison, Seb, intervint Harry, en regardant plus attentivement *Tache numéro 1*, tous les peintres, même Picasso, ont admis avoir subi une influence. Alors, par qui Jessica est-elle influencée ?

— Peter Blake, Francis Bacon. Et elle admire un Américain du nom de Rothko.

— Je n'ai jamais entendu parler d'aucun d'entre eux, reconnut Emma.

— Et eux n'ont sans doute jamais entendu parler d'Edith Evans, de Joan Sutherland ou d'Evelyn Waugh, que vous admirez tant tous les deux.

— Harold Guinzburg a un Rothko dans son bureau, dit Harry. D'après lui, il lui a coûté dix mille dollars, ce qui est supérieur à mon dernier à-valoir, comme je le lui ai fait remarquer.

— Il ne faut pas penser ainsi, répliqua Sebastian. Une œuvre d'art vaut le prix qu'un acheteur accepte de payer. Si c'est vrai de ton roman, pourquoi est-ce que ça ne le serait pas également d'un tableau ?

— Voilà bien un point de vue de banquier, dit Emma. Je ne vais pas te rappeler ce qu'a dit Oscar Wilde au sujet du prix et de la valeur, de peur que tu ne m'accuses d'être vieux jeu[1].

— Tu n'es pas vieux jeu, maman, fit Sebastian en plaçant un bras autour de sa taille. Tu es absolument préhistorique.

— Je reconnais avoir atteint la quarantaine, protesta Emma en regardant son fils qui riait aux éclats. Mais est-ce vraiment ce que Jessica peut faire de mieux ? fit-elle en se tournant à nouveau vers le tableau.

— C'est son travail de fin d'études. Il va décider de son admission en septembre au sein de la Royal Academy pour son 3e cycle. Et il se peut même qu'elle en tire un shilling ou deux.

---

1. « De nos jours, les gens connaissent le prix de tout et la valeur de rien. » Extrait du *Portrait de Dorian Gray*.

— Ces peintures sont-elles destinées à la vente ? demanda Harry.

— Oui. L'exposition de fin d'études constitue la première chance pour un grand nombre de jeunes artistes de présenter leurs œuvres au public.

— Mais qui achète ce genre de chose ? fit Harry en parcourant du regard la salle dont les murs étaient couverts de peintures à l'huile, d'aquarelles et de dessins.

— Des parents qui idolâtrent leurs enfants, je suppose, répondit Emma. Il faudra donc que nous achetions tous une œuvre de Jessica. Y compris toi, Seb.

— Tu n'as pas besoin de me convaincre, maman. Je serai de retour à 19 heures, à l'ouverture de l'exposition, avec mon chéquier. J'ai déjà choisi celui que je veux acquérir : *Tache numéro 1.*

— C'est très généreux de ta part.

— Vraiment, tu n'y comprends rien, maman.

— Eh bien, où est Picasso ? s'enquit Emma sans répondre à son fils, en jetant un regard circulaire.

— Sans doute avec son petit ami.

— Je ne savais pas que Jessica avait un petit ami, dit Harry.

— Je crois qu'elle espère vous le présenter ce soir.

— Et que fait ce petit ami ?

— Il est peintre, lui aussi.

— Il est plus jeune ou plus vieux que Jessica ? demanda Emma.

— Ils ont le même âge. Mais, franchement, même s'il est dans sa classe, en tant qu'artiste, il n'a pas sa classe.

— Très amusant, fit Harry. Et a-t-il un nom ?

— Clive Bingham.

— Tu l'as déjà rencontré ?

— Oui. Ils sont presque toujours ensemble. Et je sais qu'il lui demande sa main au moins une fois par semaine.

— Mais elle est beaucoup trop jeune pour penser au mariage ! s'écria Emma.

— Il n'est pas nécessaire d'avoir eu le premier prix de mathématiques à Cambridge pour calculer que si tu as quarante-trois ans et que j'en ai vingt-quatre, tu devais en avoir dix-neuf à ma naissance.

— Les choses étaient différentes à l'époque.

— Grand-papa Walter était-il d'accord avec toi ?

— Absolument, répliqua Emma en prenant le bras de Harry. Grand-papa adorait ton père.

— Et tu adoreras Clive. C'est vraiment un type bien et ce n'est pas sa faute s'il n'est pas un très bon peintre, comme vous pouvez le constater par vous-même, expliqua Sebastian en faisant traverser la salle à ses parents afin de leur montrer les œuvres du jeune homme.

Harry contempla quelques instants *Autoportrait* avant d'exprimer son avis.

— Je comprends pourquoi tu penses que Jessica est excellente, parce que je ne vois pas comment on pourrait acheter ces trucs-là.

— Heureusement, ses parents sont très riches. Ça ne devrait donc pas poser de problèmes.

— Puisque Jessica n'a jamais été intéressée par l'argent et qu'il ne semble pas avoir le moindre talent, qu'est-ce qu'elle lui trouve ?

— Étant donné que toutes les étudiantes du

cours ont peint Clive ces trois dernières années, il est évident que Jessica n'est pas la seule personne à le trouver beau garçon.

— Pas s'il ressemble à ça, dit Emma en regardant de plus près *Autoportrait.*

— Attends de le voir avant de juger, s'esclaffa Sebastian. Même si je dois te prévenir, maman, que, selon tes critères, tu le trouveras peut-être un rien désorganisé, voire un peu perdu. Mais, comme on le sait tous, Jess aime s'occuper de tous les paumés qui croisent son chemin. Peut-être parce qu'elle est orpheline.

— Clive sait-il qu'elle a été adoptée ?

— Bien sûr. Jessica n'en fait pas mystère. Elle le dit à tous ceux qui lui posent la question. Aux Beaux-Arts, c'est même un avantage, quasiment un honneur.

— Ils vivent ensemble ? chuchota Emma.

— Ils sont tous les deux étudiants aux Beaux-Arts, maman, alors ce n'est pas impossible.

Harry éclata de rire. Emma semblait toujours choquée.

— Cela va peut-être te surprendre, maman, mais Jess a vingt et un ans, elle est belle et talentueuse. Et je peux t'assurer que Clive n'est pas le seul gars qui trouve qu'elle sort un peu du lot.

— Eh bien, il me tarde de le rencontrer. Si on ne veut pas être en retard pour la cérémonie des prix, il est temps d'aller se changer.

— Puisqu'on en parle, maman… ce soir, je t'en prie, n'y va pas vêtue en présidente de la compagnie maritime Barrington, comme si tu t'apprêtais à présider une séance du conseil d'administration, parce que ça gênerait Jessica.

— Mais je suis la présidente de la Barrington…

— Pas ce soir, maman. Ce soir, tu es la mère de Jessica. Donc si tu as un jean, élimé et délavé de préférence, il fera parfaitement l'affaire.

— Mais je n'en ai aucun, élimé ou délavé.

— Alors porte quelque chose que tu pensais donner à la vente de charité du pasteur.

— Mes vêtements de jardinage, par exemple ? fit Emma d'un ton ouvertement moqueur.

— Excellent. Et le plus vieux chandail que tu puisses dégoter, de préférence avec des trous au coude.

— À ton avis, comment ton père devrait-il s'habiller pour l'occasion ?

— Papa ne pose pas de problème. Comme il a toujours l'air d'un écrivassier à la manque débraillé, il sera tout à fait dans le ton.

— Permets-moi de te rappeler, Sebastian, que ton père est l'un des auteurs les plus respectés…

— Je vous aime tous les deux, maman. Mais aujourd'hui c'est la soirée de Jessica. Alors ne la lui gâchez pas.

— Il a raison, dit Harry. Je m'inquiétais davantage du chapeau que ma mère allait porter le jour de cette cérémonie que de savoir si j'allais obtenir le premier prix de latin.

— Mais tu m'avais dit, papa, que M. Deakins décrochait toujours le premier prix de latin.

— C'est vrai. Si Deakins, ton oncle Giles et moi étions dans la même classe, en tant qu'élève, Deakins avait une autre classe.

*

* *

— Oncle Giles, j'aimerais te présenter mon petit ami, Clive Bingham.

— Salut, Clive ! lança Giles, qui n'avait pas tardé à ôter sa cravate et à déboutonner son col de chemise.

— Vous êtes le député dans le vent, pas vrai ? fit Clive en lui serrant la main.

Giles resta sans voix en regardant le jeune homme qui portait une chemise jaune à pois, dont le grand col ouvert bâillait, et un jean cigarette. Mais la crinière blonde rebelle, les yeux bleus nordiques et le séduisant sourire lui firent comprendre pourquoi Jessica n'était pas la seule femme dans la salle à jeter des coups d'œil dans sa direction.

— C'est le meilleur, dit Jessica en étreignant fortement son oncle, et il devrait être le chef du parti travailliste.

— Allons, allons, Jessica, dit Giles. Avant que je décide lequel de tes tableaux…

— Trop tard ! intervint Clive. Mais vous pouvez toujours choisir l'un des miens.

— Mais je veux acquérir un Jessica Clifton pour l'ajouter à ma collection.

— Alors vous allez être déçu. L'exposition a commencé à 19 heures et tous les tableaux de Jessica ont été raflés en une poignée de minutes.

— Je ne sais pas si je dois me réjouir de ton triomphe, Jessica, ou m'en vouloir de ne pas être arrivé plus tôt, dit Giles en étreignant à nouveau sa nièce. Félicitations.

— Merci. Mais il faut que tu jettes un coup d'œil à ceux de Clive. Ils sont vraiment très bons.

— C'est pourquoi je n'en ai pas vendu un seul… La vérité, c'est que même ma famille n'en achète plus, ajouta-t-il au moment où Emma, Harry et Sebastian entraient dans la salle et se dirigeaient vers eux.

Giles n'avait jamais vu sa sœur porter quelque chose qui ne soit pas à la toute dernière mode, mais ce soir-là elle semblait sortir de la remise du jardin, si bien qu'à côté Harry avait l'air tout à fait élégant. Était-il possible qu'il y ait un trou dans son chandail ? Les vêtements constituent l'une des rares armes des femmes, lui avait-elle dit une fois. Or, ce soir-là… mais il comprit soudain. « Brave fille ! » chuchota-t-il.

Sebastian présenta Clive à ses parents et Emma dut reconnaître qu'il ne ressemblait pas du tout à son autoportrait. « Appétissant » était le mot qui venait à l'esprit, même si sa poignée de main était faiblarde. Elle se tourna vers les tableaux de Jessica.

— Est-ce que toutes ces taches rouges signifient… ?

— Vendu ! lança Clive. En revanche, comme je l'ai déjà expliqué à sir Giles, vous constaterez que je n'ai pas le même problème.

— Par conséquent, il ne reste plus aucun tableau de Jessica à vendre ?

— Aucun, répondit Sebastian. Je t'avais prévenu, maman.

Quelqu'un donnait de petits coups sur un verre à l'autre bout de la salle. Ils se retournèrent et virent qu'un homme barbu en fauteuil roulant, attifé d'une veste en velours côtelé marron et d'un pantalon vert, essayait d'attirer l'attention. Il sourit au groupe.

— Mesdames et messieurs, commença-t-il, puis-je solliciter votre attention un court instant ? Bonsoir et bienvenue à l'exposition annuelle de fin d'études de l'École des beaux-arts Slade. Je m'appelle Ruskin Spear et, en tant que président du jury, ma première tâche sera d'annoncer le nom des lauréats dans chaque catégorie : dessin, aquarelle et peinture à l'huile. Pour la première fois dans l'histoire de la Slade, la même personne est arrivée en tête dans les trois catégories.

Emma attendait avec impatience le nom de ce lauréat exceptionnel afin de comparer ses œuvres à celles de Jessica.

— Franchement, cela ne surprendra personne, à part la lauréate, que l'étudiante vedette de l'école soit Jessica Clifton.

Emma rayonnait de fierté et toute la salle applaudissait, tandis que Jessica se contentait de baisser la tête et de s'accrocher à Clive. Seul Sebastian savait ce qu'elle endurait alors : ses démons intérieurs, comme elle disait. Quand ils étaient seuls, elle n'arrêtait pas de bavarder, mais dès qu'elle devenait le centre de l'attention, elle rentrait dans sa carapace telle une tortue dans l'espoir que personne ne la remarque.

— Si Jessica voulait bien s'approcher, je lui présenterais un chèque de trente livres et la coupe Munnings.

Clive lui donna un petit coup de coude et tout le monde applaudit. Elle se dirigea en traînant les pieds vers le président du jury, ses joues s'empourprant davantage à chaque pas. Lorsque M. Spear lui tendit le chèque et la coupe, il devint absolument évident qu'il n'y aurait pas de discours de remerciements. Elle rejoignit prestement Clive, qui n'aurait pas eu l'air plus heureux s'il avait reçu lui-même le prix.

— Je peux également annoncer qu'on a offert à Jessica une place à la Royal Academy à la rentrée de septembre pour y commencer ses études de 3ᵉ cycle, et je sais que mes collègues de la Royal Academy sont tous enchantés de sa venue parmi nous.

— J'espère que ces hommages ne vont pas lui monter à la tête, chuchota Emma à Sebastian, tout en regardant Jessica agripper la main de Clive.

— Ne crains rien, maman. C'est sans doute la seule personne de la salle qui n'a pas conscience de son talent, dit-il, au moment où un homme élégant, portant un costume croisé à la dernière mode et un nœud papillon en soie rouge, apparut à côté d'Emma.

— Permettez-moi de me présenter, madame Clifton.

Emma sourit à l'inconnu, tout en se demandant si c'était le père de Clive.

— Je m'appelle Julian Agnew. Je suis marchand d'art et je voulais juste vous dire que j'admire énormément le travail de votre fille.

— C'est très aimable à vous, monsieur Agnew. Avez-vous réussi à acheter des tableaux de Jessica ?

— Je les ai tous achetés, madame Clifton. La dernière fois que j'ai agi de la sorte, il s'agissait d'un jeune peintre du nom de David Hockney.

Emma se garda d'avouer qu'elle n'avait jamais entendu parler de David Hockney et Sebastian ne le connaissait que parce qu'une demi-douzaine de ses œuvres étaient accrochées dans le bureau de Cedric. Il est vrai que Hockney était originaire du Yorkshire.

— Cela signifie-t-il que nous aurons une seconde chance d'acheter l'un des tableaux de ma fille ? s'enquit Harry.

— Sans aucun doute, puisque j'ai l'intention d'organiser, au printemps prochain, une exposition consacrée exclusivement aux œuvres de Jessica, et j'espère bien qu'elle aura peint d'autres toiles entre-temps. Je vous enverrai, à vous et à Mme Clifton, une invitation pour le vernissage.

— Merci. Cette fois, nous ne serons pas en retard.

Sur ce, M. Agnew fit un petit salut, tourna les talons et se dirigea vers la porte. Il était clair qu'il ne s'intéressait à aucun des autres peintres dont les œuvres habillaient les murs. Emma jeta un coup d'œil à Sebastian qui fixait M. Agnew comme celui-ci s'éloignait. Elle aperçut alors la jeune femme qui se trouvait au côté du marchand d'art et elle comprit pourquoi son fils était resté bouche bée.

— Ferme la bouche, Seb.

Sebastian eut l'air gêné, ce qui réjouit Emma, car cela n'arrivait pas souvent.

— Eh bien, je suppose qu'on ferait mieux d'aller voir les tableaux de Clive, suggéra Harry. Ce qui nous permettra peut-être de rencontrer ses parents.

— Ils ne se sont pas dérangés, déclara Sebastian. Jess m'a dit qu'ils ne viennent jamais voir les tableaux de leur fils.

— Comme c'est étrange, dit Harry.

— Comme c'est triste, répliqua Emma.

22

— J'aime beaucoup tes parents, dit Clive. Et ton oncle Giles est sensass. Je pourrais même voter pour lui. Non que mes parents approuveraient…

— Pourquoi pas ?

— Ce sont tous les deux des conservateurs pur jus. Maman ne laisserait jamais entrer un socialiste chez eux.

— Je regrette qu'ils ne soient pas venus à l'exposition. Ils auraient été si fiers de toi !

— Ça m'étonnerait. Et ça n'a pas plu à maman que j'étudie les beaux-arts. Elle aurait voulu que j'aille à Oxford ou à Cambridge. Elle refusait d'accepter que je n'aie pas le niveau.

— Par conséquent, je ne leur plairai sans doute pas.

— Comment serait-ce possible ? s'écria Clive en se tournant vers Jessica pour lui faire face. Tu es l'étudiante la plus célébrée depuis la fondation de la Slade et, contrairement à moi, on t'a offert une place à la Royal Academy. Ton père est un auteur à succès, ta mère est présidente d'une entreprise cotée en Bourse et ton oncle fait partie du cabinet fantôme. Alors que mon père est président d'une fabrique de pâte de poisson et espère être nommé premier shérif du Lincolnshire… Et tout ça grâce à la fortune gagnée par mon grand-père en vendant de la pâte de poisson.

— Toi, en tout cas, tu sais qui était ton grand-père, dit Jessica en posant sa tête sur l'épaule de Clive. Harry et Emma ne sont pas mes vrais parents, même s'ils m'ont toujours traitée comme leur fille. Et, peut-être parce que Emma et moi allons même jusqu'à nous ressembler, les gens supposent qu'elle est vraiment ma mère. Et Seb est le meilleur frère qu'une fille puisse avoir. Mais la vérité, c'est que je suis orpheline et que je ne sais pas qui sont mes vrais parents.

— As-tu jamais essayé de le savoir ?

— Oui. Mais on m'a répondu que le Dr Barnardo interdisait formellement de donner le moindre renseignement sur l'identité des parents biologiques sans leur permission.

— Pourquoi ne poses-tu pas la question à ton oncle Giles ? Il est la seule personne à pouvoir être au courant.

— Parce que, s'il l'est, peut-être ma famille a-t-elle de bonnes raisons de ne pas me révéler la vérité.

— Il est possible que ton père ait été tué durant la guerre, qu'il ait été décoré au champ d'honneur après une action héroïque et que ta mère soit morte de chagrin.

— Et toi, Clive, tu es un romantique invétéré qui devrais cesser de lire les histoires de Biggles[1] et te plonger dans *À l'Ouest rien de nouveau.*

1. Biggles est un personnage de roman créé par William Earl Johns. Dans les « histoires de Biggles », le héros est un pilote de chasse britannique qui participe aux deux guerres mondiales.

— Quand tu deviendras célèbre, seras-tu Jessica Clifton ou Jessica Bingham ?

— Est-ce que tu serais en train de me proposer à nouveau de t'épouser, Clive ? Parce que c'est la troisième fois cette semaine.

— Tu l'as remarqué… Oui, en effet. Et j'espérais que tu viendrais avec moi ce week-end dans le Lincolnshire pour rencontrer mes parents, afin d'officialiser notre relation.

— Avec grand plaisir, s'exclama Jessica en le serrant dans ses bras.

— Toutefois, je dois rendre visite à quelqu'un avant que tu puisses m'accompagner dans le Lincolnshire. Ne fais pas tout de suite tes bagages.

*

* *

— C'est très aimable à vous, monsieur, de me recevoir.

Harry était impressionné. Le jeune homme s'était donné beaucoup de peine. Il était arrivé à l'heure en costume-cravate, et ses chaussures reluisaient comme pour un défilé militaire. Le voyant à l'évidence très nerveux, Harry essaya de le mettre à l'aise.

— Puisque, d'après votre lettre, vous souhaitiez me rencontrer pour une très importante question, je vois deux possibilités…

— C'est très simple, en fait, monsieur. J'aimerais que vous m'autorisiez à demander la main de votre fille.

— Voilà une requête merveilleusement vieux jeu !

— Jessica n'en attendrait pas moins de moi.

— Ne pensez-vous pas que vous êtes tous les deux un peu jeunes pour penser au mariage ? Peut-être devriez-vous attendre au moins que Jessica ait terminé ses études à la Royal Academy.

— Sauf votre respect, monsieur, Sebastian m'assure que je suis plus âgé que vous l'étiez lorsque vous avez demandé sa main à Mme Clifton.

— C'est vrai. Mais c'était en temps de guerre.

— J'espère que je ne vais pas devoir partir à la guerre pour prouver la force de mon amour pour votre fille.

Harry éclata de rire.

— Eh bien, dit-il, je suppose qu'en tant qu'éventuel beau-père je dois vous interroger sur vos perspectives d'avenir. Jessica me dit qu'on ne vous a pas offert de place à la Royal Academy.

— Je suis persuadé, monsieur, que cela ne vous a pas surpris.

Harry sourit.

— Alors, qu'avez-vous fait depuis que vous avez quitté la Slade ?

— Je travaille dans le département de conception graphique d'une agence de publicité, la Curtis Bell & Getty.

— Est-ce bien payé ?

— Non, monsieur. Je gagne quatre cents livres par an, mais mon père en ajoute mille. En outre, pour mes vingt ans, mes parents m'ont offert la jouissance d'un appartement de Chelsea. Nous serons donc plutôt à l'aise.

— Vous vous rendez bien compte que la peinture est et sera toujours le premier amour de Jessica et qu'elle ne laissera jamais rien entraver sa carrière, comme notre famille s'en est aperçue dès qu'elle est entrée dans notre vie.

— Je m'en rends parfaitement compte, monsieur. Et je ferai tout ce qui est en mon pouvoir pour m'assurer qu'elle réalise ses ambitions. Vu son talent, le contraire serait une folie.

— Ravi de vous l'entendre dire. Mais, malgré son immense talent, elle souffre d'un sentiment d'insécurité que vous allez devoir gérer avec compréhension et compassion.

— Je me rends parfaitement compte de ça aussi, monsieur. Et je le fais avec plaisir. C'est pour moi un privilège.

— Puis-je vous demander ce que pensent vos parents de votre désir d'épouser ma fille ?

— Ma mère est l'une de vos fans et elle admire votre femme.

— Savent-ils que nous ne sommes pas ses parents biologiques ?

— Oui, mais, comme le dit mon père, ce n'est guère la faute de Jessica.

— Leur avez-vous annoncé que vous vouliez l'épouser ?

— Non, monsieur. Cependant, nous nous rendons à Louth ce week-end et j'ai l'intention de le leur dire. Bien que je ne pense pas que ça les surprenne beaucoup.

— Alors il ne me reste plus qu'à vous souhaiter beaucoup de bonheur ensemble. Il n'existe pas au monde une jeune fille plus généreuse et plus affectueuse. Mais il se peut que tous les pères pensent la même chose.

— Je me rends très bien compte que je ne serai jamais assez bien pour elle, mais je jure de ne pas la décevoir.

— J'en suis tout à fait persuadé. Je dois néanmoins vous avertir que la médaille a son revers. Jessica est très sensible, et si vous perdiez sa confiance, vous la perdriez elle aussi.

— Croyez-moi, je ne ferai jamais rien qui risque de provoquer une telle chose.

— Je vous crois sur parole. Eh bien, appelez-moi si elle dit oui.

— Comptez sur moi, monsieur, promit Clive à Harry qui se levait. Si vous n'avez pas de mes nouvelles avant dimanche soir, cela voudra dire qu'elle m'a éconduit. Une fois de plus.

— Une fois de plus ?

— En effet. Je lui ai déjà plusieurs fois demandé sa main, mais elle a toujours décliné mon offre. J'ai l'impression que quelque chose la tracasse mais qu'elle ne veut pas en discuter. Si cela n'a pas de rapport avec moi, j'espérais que vous pourriez m'éclairer à ce sujet.

Harry hésita un bon moment avant de répondre.

— Je déjeune avec elle demain. Puis-je vous suggérer de parler avec elle avant d'aller dans le Lincolnshire et, en tout cas, avant d'annoncer la nouvelle à vos parents ?

— Si vous pensez que c'est nécessaire, monsieur, je le ferai, bien sûr.

— Vu les circonstances, je crois que ce serait une

bonne idée, dit Harry au moment où sa femme entrait dans la pièce.

— Dois-je comprendre que les félicitations sont à l'ordre du jour ? s'enquit Emma.

Harry se demanda si elle avait écouté la conversation.

— Si oui, j'en serais absolument ravie.

— Pas encore, madame Clifton. Mais espérons que ce sera officiel ce week-end. Dans ce cas, je m'efforcerai d'être digne de votre confiance et de celle de M. Clifton… C'était très aimable de votre part de m'avoir reçu, ajouta-t-il en se tournant vers Harry.

Les deux hommes se serrèrent la main.

— Et pas d'imprudence sur la route ! recommanda Harry, comme s'il parlait à son propre fils.

Par la fenêtre, Emma et Harry regardèrent Clive monter dans sa voiture.

— Par conséquent, tu as finalement décidé de révéler à Jessica l'identité de son père ?

— Clive ne m'a pas donné le choix, répondit Harry, tandis que la voiture s'éloignait dans l'allée et franchissait la grille du manoir. Et Dieu seul sait comment ce jeune homme va réagir quand il découvrira la vérité.

— Je crains davantage la réaction de Jessica.

23

— Je déteste l'A1, dit Jessica. Elle me rappelle toujours des souvenirs désagréables.

— Est-ce qu'on a découvert ce qui s'était réellement passé ce jour-là ? demanda Clive au moment où il dépassait un camion.

Jessica jeta un coup d'œil à gauche puis derrière elle.

— Que fais-tu ? s'enquit-il.

— Je vérifie simplement. Si le coroner a conclu à une mort accidentelle, je sais que Seb se sent toujours responsable du décès de Bruno.

— Il a tort. On le sait tous les deux.

— Va le lui dire !

— Où ton père t'a-t-il emmenée déjeuner, hier ? demanda Clive pour changer de sujet.

— J'ai dû décommander à la dernière minute. Mon professeur conseiller voulait discuter du choix des tableaux à proposer pour l'exposition d'été de la Royal Academy. Papa avait l'air déçu et il m'emmène déjeuner lundi.

— Peut-être voulait-il te parler de quelque chose en particulier.

— Rien qui ne puisse attendre jusqu'à lundi.

— Quel tableau avez-vous choisi, toi et ton conseiller ?

— *Smog numéro* 2.

— Excellent choix !

— M. Dunstan semble avoir bon espoir que la Royal Academy le considère d'un œil favorable.

— C'est le tableau que j'ai vu posé contre un mur de l'appartement juste avant notre départ ?

— Oui. J'avais l'intention de l'offrir à ta mère ce week-end, mais malheureusement tous les tableaux de l'exposition doivent être livrés jeudi prochain, au plus tard.

— Elle va être fière de voir celui de sa future bru exposé à côté de ceux de la Royal Academy.

— Chaque année, plus de dix mille tableaux sont soumis au jugement de la Royal Academy et seulement quelques centaines sont retenus… Alors, attends un peu pour envoyer des invitations. (Elle regarda à gauche, puis à nouveau derrière, car Clive doublait un autre camion.) Tes parents devinent-ils le but de notre venue ce week-end ?

— Je n'aurais pu faire une allusion beaucoup plus claire… « Je veux que vous rencontriez la personne avec qui je vais passer le restant de ma vie. »

— Et si je ne leur plais pas ?

— Ils vont t'adorer. Et qu'importe si tu ne leur plais pas ? Je ne pourrais pas t'aimer davantage.

— Tu es si gentil ! s'exclama Jessica en se penchant vers lui pour l'embrasser sur la joue. Mais cela m'ennuierait que tes parents hésitent. Après tout, tu es leur fils unique et il est normal qu'ils soient un peu protecteurs, voire anxieux.

— Maman n'est jamais anxieuse. Et, une fois qu'il t'aura vue, il ne sera pas nécessaire de chercher à convaincre papa.

— J'envie l'assurance de ta mère.

— Elle n'a pas à se forcer. Elle a été élève de Roedean où la seule chose qu'on vous enseigne, c'est la façon de se fiancer à un aristocrate ; et puiqu'elle n'a déniché que le roi de la pâte de poisson, elle sera absolument ravie que ta famille se joigne à la nôtre.

— Ton père s'intéresse-t-il à ce genre de chose ?

— Grand Dieu, non ! Les ouvriers de l'usine l'appellent Bob, ce qui déplaît à ma mère. Et on l'a fait président de toutes les institutions à trente kilomètres à la ronde, depuis le club de snooker de Louth jusqu'à la société chorale de Cleethorpes, alors que le malheureux est daltonien et chante comme un casserole.

— Il me tarde de le rencontrer, dit Jessica à Clive qui quittait l'A1 et commençait à suivre les panneaux indiquant Mablethorpe.

Bien que Clive ait continué à bavarder, il sentait que l'angoisse de Jessica augmentait avec les kilomètres parcourus, et lorsqu'ils franchirent les grilles du château de Mablethorpe, elle se tut brusquement.

— Grand Dieu ! s'écria-t-elle finalement comme ils roulaient dans une large allée flanquée à perte de vue d'ormes élancés. Tu ne m'avais pas dit que tu habitais un château.

— Papa a acheté la propriété pour la seule raison qu'elle appartenait au comte de Mablethorpe, qui avait essayé de pousser mon grand-père à la faillite au tournant du siècle, quoique je le soupçonne d'avoir également voulu impressionner ma mère.

— Eh bien, moi, je suis impressionnée, déclara Jessica au moment où surgissait devant eux une bâtisse de style palladien.

— Certes, je dois avouer qu'il faut vendre quelques barriques de pâte de poisson pour acheter ce genre d'édifice.

Jessica éclata de rire mais elle resta coite lorsque la porte d'entrée s'ouvrit pour laisser passer un majordome et deux valets de pied qui dévalèrent les marches pour décharger les bagages du coffre.

— Je n'ai pas assez de sacs pour un demi-valet, chuchota Jessica.

Clive lui ouvrit la portière mais elle ne bougea pas. Il lui prit la main et lui fit gentiment gravir les marches du perron puis franchir le seuil. M. et Mme Bingham les attendaient dans le vestibule.

Elle crut que ses jambes allaient se dérober sous elle quand elle vit l'élégance, la distinction et l'assurance de la mère de Clive. Mme Bingham fit un pas en avant pour l'accueillir, un grand sourire sur les lèvres.

— C'est merveilleux de vous rencontrer enfin, s'exclama-t-elle en embrassant Jessica sur les deux joues. Clive nous a tant parlé de vous.

Le père de Clive lui serra chaleureusement la main.

— Je dois reconnaître, mademoiselle, dit-il, que Clive n'a pas exagéré. Vous êtes aussi jolie qu'une peinture.

— J'espère que non, papa ! s'esclaffa Clive. La dernière toile de Jessica s'intitule *Smog numéro 2*.

Jessica agrippait la main de Clive. Ils suivirent leurs hôtes dans le salon et elle ne commença à se détendre que lorsqu'elle aperçut, suspendu au-dessus de la cheminée, un portrait de Clive qu'elle avait peint pour son anniversaire peu après leur rencontre.

— J'espère qu'un de ces jours vous ferez mon portrait, dit M. Bingham.

— Jessica ne fait plus ce genre de tableau, papa.

— Avec grand plaisir, monsieur Bingham.

Elle s'assit sur le divan à côté de Clive. La porte du salon s'ouvrit et le majordome fit son entrée, suivi d'une servante portant un grand plateau chargé d'une théière en argent et de deux grandes assiettes de sandwichs.

— Concombre, tomate et fromage, madame, annonça le majordome.

— Tu noteras qu'il n'y a pas de pâte de poisson, chuchota Clive.

Jessica mangea nerveusement tout ce qu'on lui offrit, tandis que Mme Bingham devisait à l'envi sur sa vie très occupée et sur le fait qu'elle n'avait jamais un moment de loisir. Elle ne parut pas remarquer que Jessica commençait un croquis du père de Clive au dos d'une serviette qu'elle avait l'intention de terminer quand elle serait seule dans sa chambre.

— Nous allons dîner simplement ce soir, en famille, expliqua Mme Bingham, avant d'offrir un autre sandwich à Jessica. Mais demain j'ai organisé un repas de fête avec seulement quelques amis qui brûlent de vous rencontrer.

Clive serra la main de Jessica dans la sienne, sachant très bien qu'elle détestait être le centre de l'attention.

— C'est très aimable à vous de vous donner tant de peine, madame Bingham.

— Appelez-moi Priscilla, je vous prie. Dans cette maison nous ne faisons pas de cérémonies.

— Et mes amis m'appellent Bob, dit M. Bingham, en lui tendant une tranche de gâteau de Savoie.

Lorsqu'on la conduisit à sa chambre, une heure plus tard, elle se demanda pourquoi elle s'était autant inquiétée. C'est seulement quand elle constata que sa valise avait été défaite et que ses vêtements avaient été suspendus dans l'armoire qu'elle fut prise de panique.

— Qu'est-ce qui ne va pas, Jess ?

— J'ai juste assez pour me changer pour le dîner de ce soir, mais je n'ai rien à me mettre pour un dîner d'apparat demain soir.

— Ne t'en fais pas, j'ai comme l'impression que maman projette de t'emmener faire des emplettes demain matin.

— Je ne peux pas la laisser m'acheter quoi que ce soit alors que je ne lui ai même pas apporté de cadeau.

— Crois-moi, elle veut juste que tu sois sous ton meilleur jour et elle en tirera bien plus de plaisir que toi. Vois ça seulement comme l'équivalent d'une caisse de pâte de poisson.

Jessica éclata de rire, et lorsqu'ils montèrent se coucher après le repas, elle était tellement détendue qu'elle continuait à bavarder joyeusement.

— Ce n'était pas trop désagréable, hein ? fit Clive en la suivant dans la chambre.

— Ça n'aurait pu mieux se passer. J'adore ton père, et ta mère a déployé beaucoup d'efforts pour me mettre à l'aise.

— As-tu déjà dormi dans un lit à baldaquin ? s'enquit Clive en la prenant dans ses bras.

— Non, jamais, répondit-elle en le repoussant. Et où vas-tu dormir, toi ?

— Dans la chambre contiguë. Mais, comme tu peux le constater, il y a une porte entre les deux pièces, parce que c'est celle où dormait la maîtresse du comte. Je vais donc te rejoindre un peu plus tard.

— Sûrement pas ! s'écria-t-elle d'un ton moqueur. Même si j'aime assez l'idée d'être la maîtresse d'un comte.

— Pas question, répliqua Clive en mettant un genou à terre. Tu vas devoir te contenter d'être Mme Bingham, la princesse de la pâte de poisson.

— Ce n'est pas une nouvelle proposition de mariage, n'est-ce pas, Clive ?

— Jessica Clifton, je t'adore, je veux passer le restant de ma vie avec toi et j'espère que tu me feras l'honneur de devenir mon épouse.

— Évidemment, répondit-elle en tombant à genoux et en l'entourant de ses bras.

— Tu es censée hésiter et réfléchir quelques instants à la proposition.

— Voilà six mois que je ne réfléchis pas à grand-chose d'autre.

— Mais je croyais…

— Ça n'a jamais rien eu à voir avec toi, idiot. Je ne pourrais t'aimer davantage même si je le voulais. C'est seulement que…

— Seulement que quoi ?

— Quand on est orphelin, on ne peut que se demander…

— Il t'arrive de raisonner comme une idiote, Jess. Je suis tombé amoureux de toi et peu m'importe qui sont ou qui étaient tes parents. Bien, maintenant j'ai une petite surprise pour toi.

Elle lâcha son fiancé qui sortit un coffret en cuir rouge d'une poche intérieure. Elle l'ouvrit et éclata de rire en découvrant un pot de pâte de poisson Bingham. « La pâte dont même les pêcheurs raffolent. »

— Peut-être devrais-tu jeter un coup d'œil à l'intérieur, conseilla-t-il.

Elle dévissa le couvercle et planta un doigt dans la pâte.

— Pouah ! fit-elle, avant d'en retirer une délicate bague de fiançailles victorienne en saphir et diamant. Je suppose qu'on n'en trouve pas une pareille dans chaque pot. Qu'elle est belle ! s'exclama-t-elle après l'avoir nettoyée.

— Elle appartenait à ma grand-mère. Betsy était une fille de Grimsby que grand-papa a épousée à l'époque où il travaillait à bord d'un chalutier, longtemps avant qu'il fasse fortune.

— Elle est bien trop belle pour moi, déclara-t-elle sans quitter la bague des yeux.

— Bestsy aurait pensé différemment.

— Et ta mère ? Que va-t-elle penser en la voyant ?

— C'est son idée. Par conséquent, descendons lui annoncer la nouvelle.

— Pas tout de suite, répondit-elle en le prenant dans ses bras.

24

Le lendemain matin, après le petit déjeuner, Clive fit une promenade avec sa fiancée dans le parc du château, mais ils durent se contenter du jardin d'agrément et du lac avant que la mère de Clive n'emmène Jessica faire des emplettes à Louth.

Lorsqu'elles revinrent à Mablethorpe pour un déjeuner tardif, Jessica croulait sous les sacs et les paquets qui contenaient deux robes, un châle de cachemire, une paire de souliers et un minuscule réticule noir.

— C'est pour le dîner de ce soir, expliqua Priscilla.

Combien de caisses de pâte de poisson faudrait-il vendre pour régler la facture ? se demandait Jessica. En vérité, elle était très reconnaissante envers Priscilla de sa générosité, mais une fois qu'ils furent seuls dans sa chambre, elle déclara fermement à Clive :

— Je ne pourrais supporter ce mode de vie que pendant deux ou trois jours.

Après le déjeuner, Clive lui fit visiter le reste de la propriété et ne la ramena au château que pour prendre le thé.

— Ta famille arrête-t-elle parfois de manger ? s'enquit-elle. Je ne sais pas comment ta mère réussit à rester si mince.

— Elle ne mange pas, elle chipote. Tu ne l'as pas remarqué ?

— Et si nous regardions la liste des invités du dîner ? fit Priscilla une fois que le thé fut servi. L'évêque de Grimsby et sa femme Maureen. Bien sûr, ajouta-t-elle en levant les yeux, nous espérons tous qu'il officiera le jour de la cérémonie.

— Mais de quelle cérémonie parles-tu, mon chou ? s'enquit Bob en faisant un clin d'œil à Jessica.

— J'aimerais bien que tu ne m'appelles pas « mon chou ». Ça fait commun, ajouta-t-elle, avant de continuer d'égrener les noms des invités. Le maire de Louth, le conseiller Pat Smith. Je déteste abréger les prénoms. Lorsque mon mari deviendra premier shérif du comté, l'année prochaine, j'insisterai pour que tout le monde l'appelle Robert. Ah, pour finir, ma vieille amie d'école, lady Virginia Fenwick, la fille du comte de Fenwick. Nous avons été débutantes la même année, vous savez.

Jessica saisit la main de Clive pour s'empêcher de trembler. Elle ne reparla que lorsqu'elle se sentit en sécurité dans sa chambre.

— Qu'est-ce qui ne va pas, Jess ? demanda Clive.

— Ta mère ignore-t-elle que lady Virginia était la première femme d'oncle Giles ?

— Bien sûr que non ; elle le sait. Mais tout ça, c'est de l'histoire ancienne ! Tout le monde s'en fiche. En fait, ça m'étonne que tu te souviennes d'elle.

— Je ne l'ai rencontrée qu'une fois, le jour des obsèques de grand-maman Élisabeth, et la seule chose que je me rappelle c'est qu'elle insistait pour que je l'appelle « lady Virginia ».

— Elle insite toujours là-dessus, dit Clive qui tentait de prendre la chose à la légère. Mais elle s'est un peu bonifiée au fil des ans, même si je dois avouer qu'elle fait ressortir le mauvais côté de ma chère mère. Je sais pertinemment que mon père ne la supporte pas, aussi ne t'étonne pas s'il trouve un prétexte pour prendre la poudre d'escampette quand elles seront ensemble.

— J'aime beaucoup ton père.

— Et lui t'adore.

— Qu'est-ce qui te fait dire ça ?

— Tu cherches les compliments ! Il m'a déjà fait le coup du « Si j'avais vingt ans de moins, mon garçon, tu n'aurais pas la moindre chance ».

— Il est très gentil.

— Ce n'est pas de la gentillesse. Il pensait ce qu'il disait.

— J'ai intérêt à me changer, sinon je vais être en retard pour le dîner. Je ne sais toujours pas laquelle des deux robes je vais mettre, ajouta-t-elle au moment où Clive regagnait sa chambre.

Elle les essaya toutes les deux, se mirant très longtemps dans la glace, mais elle n'avait toujours pas pris de décision au moment où Clive revint et lui demanda de l'aider à fixer son nœud papillon.

— Quelle robe devrais-je mettre ? fit-elle, l'air perdue.

— La bleue, répondit Clive avant de retourner dans sa chambre.

Elle se regarda une fois de plus dans le miroir, se

demandant si elle aurait à nouveau l'occasion de porter l'une ou l'autre des deux robes. En tout cas, pas au bal des étudiants des Beaux-Arts.

— Tu es superbe ! s'écria Clive quand elle sortit enfin de la salle de bains. Quelle belle robe !

— C'est ta mère qui l'a choisie, dit Jessica en tournoyant sur elle-même.

— On a intérêt à y aller. Je crois entendre une voiture dans l'allée.

Elle prit le châle de cachemire, le drapa autour de ses épaules, lança un dernier coup d'œil au miroir avant de descendre l'escalier avec Clive, main dans la main. Ils entrèrent dans le salon juste au moment où on frappait à la porte.

— Cette robe vous sied à merveille ! s'exclama Priscilla. Et le châle vous va à la perfection. Tu ne trouves pas, Robert ?

— Oui, mon chou. À la perfection.

Priscilla fronça les sourcils comme le majordome ouvrait la porte et annonçait :

— L'évêque de Grimsby et Mme Hadley.

— Je suis absolument enchantée que vous ayez pu vous joindre à nous, monseigneur, dit Priscilla. Permettez-moi de vous présenter Mlle Jessica Clifton, qui vient de se fiancer à mon fils.

— Ce chanceux de Clive ! fit l'évêque.

Jessica, elle, ne pensait qu'à une seule chose. Elle aurait adoré le dessiner avec sa superbe jaquette noire à longues basques, sa chemise violette d'évêque et son col romain d'un blanc éclatant.

Le maire de Louth arriva quelques instants plus tard. Priscilla mit un point d'honneur à le présenter comme « le conseiller Patrick Smith ». Lorsqu'elle quitta la pièce pour aller accueillir la dernière invitée, le maire chuchota à Jessica :

— Seules ma mère et Priscilla m'appellent Patrick. J'espère bien que vous m'appellerez Pat.

C'est alors que Jessica entendit une voix qu'elle ne pourrait jamais oublier.

— Priscilla, ma chérie. Cela fait bien trop longtemps !

— Bien trop longtemps, ma chérie, acquiesça Priscilla.

— Je ne viens pas aussi souvent que je le devrais dans le Nord et nous avons beaucoup de temps à rattraper, dit Virginia en suivant l'hôtesse dans le salon.

Après l'avoir présentée à l'évêque et au maire, Priscilla lui fit traverser la pièce en direction de Jessica.

— Permets-moi de te présenter Mlle Jessica Clifton qui vient de se fiancer à Clive.

— Bonsoir, lady Virginia. Je ne pense pas que vous vous souveniez de moi.

— Comment aurais-je pu vous oublier, même si vous ne deviez avoir que sept ou huit ans à l'époque ! Mais regardez-moi ça ! fit-elle en reculant d'un pas. Quelle belle jeune femme vous êtes à présent ! Vous me rappelez beaucoup votre chère maman, vous savez. (Jessica resta coite, mais cela ne semblait avoir aucune importance.) Et j'ai entendu parler de votre travail à la Slade en termes extrêmement élogieux. Vos parents doivent être très fiers de vous.

Ce ne fut que plus tard, beaucoup plus tard, que Jessica se demanda comment lady Virginia pouvait avoir entendu parler de son travail. Mais elle s'était laissé séduire par les « Quelle robe époustouflante ! » « Quelle jolie bague ! » « Clive a vraiment beaucoup de chance ! ».

— Voilà la fin d'un autre mythe, dit Clive au moment où ils entraient dans la salle à manger, bras dessus, bras dessous.

Jessica n'était pas complètement convaincue et elle fut soulagée d'être placée entre le maire et l'évêque, tandis que lady Virginia se trouvait à la droite de M. Bingham, à l'autre bout de la table, assez loin pour que Jessica n'ait pas à converser avec elle. Après le plat principal, lorsque les domestiques – en plus grand nombre que les invités – eurent desservi, M. Bingham donna de petits coups sur son verre avec une cuiller et se leva de sa chaise, au bout de la table.

— Aujourd'hui, déclara-t-il, nous accueillons dans la famille un nouveau membre, une jeune fille extraordinaire qui a fait l'honneur à mon fils d'accepter de devenir son épouse. Chers amis, conclut-il en levant son verre, à Jessica et à Clive !

Tout le monde se mit sur pied et porta un toast à Jessica et à Clive. Même Virginia leva son verre. Était-il possible d'être plus heureux ? se demanda Jessica.

Après avoir bu d'autres coupes de champagne, au salon après le dîner, l'évêque présenta ses excuses, expliquant qu'il devait célébrer un office le matin et relire son sermon. Priscilla les accompagna, lui et sa femme, jusqu'à la porte d'entrée. Quelques minutes plus tard, le maire remercia ses hôtes et félicita à nouveau l'heureux couple.

— Bonsoir, Pat, dit Jessica.

Le maire la gratifia d'un sourire avant de s'en aller.

Une fois le maire parti, M. Bingham rentra au salon et dit à sa femme :

— Je vais sortir les chiens pour leur petit galop du soir. Je vous laisse donc seules toutes les deux. Je suis sûr que vous avez beaucoup de choses à vous raconter, car vous êtes restées longtemps sans vous voir.

— Je pense que nous devrions nous aussi nous retirer, dit Clive, qui souhaita le bonsoir à sa mère et à lady Virginia avant de raccompagner Jessica dans sa chambre au premier étage.

— Quel triomphe ! lança Clive, une fois la porte refermée. Même lady Virginia semble avoir été conquise. Il est vrai que tu es extrêmement séduisante dans cette robe.

— Grâce à la générosité de ta mère, répondit Jessica en se regardant une fois de plus dans le miroir en pied.

— Et n'oublie pas la pâte de poisson de grand-papa.

— Mais où est mon beau châle, celui que m'a offert ta mère ? J'ai dû le laisser au salon, dit-elle en jetant un regard circulaire. Je vais descendre le chercher.

— Ça ne peut pas attendre demain matin ?

— Sûrement pas. Je n'aurais jamais dû le quitter des yeux.

— Évite surtout de commencer à bavarder avec ces deux-là, parce qu'elles sont sans doute déjà en train d'organiser dans le moindre détail la cérémonie du mariage.

— Ça ne me prendra que quelques instants, assura Jessica en quittant la chambre en fredonnant.

Elle descendit l'escalier d'un pied léger et elle ne se trouvait qu'à quelques pas de la porte entrebâillée du salon quand, entendant le mot « meurtrière », elle se figea sur place.

— Le coroner a conclu à une mort accidentelle, bien que le corps de sir Hugo ait été retrouvé baignant dans son sang, un coupe-papier planté dans la gorge.

— Et tu dis qu'il y a de bonnes raisons de croire que sir Hugo Barrington était son père ?

— C'est indéniable. Et, franchement, sa mort a plutôt été un soulagement pour la famille car il était sur le point de passer en jugement pour escroquerie. Dans ce cas, l'entreprise aurait sans aucun doute coulé.

— Je n'en avais absolument aucune idée.

— Et ce n'est pas tout, ma chérie. La mère de Jessica s'est ensuite suicidée pour éviter d'être inculpée du meurtre de sir Hugo.

— J'ai du mal à le croire. Elle a l'air d'une jeune fille si respectable.

— Je crains que ce ne soit pas plus reluisant si on examine le côté Clifton de la famille. La mère de Harry Clifton était une prostituée notoire et il n'a jamais su précisément qui était son père. Normalement, je n'aurais jamais parlé de ça, mais en ce moment tu n'as vraiment pas besoin d'un scandale.

— En ce moment ?

— En effet. Je sais de source sûre que le Premier Ministre envisage de nommer Robert chevalier, ce qui, naturellement, ferait de toi lady Bingham.

Priscilla réfléchit quelques instants avant de répondre.

— Penses-tu que Jessica connaisse la vérité sur ses parents ? Clive n'a jamais fait la moindre allusion à un possible scandale.

— Évidemment, qu'elle la connaît ! Mais elle n'a jamais eu l'intention de vous mettre au courant, ni vous deux ni Clive. La petite friponne espérait bien avoir l'alliance au doigt avant que l'histoire devienne publique. Tu n'as pas remarqué sa façon d'embobiner Robert ? La promesse de faire son portrait a été un véritable coup de maître.

Jessica étouffa un sanglot, pivota sur ses talons et remonta à toute vitesse.

— Mais qu'est-ce qui se passe, Jess ? demanda Clive à sa fiancée qui entra en trombe dans la chambre.

— Lady Virginia a raconté à ta mère que je suis la fille d'une meurtrière… qui a tué mon père, expliqua-t-elle entre deux sanglots. Que… que ma grand-mère était une prostituée et que tout ce qui m'intéresse, c'est de mettre la main sur ton argent.

Il la prit dans ses bras et s'efforça de la calmer, mais elle était inconsolable.

— Laisse-moi faire, dit-il en lui lâchant la main avant d'enfiler sa robe de chambre. Je vais descendre dire à ma mère que je me fiche comme d'une guigne des racontars de lady Virginia, parce que rien ne m'empêchera de t'épouser.

Il l'étreignit à nouveau avant de sortir de la chambre, de dévaler les marches et d'entrer dans le salon à grands pas.

— Quel tas de mensonges avez-vous répandus sur ma fiancée ? lança-t-il en regardant lady Virginia droit dans les yeux.

— J'ai dit la simple vérité, répliqua Virginia d'un ton calme. J'ai pensé qu'il valait mieux que votre mère l'apprenne avant votre mariage plutôt qu'après, car il serait alors trop tard.

— Mais suggérer que la mère de Jessica était une meurtrière…

— Ce n'est pas difficile à vérifier.

— Et sa grand-mère une prostituée ?

— Je crains que ce soit de notoriété publique à Bristol.

— Eh bien, je m'en fiche complètement. J'adore Jess et au diable les conséquences ! Parce que je peux vous affirmer, lady Virginia, que vous ne m'empêcherez pas de l'épouser.

— Clive, mon chéri, intervint sa mère d'un ton calme. Tu devrais réfléchir un peu avant de prendre une décision à la légère.

— Je n'ai pas besoin de réfléchir avant d'épouser la créature la plus parfaite au monde.

— Si tu épouses cette femme, de quoi vivras-tu ?

— Mille quatre cents livres par an suffiront amplement.

— Mais mille livres de cette somme sont fournies par ton père. Et quand il apprendra…

— Alors on devra se débrouiller avec mon salaire. Certains semblent y parvenir.

— As-tu jamais réfléchi à l'origine des quatre cents livres restantes ?

— Oui. Elles viennent de Curtis Bell & Getty et j'en gagne le moindre penny.

— Crois-tu vraiment que cette agence t'emploierait

si elle n'avait pas l'entreprise de pâte de poisson Bingham pour cliente ?

Il se tut quelques instants puis finit par déclarer :

— Eh bien, il faudra que je trouve un autre boulot.

— Et où habiterez-vous ?

— Dans mon appartement, bien sûr.

— Pendant combien de temps ? Tu sais bien que le bail de Glebe Place expire en septembre. Ton père avait l'intention de le renouveler mais, vu les circonstances…

— Tu peux garder le foutu appartement, maman. Tu n'arriveras pas à me séparer de Jess.

Sur ce, tournant le dos aux deux femmes, il sortit de la pièce, referma la porte doucement derrière lui et grimpa l'escalier quatre à quatre, dans l'espoir de rassurer Jessica et lui suggérer qu'ils rentrent immédiatement à Londres. Il regarda dans les deux chambres, mais elles étaient vides. Sur son lit se trouvaient deux robes, un petit sac du soir, une paire de souliers, une bague de fiançailles et un dessin représentant son père. Il se précipita au rez-de-chaussée où il trouva son père debout dans le vestibule, incapable de cacher sa colère.

— Tu as vu Jess ? lui demanda Clive.

— Oui. Je n'ai pas réussi à la retenir, hélas. Elle m'a appris ce qu'avait dit cette horrible femme, et on ne peut reprocher à la malheureuse de refuser de passer une nuit de plus dans cette maison. J'ai demandé à Burrows de la raccompagner à la gare. Habille-toi et va la chercher, Clive. Ne l'abandonne pas, parce que tu ne trouveras jamais une femme aussi bien.

Clive grimpa l'escalier à toute allure tandis que son père se dirigeait vers le salon.

— As-tu appris ce qu'a dit Virginia, Robert ? s'enquit Priscilla dès qu'il pénétra dans la pièce.

— Absolument, répondit-il en se tournant vers Virginia. Écoutez-moi bien, vous. Sortez de cette maison sur-le-champ.

— Mais, Robert, je voulais seulement aider ma chère amie.

— Vous ne faisiez rien de la sorte et vous le savez. Vous êtes venue ici dans le seul but de détruire la vie de cette jeune fille.

— Mais, Robert, mon chéri, Virginia est ma plus vieille amie…

— Seulement quand ça l'arrange. Ne cherche même pas à la défendre, sinon tu peux partir avec elle. Tu constateras alors quel genre d'amie elle est.

Virginia se leva et se dirigea lentement vers la porte.

— Je regrette de te dire, Priscilla, que je ne reviendrai jamais chez toi.

— À quelque chose, malheur est bon ! lança Robert.

— Personne ne m'a jamais parlé ainsi ! s'écria Virginia en se retournant pour faire face à son adversaire.

— Alors je vous suggère de relire le testament d'Élisabeth Barrington, parce qu'elle avait parfaitement compris à qui elle avait affaire. Maintenant sortez d'ici, avant que je vous fiche dehors.

Le majordome eut juste le temps d'ouvrir la porte d'entrée pour que lady Virginia poursuive son chemin.

*

* *

Clive abandonna sa voiture devant la gare et courut sur la passerelle jusqu'au quai numéro 3. Il entendit le coup de sifflet du chef de gare et au moment où il atteignit la dernière marche le train démarrait déjà. Il courut après comme dans la finale d'un cent mètres et il faillit le rattraper, mais le train prit de la vitesse à l'instant où le jeune homme arrivait au bout du quai. Il se pencha, plaça les mains sur ses genoux et s'efforça de reprendre son souffle. La dernière voiture disparaissant, il fit demi-tour. Lorsqu'il parvint à sa voiture il avait déjà pris sa décision.

Il y monta, démarra et roula jusqu'au bout de la rue. S'il tournait à droite, il arriverait au château Mablethorpe. Il prit à gauche, accéléra et suivit les panneaux indiquant l'A1. Sachant que l'omnibus s'arrêtait presque à chaque gare entre Louth et Londres, avec un peu de chance, il serait de retour à l'appartement avant elle.

*

* *

Faire jouer la serrure de la porte d'entrée ne posa aucun problème à l'intrus et, bien que ce fût un immeuble élégant, il n'était pas assez luxueux pour bénéficier d'un veilleur de nuit. L'homme gravit prudemment les marches, les faisant grincer de temps en temps, mais à 2 h 30 du matin le bruit ne risquait de réveiller personne.

Quand il atteignit le palier du deuxième étage, il trouva rapidement l'appartement numéro 4. Il balaya le couloir du regard mais cette fois-ci il mit un peu plus longtemps à forcer les deux serrures. Une fois à l'intérieur, il referma la porte derrière lui en silence et, ne craignant pas d'être dérangé puisqu'il savait où elle passait le week-end, il alluma la lumière.

Il déambula dans le petit appartement, prenant le temps d'identifier toutes les peintures qu'il cherchait... Sept dans la salle de séjour, trois dans la chambre, une dans la cuisine et, en prime, une grande peinture à l'huile appuyée près de la porte contre le mur et sur laquelle était fixée une étiquette qui disait : « *Smog numéro 2*. À livrer à la Royal Academy avant jeudi. » Une fois qu'il les eut toutes rassemblées dans la salle de séjour, il les aligna l'une à côté de l'autre. Elles n'étaient pas mal. Il hésita quelques instants avant de sortir un couteau à cran d'arrêt de sa poche et d'exécuter les ordres de son père.

*

* *

Lorsque le train entra en gare de Saint-Pancras, juste après 2 h 40, Jessica avait déjà décidé ce qu'elle allait faire. Elle prendrait un taxi pour regagner l'appartement de Clive, ferait ses bagages, puis téléphonerait à Seb pour lui demander s'il pouvait l'héberger deux ou trois jours pendant qu'elle chercherait un nouveau logement.

— Ça va, petite ? demanda le chauffeur comme elle s'affalait à l'arrière du taxi.

— Très bien. 12 Glebe Place, à Chelsea, réussit-elle à dire, les yeux désormais secs à force d'avoir pleuré.

Lorsque le taxi se rangea devant l'immeuble, Jessica donna au chauffeur un billet de dix shillings, soit tout l'argent qui lui restait.

— Auriez-vous l'amabilité de m'attendre ? fit-elle. Je vais revenir le plus vite possible.

— Pour sûr, ma p'tite.

*

* *

Il avait presque terminé sa besogne, à laquelle il avait pris grand plaisir, lorsqu'il crut entendre une voiture s'arrêter dans la rue.

Il plaça le couteau sur une console, se dirigea vers la fenêtre et écarta le rideau de quelques centimètres. Il la regarda descendre du taxi et dire quelques mots au chauffeur. Il rentra vite dans la pièce, éteignit la lumière, ouvrit la porte et sortit dans le couloir. Nouveau regard des deux côtés : personne.

Il dévala l'escalier et, quand il franchit le seuil, Jessica se dirigeait vers lui. Elle sortait une clé de son sac à main au moment où il la croisa, la frôlant presque. Elle lui jeta un coup d'œil mais ne le reconnut pas, alors qu'elle croyait avoir rencontré tous les résidents de l'immeuble.

Elle entra dans le hall, commença à monter l'escalier, se sentant épuisée au moment où, parvenue au deuxième étage, elle ouvrit la porte de l'appartement numéro 4. Elle allait tout de suite téléphoner à Seb pour lui raconter ce qui s'était passé. Elle alluma la lumière et se dirigea vers le téléphone à l'autre bout de la pièce. C'est alors qu'elle découvrit ses peintures.

*

* *

Espérant toujours qu'il arriverait peut-être avant elle, Clive déboucha dans Glebe Place vingt minutes plus tard. Levant les yeux, il vit qu'il y avait de la lumière dans la chambre. *Elle doit être là*, se dit-il avec un énorme soulagement.

Il gara sa voiture derrière le taxi dont le moteur tournait toujours. *Attend-il Jessica ?* se demanda-t-il, espérant que non. Il ouvrit la porte d'entrée, monta l'escalier quatre à quatre et vit que celle de l'appartement était grande ouverte et que toutes les lampes étaient allumées. Il franchit le seuil et, dès qu'il les aperçut, tomba à genoux. Il se mit à vomir, puis contempla les ravages autour de lui. Tous les dessins de Jessica, ses aquarelles et ses huiles semblaient avoir été transpercés à maintes reprises par un couteau, sauf *Smog numéro 2*, au milieu duquel béait un gros trou aux bords déchiquetés. Comment avait-elle pu commettre un tel acte ?

— Jess ! hurla-t-il.

Personne ne répondit. Il se força à se relever et se dirigea lentement vers la chambre, mais elle n'était pas là. C'est alors qu'il entendit le bruit d'un robinet ouvert et, pivotant sur ses talons, il aperçut un filet d'eau coulant sous la porte de la salle de bains. Il se précipita vers la porte qu'il ouvrit à la volée et, incrédule, fixa sa bien-aimée. Sa tête flottait à la surface de l'eau tandis qu'un bras, dont le poignet était marqué de deux incisions d'où le sang ne s'écoulait plus, pendait mollement sur le côté de la baignoire. Il aperçut alors le couteau à cran d'arrêt sur le sol à côté d'elle.

Il souleva doucement son corps sans vie, le tira hors de l'eau, puis s'effondra sur le carreau en la tenant dans ses bras. Il ne pouvait s'arrêter de pleurer, tout en ressassant la même pensée... Si seulement il n'était pas remonté pour s'habiller et qu'il avait gagné la gare immédiatement, Jessica serait toujours en vie.

La dernière chose qu'il se rappela avoir fait fut de sortir la bague de fiançailles de sa poche pour la passer au doigt de Jessica.

25

Lorsqu'il regarda la nef bondée de Sainte-Marie Redcliffe du haut de la chaire, l'évêque de Bristol se rappela à quel point Jessica Clifton avait touché un grand nombre de personnes différentes au cours de sa brève existence. D'ailleurs, un dessin le représentant en doyen de la cathédrale de Truro n'était-il pas fièrement accroché dans le couloir du palais épiscopal ? Il jeta un coup d'œil à ses notes.

— Quand un être cher, commença-t-il, décède à plus de soixante-dix ou quatre-vingts ans, nous nous réunissons pour pleurer sa mort. Nous nous souvenons de sa longue vie avec affection et gratitude, évoquons des anecdotes et des souvenirs heureux. Nous versons des larmes, bien sûr, tout en acceptant que c'est dans l'ordre naturel des choses. Mais lorsque c'est une jolie jeune femme, douée d'un talent exceptionnel au point que ses aînés reconnaissent sans hésitation qu'elle les dépasse, nous versons bien davantage de larmes, car nous nous demandons ce que l'avenir lui aurait réservé.

Emma avait tant pleuré depuis qu'elle avait appris la nouvelle qu'elle était épuisée mentalement et physiquement. Aurait-elle pu faire quelque chose pour empêcher sa fille bien-aimée de connaître une mort aussi cruelle et aussi inutile ? Évidemment. Elle aurait dû lui révéler la vérité. Elle avait sa part de responsabilité.

Assis à côté d'Emma au premier rang, Harry avait vieilli de dix ans en une semaine. Il connaissait parfaitement le responsable. La mort de Jessica lui rappellerait constamment qu'il aurait dû lui expliquer des années auparavant pourquoi ils l'avaient adoptée. S'il l'avait fait, nul doute qu'elle serait encore en vie.

Assis entre ses deux sœurs, Giles leur tenait la main, pour la première fois depuis des années. Où étaient-ce elles qui lui tenaient la main ? Grace, qui désapprouvait toute manifestation de sentiments en public, pleura durant tout l'office.

Sebastian, qui se trouvait de l'autre côté de son père, n'écoutait pas l'homélie de l'évêque. Il ne croyait plus à une divinité de compassion, d'amour et de miséricorde qui donnait d'une main puis reprenait de l'autre. Il avait perdu sa meilleure amie qu'il adorait et personne ne pourrait plus jamais occuper sa place.

Harold Guinzburg était discrètement assis au fond de l'église. Lorsqu'il avait appelé Harry, il ne savait pas que sa vie venait d'être brisée subitement. Il avait souhaité partager avec lui son triomphe après que son dernier roman se fut classé premier sur la liste des meilleures ventes du *New York Times*.

Il avait dû être surpris par l'absence de réaction de son auteur, mais comment aurait-il pu savoir que Harry ne s'intéressait plus à ce genre de réjouissance et qu'il aurait préféré ne pas vendre un seul exemplaire de son livre pour garder Jessica à ses côtés, au lieu de la savoir couchée prématurément dans une tombe.

Après les obsèques, une fois que chacun fut parti pour reprendre sa vie personnelle, Harry s'agenouilla près de la tombe. Il ne pourrait pas expier aussi facilement son péché. Il avait déjà accepté qu'il ne s'écoulerait pas un jour, pas une semaine, sans que Jessica ne surgisse au milieu de ses pensées, riant, bavardant, se moquant gentiment. Comme l'évêque, il ne pouvait que s'interroger sur ce que la vie aurait apporté à Jessica. *Aurait-elle épousé Clive ? Comment auraient été mes petits-enfants ?* se demandait-il. Aurait-il vécu assez longtemps pour la voir devenir membre de la Royal Academy ? Comme il aurait aimé que ce soit elle qui le pleure, agenouillée près de sa tombe.

— Pardonne-moi ! fit-il à haute voix.

Le pire, c'est qu'il savait qu'elle lui aurait pardonné.

Cedric Hardcastle

1964

26

— Toute ma vie, on m'a considéré comme un type prudent, terne et ennuyeux. On m'a souvent décrit comme un gars sérieux, solide, fiable. « Avec Hardcastle, on peut être tranquille. » Ç'a toujours été ainsi. À l'école, j'étais toujours joueur de champ et on ne me demandait jamais d'être le premier à la batte. Dans la pièce de fin d'année j'étais hallebardier, jamais le roi, et si j'étais toujours reçu aux examens, ce n'était jamais dans le trio de tête. Alors que d'autres se seraient sentis humiliés, voire insultés par ces qualificatifs, moi, j'étais flatté. Si on se présente comme la personne idéale pour s'occuper de l'argent d'autrui, telles sont précisément, me semble-t-il, les qualités requises.

» En prenant de l'âge, je suis même devenu plus prudent, plus ennuyeux et c'est, en fait, la réputation que je souhaite emporter dans la tombe, lorsque je serai face à mon créateur. Voilà pourquoi cela risque de quelque peu choquer ceux qui sont assis autour de cette table que je veuille renier tous les principes sur lesquels j'ai fondé ma vie entière. Et cela vous étonnera sans doute davantage que je vous invite à faire de même.

Les six autres personnes assises autour de la table ne l'interrompaient pas et écoutaient attentivement tout ce que disait Cedric Hardcastle.

— Je vais, en effet, demander à chacun d'entre vous de m'aider à détruire un homme malfaisant, corrompu et sans scrupule, afin, quand nous en aurons fini avec lui, qu'il soit brisé au point de ne plus jamais pouvoir faire de mal à quelqu'un d'autre.

» J'ai observé de loin don Pedro Martinez chercher à détruire systématiquement deux familles respectables avec lesquelles je me suis entre-temps lié. Je dois vous dire que je refuse désormais de rester à l'écart et, tel Ponce Pilate, de m'en laver les mains pour laisser les autres faire le sale boulot.

» Au verso de la médaille à mon effigie, celle du type prudent, terne et ennuyeux, est gravée l'image d'un personnage qui, sa vie durant, a forgé sa réputation à la City de Londres. J'ai désormais l'intention de tirer parti de cette réputation en puisant dans le stock de services que j'ai rendus et de faveurs que j'ai accordées durant plusieurs décennies. Gardant cela à l'esprit, j'ai récemment passé beaucoup de temps à élaborer un plan pour anéantir Martinez et sa famille, mais je ne peux pas espérer le mener à bien en travaillant seul.

Aucune des personnes présentes autour de la table ne pensa un seul instant interrompre le président de la Farthings.

— Ces dernières années, continua-t-il, j'ai vu jusqu'où était prêt à aller cet individu pour détruire les familles Clifton et Barrington qui sont représentées ici aujourd'hui. Je l'ai vu personnellement tenter d'influencer un client potentiel de cette banque, M. Morita, de Sony International, et de faire retirer la Farthings de la liste des candidats à la signature d'un gros contrat, pour la simple raison que Sebastian Clifton est mon assistant personnel. Si nous avons signé ce contrat, c'est uniquement parce que M. Morita a eu le courage, sans que j'intervienne, de tenir tête à Martinez. Il y a quelques mois, j'ai lu un article dans le *Times* sur le mystérieux Pierre Bouchard et la crise cardiaque que Giles Barrington n'a jamais eue mais qui l'a cependant obligé à renoncer à briguer le poste de chef du parti travailliste ; et je n'ai toujours pas réagi. Tout récemment, j'ai assisté à l'enterrement d'une jeune femme innocente et extrêmement douée qui avait fait mon portrait, dessin que vous pouvez toujours voir accroché au mur derrière mon bureau. Pendant l'office funèbre, j'ai décidé que les jours de l'homme terne et ennuyeux étaient comptés et, que si cela impliquait de rompre les habitudes d'une vie entière, eh bien, tant pis !

» Ces dernières semaines, sans que don Pedro Martinez s'en doute, j'ai parlé sous le sceau du secret à ses banquiers, à ses courtiers en Bourse et à ses conseillers financiers. Ils pensaient tous avoir affaire au type terne de la Farthings qui n'envisagerait jamais d'outrepasser ses pouvoirs ni, *a fortiori*, ses droits. J'ai découvert qu'au fil des ans cet aventurier de Martinez a pris pas mal de risques, sans guère se soucier de la légalité. Pour que mon plan réussisse, il faudra guetter le moment où il prendra le risque de trop. Et même alors, si nous voulons le battre sur son propre terrain, il se peut que nous devions nous-mêmes prendre des risques.

» Vous avez sans doute remarqué que j'ai invité à se joindre à nous une personne de plus ; sa vie n'a pas été gâchée par l'homme en question. Mon fils est avocat, poursuivit Cedric, en désignant de la tête une copie plus jeune de lui-même assise à sa droite. Puisqu'il est aussi considéré comme un homme sérieux, solide et fiable, je lui ai demandé de me servir de conscience et de guide. Parce que si, pour la première fois de ma vie, je frise l'illégalité, j'aurais besoin pour me représenter de quelqu'un qui soit capable de rester froid, impassible, détaché. En un mot comme en cent, mon fils nous servira de boussole morale.

» Je vais à présent le prier de révéler ce que je compte faire, afin que vous connaissiez parfaitement les risques que vous prendriez si vous décidiez de vous joindre à moi dans cette entreprise. Arnold… ?

— Mesdames et messieurs, je m'appelle Arnold Hardcastle et, au grand dam de mon père, j'ai choisi d'être avocat plutôt que banquier. Quand il dit que je suis comme lui un homme sérieux, solide et fiable, je considère que c'est un compliment, parce que, si l'on veut que cette opération réussisse, il faudra que l'un de nous le soit. Après avoir étudié le dernier projet de loi de finance du gouvernement, je crois avoir trouvé le moyen de mener à bien le projet de mon père, projet qui, tout en respectant la lettre de la loi, en oublierait l'esprit. Or, même avec cette restriction, je me heurte à un problème qui risque de se révéler insurmontable : nous devons trouver une personne qu'aucun de nous autour de cette table n'a jamais rencontrée, mais qui désire aussi ardemment que vous obliger don Pedro Martinez à rendre des comptes.

Bien que personne ne soit encore intervenu, l'incrédulité générale accueillit les paroles de l'avocat.

— Si on ne peut trouver l'homme ou la femme en question, continua Arnold, j'ai conseillé à mon père d'abandonner complètement le projet et de vous laisser vaquer à vos diverses affaires, conscient que vous devriez passer le reste de vos jours à regarder constamment par-dessus votre épaule sans savoir où et quand Martinez frappera à nouveau. Si vous avez des questions, je vais essayer d'y répondre, conclut-il en refermant son dossier.

— Je n'ai pas de question à poser, dit Harry, mais, dans l'état actuel des choses, je ne vois pas comment il est possible de trouver cette personne. Tous les gens que je connais qui ont eu affaire à Martinez le détestent autant que moi et je suppose que c'est le cas de tous les gens assis autour de cette table.

— Je suis d'accord, dit Grace. En fait, je serais ravie qu'on tire à la courte paille pour décider lequel d'entre nous doit le tuer. Cela ne me gênerait pas de passer quelques années en prison si cela nous permettait enfin de nous débarrasser de ce monstre.

— Je ne pourrais pas vous aider dans ce domaine, déclara Arnold. Comme je suis spécialisé dans le droit des sociétés, et non pas dans le droit pénal, vous devriez alors prendre un autre avocat. Si vous décidiez de vous engager dans cette voie, cependant, je pourrais vous recommander un ou deux confrères.

Si Emma sourit pour la première fois depuis la mort de Jessica, ce ne fut pas le cas d'Arnold Hardcastle.

— Je parie qu'il existe au moins une douzaine d'hommes en Argentine qui ont ce profil, intervint

Sebastian. Mais comment les trouver alors qu'on ne sait même pas qui ils sont ?

— Et si vous les trouviez, vous mettriez à mal le projet de mon père, parce que si l'opération aboutissait à un procès, vous ne pourriez pas prétendre que vous ignoriez leur existence.

Un autre long silence s'ensuivit, finalement rompu par Giles qui n'avait pas encore pris la parole.

— Je pense avoir trouvé l'homme idéal, déclara-t-il, retenant l'attention de tout le monde par cette seule phrase.

— Si c'est le cas, sir Giles, je vais devoir vous poser une série de questions sur cet homme, dit Arnold, et, d'un point de vue juridique, « non » sera la seule réponse acceptable. Si vous répondez « oui » à une seule question, l'homme auquel vous pensez ne peut être choisi pour mener à bien le plan de mon père. Est-ce bien clair ?

Giles fit oui de la tête. L'avocat rouvrit son dossier et Emma croisa les doigts.

— Avez-vous déjà rencontré cet homme ?

— Non.

— Avez-vous déjà eu des relations commerciales avec lui, soit pour votre compte, soit pour celui d'un tiers ?

— Non.

— Lui avez-vous déjà parlé au téléphone ?

— Non.

— Lui avez-vous déjà écrit ?

— Non.

— Le reconnaîtriez-vous si vous le croisiez dans la rue ?

— Non.

— Et, finalement, sir Giles, vous a-t-il déjà contacté alors que vous étiez député ?

— Non.

— Merci, sir Giles. Vous avez été reçu haut la main à la première partie de l'épreuve, mais je dois à présent passer à une autre série de questions qui sont tout aussi importantes ; cette fois-ci, la seule réponse acceptable est « oui ».

— Je comprends.

— Cet homme a-t-il une bonne raison de haïr autant que vous don Pedro Martinez ?

— Oui. Je crois que c'est le cas.

— Est-il aussi riche que Martinez ?

— Sans aucun doute.

— A-t-il une réputation d'honnêteté et de probité ?

— Oui, autant que je sache.

— Finalement, et c'est peut-être le plus important, pensez-vous qu'il serait disposé à prendre de gros risques ?

— Absolument.

— Puisque vous avez répondu à toutes mes questions de manière satisfaisante, sir Giles, auriez-vous l'amabilité d'écrire le nom de cet homme sur le bloc-notes qui se trouve devant vous, sans permettre à quiconque assis à cette table de voir de qui il s'agit ?

Giles inscrivit un nom, détacha un feuillet du bloc-notes, le plia et le remit à l'avocat, lequel, à son tour, le donna à son père.

Cedric Hardcastle déplia le feuillet tout en priant le ciel de n'avoir jamais rencontré l'homme en question.

— Le connais-tu, père ?

— Seulement de réputation.

— Parfait ! Eh bien, s'il accepte de suivre ton plan, personne autour de cette table n'enfreindra la loi. Toutefois, sir Giles, poursuivit l'avocat en s'adressant à nouveau au très honorable député de la circonscription des docks de Bristol, vous ne devez jamais entrer en contact avec cet homme et vous n'avez pas le droit de révéler son nom à un membre des familles Barrington et Clifton, surtout si cette personne est actionnaire de la compagnie maritime Barrington. Autrement, le tribunal risquerait de considérer que vous étiez de connivence avec un tiers et, par conséquent, que vous avez enfreint la loi. Est-ce bien clair ?

— Oui, répondit Giles.

— Merci, monsieur, dit l'avocat en ramassant ses documents. Bonne chance, papa, chuchota-t-il avant de refermer sa serviette et de quitter la pièce sans un mot de plus.

— Comment peux-tu être aussi sûr, Giles, demanda Emma une fois que la porte fut refermée, qu'un homme que tu n'as jamais rencontré acceptera de participer au projet de M. Hardcastle ?

— Après l'enterrement de Jessica, j'ai demandé à l'un des porteurs du cercueil qui était l'homme qui avait pleuré pendant tout l'office comme s'il avait perdu une fille, avant de s'éloigner à grands pas. J'ai inscrit le nom qu'il m'avait donné.

*

* *

— Il n'y a aucune preuve que Luis Martinez ait tué la jeune fille, déclara sir Alan. Seulement qu'il a lacéré ses peintures.

— Mais ses empreintes digitales se trouvaient sur le manche du couteau à cran d'arrêt ! répliqua le colonel. C'est pour moi une preuve suffisante.

— Celles de Jessica s'y trouvant également, même un avocat sans grand talent le ferait acquitter.

— Nous savons tous les deux que Martinez est responsable de sa mort.

— C'est possible. Mais l'argument ne tiendrait pas dans un tribunal.

— Autrement dit, je ne peux pas donner l'ordre de le tuer ?

— Pas encore, répondit le secrétaire général du gouvernement.

Le colonel avala une lampée de son demi et changea de sujet.

— J'ai vu, reprit-il, que Martinez a licencié son chauffeur.

— On ne licencie pas Kevin Rafferty. Il s'en va quand il a fini le boulot ou s'il n'a pas été payé.

— Laquelle des deux raisons est la bonne cette fois-ci ?

— Le boulot doit être terminé, sinon vous n'auriez pas besoin de tuer vous-même Martinez. Rafferty s'en serait déjà chargé.

— Serait-il possible que Martinez ne cherche plus à détruire les Barrington ?

— Non. Tant que Fisher siégera au conseil d'administration, croyez-moi, vous pouvez être certain que

Martinez voudra toujours régler ses comptes avec chacun des membres de cette famille.

— Quel rôle joue lady Virginia dans tout ça ?

— Elle n'a toujours pas pardonné à sir Giles d'avoir soutenu son ami Harry Clifton lors de la querelle à propos du testament de son ex-belle-mère, dans lequel lady Barrington, comparant sa belle-fille à sa chatte siamoise, la décrivait comme « fort belle, très soignée, vaniteuse, rusée, manipulatrice, prédatrice ». Description mémorable…

— Voulez-vous la garder à l'œil, elle aussi ?

— Non. Lady Virginia ne risque pas d'enfreindre la loi. Elle chargera quelqu'un d'autre de le faire pour elle.

— Donc je ne peux rien faire d'autre pour le moment que surveiller Martinez de près puis vous faire mon rapport.

— Patience, mon colonel. Soyez certain qu'il va commettre une nouvelle erreur, et je serai alors ravi de tirer parti des compétences particulières de vos collègues.

Sur ce, sir Alan avala le reste de son gin-tonic, se leva de son siège et quitta prestement le pub sans dire au revoir ni serrer la main du colonel. Il traversa Whitehall à grands pas et entra dans Downing Street. Cinq minutes plus tard, assis à son bureau, il était retourné à son travail quotidien.

*

* *

Cedric Hardcastle vérifia le numéro puis, ne voulant pas que sa secrétaire sache à qui il téléphonait, le composa lui-même. La sonnerie se fit entendre. Il attendit que quelqu'un décroche.

— Pâte de poisson Bingham. Je vous écoute.

— Puis-je parler à M. Bingham ?

— De la part de qui ?

— Cedric Hardcastle, de la banque Farthings.

— Ne quittez pas, je vous prie.

Il y eut un déclic et un instant plus tard une voix à l'accent presque aussi fort que le sien déclara :

— Prends soin des pennies et les livres prendront soin d'elles-mêmes.

— Je suis flatté, monsieur Bingham.

— Il n'y aucune raison. Vous dirigez une banque du tonnerre. Dommage que vous soyez sur l'autre rive du Humber.

— Monsieur Bingham, j'ai besoin…

— Bob. Personne ne m'appelle « monsieur Bingham », à part le percepteur et les maîtres d'hôtel dans l'espoir de recevoir un gros pourboire.

— Bob, il faut que je vous voie à propos d'une affaire privée et je serais tout à fait ravi de me déplacer jusqu'à Grimsby.

— Ce doit être une affaire sérieuse, parce que rares sont ceux qui seraient tout à fait ravis de se déplacer jusqu'à Grimsby. Comme je ne pense pas que vous souhaitiez ouvrir un compte pour acheter de la pâte de poisson, puis-je vous demander de quoi il s'agit ?

Le terne et ennuyeux Cedric aurait indiqué qu'il préférerait discuter de l'affaire en tête à tête plutôt qu'au téléphone, mais le Cedric intrépide, nouvelle mouture, répondit :

— Bob, que donneriez-vous pour humilier lady Virginia Fenwick sans en payer les conséquences ?

— La moitié de ma fortune.

Commandant Alex Fisher

1964

27

Barclays Bank
Halton Road
Bristol

Bristol, le 16 juin 1964

Cher commandant Fisher,

Ce matin, nous avons honoré deux chèques ainsi qu'un prélèvement automatique sur votre compte courant. Le premier chèque, d'un montant de 12 livres, 11 shillings, 6 pence, était au nom de la Société de construction de l'ouest de l'Angleterre ; le second, d'un montant de 3 livres, 4 shillings, 4 pence, à celui des négociants en vins Harvey ; le prélèvement d'une livre était émis par la Société des anciens élèves de Saint-Bède.

Ces paiements vous faisant quelque peu dépasser votre découvert autorisé de 500 livres, nous vous conseillons de ne plus faire de chèques jusqu'à ce que vous ayez de nouvelles rentrées d'argent.

Fisher regarda le courrier du matin posé sur son

bureau et poussa un profond soupir. Un certain nombre d'enveloppes provenaient de commerçants lui rappelant que les factures devaient être « réglées dans les trente jours », et l'une de ces missives indiquait que l'affaire, « à leur grand regret », avait été confiée à un cabinet d'avocats. Comble de malchance, Susan refusait de lui rendre sa précieuse Jaguar tant qu'il ne serait pas à jour dans le versement de sa pension mensuelle. Ne pouvant se passer de voiture, il avait dû se résoudre à acheter une Hillman Minx d'occasion, ce qui avait constitué une dépense supplémentaire.

Il plaça les minces enveloppes en papier marron d'un côté et commença à ouvrir les blanches. Invitation à un dîner en smoking avec ses collègues officiers du Royal Wessex, au mess du régiment, sous la présidence du maréchal sir Claude Auchinleck, invitation qu'il accepterait par retour du courrier. Lettre de Peter Maynard, président de la section locale du parti conservateur, lui demandant s'il envisagerait d'être candidat aux élections au conseil général du comté... ce qui impliquerait d'innombrables heures passées à faire campagne, à écouter les collègues, à prononcer des discours à sa propre gloire, à voir ses dépenses constamment mises en question, avec pour seule récompense l'appellation de « conseiller »... Très peu pour lui. Il allait envoyer une réponse courtoise pour expliquer qu'il était débordé en ce moment. Il décachetait la dernière enveloppe quand le téléphone sonna.

— Commandant Fisher, à l'appareil.

— Alex, susurra une voix qu'il ne pourrait jamais oublier.

— Lady Virginia ! Quelle agréable surprise !

— Virginia, corrigea-t-elle. (Il devina qu'elle avait besoin de lui.) Auriez-vous l'intention de venir à Londres cette semaine ou la prochaine ?

— Je monte à Londres jeudi pour voir… Je dois être à Eaton Square à 10 heures du matin.

— Eh bien, vous savez que j'habite à deux pas de là, à Cadogan Gardens. Venez donc boire un verre. Disons, vers midi ? Quelque chose dans notre intérêt commun a des chances, à mon avis, de vous tenter.

— Jeudi, à midi. Je me réjouis à l'idée de vous revoir… Virginia.

*

* *

— Pouvez-vous m'expliquer pourquoi les actions de la compagnie augmentent régulièrement depuis un mois ? s'enquit Martinez.

— La première phase des réservations sur le *Buckingham* connaît un succès plus grand que prévu, répondit Fisher, et il paraît qu'il est presque complet pour le voyage inaugural.

— Voilà une bonne nouvelle, commandant, parce que je ne veux pas qu'il reste une seule cabine vide sur le bateau lorsqu'il lèvera l'ancre à destination de New York. (Fisher s'apprêtait à demander pourquoi lorsque Martinez ajouta :) Est-ce que tout est prêt pour la cérémonie du baptême ?

— Oui. Une fois que l'entreprise Harland & Wolff aura terminé les essais en mer et que le navire sera officiellement remis à la Barrington, on annoncera la date de la cérémonie. En fait, les choses ne pourraient guère aller mieux pour la compagnie en ce moment.

— Plus pour très longtemps. Quoi qu'il en soit, commandant, vous devez continuer à soutenir loyalement la présidente, afin que, lorsque l'affaire éclatera, personne ne songe à regarder dans votre direction. (Fisher rit nerveusement.) N'oubliez pas de m'appeler à l'issue de la prochaine réunion du conseil d'administration car je ne peux pas passer à la phase suivante tant que je ne connais pas la date de la cérémonie du baptême.

— Pourquoi la date est-elle aussi importante ?

— Patience, commandant. Dès que tout sera en place, vous serez le premier à être informé.

On frappa à la porte et Diego entra.

— Veux-tu que je revienne plus tard ? fit-il.

— Non. Le commandant était sur le point de partir… Autre chose, Alex ?

— Non. Rien d'autre, répondit Fisher, tout en se demandant s'il devait parler à don Pedro de son rendez-vous avec lady Virginia. (Il décida de n'en rien faire, puisqu'il se pouvait, en fait, que cela n'ait rien à voir avec les Barrington ou les Clifton.) Je vous appellerai, ajouta-t-il, dès que je connaîtrai la date.

— Je compte sur vous, commandant.

— A-t-il la moindre idée de ce que tu prépares ? s'enquit Diego, une fois que Fisher eut refermé la porte derrière lui.

— Absolument pas. Et j'ai bien l'intention de garder le secret, car il risque de se montrer peu coopératif lorsqu'il découvrira qu'il est sur le point de perdre son boulot. Bon, passons aux choses sérieuses… As-tu pu te procurer l'argent supplémentaire dont j'ai besoin ?

— Oui, mais ça n'a pas été gratuit. La banque a accepté d'augmenter ton découvert de cent mille livres mais, vu le taux élevé des intérêts en ce moment, elle réclame un nantissement.

— Mon stock d'actions ne suffit-il pas ? Après tout, elles sont presque remontées au niveau auquel je les ai achetées.

— N'oublie pas que tu as été obligé d'accorder au chauffeur une prime de licenciement bien plus élevée que celle que nous avions prévue.

— Quelle bande de salauds ! s'écria Martinez qui s'était gardé de révéler à ses fils les menaces proférées par Kevin Rafferty au cas où il ne paierait pas rubis sur l'ongle. Mais j'ai encore un demi-million de livres dans le coffre, en cas de besoin urgent.

— La dernière fois où j'ai vérifié, il en restait seulement un peu plus de trois cent mille. Je commence même à me demander si ça vaut la peine de poursuivre cette vendetta contre les Barrington et les Clifton si c'est pour nous mettre en faillite.

— Il n'y a rien à craindre à ce sujet, affirma don Pedro. Cette engeance n'aura pas les tripes de se mesurer à moi quand il le faudra. Et n'oublie pas que nous avons déjà frappé deux fois… Finalement, Jessica Clifton était un bonus, ajouta-t-il en souriant, et lorsque j'aurai vendu mes actions, je pourrai couler Mme Clifton avec le reste de sa précieuse famille. Il suffira de choisir le bon moment et c'est moi qui tiendrai le chronomètre.

*
* *

— Comme c'est gentil à vous de passer me voir, Alex ! Voilà trop longtemps qu'on ne s'est vus. Je vous sers un verre ? demanda Virginia en se dirigeant vers le bar. Votre boisson préférée est le gin-tonic, si j'ai bonne mémoire.

Alex fut flatté qu'elle s'en souvienne puisqu'ils ne s'étaient pas revus depuis qu'elle lui avait fait perdre sa place au conseil d'administration, neuf ans plus tôt. Ce qu'il se rappelait, lui, c'étaient les paroles d'adieu de lady Virginia : « Et quand je dis adieu, c'est adieu ! »

— Comment se portent les Barrington maintenant que vous siégez à nouveau au conseil d'administration ?

— La compagnie a surmonté quasiment tous ses plus graves ennuis et la première vague de réservations est extrêmement prometteuse.

— Je pensais réserver une suite pour le voyage inaugural à New York. Ça les intriguerait.

— Dans ce cas, je ne crois pas qu'ils vous inviteront à les rejoindre à la table du commandant, dit Fisher à qui l'idée commençait à plaire.

— Bien avant qu'on jette l'ancre à New York, très cher, ma table sera la seule où l'on voudra s'asseoir.

— Est-ce pour ça que vous vouliez me voir ? s'esclaffa Fisher.

— Non. C'est pour un motif beaucoup plus important, répondit Virginia. Venez vous asseoir à côté de moi, ajouta-t-elle en tapotant le divan. Il faut que vous m'aidiez à mener à bien un petit projet auquel j'ai travaillé et, étant donné votre carrière militaire et votre expérience des affaires, commandant, vous êtes la personne idéale pour ce travail.

Alex but son gin-tonic à petites gorgées, écoutant, incrédule, la proposition de Virginia. Il était sur le point de la refuser catégoriquement lorsqu'elle ouvrit son sac à main et en tira un chèque de deux cent cinquante livres qu'elle lui tendit. Surgit alors dans son esprit la vision d'une pile d'enveloppes marron.

— Je ne pense pas...

— Et deux cent cinquante livres suivront une fois la tâche accomplie.

Il aperçut une porte de sortie.

— Non, merci, lady Virginia, répliqua-t-il d'un ton ferme. J'exigerais que toute la somme soit versée à l'avance. Peut-être avez-vous oublié ce qui s'est passé la dernière fois où nous avons passé un accord similaire.

Elle déchira le chèque et, même s'il avait désespérément besoin de cet argent, il se sentit soulagé. Or, à sa grande surprise, elle rouvrit son sac, en sortit son carnet de chèques et inscrivit les mots suivants : « Payer au commandant A. Fisher la somme de cinq cents livres. » Elle signa le chèque et le lui remit.

*

* *

Durant le voyage du retour à Bristol, il songea à déchirer le chèque, mais il revoyait constamment les factures impayées, la lettre le menaçant d'une action en justice, les pensions mensuelles en retard, ainsi que les enveloppes non décachetées qui l'attendaient sur son bureau.

Dès qu'il eut encaissé le chèque et réglé les factures, il accepta le fait qu'il ne pouvait plus revenir en arrière et passa les deux jours suivants à préparer l'opération comme s'il s'agissait d'une campagne militaire.

Premier jour : reconnaissance à Bath.

Deuxième jour : préparatifs à Bristol.

Troisième jour : exécution à Bath.

Dès le dimanche, il regrettait d'avoir accepté de s'engager dans cette affaire mais redoutait la vengeance de Virginia s'il la laissait tomber au dernier moment sans lui rendre l'argent.

Le lundi matin, il parcourut en voiture les vingt kilomètres qui séparent Bristol de Bath, se gara dans le parking municipal, traversa à pied le pont, dépassa le terrain de jeux et arriva au centre-ville. Ayant consacré la plus grande partie du week-end à apprendre l'itinéraire par cœur, il n'avait pas besoin de plan et il aurait pu faire le chemin les yeux bandés. Le temps passé à la préparation d'une opération est rarement du temps perdu, avait l'habitude de dire son colonel.

Il commença sa mission dans la grand-rue, ne s'arrêtant que lorsqu'il voyait un épicier ou l'un des tout nouveaux supermarchés. Une fois à l'intérieur, il examinait soigneusement les étagères, et si le produit qu'il cherchait était en vente, il en achetait une demi-douzaine de pots. Après avoir terminé la première partie de l'opération, il n'eut plus qu'à se rendre dans un autre établissement, l'Angel Hotel, où il repéra l'emplacement des cabines téléphoniques publiques. Satisfait, il retraversa le pont, regagna le parking, mit les deux sacs dans le coffre de sa voiture et reprit la route pour Bristol.

Une fois de retour chez lui, il rangea sa voiture dans le garage et sortit les sacs du coffre. Tout en dînant d'un bol de soupe Heinz à la tomate et d'un friand, il se repassa en tête son emploi du temps du lendemain. Il se réveilla plusieurs fois durant la nuit.

Après le petit déjeuner, il s'installa à son bureau et lut le compte rendu du dernier conseil d'administration tout en se répétant mentalement qu'il lui était impossible de passer à l'action.

À 10 h 30, il alla à la cuisine, prit une bouteille de lait vide sur le rebord de la fenêtre et la lava soigneusement. Il l'enveloppa ensuite dans un torchon et la posa dans l'évier avant de prendre dans le premier tiroir un petit marteau avec lequel il brisa la bouteille en fragments de plus en plus petits jusqu'à remplir une soucoupe de poudre de verre.

L'opération terminée, il se sentit épuisé et, comme tout travailleur qui se respecte, s'accorda une pause. Il se servit une bière, se prépara un sandwich au fromage et à la tomate puis s'assit pour lire le journal du matin. Le Vatican exigeait que la pilule contraceptive soit interdite.

Quarante minutes plus tard, il se remit à la tâche. Il plaça les deux sacs à provisions sur le plan de travail, en sortit les trente-six petits pots, les aligna soigneusement en trois rangées, comme des soldats à la parade, dévissa le couvercle du premier pot et saupoudra le produit d'un peu de verre pilé, comme s'il s'agissait d'un condiment. Il revissa fermement le couvercle et répéta la même opération trente-cinq fois, avant de replacer les petits pots dans les deux sacs qu'il rangea dans le placard sous l'évier.

Il passa un certain temps à vider dans l'évier ce qui restait de la poudre de verre et à rincer abondamment. Il quitta ensuite la maison, alla jusqu'au bout de la rue, entra dans la succursale de la Barclays où il changea un billet d'une livre contre vingt pièces d'un shilling. Sur le chemin du retour à son appartement, il acheta le *Bristol Evening Post*. Rentré chez lui, il prépara une tasse de thé qu'il emporta dans son cabinet de travail, s'assit à son bureau et composa le numéro du service des renseignements. Il demanda quatre numéros londoniens et un numéro à Bath.

Le lendemain, Alex remit les deux sacs dans le coffre et reprit la route de Bath. Après s'être garé à l'extrémité du parking municipal, il sortit les sacs du coffre et retourna au centre-ville, entrant dans tous les établissements où il avait acheté les petits pots et, contrairement à ce qu'aurait fait un voleur à l'étalage, il les replaça sur les étagères. Une fois qu'il eut rendu le trente-cinquième pot au dernier magasin, il apporta le dernier à la caisse et demanda à voir le gérant.

— Quel est le problème, monsieur ?

— Je ne veux pas faire un scandale, mon vieux, répondit Alex, mais j'ai acheté l'autre jour ce petit pot de pâte de poisson Bingham – ma préférée, précisa-t-il – et, en arrivant chez moi, j'y ai découvert quelques fragments de verre.

Le gérant eut l'air choqué quand Alex dévissa le couvercle et l'invita à examiner le contenu. Il fut encore plus horrifié lorsque, ayant planté son doigt dans la pâte, il le ressortit taché de sang.

— Je ne suis pas du genre à me plaindre, reprit Alex, mais peut-être serait-il prudent de vérifier le reste de votre stock et d'en informer votre fournisseur.

— C'est ce que je vais faire sur-le-champ, monsieur… Souhaitez-vous porter plainte ? demanda le gérant nerveusement.

— Non, non. Je suis certain que c'est un cas unique et je ne souhaite pas vous causer d'ennuis.

Il serra la main du gérant reconnaissant et commençait à s'éloigner quand celui-ci déclara :

— Le moins que nous puissions faire, monsieur, c'est vous rembourser…

Alex n'avait guère envie de traîner là de crainte que quelqu'un puisse se souvenir de lui, mais il se rendit compte que cela risquait d'éveiller les soupçons s'il repartait sans se faire rembourser. Il rebroussa chemin et se dirigea vers le gérant qui ouvrait le tiroir de la caisse et y prenait un shilling qu'il lui tendit.

— Merci, dit Alex, en mettant la pièce dans sa poche avant de se diriger vers la porte.

— Désolé de vous ennuyer encore, monsieur, mais auriez-vous l'amabilité de signer un reçu ?

Alex revint une nouvelle fois sur ses pas, à contrecœur, et griffonna sur la ligne pointillée « Samuel Oakshott », le premier nom qui lui vint à l'esprit, avant de repartir à la hâte. Une fois dehors, il prit un chemin détourné pour gagner l'Angel Hotel. Quand il y parvint, il se retourna pour s'assurer que personne ne l'avait suivi puis entra dans l'hôtel et se dirigea vers l'une des cabines téléphoniques. Il plaça vingt pièces de un shilling sur l'étagère, tira une feuille de papier de sa poche arrière et composa le premier numéro de la liste.

— *Daily Mail*, dit une voix. Actualité ou publicité ?

— Actualité, répondit Alex, à qui l'on demanda de patienter en attendant qu'on lui passe un journaliste.

Il parla à la dame plusieurs minutes au sujet du malheureux incident concernant la pâte de poisson Bingham, sa marque favorite.

— Allez-vous leur faire un procès ? s'enquit-elle.

— Je n'ai pas encore décidé, répondit Alex, mais je vais sans aucun doute en discuter avec mon avocat.

— Pouvez-vous me rappeler votre nom, monsieur ?

— Samuel Oakshott.

Il sourit en pensant que son ancien directeur d'école aurait désapprouvé ses agissements.

Il appela ensuite le *Daily Express*, le *News Chronicle*, le *Daily Telegraph*, le *Times* et, pour faire bonne mesure, le *Bath Echo*. Son dernier appel avant de rentrer à Bristol fut pour lady Virginia.

— Je savais, lui dit-elle, que je pouvais compter sur vous, commandant. Il faut vraiment qu'on se revoie un de ces jours. C'est toujours si agréable de passer un moment avec vous.

Il rangea les deux shillings restants dans sa poche, sortit de l'hôtel et regagna le parking. Sur le chemin du retour à Bristol il se dit qu'il aurait peut-être intérêt à ne pas revenir à Bath de si tôt.

*

* *

Le lendemain matin, Virginia envoya chercher tous les journaux, sauf le *Daily Worker*.

Elle fut ravie qu'ils donnent tant d'importance

au « scandale de la pâte de poisson Bingham » (*Daily Mail*). « M. Robert Bingham, président de la compagnie, a émis un communiqué pour confirmer que tous les pots de la pâte de poisson Bingham avaient été retirés de la vente et qu'ils ne seront pas remis en rayons avant que soit effectuée une enquête approfondie. » (*Times*)

« Un sous-secrétaire d'État du ministère de l'Agriculture, de la Pêche et de l'Alimentation a assuré qu'une inspection des usines Bingham à Grimsby serait menée à bien dans les plus brefs délais par des inspecteurs de la santé et de la sécurité alimentaire. » (*Daily Express*)

« Dès l'ouverture de la Bourse, l'action Bingham a chuté de cinq shillings. » (*Financial Times*)

Une fois terminée la lecture de tous les journaux, Virginia n'avait qu'un espoir : que Robert Bingham devine qui avait dirigé toute l'opération. Comme elle aurait aimé prendre le petit déjeuner au château Mablethorpe ce matin-là pour entendre l'opinion de Priscilla sur ce malheureux incident. Elle consulta sa montre et, sûre que Robert serait déjà parti pour l'usine, elle décrocha le téléphone et composa un numéro dans le Lincolnshire.

— Très chère Priscilla, fit-elle avec effusion, j'appelais seulement pour te dire à quel point je suis désolée de lire les nouvelles concernant cette désagréable affaire de Bath. Quel manque de chance !

— Comme c'est gentil à toi d'appeler, ma chérie, répondit Priscilla. C'est dans ces moments difficiles qu'on reconnaît ses vrais amis.

— Eh bien, sache que tu peux toujours me téléphoner si tu as besoin de moi et, je t'en prie, transmets mes pensées attristées et toute ma sympathie à Robert. J'espère qu'il ne sera pas trop déçu qu'on n'envisage plus de lui accorder le titre de chevalier.

28

Tout le monde se leva lorsque Emma prit sa place au bout de la table. Voilà un certain temps qu'elle attendait ce moment.

— Permettez-moi, messieurs, d'ouvrir la séance en annonçant au conseil que la valeur de l'action de l'entreprise est remontée hier à son plus haut niveau et que nos actionnaires recevront des dividendes pour la première fois depuis trois ans.

Des « Oyez, oyez ! » murmurés se firent entendre, accompagnés de sourires sur les visages de tous les directeurs à l'exception d'un seul.

— À présent que nous avons laissé le passé derrière nous, avançons vers l'avenir. J'ai reçu hier le rapport préliminaire du ministère des Transports sur la navigabilité du *Buckingham.* Sous réserve de la réalisation de quelques modifications mineures, après les essais en mer, le ministère devrait nous accorder le certificat de navigabilité avant la fin du mois. Dès que nous recevrons ce document, le navire quittera Belfast et se dirigera vers Avonmouth. J'ai l'intention, messieurs, de tenir la prochaine réunion du conseil sur la passerelle du *Buckingham* afin qu'on nous fasse faire le tour du propriétaire et que nous puissions constater de visu la façon dont nous avons dépensé l'argent de nos actionnaires.

» Je sais que le conseil sera aussi ravi d'apprendre que le secrétaire général de la compagnie a reçu cette semaine un appel de Clarence House nous indiquant que Sa Majesté la reine mère Élisabeth a accepté de présider la cérémonie de baptême, le 21 septembre. Il n'est pas exagéré de prédire, messieurs, que les trois prochains mois seront parmi les plus tendus de l'histoire de l'entreprise étant donné que, même si la première phase des réservations a été un éclatant succès et qu'il ne reste que quelques cabines disponibles pour le voyage inaugural, c'est le long terme qui décidera de son avenir... Je répondrai avec plaisir à toute question à ce sujet. Amiral ?

— Présidente, permettez-moi d'être le premier à vous féliciter et à déclarer que, quoique le chemin soit encore long avant d'atteindre des eaux calmes, depuis vingt-deux ans que je fais partie de ce conseil, je n'ai jamais connu de jour plus gratifiant que celui-ci. Mais passons tout de suite à ce que nous appelions dans la marine les « allures » du bateau. Avez-vous choisi un capitaine sur la liste finale des trois candidats approuvés par le conseil ?

— Oui, amiral. Notre choix final s'est porté sur le capitaine Nicholas Turnbull, de la Royal Navy, qui encore tout récemment était le second du *Queen Mary*. Nous avons de la chance d'avoir pu recruter un officier aussi expérimenté, qui, de surcroît, est né et a grandi à Bristol. Nous avons également une équipe complète d'officiers, un grand nombre d'entre eux ayant servi sous les ordres du capitaine Turnbull, soit dans la Royal Navy soit, plus récemment, à la Cunard.

— Qu'en est-il du reste de l'équipage ? demanda Anscott. Après tout, il s'agit d'un navire de croisière et non pas d'un croiseur d'escadre.

— Bonne question, monsieur Anscott. Vous constaterez que nous avons une excellente équipe, depuis la salle des machines jusqu'au grill. Il reste encore quelques postes à pourvoir, mais comme nous recevons au moins dix candidatures pour chaque poste, nous pouvons nous montrer extrêmement exigeants.

— Quel est le rapport passagers-membres d'équipage ? s'enquit Dobbs.

Pour la première fois, Emma dut consulter les fiches posées devant elle.

— Il y a vingt-cinq officiers, deux cent cinquante matelots et gradés, trois cents stewards et membres du personnel de restauration, ainsi qu'un médecin et une infirmière. Le navire comporte trois classes : première, seconde et touriste. On peut loger cent deux passagers en première, le prix des cabines allant de quarante-cinq à soixante livres pour la suite pendant le voyage inaugural à New York. On peut accueillir deux cent quarante-deux personnes en seconde qui paieront chacune trente livres, et trois cent soixante en classe touriste, trois passagers par cabine, payant dix livres chacun. Si vous désirez davantage de précisions, monsieur Dobbs, vous trouverez tous les détails dans la chemise bleue.

— Puisque, à coup sûr, les journalistes s'intéresseront énormément à la cérémonie du baptême le 21 septembre, intervint Fisher, ainsi qu'au voyage inaugural à New York, le mois suivant, qui va se charger des relations publiques et des rapports avec la presse ?

— Nous avons nommé J. Walter Thompson, qui a fait de loin la meilleure présentation, répondit Emma. Il a déjà prévu la présence d'une équipe de la BBC sur le bateau pendant l'un des essais en mer et un portrait du capitaine Turnbull dans le *Sunday Times.*

— Ce genre de chose ne se faisait pas à mon époque, grommela l'amiral.

— Et ce, pour une bonne raison. On ne voulait pas que l'ennemi devine où on se trouvait ; nous, nous souhaitons que nos passagers sachent non seulement où nous nous trouvons mais aussi qu'ils ne pourraient pas être en de meilleures mains.

— Quel est le taux d'occupation des cabines nécessaire pour que nous rentrions dans nos frais ? demanda Cedric Hardcastle, à l'évidence peu intéressé par les relations publiques mais davantage, comme toujours, par le résultat financier.

— 60 % en prenant seulement en compte les frais d'exploitation. Mais, pour récupérer notre investissement en dix ans, comme l'avait envisagé Ross Buchanan, il nous faudra un taux d'occupation de 86 % pendant cette période. Aussi devons-nous être vigilants, monsieur Hardcastle.

Alex nota toutes les dates et tous les chiffres qui, selon lui, pouvaient intéresser don Pedro, même s'il ne savait pas du tout pourquoi ils étaient si importants ni ce qu'avait voulu dire son patron par « lorsque l'affaire éclatera ».

Emma continua à répondre aux questions pendant une heure encore. Alex dut admettre à contrecœur

– il n'aurait jamais dit ça devant don Pedro – qu'elle connaissait son dossier sur le bout des doigts.

Une fois qu'elle eut levé la séance en disant « On se revoit tous le 24 août, à l'assemblée générale annuelle », Alex s'empressa de quitter la salle du conseil et le bâtiment. Depuis une fenêtre du dernier étage, Emma regarda sa voiture sortir, ce qui lui rappela qu'elle ne devait jamais baisser la garde.

Alex se gara devant le Lord Nelson et se dirigea vers la cabine téléphonique, ses quatre pennies à la main.

— Le paquebot sera baptisé par la reine mère le 21 septembre et le voyage inaugural à New York est toujours prévu pour le 29 octobre.

— Soyez dans mon bureau à 10 heures demain matin, se contenta de répondre don Pedro avant que la communication ne soit coupée.

Alex aurait aimé pouvoir lui répondre, ne serait-ce qu'une fois :

— Désolé, vieille branche, c'est impossible. J'ai un rendez-vous bien plus important à la même heure.

Il savait cependant qu'il se trouverait sur le seuil du 44 Eaton Square à 9 h 59, le lendemain matin.

*

* *

24 Arcadia Mansions
Bridge Street
Bristol

Chère madame Clifton,

À mon grand regret, je me vois contraint de présenter ma démission du conseil d'administration de la compagnie maritime Barrington comme directeur extérieur. Lorsque mes collègues directeurs ont voté la construction du Buckingham, *vous étiez fermement opposée à ce projet et avez d'ailleurs voté contre. Je considère – avec le recul, il est vrai – que vous aviez raison. Comme vous l'aviez fait remarquer à l'époque, nous risquerions tous de regretter d'avoir investi une si grande partie du capital de réserve de la compagnie dans un seul projet.*

Après plusieurs revers, Ross Buchanan a jugé qu'il devait démissionner – à juste titre, dirais-je – et vous l'avez remplacé. Force m'est de reconnaître que vous vous êtes battue comme un chef pour assurer la solvabilité de la compagnie. Toutefois, quand vous avez annoncé au conseil, la semaine dernière, que le taux d'occupation des cabines devait absolument atteindre 86 % durant les dix prochaines années pour qu'on puisse rentrer dans nos frais, j'ai compris que le projet était condamné à l'avance, ainsi que l'entreprise, je le crains.

Naturellement j'espère me tromper car cela m'attristerait de voir s'écrouler, voire – à Dieu ne plaise ! – faire faillite une belle et vénérable compagnie comme la Barrington. Or, constatant que c'est fort probable et considérant que le bien des actionnaires doit constituer ma priorité, je me vois obligé de démissionner.

Sentiments dévoués,

Commandant Alex Fisher (réserve)

— Et vous me demandez d'envoyer cette lettre à Mme Clifton le 21 août, seulement trois jours avant l'AG ?

— Oui, c'est exactement ce que je vous demande, répondit Martinez.

— Si je fais ça, l'action va s'effondrer. Cela risque même de faire couler la compagnie.

— Vous n'avez pas la tête dure, commandant.

— Mais vous avez investi plus de deux millions de livres dans la Barrington ! Vous allez perdre une fortune...

— Pas si je vends mes actions quelques jours avant que vous envoyiez la lettre à la presse. (Alex resta sans voix.) Ah, vous avez enfin saisi ! Je comprends fort bien, commandant, que, pour vous, ce ne sont pas là de bonnes nouvelles. Non seulement vous allez perdre votre unique source de revenus, mais à votre âge, il est possible que vous ayez du mal à retrouver un emploi.

— C'est le moins qu'on puisse dire ! rétorqua Alex. Une fois que j'aurai envoyé ça, ajouta-t-il en agitant la lettre sous le nez de don Pedro, aucune entreprise n'envisagera de m'inviter à devenir membre de son conseil d'administration, et je les comprends.

— Voilà pourquoi je trouve tout à fait normal, dit don Pedro sans faire cas de la sortie de Fisher, de vous remercier correctement de votre fidélité, surtout après ce que vous a coûté votre divorce. C'est pour cette raison, commandant, que j'ai l'intention de vous donner cinq mille livres que vous n'avez pas besoin de porter à la connaissance du percepteur ni de votre épouse.

— C'est très généreux de votre part.

— En effet. Mais seulement si vous remettez cette lettre à la présidente le vendredi avant l'AG, car je suppose que les journaux du samedi et du dimanche s'empresseront d'évoquer l'affaire. Vous devez être disponible pour toute interview afin de pouvoir faire part de votre inquiétude concernant l'avenir de la Barrington, de sorte que, lorsque Mme Clifton ouvrira la séance le lundi matin, les journalistes ne poseront qu'une seule et même question.

— « Combien de temps la compagnie peut-elle espérer survivre ? » Vu les circonstances, don Pedro, seriez-vous prêt à me donner deux mille livres dès maintenant et à me payer le reste après l'envoi de la lettre et les interviews donnés à la presse ?

— Sûrement pas, commandant. Vous me devez toujours mille livres à cause du vote de votre femme.

*

* *

— Vous vous rendez bien compte, monsieur Martinez, des dommages que cela va créer à la compagnie maritime Barrington ?

— Je ne vous paye pas pour que vous me donniez des conseils, monsieur Ledbury, mais seulement pour que vous exécutiez mes ordres. Si cela vous est impossible, je serai obligé de m'adresser à quelqu'un d'autre.

— Il est fort probable que vous perdiez une grosse somme d'argent si je suis vos instructions à la lettre.

— Cet argent m'appartient et, de toute façon, les actions Barrington valent en ce moment davantage que lorsque je les ai achetées. Aussi suis-je sûr de rentrer pratiquement dans mes frais. Au pire, je pourrais perdre quelques livres.

— Mais si vous me laissiez vendre les actions sur plusieurs semaines, disons six semaines, voire deux mois, je serais plus sûr de pouvoir récupérer votre mise, et même de gratter un petit bénéfice.

— Je dépense mon argent à ma guise.

— J'ai le devoir fiduciaire de protéger les avoirs de la banque, d'autant plus que vous avez un découvert d'un million sept cent trente-cinq mille livres.

— Couvert par la valeur des actions, lesquelles me rapporteraient plus de deux millions au taux actuel.

— Alors permettez-moi au moins de contacter la famille Barrington pour lui demander si…

— Vous ne devez contacter aucun des membres des familles Barrington ou Clifton ! s'exclama don Pedro. Lundi 17 août, vous placerez mes actions sur le marché dès l'ouverture de la Bourse, au prix du jour, quel qu'il soit. Mes instructions ne pourraient être plus claires.

— Où serez-vous ce jour-là, monsieur Martinez, au cas où je devrais vous contacter ?

— À l'endroit où doit se trouver un gentleman : en Écosse, à la chasse à la grouse. Il sera impossible d'entrer en contact avec moi. C'est la raison pour laquelle j'ai choisi cet endroit. Il est si isolé qu'on n'y livre même pas les journaux du matin.

— Si telles sont vos instructions, monsieur Martinez, je vais rédiger une lettre en ce sens, afin qu'il n'y ait pas de désaccord ultérieurement, et je l'enverrai par coursier à Eaton Square cet après-midi pour que vous la signiez.

— Je serai ravi de le faire.

— Et, une fois la transaction effectuée, monsieur Martinez, peut-être envisagerez-vous de changer de banque.

— Si vous occupez toujours votre poste, monsieur Ledbury, c'est ce que je ferai.

29

Susan gara sa voiture dans une rue transversale et attendit. Elle savait que l'invitation au dîner du régiment était à 19 h 30, et le repas prévu pour 20 heures. L'invité d'honneur étant un maréchal, elle était sûre qu'Alex ne serait pas en retard.

Un taxi s'arrêta devant son ancien domicile conjugal à 19 h 10 et Alex apparut quelques instants plus tard vêtu d'un smoking orné de trois médailles gagnées au champ d'honneur. Elle nota que son nœud papillon était de travers, qu'il lui manquait un bouton de manchette et elle ne put s'empêcher de rire quand elle aperçut les mocassins qui n'allaient sûrement pas durer une vie entière. Il monta à l'arrière du taxi qui se dirigea vers Wellington Road.

Elle attendit plusieurs minutes avant de remettre le moteur en marche et de traverser la rue. Elle sortit de la voiture, ouvrit la porte du garage où elle gara la Jaguar Mark II. Si, selon l'accord de divorce, elle devait rendre l'objet de l'amour d'Alex, elle s'y était refusée tant qu'il n'avait pas réglé les arriérés de sa pension mensuelle. Elle avait touché son dernier chèque ce matin-là tout en se demandant où il avait bien pu trouver l'argent. L'avocat d'Alex lui avait suggéré de ramener la voiture pendant qu'il assistait à son dîner de régiment. C'était l'un des rares points sur lesquels les deux parties avaient pu tomber d'accord.

Elle descendit de voiture, ouvrit le coffre et en retira un cutter et un pot de peinture. Après avoir posé par terre le pot de peinture, elle se dirigea vers l'avant de la voiture et planta le cutter dans l'un des pneus. Elle recula d'un pas et attendit que le sifflement s'arrête avant de s'intéresser au suivant. Une fois que les quatre pneus furent dégonflés, elle passa au pot de peinture.

Elle décoinça le couvercle, se mit sur la pointe des pieds et versa lentement l'épais liquide sur le toit de la voiture. Après avoir vérifié qu'il n'en restait pas une seule goutte, elle fit un pas en arrière et prit plaisir à regarder la peinture dégouliner peu à peu sur les flancs, le pare-brise et la lunette arrière. Elle devrait avoir séché longtemps avant le retour d'Alex. Elle avait passé pas mal de temps à choisir la couleur qui se marierait le mieux avec le vert des voitures de course anglaises et s'était décidée finalement pour le bleu lilas. Le résultat fut encore plus agréable qu'elle ne l'avait prévu.

C'est sa mère qui, ayant passé des heures à lire les petits caractères de l'accord de divorce, avait fait remarquer à Susan qu'elle avait accepté de rendre le véhicule sans préciser dans quel état il devait se trouver.

Elle mit un certain temps à se résigner à quitter le garage pour monter au troisième étage où elle avait l'intention de laisser les clés sur le bureau du cabinet de travail. Son seul regret était qu'elle ne verrait pas l'expression du visage d'Alex lorsqu'il ouvrirait le portail du garage le lendemain matin.

Elle entra dans l'appartement avec son ancienne clé, ravie qu'Alex n'ait pas changé la serrure. Elle gagna le cabinet de travail et posa les clés de la voiture sur le bureau. Elle s'apprêtait à repartir lorsqu'elle remarqua sur le sous-main une lettre manifestement écrite par Alex. Incapable de résister à la tentation, elle la parcourut rapidement puis s'assit et la relut plus lentement une seconde fois. Elle n'arrivait pas à croire qu'Alex sacrifierait son siège au conseil d'administration de la Barrington pour une question de principe, puisqu'il n'en avait aucun. Et comme c'était, en fait, sa seule source de revenus, à part une dérisoire pension militaire, de quoi comptait-il vivre ? Et surtout comment pourrait-il lui verser sa pension mensuelle sans ses émoluments de directeur extérieur ?

Elle lut la lettre une troisième fois. Quelque chose lui échappait-il ? Pourquoi donc était-elle datée du 21 août ? Si on démissionne pour une question de principe, pourquoi attendre deux semaines pour expliquer sa décision ?

Lorsque Susan fut de retour à Burnham-on-Sea alors qu'Alex accaparait l'attention du maréchal, elle n'avait toujours pas percé le mystère.

*

* *

Sebastian avançait lentement sur Bond Street, admirant les divers articles présentés dans les vitrines, tout en se demandant s'il pourrait un jour s'offrir l'un d'entre eux.

M. Hardcastle lui ayant récemment accordé une augmentation, il gagnait à présent vingt livres par semaine, ce qui faisait de lui ce qu'on appelait à la City un « mille-livres-par-an ». Il avait également un nouveau titre, celui de « directeur adjoint », bien que dans la banque les titres n'aient guère d'importance, à part celui de président du conseil d'administration.

Il aperçut au loin une enseigne qui se balançait dans le vent : « Maison Agnew. Négociants en œuvres d'art. Établissement fondé en 1817 ». N'étant jamais entré dans une galerie d'art privée, il ne savait même pas si elle était ouverte au public. Lorsqu'il était allé à la Royal Academy, à la Tate et à la National Gallery avec Jessica, elle n'avait pas cessé de parler en le traînant de salle en salle. Si ça le rendait fou parfois, aujourd'hui il aurait tant aimé qu'elle soit à ses côtés et qu'elle le rende fou… Pas un jour, pas une heure ne passait sans qu'elle lui manque.

Il poussa la porte et pénétra à l'intérieur de la galerie. Demeurant immobile quelques instants, il parcourut du regard la vaste salle dont les murs étaient couverts de merveilleuses peintures à l'huile. Il en reconnut certaines : Constable, Munnings et un Stubbs. Soudain, surgie de nulle part, elle apparut… Elle était encore plus belle que la première fois où il l'avait vue, à la remise des prix de la Slade, le jour où Jessica avait raflé tous les trophées.

Tandis qu'elle se dirigeait vers lui, la gorge de Sebastian s'assécha. Comment s'adresse-t-on à une déesse ? Elle portait une robe jaune, simple mais élégante, et ses cheveux avaient une nuance de blond naturel pour laquelle, à part une Suédoise, toute femme – et beaucoup avaient essayé – paierait une fortune. Ce jour-là, au lieu de tomber sur ses épaules nues comme la dernière fois, ils étaient relevés et attachés par des épingles, en un style sérieux, professionnel. Il faillit lui dire qu'il n'était pas venu regarder les tableaux mais seulement pour la voir, elle. Quelle minable formule de drague ! Ce n'était même pas vrai.

— Que puis-je faire pour vous ? fit-elle.

Première surprise : elle était américaine. Ce n'était donc pas la fille de M. Agnew comme il l'avait d'abord cru.

— Auriez-vous des tableaux d'un peintre du nom de Jessica Clifton ?

Elle eut l'air surprise, mais sourit et répondit :

— Oui. Suivez-moi, s'il vous plaît.

Jusqu'au bout du monde ! Réplique encore plus affligeante, qu'heureusement il ne prononça pas. Certains hommes pensent qu'une femme peut être aussi belle vue de dos, mais, de face ou de dos, peu lui importait quand il la suivit dans l'escalier pour descendre dans une salle encore plus vaste où se trouvaient des tableaux tout aussi magnifiques. Grâce à Jessica, il reconnut un Manet, un Tissot, ainsi qu'un Berthe Morisot, le peintre préféré de sa sœur, qui n'aurait pu s'empêcher de faire des commentaires.

La déesse déverrouilla une porte qu'il n'avait pas remarquée et qui donnait accès à une petite salle adjacente. Il l'y suivit et découvrit que cette pièce contenait d'innombrables rangées de panneaux coulissants. Elle en tira un pour montrer le côté où étaient présentées les peintures à l'huile de Jessica. Il contempla les neuf œuvres ayant remporté des prix à l'exposition de fin d'études, ainsi qu'une douzaine de dessins et d'aquarelles qu'il n'avait jamais vus et qui étaient tout aussi charmants. Il ressentit une bouffée de plaisir, puis ses jambes flageolèrent et il dut s'agripper au panneau pour garder l'équilibre.

— Ça va ? demanda-t-elle, le ton professionnel s'étant soudain adouci.

— Désolé.

— Asseyez-vous donc, poursuivit-elle en approchant une chaise.

Elle lui prit le bras pour l'aider à s'asseoir, comme s'il était très âgé, et il eut envie de rester accroché à elle. Comment se fait-il, se demanda-t-il, que les hommes tombent fous amoureux si vite, alors que les femmes se montrent plus prudentes, plus raisonnables ?

— Je vais aller vous chercher un verre d'eau, dit-elle en s'éloignant avant qu'il ait pu répondre.

Il regarda à nouveau les tableaux de Jessica. Avait-il un préféré ? Et, dans ce cas, pourrait-il se l'offrir ? Elle reparut, un verre d'eau à la main, suivi d'un homme mûr qu'il se rappela avoir vu pendant la soirée à la Slade.

— Bonjour, monsieur Agnew, dit Sebastian en se levant de son siège.

Le galeriste eut l'air étonné, manifestement incapable de reconnaître le jeune homme.

— Nous nous sommes rencontrés à la Slade, monsieur, à la remise des prix de fin d'études.

Agnew garda l'air déconcerté, puis s'écria :

— Ah, oui ! Je m'en souviens à présent. Vous êtes le frère de Jessica.

Sebastian se sentit ridicule au moment où il retomba sur sa chaise et enfouit à nouveau sa tête dans ses mains. La jeune femme se dirigea vers lui et posa une main sur son épaule.

— Jessica est l'une des personnes les plus charmantes que j'aie jamais rencontrées, dit-elle. Je suis vraiment désolée.

— Moi, je suis désolé de me ridiculiser ainsi. Je voulais seulement savoir si certains de ses tableaux étaient à vendre.

— Tout est à vendre dans cette galerie ! s'écria Agnew pour tenter d'alléger l'atmosphère.

— Combien coûtent-ils ?

— L'ensemble ?

— L'ensemble.

— Je ne les ai pas encore estimés, car nous avions espéré que Jessica deviendrait l'un des peintres habituels de la galerie. Mais hélas… En tout cas, je sais combien je les ai payés : cinquante-huit livres.

— Et combien valent-ils ?

— Ce qu'on voudra bien m'offrir.

— Je donnerais jusqu'à mon dernier penny pour les acquérir.

— Combien cela fait en tout, monsieur Clifton ?

— Sachant que je venais vour voir, j'ai vérifié ce matin combien j'avais sur mon compte, répondit-il sous le regard intéressé du galeriste et de son assistante. Il me reste quarante-six livres, douze shillings, six pence sur mon compte courant, mais parce que je travaille dans la banque où j'ai ce compte, je n'ai pas droit à un découvert.

— Eh bien, ça fera quarante-six livres, douze shillings, six pence, monsieur Clifton.

Si quelqu'un eut l'air encore plus surpris que Sebastian, c'était l'assistante qui n'avait jamais vu M. Agnew vendre un tableau moins cher qu'il ne l'avait payé.

— Mais à une condition seulement.

Sebastian se demanda s'il avait changé d'avis.

— Laquelle, monsieur ?

— Si jamais vous décidez de vendre l'un des tableaux de votre sœur, vous devrez d'abord me le proposer au prix où vous l'avez acheté.

— Marché conclu, monsieur, dit Sebastian en serrant la main du galeriste. Mais je ne les vendrai jamais, ajouta-t-il. Jamais.

— Par conséquent, je vais prier Mlle Sullivan d'établir une facture de quarante-six livres, douze shillings, six pence. (Elle fit un petit signe de tête et quitta la pièce.) Je ne souhaite pas vous faire à nouveau pleurer, jeune homme, mais je tiens à vous dire que, dans mon métier, on a de la chance si on rencontre deux, trois fois tout au plus, un talent comme celui de Jessica.

— C'est gentil de me dire ça, répondit Sebastian, comme Mlle Sullivan revenait avec un carnet de factures.

— Veuillez m'excuser, dit M. Agnew, mais j'organise le vernissage d'une importante exposition la semaine prochaine et je n'ai pas encore terminé l'estimation des œuvres.

Sebastian s'assit et fit un chèque de quarante-six

livres, douze shillings, six pence, le détacha et le remit à la jeune femme.

— Si j'avais quarante-six livres, douze shillings, six pence, dit-elle, moi aussi je les aurais achetés. Oh, je suis désolée, s'empressa-t-elle d'ajouter en voyant Sebastian courber la tête. Allez-vous les emporter avec vous, monsieur, ou revenir plus tard ?

— Je vais revenir demain… Si vous ouvrez le samedi.

— Oui, nous ouvrons le samedi, mais comme je prends quelques jours de congé, je vais demander à Mme Clark de s'occuper de vous.

— Quand reprenez-vous le travail ?

— Jeudi.

— Eh bien, je reviendrai jeudi matin.

Elle sourit, mais son sourire était différent cette fois-ci. Elle le raccompagna au rez-de-chaussée. C'est alors qu'il vit la statue pour la première fois, à l'autre bout de la galerie.

— *Le Penseur*, dit-il.

Elle hocha la tête.

— Certains pensent que c'est le chef-d'œuvre de Rodin, expliqua Sebastian. Savez-vous qu'il s'est d'abord appelé *Le Poète* ? (Elle eut l'air étonnée.) Et, si j'ai bonne mémoire, la statue a été fondue du vivant de Rodin et le fondeur doit être Alexis Rudier.

— Quel vantard !

— C'est vrai. Mais j'ai de bonnes raisons de me souvenir de cette statue.

— Un rapport avec Jessica ?

— Non. Pas cette fois-ci. Puis-je vous demander le numéro du bronze ?

— Cinq. Sur neuf.

Il s'efforça de rester calme, car s'il avait besoin qu'elle réponde à un certain nombre d'autres questions, il ne voulait pas éveiller ses soupçons.

— Qui était le précédent propriétaire ? s'enquit-il.

— Je n'en ai aucune idée. Le catalogue indique simplement qu'elle provient de la collection privée d'un gentleman.

— Qu'est-ce que ça veut dire ?

— Cela signifie que le propriétaire ne veut pas qu'on sache qu'il se sépare de sa collection. Nous traitons avec un certain nombre de clients de ce genre. Les trois D : décès, divorce, dette. Mais je dois vous avertir que vous ne persuaderez pas M. Agnew de vous vendre *Le Penseur* pour quarante-six livres, douze shillings, six pence.

— Combien coûte-t-il ? s'esclaffa Sebastian en touchant le bras replié de la statue.

— M. Agnew n'a pas encore tout à fait terminé l'estimation de la collection, mais je peux vous donner un catalogue si ça vous intéresse, ainsi qu'une invitation à l'exposition privée du 17 août.

— Merci, dit-il comme elle lui remettait un catalogue. Il me tarde de vous revoir jeudi. À moins que vous soyez libre pour dîner avec moi demain soir ?

— Voilà une proposition irrésistible. Mais j'ai intérêt à choisir le restaurant.

— Pourquoi donc ?

— Parce que je sais combien il vous reste sur votre compte en banque.

30

— Mais pourquoi voudrait-il vendre sa collection d'œuvres d'art ? fit Cedric.

— Il doit avoir besoin d'argent.

— Cela va sans dire, Seb. Ce que je ne comprends pas, c'est pourquoi il a besoin d'argent.

Cedric continua à feuilleter le catalogue, mais il n'en savait pas plus au moment où il atteignit *Une foire à l'Hermitage près de Pontoise*, de Camille Pissarro, reproduite sur la quatrième de couverture.

— Peut-être le temps est-il venu de demander qu'on me renvoie l'ascenseur, dit Cedric.

— À quoi pensez-vous ?

— À « qui », pas à « quoi ». À un certain Stephen Ledbury, directeur de l'agence Saint-James de la Midland Bank.

— Pourquoi lui en particulier ?

— Parce qu'il dirige la banque de Martinez.

— Comment le savez-vous ?

— Quand on siège depuis plus de cinq ans à un conseil d'administration à côté du commandant Fisher, c'est incroyable le nombre de renseignements qu'on recueille si l'on est patient et si l'on accepte d'écouter un homme solitaire… Pouvez-vous appeler Stephen Ledbury à la Midland ? demanda-t-il à sa secrétaire par l'interphone. Depuis que j'ai découvert, poursuivit-il en s'adressant à nouveau à Sebastian, qu'il dirige la banque où Martinez a son compte, je lui refile un petit tuyau de temps en temps. Le moment est peut-être venu de mettre en pratique le dicton : « Je vous passe la casse, passez-moi le séné. »

Le téléphone sonna.

— M. Ledbury sur la une.

— Merci, dit Cedric avant d'appuyer sur le bouton du haut-parleur. Bonjour, Stephen.

— Bonjour à vous, Cedric. Que puis-je faire pour vous ?

— Je dirai qu'il s'agit plutôt de ce que je peux faire pour vous, vieille branche.

— Un autre bon tuyau ? demanda Ledbury, plein d'espoir.

— C'est plutôt dans la catégorie « Couvrir ses arrières »... Il paraît qu'un de vos clients les moins recommandables met en vente toute sa collection d'œuvres d'art chez Agnew, sur Bond Street. Étant donné que le catalogue la décrit comme « provenant de la collection privée d'un gentleman », terme inapproprié dans ce cas, je suppose que, pour une raison ou une autre, il ne souhaite pas que vous soyez au courant.

— Qu'est-ce qui vous fait croire que le gentleman en question possède un compte à l'agence centrale du West End ?

— Je siège à côté de son représentant au conseil d'administration de la compagnie maritime Barrington.

Il y eut un long silence, puis Ledbury répondit.

— Ah ! Et vous affirmez qu'il met en vente toute sa collection chez Agnew ?

— Depuis Manet jusqu'à Rodin. J'ai le catalogue sous les yeux. Voulez-vous que je vous l'envoie ?

— Non. Ne prenez pas cette peine, Cedric. Comme la maison Agnew ne se trouve qu'à deux cents mètres d'ici, je vais y faire un saut moi-même pour en prendre un. Merci de m'avoir prévenu. Je vous suis donc, une fois de plus, redevable. Si je peux faire quelque chose pour vous en échange…

— Eh bien, puisque que je vous ai au bout du fil, Stephen, et que vous en parlez, j'aurais peut-être un petit service à vous demander.

— Faites donc.

— Si votre « gentleman » décidait de se débarrasser de ses actions de la Barrington, j'ai un client que ça pourrait fort bien intéresser.

Il y eut un long silence, puis Ledbury demanda :

— Le client potentiel serait-il un membre des familles Barrington ou Clifton ?

— Non. Je ne m'occupe d'aucune des deux. Je crois savoir qu'elles ont leurs comptes à la Barclays de Bristol, alors que mon client vient du nord de l'Angleterre.

Nouveau long silence.

— Où vous trouverez-vous, à 9 heures, lundi 17 août ? s'enquit Ledbury.

— À mon bureau.

— Très bien. Il se peut que je vous appelle à 9 h 01, et je pourrai peut-être alors vous remercier pour vos divers tuyaux.

— C'est très aimable à vous, Stephen. Mais passons à des sujets plus sérieux... Où en est votre handicap au golf ?

— Il est toujours de onze, mais j'ai le sentiment qu'il sera de douze au début de la saison prochaine. Je ne rajeunis pas...

— C'est notre cas à tous. Faites une bonne partie pendant le week-end ! Il me tarde d'avoir de vos nouvelles... (Il consulta son calendrier.) ... dans dix jours.

Il appuya sur le bouton sur le côté du téléphone et regarda son plus jeune directeur adjoint assis en face de lui.

— Dites-moi ce que cette conversation vous a appris, Seb.

— Qu'il se peut que Martinez mette toutes ses actions de la Barrington sur le marché le 17 août, à 9 heures.

— Une semaine exactement avant le jour où votre mère présidera l'assemblée générale annuelle de l'entreprise.

— Diable !

— Je suis content que vous ayez deviné les manigances de Martinez. Mais n'oubliez jamais, Seb, que dans n'importe quelle conversation, c'est souvent ce qui semble tout à fait insignifiant sur le moment qui fournit le renseignement souhaité. M. Ledbury m'a gentiment offert deux petites perles de cette eau.

— Quelle est la première ?

Cedric regarda son bloc-notes et lut : « Ne prenez pas cette peine, Cedric. Comme la maison Agnew ne se trouve qu'à deux cents mètres d'ici, je vais y faire un saut moi-même pour en prendre un. » Qu'est-ce que cela nous apprend ?

— Qu'il ne savait pas que la collection de Martinez allait être mise en vente.

— Oui, bien sûr. Mais surtout que, pour une raison ou une autre, cette mise en vente le tracasse. Autrement, il aurait envoyé l'un de ses employés chercher le catalogue… « Je vais y faire un saut moi-même pour en prendre un. »

— Et le second élément ?

— Il a demandé si notre banque s'occupait des Clifton ou des Barrington.

— En quoi est-ce significatif ?

— Parce que si j'avais répondu oui, la conversation se serait arrêtée là. Je suis certain que Ledbury a reçu l'ordre de mettre en vente les actions le 17, mais pas pour un membre de la famille.

— Et pourquoi est-ce important ?

— Martinez ne veut clairement pas que la famille devine ce qu'il manigance. Il espère manifestement récupérer la plus grande partie de ses investissements dans la Barrington pendant la période précédant l'AG, période durant laquelle il semble être sûr que l'action se sera effondrée sans qu'il ait perdu une trop grande somme d'argent. S'il choisit bien son moment, tous les agents de change essaieront de se débarrasser de leurs actions Barrington, et l'ordre du jour de l'AG sera inévitablement détourné par des journalistes voulant savoir si la compagnie est sur le point de faire faillite. Auquel cas l'annonce du baptême du *Buckingham* par la reine mère ne fera pas la une des journaux du lendemain.

— Peut-on faire quelque chose pour l'en empêcher ?

— Oui. Mais nous devrons nous assurer que notre intervention soit encore plus minutée que celle de Martinez.

— Il y a pourtant quelque chose qui cloche. Si Martinez a toutes les chances de récupérer son investissement en vendant ses actions, pourquoi a-t-il également besoin de vendre sa collection d'œuvres d'art ?

— C'est un mystère, en effet. Et j'ai le sentiment que, lorsque nous l'aurons percé, toutes les pièces du puzzle trouveront parfaitement leur place. Il est également tout à fait possible que, si vous posez la bonne question à la jeune femme qui vous invite à dîner demain soir, on ait des chances de placer une ou deux pièces supplémentaires du puzzle. Mais rappelez-vous ce que je viens de dire… Une remarque lâchée dans un moment d'inattention se révèle souvent plus précieuse qu'une réponse à une question directe. Au fait, comment s'appelle la jeune dame ?

— Je n'en ai aucune idée.

*

* *

Assise au cinquième rang d'une salle bondée, Susan Fisher écoutait attentivement l'allocution d'Emma qui, à la réunion annuelle de l'Association des anciennes élèves du collège Red Maids, évoquait sa vie de présidente d'une compagnie maritime de premier plan. Quoique Emma fût toujours une belle femme, Susan constata que quelques petites rides avaient commencé à apparaître autour des yeux et que la lourde chevelure brune qui avait fait l'envie de ses camarades de classe avait désormais besoin d'un petit coup de pouce pour conserver sa couleur brune et son brillant, et éviter de révéler les très probables effets de la tension et du chagrin.

Susan ne manquait jamais une réunion des anciennes élèves et avait attendu celle-ci avec une impatience particulière, ayant toujours beaucoup admiré Emma Barrington, qui avait été élève-major, avait été admise à Oxford et était devenue la première présidente d'une entreprise par actions.

Toutefois, quelque chose l'intriguait dans l'allocution d'Emma. Alors que la lettre de démission d'Alex suggérait qu'après une série de mauvaises décisions l'entreprise risquait de faire faillite, Emma donnait l'impression que, la première phase des réservations sur le *Buckingham* ayant connu un succès sans faille, la Barrington pouvait envisager un avenir radieux. Ils ne pouvaient pas avoir raison tous les deux, et Susan savait parfaitement qui des deux elle voulait croire.

Durant le cocktail qui suivit l'allocution, il était impossible de s'approcher de l'oratrice qui était entourée de vieux amis et de nouveaux admirateurs. Ne prenant pas la peine d'attendre son tour, Susan décida de renouer avec ses anciens camarades de classe. Chaque fois qu'on lui posait une question sur Alex, elle tentait de s'esquiver. Au bout d'une heure, ayant promis de rentrer à Burnham-on-Sea pour préparer le dîner de sa mère, elle s'en alla. Elle sortait du hall de l'école lorsqu'une voix lança derrière elle : « Susan ! »

Se retournant, elle fut surprise de voir Emma Clifton se diriger vers elle.

— Sans vous, je n'aurais pas eu l'occasion de prononcer cette allocution. C'était très courageux de votre part, parce que je devine la réaction d'Alex lorsqu'il est rentré cet après-midi-là…

— Je n'ai pas attendu pour le savoir, parce que j'avais déjà pris la décision de le quitter. Maintenant que je sais que la compagnie se porte très bien, je suis encore plus satisfaite de vous avoir soutenue.

— Nous avons encore six mois difficiles devant nous, reconnut Emma, mais si nous franchissons ce cap, je me sentirai bien plus tranquille.

— Je suis certaine que ça se passera bien. Je suis seulement désolée qu'Alex envisage de démissionner à ce tournant décisif dans l'histoire de l'entreprise.

Alors qu'elle s'apprêtait à monter en voiture, Emma s'arrêta net et se retourna vers Susan.

— Alex envisage de démissionner ?

— Je croyais que vous le saviez.

— Je n'en avais aucune idée. Quand vous l'a-t-il annoncé ?

— Il ne me l'a pas annoncé. Il se trouve simplement que j'ai vu une lettre de démission sur son bureau, ce qui m'a étonnée, sachant qu'il adore siéger au conseil d'administration. Mais, comme la lettre est datée du 21 août, il est possible qu'il hésite encore.

— J'ai intérêt à lui parler.

— Non, n'en faites rien, je vous en prie ! Je n'étais pas censée lire cette lettre.

— D'accord. Vous souvenez-vous du motif invoqué ?

— Je ne me rappelle pas les termes exacts, mais il disait plus ou moins que le bien des actionnaires devait constituer sa priorité et que c'était une question de principe que quelqu'un les prévienne du risque de faillite de l'entreprise. Or, maintenant que j'ai entendu votre allocution, cela n'a aucun sens.

— Quand allez-vous le revoir ?

— J'espère ne jamais le revoir.

— Par conséquent, cela peut-il rester entre nous ?

— Oui, s'il vous plaît. Je n'aimerais pas qu'il découvre que je vous ai parlé de cette lettre.

— Moi non plus.

*

* *

— Où serez-vous à 9 heures, lundi 17 ?

— Là où je me trouve à 9 heures tous les matins : en train de surveiller les deux mille pots de pâte de poisson au moment où ils sortent de la chaîne. Où aimeriez-vous que je sois ?

— Près d'un téléphone, parce que je vous appellerai pour vous conseiller d'investir une somme importante dans une compagnie maritime.

— Ah, votre petit projet se met en place.

— Pas tout à fait encore, répondit Cedric. Il reste quelques derniers réglages à faire, et même après cela, il faudra que j'intervienne à la seconde près.

— Si ça marche, lady Virginia sera-t-elle en colère ?

— Elle sera absolument verte de rage, *mon chéri* !

— Eh bien, s'esclaffa Bingham, je serai près du

téléphone à 8 h 59, lundi… 17 août, ajouta-t-il après avoir consulté son agenda.

*

* *

— Avez-vous choisi le plat le moins cher du menu pour la simple raison que c'est moi qui paie ?

— Non. Bien sûr que non, répondit Sebastian. Mes plats favoris ont toujours été la soupe à la tomate et une feuille de salade.

— Eh bien, laissez-moi deviner celui qui vient en deuxième position, dit Samantha. Nous allons tous les deux prendre le San Daniele avec du melon, suivi de deux biftecks, ajouta-t-elle en levant les yeux vers le serveur.

— Quelle cuisson, pour vous, madame ?

— À point, s'il vous plaît.

— Et pour monsieur ?

— Quelle cuisson pour moi, madame ? se moqua Sebastian en souriant à la jeune femme.

— À point pour lui également.

— Alors, qu'est-ce qui…

— Comment…

— Allez-y d'abord, proposa Samantha.

— Qu'est-ce qui a amené une jeune Américaine à Londres ?

— Mon père est diplomate et il vient d'être nommé à Londres. J'ai donc pensé que ce serait agréable d'y passer une année.

— Et votre mère, que fait-elle, Samantha ?

— Sam. Seule ma mère m'appelle Samantha. Mon père espérait un garçon.

— Eh bien, il a miraculeusement raté son coup.

— Quel flatteur vous faites !

— Et votre mère ? répéta Sebastian.

— Elle est plutôt vieux jeu. Elle s'occupe simplement de mon père.

— Je cherche quelqu'un comme ça.

— Eh bien, bonne chance !

— Pourquoi une galerie d'art ?

— J'ai étudié l'histoire de l'art à l'université de Georgetown, puis j'ai décidé d'interrompre mes études pendant une année.

— Et ensuite quels sont vos projets ?

— Je commence mon doctorat en septembre.

— Sur quel sujet ?

— « Rubens. Peintre ou diplomate ? ».

— N'était-il pas les deux à la fois ?

— Vous allez devoir attendre deux ans pour avoir la réponse.

— Dans quelle université ? s'enquit-il, tout en espérant qu'elle n'allait pas retourner en Amérique quelques semaines plus tard.

— Londres ou Princeton. Les deux m'ont offert une place mais je n'ai pas encore pris ma décision. Et vous ?

— Ni l'une ni l'autre ne m'ont offert de place.

— Non, espèce d'idiot. Vous, qu'est-ce que vous faites ?

— Je travaille dans une banque après avoir pris une année de congé, répondit-il au moment où le serveur revenait avec deux assiettes de jambon et melon.

— Par conséquent, vous n'êtes pas allé à l'université.

— C'est une longue histoire. Une autre fois, peut-être, ajouta-t-il, attendant qu'elle saisisse son couteau et sa fourchette.

— Vous êtes donc persuadé qu'il y aura une autre fois ?

— Absolument. Jeudi, je dois venir chercher les peintures de Jessica à la galerie et le lundi d'après vous m'avez invité au vernissage de l'exposition de la collection du gentleman inconnu. À moins qu'on connaisse désormais son identité ?

— Non. M. Agnew est le seul à la connaître. Tout ce que je peux vous dire, c'est qu'il n'assistera pas au vernissage.

— Il ne veut manifestement pas qu'on sache qui il est.

— Ni où il se trouve. Nous ne pouvons même pas le contacter pour lui dire comment se sera passée l'inauguration, parce qu'il sera pendant quelques jours en Écosse pour chasser.

— Bizarre, bizarre, dit-il au moment où les assiettes vides étaient prestement enlevées.

— Et votre père, que fait-il ?

— Il raconte des histoires.

— N'est-ce pas ce que font la plupart des hommes ?

— C'est vrai. Mais lui est payé pour ça.

— Il doit avoir beaucoup de succès, alors.

— Numéro un sur la liste des meilleures ventes du *New York Times*, répondit fièrement Sebastian.

— C'est Harry Clifton !

— Vous avez lu les livres de mon père ?

— Non. J'avoue ne pas les avoir lus, mais ma mère les dévore. En fait, je lui ai offert *William Warwick et l'Épée à double tranchant* pour Noël. Flûte ! s'écria-t-elle, j'ai oublié de commander le vin.

— De l'eau suffit.

— Une demi-bouteille de fleurie, lança-t-elle au serveur.

— Que vous êtes autoritaire !

— Pourquoi dit-on toujours qu'une femme est autoritaire, alors que si un homme se conduit de la même façon, on déclare qu'il est déterminé, qu'il sait ce qu'il veut et qu'il a des qualités de leader ?

— Vous êtes féministe !

— Pourquoi pas ? Après tout ce que vous avez fait durant le dernier millénaire.

— Avez-vous lu *La Mégère apprivoisée* ? demanda Seb avec un sourire ironique.

— Pièce écrite par un homme il y a quatre siècles, à une époque où les femmes n'avaient même pas le droit de jouer le premier rôle féminin. Si Kate vivait aujourd'hui, elle serait sans doute Premier Ministre.

— Il faut que vous rencontriez ma mère, Samantha, s'esclaffa Sebastian. Elle est tout aussi autoritaire… pardon, aussi *déterminée* que vous.

— Je vous répète que seule ma mère m'appelle Samantha. Et mon père quand il est en colère contre moi.

— Votre mère me plaît déjà.

— Et votre mère ?

— J'adore ma mère.

— Non, idiot. Que fait-elle ?

— Elle travaille dans une compagnie maritime.

— Ça semble intéressant. À quel poste ?

— Elle travaille à la direction, répondit-il tandis que Samantha goûtait le vin.

— C'est exactement ce qu'il voulait, déclara-t-elle au serveur qui remplit les deux verres. Que disent les Anglais ? demanda-t-elle à Seb en levant le sien.

— À la vôtre ! Et les Américains ?

— À vot' beauté, poupée !

— Si c'était censé être une imitation de Humphrey Bogart dans *Casablanca*, c'était complètement raté.

— Parlez-moi donc de Jessica. Son don a-t-il toujours été évident ?

— Non. Pas vraiment. D'abord parce qu'on ne pouvait la comparer à personne. En tout cas, jusqu'à ce qu'elle aille à la Slade.

— Et même pas à ce moment-là, il me semble.

— Avez-vous toujours été intéressée par l'art ?

— Je voulais être peintre, mais les dieux en ont décidé autrement. Avez-vous toujours voulu être banquier ?

— Non. J'avais l'intention de devenir diplomate comme votre père, mais ça n'a pas marché.

Le serveur revint à leur table.

— Souhaiteriez-vous un dessert, madame ? s'enquit-il en ramassant les assiettes vides.

— Non, merci, répondit Sebastian. Elle n'en a pas les moyens.

— J'aimerais seulement peut-être…

— Elle aimerait seulement peut-être l'addition, intervint Sebastian.

— Tout de suite, monsieur.

— Qui est autoritaire maintenant ? fit Samantha.

— Vous ne trouvez pas bizarres les conversations lors d'un premier rendez-vous ?

— Est-ce un premier rendez-vous ?

— J'espère bien, répondit Sebastian tout en se demandant s'il oserait lui toucher la main.

Elle lui fit un sourire si chaleureux qu'il se sentit assez sûr de lui pour lui demander :

— Puis-je vous poser une question personnelle ?

— Mais, bien sûr, Seb.

— Avez-vous un petit ami ?

— Oui, en effet, répondit-elle d'un ton plutôt grave.

Il ne put cacher sa déception.

— Parlez-moi de lui, réussit-il à dire au moment où le serveur revenait avec l'addition.

— Il vient à la galerie jeudi pour chercher des tableaux et je l'ai invité à assister au vernissage de l'exposition de M. Mystère, le lundi suivant. Et j'espère, poursuivit-elle en consultant l'addition, qu'à ce moment-là il aura assez d'argent sur son compte en banque pour m'inviter à dîner, à son tour.

Sebastian rougit comme elle donnait deux livres au serveur en lui disant de garder la monnaie.

— C'est une première pour moi, expliqua Sebastian.

Elle sourit, se pencha au-dessus de la table et lui saisit la main.

— Pour moi aussi, dit-elle.

Sebastian Clifton

1964

31

Dimanche soir

Cedric jeta un regard autour de la table mais attendit que tout le monde soit installé pour prendre la parole.

— Désolé de vous faire venir jusqu'ici avec si peu de préavis mais Martinez ne m'a pas laissé le choix, dit-il, mettant immédiatement son auditoire sur le qui-vive. J'ai de bonnes raisons de croire que Martinez a l'intention de placer sur le marché tout son stock d'actions Barrington dans huit jours, dès l'ouverture de la Bourse. Il espère récupérer le plus possible de son investissement tant que la valeur des actions est au plus haut, tout en faisant mordre la poussière à la compagnie. Cela se passera exactement une semaine avant l'AG annuelle, juste au moment où nous avons besoin de la confiance du public. S'il réussissait son coup, la Barrington pourrait faire faillite en quelques jours seulement.

— Est-ce légal ? s'enquit Harry.

Cedric se tourna vers son fils, assis à sa droite.

— Il n'enfreindrait la loi, répondit Arnold, que s'il souhaitait racheter les actions à un prix inférieur, et ce n'est visiblement pas son objectif.

— Mais le prix de l'action pourrait-il être si fortement affecté ? Après tout, il ne s'agit que d'un seul actionnaire qui mettrait son stock sur le marché.

— Si un actionnaire représenté au conseil d'administration d'une compagnie déverse un million d'actions sur le marché sans préavis ni explication, la City imaginera le pire et les investisseurs voudront quitter le navire. Le prix de l'action risquerait d'être divisé par deux en quelques heures, voire quelques minutes. (Il attendit que ses paroles aient produit leur effet, avant d'ajouter :) Mais nous ne sommes pas encore battus parce que nous avons un atout.

— Lequel ? fit Emma qui s'efforçait de rester calme.

— Nous savons exactement ce qu'il manigance et nous pouvons le battre sur son propre terrain. Mais il nous faudra le prendre de vitesse et nous ne pouvons espérer l'emporter que si tout le monde autour de cette table accepte mes recommandations et le risque à courir.

— Avant que vous nous fassiez part de votre plan, dit Emma, je dois vous avertir que ce n'est pas là le seul projet de Martinez pour cette semaine. (Cedric s'adossa à son siège.) Alex Fisher va démissionner de son poste de directeur extérieur le vendredi, trois jours seulement avant l'AG.

— Est-ce une si mauvaise nouvelle ? demanda Giles. Après tout, Fisher ne t'a jamais vraiment soutenue, ni toi ni la compagnie.

— En temps normal, je serais d'accord avec toi, Giles, mais dans sa lettre de démission que je n'ai pas encore reçue, bien que je sache qu'elle est datée du lundi précédant l'AG, Fisher affirme être contraint de démissionner parce que l'entreprise est au bord de la faillite et que sa seule responsabilité est de protéger les intérêts des actionnaires.

— Ce sera une première, commenta Giles. De toute façon, ce n'est tout simplement pas vrai et il devrait être facile de réfuter ses allégations.

— C'est ce qu'on pourrait croire, Giles. Mais combien de tes collègues députés continuent à penser que tu as eu une crise cardiaque à Bruxelles alors que tu as mille fois démenti la rumeur ?

Giles resta coi.

— Comment savez-vous que Fisher va démissionner si vous n'avez pas reçu sa lettre de démission ? s'enquit Cedric.

— Je ne peux pas répondre à cette question, mais je peux vous assurer que je le sais de source sûre.

— Par conséquent, Martinez projette de nous frapper lundi en huit en vendant son stock d'actions, opération suivie, le vendredi, de la démission de Fisher, résuma Cedric.

— Ce qui me forcerait, expliqua Emma, à repousser le baptême du paquebot par la reine mère, sans parler du voyage inaugural.

— Jeu, set et match, conclut Sebastian.

— Que nous conseillez-vous de faire, Cedric ? demanda Emma, sans prêter attention à son fils.

— De lui flanquer un coup de pied dans les parties, intervint Giles. Et de préférence quand il ne s'y attendra pas.

— Vous m'ôtez les mots de la bouche, dit Cedric. Franchement, c'est exactement mon plan. Supposons que Martinez ait l'intention de placer toutes ses actions sur le marché dans huit jours, opération suivie quatre jours plus tard de la démission de Fisher, ce qui entraînera, espère-t-il, l'effondrement de la compagnie et la démission d'Emma, faisant ainsi coup double. Afin de contrecarrer ses projets, nous devons assener le premier coup quand il ne s'en doute pas. À cet effet, j'ai l'intention de vendre vendredi toutes mes actions, les trois cent quatre-vingt mille, à n'importe quel prix.

— Mais à quoi cela servira-t-il ? demanda Giles.

— J'espère que cela aura fait s'effondrer les actions avant le lundi suivant, afin que, lorsque le stock de Martinez sera mis en vente à 9 heures ce matin-là, il perde une fortune. C'est à ce moment-là que je projette de lui flanquer un coup de pied aux fesses, parce qu'un acheteur est déjà prêt à acquérir son million d'actions au prix bas, si bien qu'elles ne resteront sur le marché que quelques minutes.

— Est-ce l'homme qu'aucun de nous ne connaît mais qui déteste Martinez autant que nous ? demanda Harry.

Arnold Hardcastle posa la main sur le bras de son père et lui chuchota :

— Ne réponds pas à cette question, papa.

— Même si vous réussissez votre coup, prévint Emma, il faudra quand même qu'une semaine plus tard, à l'AG, j'explique à la presse et aux actionnaires la raison de l'effondrement de l'action.

— Pas si je reviens sur le marché dès le rachat des actions de Martinez et que je me mets à acheter massivement jusqu'à ce que le prix soit remonté à son niveau actuel.

— Mais vous nous avez dit que c'était illégal.

— Quand j'ai dit « je », je voulais dire…

— Pas un mot de plus, papa ! lança Arnold d'un ton ferme.

— Mais si Martinez vous perce à jour… commença Emma.

— Nous l'en empêcherons, affirma Cedric, parce que nous allons tous prendre connaissance de son emploi du temps, comme Seb va maintenant l'expliquer.

Sebastian se leva et fit face à un auditoire aussi coriace que le plus exigeant des publics d'une première du West End.

— Martinez, déclara-t-il, a l'intention d'aller en Écosse pendant le week-end pour chasser la grouse et il ne reviendra à Londres que mardi.

— Comment peux-tu en être aussi sûr, Seb ? demanda son père.

— Parce que toute sa collection d'œuvres d'art sera mise en vente chez Agnew le lundi soir, et il a annoncé au galeriste qu'il ne pourra pas assister à la vente parce qu'il ne sera pas encore de retour à Londres.

— Je trouve étrange, dit Emma, qu'il ne veuille pas être présent le jour où il se débarrasse de toutes ses actions de la compagnie et où il vend sa collection d'œuvres d'art.

— Rien de plus facile à expliquer, répliqua Cedric. Si la Barrington a l'air d'avoir des problèmes, il voudra se trouver le plus loin possible et de préférence là où personne ne peut le contacter afin que vous soyez seule à affronter les aboiements des journalistes et la colère des actionnaires.

— Savons-nous où il sera en Écosse ? s'enquit Giles.

— Pas pour le moment, répondit Cedric, mais j'ai appelé Ross Buchanan hier soir. C'est lui-même un chasseur émérite et il m'a expliqué qu'il n'existe que six hôtels ou relais de chasse au nord de la frontière que Martinez jugerait assez bien pour lui et pour fêter l'ouverture de la chasse à la grouse. Ross va passer les deux prochains jours à aller de l'un à l'autre jusqu'à ce qu'il découvre celui où Martinez a réservé.

— Et nous, comment pouvons-nous nous rendre utiles ? demanda Harry.

— Conduisez-vous normalement. Surtout vous, Emma. Vous devez paraître occupée à préparer l'AG et le lancement du *Buckingham*. Laissez Seb et moi régler le reste de l'opération.

— Mais même si vous réussissez le coup des actions, intervint Giles, cela ne résoudra toujours pas le problème de la démission de Fisher.

— J'ai déjà commencé à mettre en œuvre une stratégie pour lui régler son compte.

Chacun était tout ouïe.

— Vous n'allez pas nous mettre dans la confidence, c'est ça ? finit par dire Emma.

— C'est bien ça. Mon avocat, ajouta-t-il en touchant le bras de son fils, m'a déconseillé de le faire.

32

Mardi après-midi

Cedric décrocha le téléphone posé sur son bureau et reconnut immédiatement le léger accent écossais.

— Martinez a réservé au Glenleven Lodge, du vendredi 14 août au mardi 18.

— Cela semble très loin.

— C'est un trou perdu.

— Qu'avez-vous trouvé d'autre ?

— Lui et ses deux fils viennent à Glenleven deux fois par an, en mars et en août. Ils réservent toujours les trois mêmes chambres, au deuxième étage, et ils prennent tous leurs repas dans la suite de don Pedro, jamais dans la salle à manger.

— Avez-vous appris l'heure de leur arrivée ?

— Oui. Ils prendront le train-couchettes pour Édimbourg jeudi soir, et le chauffeur de l'hôtel viendra les chercher vers 5 h 30 le lendemain matin pour les conduire directement à Glenleven, à temps pour le petit déjeuner. Martinez aime les harengs fumés, des toasts bien dorés et la marmelade d'orange anglaise.

— Je suis impressionné. Combien de temps avez-vous mis pour apprendre tout ça ?

— J'ai parcouru près de cinq cents kilomètres en

voiture à travers les Highlands pour interroger plusieurs hôtels et relais de chasse. Après quelques petits verres dans le bar de Glenleven, j'ai même appris quel était son cocktail favori.

— Par conséquent, avec un peu de chance, j'aurai les mains libres depuis le moment où le chauffeur les prendra en voiture, le vendredi matin, jusqu'à leur retour à Londres, le mardi soir.

— Sauf imprévu.

— Il y en a toujours, et il n'y a aucune raison de penser que ce sera différent cette fois-ci.

— Vous avez sûrement raison. Voilà pourquoi je serai à la gare Waverley, vendredi matin, et dès que la voiture des trois hommes démarrera en direction de Glenleven, je vous téléphonerai. Vous n'aurez plus qu'à attendre l'ouverture de la Bourse à 9 heures pour commencer à opérer.

— Allez-vous retourner à Glenleven ?

— Oui. J'ai réservé une chambre au même hôtel, mais ma femme Jean et moi n'y arriverons que vendredi après-midi, pour passer, j'espère, un paisible week-end dans les Highlands. Je ne vous téléphonerai qu'en cas de problème. Autrement, je ne vous donnerai de mes nouvelles que mardi matin, et seulement après avoir vu les trois hommes monter dans le train en partance pour Londres.

— Et alors il sera trop tard pour que Martinez intervienne.

— En effet. C'est le plan A.

Mercredi matin

— Envisageons un instant ce qui pourrait échouer, dit Diego en regardant son père assis en face de lui.

— À quoi penses-tu ? demanda don Pedro.

— Imaginons que l'adversaire ait deviné notre projet et qu'il attende que nous soyons coincés en Écosse pour profiter de notre absence.

— Mais nous n'avons mis au courant que la famille, intervint Luis.

— Ledbury ne fait pas partie de la famille et il sait qu'on va vendre nos actions lundi matin. Fisher ne fait pas partie de la famille et il considérera qu'il ne nous doit rien une fois qu'il aura remis sa lettre de démission.

— Tu es sûr de ne pas t'inquiéter pour rien ? fit don Pedro.

— C'est possible. Mais je préférerais quand même vous rejoindre à Glenleven un jour plus tard. Je pourrai ainsi connaître la valeur de l'action Barrington à la clôture du marché, vendredi soir. Si son cours est toujours plus élevé que celui auquel on l'a achetée, j'appréhenderai moins de déverser plus d'un million d'actions sur le marché, lundi matin.

— Tu perdras une journée de chasse.

— Ça vaut mieux que de perdre deux millions de livres.

— C'est juste. J'enverrai le chauffeur te chercher à la gare Waverley samedi matin à la première heure.

— Pourquoi ne pas prendre toutes les précautions et s'assurer que personne ne nous fait un enfant dans le dos ?

— Que suggères-tu ?

— Appelle la banque pour dire à Ledbury que tu as changé d'avis et que finalement tu n'as pas l'intention de vendre tes actions lundi matin.

— Je suis obligé de les vendre pour que mon plan ait une chance de réussir !

— Mais on les vendra. Je placerai l'ordre de vente chez un autre agent, vendredi soir, juste avant de partir pour l'Écosse, et seulement si le prix n'a pas baissé. De cette façon, on ne peut pas être perdants.

Jeudi matin

Tom gara la Daimler devant la maison Agnew sur Bond Street.

Cedric avait accordé une heure à Sebastian et lui avait même permis d'utiliser sa voiture afin qu'il revienne rapidement au bureau. Sebastian entra dans la galerie presque en courant.

— Bonjour, monsieur.

— « Bonjour, monsieur ? » N'êtes-vous pas la dame avec qui j'ai dîné samedi soir ?

— Oui. Mais c'est le règlement de la galerie, chuchota Sam. M. Agnew n'aime pas que le personnel fraternise avec les clients.

— Bonjour, mademoiselle Sullivan. Je suis venu chercher mes tableaux, dit Sebastian du ton d'un client ordinaire.

— Oui, bien sûr, monsieur. Suivez-moi, je vous prie.

Il la suivit au sous-sol et ne reparla qu'une fois qu'elle eut déverrouillé la porte de la réserve où plusieurs paquets soigneusement emballés étaient appuyés contre un mur. Sam en prit deux tandis que Sebastian en attrapait trois. Ils les montèrent au rez-de-chaussée, sortirent sur le trottoir et les placèrent dans le coffre de la voiture. Au moment où ils rentraient dans la galerie, M. Agnew émergeait de son bureau.

— Bonjour, monsieur Clifton.

— Bonjour, monsieur. Je suis venu chercher mes tableaux.

Agnew hocha la tête tandis que Sebastian suivait Samantha dans l'escalier. Lorsqu'il la rattrapa, elle avait déjà saisi deux paquets de plus. Il en restait deux mais, voulant un prétexte pour redescendre avec elle, Sebastian n'en prit qu'un. Quand il remonta au rez-de-chaussée, M. Agnew avait disparu.

— Vous n'avez pas pu prendre les deux derniers ? demanda Samantha. Vous n'avez guère de force !

— Non. J'en ai laissé un, répondit Sebastian avec un large sourire.

— Alors je vais aller le chercher.

— Je vais vous aider.

— Comme c'est aimable à vous, monsieur.

— C'est avec plaisir, mademoiselle Sullivan.

Une fois qu'ils furent à nouveau dans la réserve, Sebastian ferma la porte.

— Êtes-vous libre pour dîner ce soir ? s'enquit-il.

— Oui. Mais il faudra que vous veniez me chercher ici. Nous n'avons toujours pas terminé d'accrocher les tableaux pour l'exposition de lundi. Je ne vais donc pouvoir m'échapper que peu avant 20 heures.

— Je serai devant la porte à 20 heures, promit

Sebastian en lui passant un bras autour de la taille et en se penchant en avant.

— Mademoiselle Sullivan ?

— Oui, monsieur.

Elle s'empressa d'ouvrir la porte et de gravir les marches à toute vitesse.

Sebastian la suivit en s'efforçant d'avoir l'air décontracté. Se rappelant soudain que ni l'un ni l'autre n'avaient pensé à prendre le dernier tableau, il dévala l'escalier, attrapa le paquet et remonta les marches quatre à quatre. M. Agnew était en train de parler à Sam, qui ne le regarda pas quand il passa à côté d'elle.

— Peut-être pourrions-nous voir la liste ensemble, une fois que vous en aurez fini avec votre client.

— Oui, monsieur.

Tom plaçait le dernier tableau dans le coffre lorsqu'elle le rejoignit sur le trottoir.

— Quelle belle voiture, fit-elle. Avec chauffeur, par-dessus le marché. Vous vous débrouillez pas mal pour un gars qui n'a pas les moyens d'inviter une petite vendeuse au restaurant.

Tom la gratifia d'un sourire ironique et d'un salut militaire moqueur avant de monter en voiture.

— Aucun des deux n'est à moi, hélas, répondit Sebastian. La voiture appartient à mon patron et il m'a permis de l'emprunter une fois que je lui ai annoncé que j'avais rendez-vous avec une belle jeune femme.

— Drôle de rendez-vous, rétorqua-t-elle.

— Je tâcherai d'être à la hauteur ce soir.

— Vivement ce soir, monsieur !

— Je regrette de ne pas être venu plus tôt, mais cette semaine… dit-il sans plus de précisions en refermant la portière. Merci pour votre aide, mademoiselle Sullivan.

— Je vous en prie, monsieur. Au plaisir de vous revoir.

Jeudi après-midi

— Cedric, ici, Stephen Ledbury de la Midland.

— Bonjour, Stephen.

— L'homme en question vient de m'appeler pour m'annoncer qu'il avait changé d'avis et que, finalement, il n'allait pas vendre ses actions Barrington.

— A-t-il expliqué pourquoi ?

— Il préfère les garder, m'a-t-il dit, parce qu'il croit en l'avenir à long terme de la compagnie.

— Merci, Stephen. Tenez-moi au courant, je vous prie, s'il y a du nouveau.

— Je n'y manquerai pas, parce que j'ai toujours une dette envers vous.

— Sûrement pas ! répliqua Cedric, sans plus de précisions.

Sur ce, il raccrocha et inscrivit les quelques mots qui lui disaient tout ce qu'il avait besoin de savoir.

Jeudi soir

Sebastian arriva à la gare de King's Cross juste après 19 heures. Il monta au premier étage et se tint dans l'ombre de la grosse horloge à quatre faces, position qui lui offrait une vue entièrement dégagée sur le *Night Scotsman*, le train de nuit en partance pour l'Écosse qui attendait au quai numéro 5, prêt à transporter cent trente passagers vers Édimbourg.

Cedric lui avait indiqué qu'il devait être absolument certain que les trois hommes étaient montés dans le train avant de prendre le risque de remettre ses propres actions sur le marché. Sebastian regarda don Pedro Martinez accompagné de son fils Luis s'engager sur le quai, quelques minutes avant le départ du train, avec toute l'assurance et la suffisance d'un potentat moyen-oriental. Les deux hommes se dirigèrent vers l'autre bout du train et montèrent dans une voiture de première classe. Pourquoi Diego n'était-il pas avec eux ?

Quelques instants plus tard, le chef de train donna deux coups de sifflet, puis agita son drapeau vert avec un grand moulinet du bras, et le *Night Scotsman* s'ébranla en direction du nord, deux Martinez seulement à son bord. Dès qu'il cessa de voir le panache de fumée blanche s'échapper de la cheminée du train, Sebastian courut jusqu'au téléphone le plus proche et appela M. Hardcastle sur sa ligne privée.

— Diego n'est pas à bord du train.

— C'est sa deuxième erreur, déclara Cedric. Revenez au bureau sur-le-champ. Il y a un autre imprévu.

Sebastian aurait voulu dire à Cedric qu'il avait rendez-vous avec une magnifique jeune femme, mais ce n'était pas le moment de suggérer qu'il avait une vie privée. Il composa le numéro de la galerie, glissa quatre pennies dans l'appareil et attendit jusqu'à ce que la voix très reconnaissable de M. Agnew se fasse entendre à l'autre bout du fil.

— Puis-je parler à Mlle Sullivan ?
— Mlle Sullivan ne travaille plus ici.

Jeudi soir

Comme Tom le ramenait à la banque, Sebastian ne pensait qu'à une chose : Qu'avait bien pu vouloir dire M. Agnew par « Mlle Sullivan ne travaille plus ici » ? Pourquoi Sam aurait-elle quitté un travail qu'elle adorait ? Il était impossible qu'elle ait été licenciée ! Peut-être était-elle malade ? Il n'avait toujours pas percé le mystère au moment où Tom gara la voiture devant l'entrée principale de la Farthings. Pis, il n'avait aucun moyen de la contacter.

Il prit l'ascenseur jusqu'au dernier étage et gagna directement le bureau du président. Il frappa à la porte et entra dans la pièce où se tenait une réunion.

— Désolé, je…

— Entrez donc, Seb, dit Cedric. Vous vous souvenez de mon fils, ajouta-t-il comme Arnold Hardcastle marchait d'un pas décidé vers lui.

Pendant qu'ils se serraient la main, Arnold chuchota :

— Ne répondez qu'aux questions qu'on vous posera, ne dites rien spontanément.

Sebastian regarda les deux autres hommes se trouvant dans la pièce. C'est la première fois qu'il les voyait. Ils ne lui tendirent pas la main.

— Arnold sera votre avocat, annonça Cedric. J'ai déjà dit à l'inspecteur que je suis persuadé qu'il y a une explication toute simple.

Sebastian n'avait aucune idée de ce à quoi Cedric faisait allusion.

Le plus âgé des deux inconnus avança d'un pas.

— Je suis l'inspecteur principal Rossindale. Je suis en poste au commissariat de Savile Row et j'ai quelques questions à vous poser, monsieur Clifton.

Par les romans de son père, Sebastian savait qu'un inspecteur de police principal n'intervenait pas pour un simple délit. Il hocha la tête mais, suivant les instructions d'Arnold, il resta silencieux.

— Vous êtes-vous rendu aujourd'hui à la galerie Agnew sur Bond Street ?

— Oui. En effet.

— Et quel était le motif de cette visite ?

— Je suis allé chercher des tableaux que j'avais achetés la semaine dernière.

— Avez-vous été aidée par une certaine Mlle Sullivan ?

— Oui.

— Et où se trouvent ces tableaux à présent ?

— Dans le coffre de la voiture de M. Hardcastle. J'avais l'intention de les apporter à mon appartement ce soir.

— Vraiment ? Et où se trouve cette voiture maintenant ?

— Elle est garée devant la banque.

— Puis-je emprunter vos clés de voiture, monsieur ? demanda l'inspecteur à Cedric.

Celui-ci jeta un coup d'œil à Arnold, qui hocha la tête.

— C'est mon chauffeur qui les a, expliqua Cedric. Il doit m'attendre en bas pour me ramener chez moi.

— Avec votre permission, monsieur, je vais vérifier

que les tableaux sont bien là où M. Clifton dit qu'ils se trouvent.

— Nous n'avons aucune objection à cela, déclara Arnold.

— Restez là, sergent Webber, dit Rossindale, et assurez-vous que M. Clifton ne quitte pas la pièce.

Le jeune policier opina du chef.

— Mais qu'est-ce qui se passe, nom d'une pipe ? s'exclama Sebastian lorsque l'inspecteur eut quitté la pièce.

— Vous avez très bien répondu, le félicita Arnold. Mais je pense que, vu les circonstances, il serait sage que vous n'en disiez pas plus, ajouta-t-il en fixant le jeune policier.

— Cependant, intervint Cedric, en se mettant entre le policier et Sebastian, j'aimerais prier ce grand délinquant de confirmer que deux personnes seulement sont montées dans le train.

— Oui. Don Pedro et Luis. Pas de Diego en vue.

— Ils se jettent dans la gueule du loup, dit Cedric lorsque l'inspecteur Rossindale reparut chargé de trois paquets, suivi d'un sergent et d'un gardien de la paix qui portaient les six autres. Ils les appuyèrent contre le mur.

— Sont-ce là les neuf paquets que vous avez pris dans la galerie avec l'aide de Mlle Sullivan ? s'enquit l'inspecteur.

— Oui, confirma Sebastian sans la moindre hésitation.

— Ai-je votre permission pour les déballer ?

— Oui, bien sûr.

Les trois policiers se mirent en devoir d'enlever le

papier kraft qui enveloppait les tableaux. Sebastian étouffa un cri et, désignant l'une des peintures, s'exclama :

— Ce n'est pas une peinture de ma sœur !

— C'est tout à fait magnifique, dit Arnold.

— Personnellement, je ne peux en juger, monsieur, dit Rossindale, mais je peux confirmer, ajouta-t-il en regardant l'étiquette au dos du tableau, que le peintre n'est pas Jessica Clifton, mais un certain Raphaël, et que, selon M. Agnew, le tableau vaut au moins cent mille livres. (Sebastian avait l'air déconcerté mais ne dit rien.) Et nous avons des raisons de croire, poursuivit Rossindale en regardant Sebastian droit dans les yeux, que, sous prétexte de venir chercher les tableaux de votre sœur, vous avez dérobé cette œuvre d'art avec la complicité de Mlle Sullivan.

— Mais c'est absurde ! s'écria Arnold, avant que Sebastian n'ait le temps de réagir.

— Je vous demande pardon, monsieur ?

— Réfléchissez, monsieur l'inspecteur principal. Si, comme vous le suggérez, mon client, avec la complicité de Mlle Sullivan, avait volé le Raphaël de la galerie Agnew, penseriez-vous le retrouver quelques heures plus tard dans le coffre de la voiture de son employeur ? Ou sous-entendez-vous que le chauffeur du président, voire le président lui-même, était de connivence ?

— Monsieur Clifton, reprit Rossindale en consultant son carnet de notes, a reconnu qu'il avait l'intention de rapporter les tableaux dans son appartement, ce soir.

— Un Raphaël ne risque-t-il pas de paraître un brin incongru dans une garçonnière de Fulham ?

— Il n'y a pas de quoi rire, monsieur. M. Agnew, qui a déposé plainte pour vol, est un marchand d'art du West End fort respecté, et…

— Il ne s'agit pas d'un vol, monsieur l'inspecteur principal, à moins que vous ne puissiez prouver que le tableau a été pris intentionnellement. Étant donné que vous n'avez même pas demandé à mon client de vous exposer sa version des faits, je ne vois pas comment vous pouvez parvenir à cette conclusion.

L'inspecteur se tourna vers Sebastian qui était en train de compter les tableaux.

— Je suis coupable, dit Sebastian. (L'inspecteur sourit.) Non de vol, mais d'être tombé amoureux.

— Peut-être pourriez-vous vous expliquer ?

— Il y avait neuf tableaux de ma sœur, Jessica Clifton, provenant de l'exposition de fin d'études à la Slade, et il n'y en a que huit ici. Par conséquent, si le neuvième se trouve toujours à la galerie, je fais mon *mea-culpa*. Je me suis trompé de paquet et je m'excuse d'avoir commis une simple erreur.

— Une erreur qui vaut cent mille livres, insista Rossindale.

— Puis-je suggérer, monsieur l'inspecteur principal, intervint Arnold, sans vouloir être accusé de légèreté, qu'il n'est pas habituel qu'un voleur laisse des indices sur la scène du crime qui le désignent sans la moindre ambiguïté.

— Nous ne savons pas si c'est le cas.

— Eh bien, je suggère que nous nous rendions tous à la galerie pour voir si le Jessica Clifton manquant, tableau qui appartient à mon client, s'y trouve toujours.

— Il me faudra plus que ça pour me persuader de son innocence, rétorqua Rossindale.

Sur ce, saisissant le bras de Sebastian, il le fit sortir du bureau et ne le lâcha qu'une fois que le jeune homme fut installé sur le siège arrière de la voiture de police entre deux policiers costauds.

Sebastian pensait à ce que devait ressentir Samantha. Pendant le trajet, il demanda à l'inspecteur si elle serait à la galerie.

— Mlle Sullivan se trouve en ce moment au commissariat de Savile Row où elle est interrogée par l'un de mes subordonnés.

— Mais elle est innocente ! s'écria Sebastian. S'il y a faute, c'est la mienne.

— Je dois vous rappeler, monsieur, qu'un tableau valant cent mille livres a disparu de la galerie où travaillait Mlle Sullivan et qu'il vient d'être retrouvé dans le coffre d'une voiture où vous l'avez placé.

Se rappelant le conseil d'Arnold, Sebastian se tut. Vingt minutes plus tard, la voiture de police s'arrêtait devant la galerie Agnew ; celle du président, Cedric et Arnold assis à l'arrière, suivait d'assez près.

L'inspecteur descendit de voiture, le Raphaël serré entre ses mains, tandis qu'un autre policier appuyait sur la sonnette. M. Agnew apparut immédiatement, déverrouilla la porte et regarda tendrement le chef-d'œuvre, comme s'il retrouvait un enfant perdu.

Lorsque Sebastian expliqua ce qui avait dû se produire, Agnew répondit :

— Théorie qui ne devrait pas être trop difficile à confirmer ou à infirmer.

Sur ce, il conduisit le groupe au sous-sol et ouvrit

avec sa clé la porte de la réserve où se trouvaient plusieurs tableaux emballés, attendant d'être livrés.

Sebastian retint son souffle tandis que M. Agnew examinait soigneusement chaque étiquette jusqu'à ce qu'il en trouve une au nom de Jessica Clifton.

— Auriez-vous l'amabilité de défaire le paquet ? dit Rossindale.

— Bien sûr, répondit M. Agnew, avant d'enlever avec précaution le papier d'emballage, révélant ainsi un portrait de Sebastian.

Arnold éclata de rire.

— Le titre est sans doute *Portrait d'un voleur chevronné* !

Même l'inspecteur s'autorisa un sourire ironique.

— Toutefois, nous ne devons pas oublier, rappela-t-il à Arnold, que M. Agnew a déposé plainte.

— Je vais retirer ma plainte, bien sûr, car je constate maintenant qu'il ne s'agissait pas d'un vol. En fait, poursuivit-il en s'adressant à Sebastian, je vous dois des excuses, à vous et à Sam.

— Cela veut-il dire qu'elle va retrouver son travail ?

— Sûrement pas ! répliqua Agnew. Je reconnais qu'elle n'est pas complice d'un acte délictueux, mais elle est quand même coupable de grave négligence, ou de bêtise. Or nous savons bien tous les deux, monsieur Clifton, qu'elle est loin d'être bête.

— Mais c'est moi qui me suis trompé de tableau.

— C'est elle qui vous a permis de le faire sortir de la galerie.

Sebastian se renfrogna.

— Monsieur Rossindale, dit Sebastian, puis-je

vous accompagner au commissariat ? Je suis censé inviter Samantha à dîner ce soir.

— Je ne vois pas ce qui vous en empêcherait.

— Merci pour votre aide, Arnold, dit Sebastian en serrant la main de l'avocat de la Couronne. (Puis, se tournant vers Cedric, il ajouta :) Je suis absolument désolé de vous avoir causé tant d'ennuis, monsieur.

— Tout ce que je vous demande, c'est de ne pas oublier de vous trouver au bureau demain matin à 7 heures, car c'est un jour d'une certaine importance pour nous tous. Toutefois, je dois dire, Seb, que vous auriez pu choisir une meilleure semaine pour voler un Raphaël.

Tout le monde s'esclaffa sauf M. Agnew qui continuait à serrer le chef-d'œuvre contre lui. Il le remit dans la réserve dont il ferma la porte à double tour avant de les raccompagner au rez-de-chaussée.

— Je vous remercie, monsieur l'inspecteur, dit-il à Rossindale qui quittait la galerie.

— Je vous en prie, monsieur. Je suis ravi que cela se finisse bien.

Lorsque Sebastian monta à l'arrière de la voiture de police, l'inspecteur principal Rossindale lui dit :

— Je vais vous expliquer pourquoi j'étais si convaincu que vous aviez volé le tableau, jeune homme. Votre copine a affirmé que c'était sa faute, et, en général, lorsque les petites amies s'accusent, cela signifie qu'elles protègent quelqu'un.

— Je ne suis pas certain qu'elle restera ma petite amie après ce qu'elle a enduré par ma faute.

— Je vais la faire libérer le plus tôt possible, déclara Rossindale. Il faut juste que je m'occupe de la paperasse, ajouta-t-il avec un soupir lorsque la voiture s'arrêta devant le commissariat de Savile Row.

Sebastian suivit le policier dans le bâtiment.

— Accompagnez M. Clifton jusqu'aux cellules au sous-sol pendant que je m'occupe de la paperasse.

Le jeune sergent fit descendre à Sebastian une volée de marches, déverrouilla la porte d'une cellule puis s'écarta pour le laisser passer. Samantha était recroquevillée au bout d'un mince matelas, les genoux coincés sous le menton.

— Seb ! On vous a arrêté vous aussi ?

— Non, répondit-il en la prenant dans ses bras pour la première fois. Je ne pense pas qu'on nous permettrait d'être dans la même cellule si nous étions considérés comme les Bonnie et Clyde londoniens. Dès que M. Agnew a trouvé le tableau de Jessica dans la réserve, il a compris que je m'étais simplement trompé de paquet et il a retiré sa plainte. Mais je crains que vous n'ayez perdu votre travail, et ce par ma faute.

— Je ne peux pas lui en vouloir, affirma Samantha. J'aurais dû me concentrer sur ce que je faisais, au lieu de flirter. Mais je commence à me demander jusqu'où vous êtes prêt à aller pour éviter de m'inviter à dîner au restaurant.

Il la lâcha, la regarda dans les yeux, puis lui donna un tendre baiser.

— Il paraît qu'une fille se rappelle toujours le premier baiser d'un homme dont elle est amoureuse, et je dois avouer qu'il me sera très difficile d'oublier celui-ci, déclara-t-elle au moment où la porte s'ouvrait à la volée.

— Vous êtes libre à présent, mademoiselle, annonça le jeune sergent. Désolé pour le malentendu.

— Ce n'est pas votre faute.

Le sergent les conduisit au rez-de-chaussée et ouvrit la porte du commissariat.

Sebastian sortit sur le trottoir et prit la main de Samantha juste au moment où une Cadillac bleu marine s'arrêtait devant le bâtiment.

— Ah, mince ! s'écria la jeune femme. J'avais oublié… La police m'avait autorisée à passer un seul coup de téléphone et j'ai appelé l'ambassade. On m'a répondu que mes parents étaient à l'Opéra, mais qu'on les ferait sortir à l'entracte. Ah, mince ! répéta-t-elle, comme M. et Mme Sullivan descendaient de voiture.

— De quoi s'agit-il, Samantha ? demanda M. Sullivan après l'avoir embrassée sur la joue. Ta mère et moi nous sommes fait un sang d'encre.

— Je suis désolée, répondit Sam, il y a eu un affreux malentendu.

— C'est un soulagement, dit sa mère et, regardant le jeune homme qui tenait la main de sa fille, elle demanda :

— Et lui, qui est-ce ?

— Ah. Je vous présente Sebastian Clifton. Mon futur époux.

33

Vendredi matin

— Vous aviez raison. Ce soir, Diego va prendre le train-couchettes à King's Cross pour rejoindre son père et Luis à Glenleven Lodge demain matin.

— Comment pouvez-vous en être aussi sûr ?

— Le réceptionniste a dit à ma femme qu'une voiture irait le chercher le matin et l'amènerait directement au relais, à temps pour prendre le petit déjeuner. Je pourrais peut-être me rendre à Édimbourg en voiture demain matin pour le vérifier.

— Ce n'est pas nécessaire. Seb retournera à King's Cross ce soir pour s'assurer qu'il a bien pris le train. En supposant qu'il n'est pas arrêté pour le vol d'un Raphaël.

— Vous ai-je bien entendu ? demanda Ross.

— Je vous raconterai ça une autre fois, parce que je suis toujours en train de chercher à savoir en quoi consiste le plan B.

— Eh bien, vous ne pouvez pas prendre le risque de vendre la moindre action tant que Diego est toujours à Londres, parce que si le cours s'effondrait soudain, don Pedro devinerait vos projets et ne mettrait pas ses actions sur le marché.

— Alors j'ai perdu la partie.

— Non, la partie n'est pas encore perdue. J'ai deux idées que j'aimerais vous soumettre... En tout cas, si vous êtes toujours disposé à prendre de sacrés risques ?

— Je suis tout ouïe, répondit Cedric, en prenant un stylo et en ouvrant son bloc-notes.

— Lundi matin, à 8 heures, une heure avant l'ouverture du marché, vous pourriez contacter les principaux agents de change de la City pour leur indiquer que vous souhaitez acheter les actions Barrington. Lorsque le million et quelques d'actions de Martinez sera mis sur le marché à 9 heures, vous serez la première personne qu'ils appelleront, parce que la commission sur une vente de cette importance sera colossale.

— Mais si les actions sont toujours au plus haut, Martinez sera le seul bénéficiaire de l'opération.

— J'ai dit que j'avais deux idées.

— Désolé.

— Ce n'est pas parce que la Bourse ferme à 16 heures le vendredi qu'on ne peut pas continuer à opérer des transactions. La Bourse de New York sera encore ouverte pendant cinq heures et celle de Los Angeles durant huit. Et si vous ne vous êtes pas alors séparé de toutes vos actions, Sydney ouvre dimanche à minuit. S'il vous en reste encore quelques-unes, Hong Kong sera ravi de vous aider à vous en débarrasser. Par conséquent, lorsque la Bourse de Londres ouvrira lundi matin à 9 heures, je parie que la valeur des actions Barrington aura baissé environ de moitié par rapport à celle de la fermeture aujourd'hui.

— Brillant ! fit Cedric. Sauf que je ne connais aucun agent de change à New York, Los Angeles, Sydney ou Hong Kong.

— Un seul suffit. Abe Cohen, de Cohen, Cohen et Yablon. Comme Sinatra, il ne travaille que la nuit. Dites-lui seulement que vous voulez vous défaire de trois cent quatre-vingt mille actions Barrington, lundi matin, heure de Londres, et, croyez-moi, il ne fermera pas l'œil de tout le week-end pour gagner sa commission. Notez bien, cependant, que si Martinez vous perce à jour et ne met pas son stock de plus d'un million d'actions sur le marché, lundi matin, vous allez perdre une petite fortune, et il ajoutera une autre victoire à son palmarès.

— Je sais qu'il va les remettre sur le marché ; lundi, il a dit à Stephen Ledbury qu'il ne voulait plus les vendre parce qu'il croyait désormais en « l'avenir à long terme » de la compagnie. Or, je sais parfaitement qu'il n'y croit pas.

— Ce n'est pas un risque que prendrait un Écossais digne de ce nom.

— Mais c'est un risque qu'a décidé de courir un natif du Yorkshire, terne, prudent et ennuyeux.

Vendredi soir

Sebastian n'était même pas certain de le reconnaître. Après tout, cela faisait plus de sept ans qu'il avait rencontré Diego pour la dernière fois, à Buenos Aires. Il se rappelait qu'il mesurait au moins cinq centimètres de plus que Bruno et qu'il était sans aucun doute plus mince que Luis qu'il avait revu plus récemment. Diego était un homme élégant : costumes croisés de Savile Row, larges cravates de soie aux vives couleurs et cheveux noirs enduits de crème Brylcreem.

Seb arriva à King's Cross une heure avant le départ du train et il reprit son poste d'observation à l'ombre de la grosse horloge à quatre faces.

Le *Night Scotsman* était à quai et attendait ses passagers. Un nombre infime d'entre eux étaient déjà arrivés. Il s'agissait de ceux qui préfèrent être très en avance plutôt que de risquer de manquer leur train. Sebastian devinait que Diego préférait débouler au dernier moment pour éviter de gaspiller son précieux temps à attendre.

Pour s'occuper, Sebastian se mit à songer à Sam et à ce qui avait été la semaine la plus heureuse de sa vie. Comment se faisait-il qu'il ait eu autant de chances ? Il souriait involontairement chaque fois qu'il pensait à elle. Ils étaient allés dîner ce soir-là et une fois de plus il n'avait pas réglé l'addition. Ils étaient allés chez Scott, un restaurant chic de Mayfair, où aucun prix ne figure sur le menu. Mais M. et Mme Sullivan avaient clairement manifesté leur désir de connaître l'homme que leur fille avait présenté, même si c'était en plaisantant, comme son futur époux.

Au début, Sebastian avait été très nerveux. N'avait-il pas, en moins d'une semaine, été à l'origine de l'arrestation et du renvoi de Samantha ? Toutefois, au dessert – et cette fois-ci il en prit un –, le poignant mélodrame du « malentendu », comme on désignait l'affaire à présent, s'était changé en grosse farce.

Il avait commencé à se détendre lorsque Mme Sullivan lui avait dit qu'elle avait très envie de visiter Bristol afin de connaître la ville où travaillait l'inspecteur William Warwick. Il lui promit de lui faire suivre l'« itinéraire Warwick », et à la fin de la soirée il ne doutait plus que Mme Sullivan connaisse bien mieux que lui l'œuvre de son père. Après avoir souhaité le bonsoir aux parents de Sam, ils avaient regagné à pied l'appartement de la jeune femme à Pimlico, à la façon des amoureux qui cherchent à prolonger indéfiniment la soirée.

Il resta dans l'ombre de l'horloge qui se mit à sonner l'heure.

— Quai numéro 3, départ à 22 h 35 du train direct pour Édimbourg, annonça une voix blanche qui semblait passer une audition pour lire le bulletin d'information de la BBC. Les première classe se trouvent en tête, les troisième en queue et le wagon-restaurant au centre du train.

Sebastian savait fort bien en quelle classe voyagerait Diego.

Il tenta de chasser Sam de son esprit et de se concentrer, ce qui n'était pas très facile. Cinq, dix, quinze minutes s'écoulèrent et alors qu'un flot ininterrompu de passagers se déversait à présent sur le quai numéro 3, il n'y avait toujours pas de Diego en vue. Sebastian savait qu'assis à son bureau, Cedric attendait impatiemment le coup de téléphone lui confirmant que Diego était à bord du train-couchettes. Ce ne serait qu'à ce moment-là qu'il pourrait donner le feu vert à Abe Cohen.

Si Diego n'apparaissait pas, Cedric avait déjà décidé que le jeu n'en vaudrait guère la chandelle, pour citer le

Dr Watson mettant en garde Sherlock Holmes contre son usage de la cocaïne dans *Le Signe des quatre*. Tant que Diego était à Londres, il ne pouvait prendre le risque de remettre toutes ses actions sur le marché, car alors c'est Martinez qui soufflerait la chandelle.

Vingt minutes... Et, bien que le quai fût à présent plein de retardataires, dont des porteurs faisant rouler des chariots chargés de lourds bagages, le señor Diego Martinez n'apparaissait toujours pas. Il commença à désespérer lorsqu'il vit le chef de train descendre de la dernière voiture, le drapeau vert dans une main et le sifflet dans l'autre. Seb leva les yeux vers la grosse aiguille noire des minutes de l'horloge qui faisait un bond en avant toutes les soixante secondes. 22 h 22. Cedric avait-il accompli tout ce travail pour rien ? Il avait une fois dit à Sebastian que, lorsqu'on s'embarque dans un projet, il faut toujours accepter qu'un succès sur cinq constitue une moyenne. Cette opération allait-elle tomber dans la catégorie des « quatre sur cinq » ? Il pensa ensuite à Ross Buchanan... Attendait-il à Glenleven Lodge quelqu'un qui n'allait pas venir ? Puis à sa mère, qui avait plus à perdre que n'importe lequel d'entre eux.

C'est alors qu'apparut sur le quai un homme qui retint son attention. Il portait une valise mais Sebastian n'était pas certain que ce soit Diego, parce que l'élégant chapeau mou marron et le col remonté de la longue pelisse noire cachaient son visage. Dépassant à grands pas la troisième classe, l'homme se dirigea vers la tête du train, ce qui raviva l'espoir de Sebastian.

Un employé des wagons-lits avançait sur le quai dans sa direction en claquant, l'une après l'autre, les portières de la voiture des première... Bang, bang, bang. Quand il aperçut l'homme qui venait vers lui, l'employé fit halte et tint une portière ouverte à son intention. Sebastian sortit de l'ombre de l'horloge pour tenter de mieux voir sa proie. L'homme à la valise s'apprêtait à monter dans le train lorsqu'il s'arrêta et leva les yeux vers l'horloge. Il hésita... Le sang de Sebastian se glaça. Puis l'homme monta à bord et l'employé referma la porte d'un coup sec.

Diego avait été l'un des derniers voyageurs à monter dans le train et, immobile, Sebastian regarda le *Night Scotsman* sortir de la gare, prendre peu à peu de la vitesse pour effectuer son long voyage jusqu'à Édimbourg.

Il frissonna, soudain très inquiet. Bien sûr, à cette distance, Diego n'avait pu le voir et, de toute façon, c'était Sebastian qui le guettait et non le contraire. Les pièces de monnaie dans la main, il se dirigea lentement vers les cabines téléphoniques à l'autre bout de la salle des pas perdus. Il composa un numéro qui le mit directement en communication avec l'appareil posé sur la table de travail du président. Après une seule sonnerie, une grosse voix familière se fit entendre à l'autre bout du fil.

— Il est arrivé à la toute dernière minute, dit Sebastian. Il a failli manquer le train, mais en ce moment il est en route pour Édimbourg.

Sebastian entendit un profond soupir de soulagement.

— Passez un bon week-end, mon garçon, dit Cedric. Vous l'avez bien mérité. Mais soyez sans faute au bureau lundi matin à 8 heures, parce que j'ai un travail particulier à vous confier. Et tâchez d'éviter les galeries d'art pendant le week-end.

Sebastian s'esclaffa, raccrocha et permit à ses pensées de se tourner à nouveau vers Sam.

Dès qu'il eut reposé l'appareil, Cedric composa le numéro que lui avait donné Ross Buchanan.

— Cohen, dit une voix au bout du fil.

— D'accord pour la vente. Combien valait-elle à la clôture à Londres ?

— Deux livres, huit shillings. Elle a pris un shilling en une séance.

— Bien. Je vais placer les trois cent quatre-vingt mille actions sur le marché et je veux que vous les vendiez au meilleur prix possible, sachant qu'il faut que j'en sois débarrassé à l'ouverture de la Bourse de Londres, lundi matin.

— Compris, monsieur Hardcastle. Combien de fois voulez-vous que je vous tienne au courant pendant le week-end ?

— À 8 heures, samedi matin, et à la même heure, lundi matin.

— Heureusement que je ne suis pas juif orthodoxe, dit Cohen.

34

Samedi

Ce devait être la soirée des premières fois.

Sebastian invita Sam dans un restaurant chinois de Soho et régla l'addition. Après le dîner, ils marchèrent jusqu'à Leicester Square et firent la queue devant un cinéma. Samantha adora le film choisi par Sebastian et, lorsqu'ils quittèrent l'Odéon, elle avoua qu'avant sa venue en Angleterre elle n'avait jamais entendu parler de Ian Fleming, de Sean Connery ni même de James Bond.

— D'où sors-tu ? se moqua Sebastian.

— D'Amérique, où il y a Katharine Hepburn, Jimmy Stewart et un jeune acteur, la coqueluche de Hollywwod, Steve McQueen.

— Je n'en ai jamais entendu parler, reconnut Sebastian en lui prenant la main. Avons-nous quelque chose en commun ?

— Jessica, répondit-elle doucement.

Il souriait tandis qu'ils regagnaient à pied et main dans la main l'appartement de Sam à Pimlico.

— As-tu entendu parler des Beatles ?

— Oui, bien sûr. John, Paul, George et Ringo.

— Du *Goon Show* ?

— Non.

— Par conséquent, tu n'es jamais tombée sur Bluebottle ou Moriarty ?

— Je croyais que Moriarty était le pire ennemi de Sherlock Holmes.

— Non. C'est le faire-valoir de Bluebottle[1].

— Connais-tu Little Richard ? s'enquit Sam.

— Non. Mais j'ai entendu parler de Cliff Richard.

Ils s'arrêtaient de temps en temps pour s'embrasser ; quand ils finirent par arriver devant l'immeuble de Sam, elle sortit sa clé et, pour lui souhaiter bonne nuit, lui donna un tendre baiser de plus.

Sebastian aurait aimé être invité à prendre un café, mais elle se contenta de dire :

— À demain !

Pour la première fois de sa vie, Seb n'était pas pressé.

*

* *

Lorsque Diego arriva à Glenleven Lodge, don Pedro et Luis chassaient sur la lande. Il ne remarqua pas l'homme d'un certain âge en kilt, assis dans un fauteuil en cuir à haut dossier, qui lisait le *Scotsman* et se fondait parfaitement dans le décor.

Une heure plus tard, après avoir défait ses bagages, pris un bain et s'être changé, Diego redescendit en

1. Bluebottle et le comte Jim Moriarty sont des personnages loufoques d'une comédie radiophonique britannique très écoutée dans les années cinquante, avec Peter Sellers dans le rôle de Bluebottle.

pantalon de golf, bottes de cuir marron et casquette à la Sherlock Holmes, s'efforçant manifestement d'avoir l'air plus anglais que les Anglais. Une Land Rover l'attendait pour rejoindre les collines pour une journée de chasse en compagnie de son père et de son frère. Au moment où il quitta le relais, Ross était toujours assis dans le fauteuil à haut dossier. Si Diego avait été un peu plus observateur, il aurait remarqué qu'il lisait toujours la même page du même journal.

— Combien valait l'action Barrington à la clôture de la Bourse ? demanda don Pedro dès que son fils descendit de voiture pour les rejoindre.

— Deux livres, huit shillings.

— Elle a pris un shilling. Tu aurais pu venir hier, finalement.

— Les actions montent rarement le vendredi, répondit seulement Diego avant qu'on ne lui tende un fusil.

*

* *

Emma passa la plus grande partie du samedi matin à écrire le premier jet d'un discours qu'elle espérait toujours pouvoir prononcer lors de l'assemblée générale, neuf jours plus tard. Elle dut laisser plusieurs blancs qui ne pourraient être remplis qu'au cours de la semaine et, en ce qui concernait deux ou trois d'entre eux, quelques heures seulement avant le début de la séance.

Si elle était reconnaissante envers Cedric de tout ce qu'il faisait, elle regrettait de ne pas pouvoir jouer un rôle plus direct dans le drame qui se déroulait à Londres et en Écosse.

Harry était sorti le matin pour élaborer son intrigue. Alors que d'autres hommes passaient leur samedi à assister à un match de football en hiver et de cricket en été, lui faisait de longues promenades dans le parc. Ainsi, au moment où il reprendrait la plume le lundi matin, il aurait imaginé la façon précise dont William Warwick réussissait à démasquer l'assassin. Emma et Harry dînèrent au manoir ce soir-là et allèrent se coucher après avoir regardé *Dr Finlay's Casebook*[1] à la télévision. Emma était encore en train de répéter mentalement son discours quand elle s'endormit.

Giles tenait sa permanence hebdomadaire du samedi matin et écoutait les doléances de dix-huit des électeurs de sa circonscription : la municipalité avait oublié de vider une boîte à ordures ; comment un aristo comme sir Alec Douglas-Home, ancien élève d'Eton, pouvait-il le moins du monde comprendre les problèmes d'un travailleur ? etc.

Après le départ du dernier administré, le directeur de campagne de Giles l'emmena au Nova Scotia pour prendre un demi et un friand à la viande et aux légumes, et être vu par les électeurs. Au moins vingt électeurs de plus se sentirent obligés de faire part de leur point de vue au député local sur un tas de questions diverses et variées, avant que Griff et lui puissent aller assister à Ashton Gate à une rencontre

1. Série télévisée de la BBC (1962-1971) se déroulant en milieu médical et adaptée d'un court roman de A.J. Cronin.

amicale préparatoire entre Bristol City et les Bristol Rovers, qui se termina par un match nul zéro à zéro qui fut loin d'être amical.

Plus de six mille supporters assistèrent au match et lorsque l'arbitre siffla la fin de la partie, ceux qui quittaient le stade savaient pertinemment quelle équipe sir Giles soutenait, puisqu'il portait ostensiblement son écharpe de laine à raies rouges et blanches. Il est vrai que Griff lui rappelait régulièrement que 90 % des électeurs de sa circonscription soutenaient Bristol City.

Comme ils sortaient du stade, avant que Griff ne lui lance : « À plus tard ! », d'autres opinions, pas toujours favorables, fusèrent à son adresse.

Giles reprit sa voiture pour rentrer au château Barrington et dîner avec Gwyneth, enceinte jusqu'aux yeux. Aucun des deux ne discuta de politique. Giles ne voulait pas la laisser mais, juste après 21 heures, il entendit une voiture approcher dans l'allée. Il l'embrassa et se dirigea vers la porte d'entrée. Son directeur de campagne se trouvait sur le seuil.

Griff le conduisit dare-dare au club des dockers, où il joua deux parties de snooker – un partout – et une de fléchettes, qu'il perdit. Il offrit plusieurs tournées aux gars, mais la date des prochaines élections législatives n'ayant pas encore été annoncée, on ne pouvait pas l'accuser de corruption.

Lorsque Griff ramena enfin le député au château Barrington ce soir-là, il lui rappela qu'il devait assister le lendemain matin à trois offices religieux, où il serait assis parmi des électeurs qui n'étaient pas venus à la permanence du matin, n'avaient pas suivi le match de foot et ne s'étaient pas non plus trouvés au club des dockers. Un peu avant minuit, il entra dans le lit où Gwyneth dormait profondément.

Grace passa son samedi à lire des essais écrits par des étudiants de licence, certains d'entre eux ayant enfin pris conscience du fait qu'ils allaient se retrouver devant les examinateurs dans moins d'un an. Emily Gallier, l'une de ses plus brillantes étudiantes, qui avait jusque-là fait le minimum pour obtenir la moyenne, était à présent prise de panique, espérant en trois trimestres couvrir le programme de trois ans. Grace n'éprouvait pas la moindre sympathie pour elle. Elle passa à l'essai d'Elizabeth Rutledge, autre étudiante intelligente, qui n'avait pas cessé de travailler depuis son premier jour à Cambridge. Elizabeth paniquait elle aussi parce qu'elle craignait de ne pas obtenir sa licence avec mention, espoir commun à toutes. Grace avait énormément de sympathie pour elle. N'avait-elle pas ressenti les mêmes doutes durant sa dernière année ?

Elle se coucha peu après 1 heure du matin, une fois qu'elle eut noté le dernier essai, et dormit profondément.

*

* *

Cedric était assis derrière son bureau depuis plus d'une heure quand le téléphone sonna. Il décrocha et ne fut pas étonné d'entendre Abe Cohen au bout du fil, puisque toutes les horloges de la ville se mettaient à égrener huit coups.

— J'ai réussi à déverser cent quatre-vingt-six mille actions à New York et à Los Angeles ; de deux livres, huit shillings, la cote est tombée à une livre, dix-huit shillings.

— Ce n'est pas un mauvais début, monsieur Cohen.

— On a fait la moitié du chemin, monsieur Hardcastle. Je vous appellerai lundi matin, vers 8 heures, pour vous dire combien en ont acheté les Australiens.

Cedric quitta son bureau juste après minuit et, quand il arriva chez lui, il n'alla même pas faire son habituelle visite nocturne à Beryl car elle devait déjà dormir. Elle avait compris depuis longtemps que Mlle Farthings Bank était la seule maîtresse de son mari. Pensant aux prochaines trente-six heures, il se tourna et se retourna dans son lit et comprit pourquoi, en quarante ans, il n'avait jamais pris le moindre risque.

*

* *

Après le déjeuner, Ross et Jean Buchanan firent une grande promenade dans les Highlands.

Ils revinrent vers 17 heures, heure à laquelle Ross monta à nouveau la garde, la seule différence étant que cette fois-ci il lisait un vieux numéro de *Country Life*. Il ne quitta pas son poste avant le retour de don Pedro et de ses deux fils. Deux d'entre eux paraissaient assez fiers d'eux mais Diego avait l'air morose. Ils gagnèrent tous les trois la suite du père, et on ne les revit pas ce soir-là.

Ross et Jean dînèrent dans la salle à manger avant de monter, vers 21 h 40, à leur chambre située au premier. Selon leur habitude, ils lurent pendant une demi-heure, elle, Georgette Heyer, et lui, Alistair MacLean. Dès qu'il eut éteint la lumière en disant comme à l'accoutumée « Bonne nuit, ma chère », il s'endormit profondément. Après tout, il n'avait rien d'autre à faire désormais que s'assurer que la famille Martinez ne parte pour Londres que le mardi matin.

*

* *

Lorsque, ce soir-là, don Pedro et ses fils s'assirent à la table du dîner dans leur suite, Diego se montra particulièrement peu bavard.

— Est-ce que tu boudes parce que tu as tué moins d'oiseaux que moi ? se moqua son père.

— Quelque chose cloche, répondit Diego, mais je ne vois pas quoi.

— Eh bien, espérons que tu auras trouvé de quoi il s'agit avant demain matin pour qu'on puisse tous jouir d'une bonne journée de chasse.

Dès que la table du dîner eut été débarrassée un peu après 21 h 30, Diego les quitta pour se retirer dans sa chambre. Il s'allongea sur son lit et tâcha de revoir le déroulement de son arrivée à King's Cross, image par image, comme s'il s'agissait d'un film en noir et blanc. Mais il était si épuisé qu'il ne tarda pas à tomber dans un profond sommeil.

À 6 h 25, il se réveilla en sursaut, un seul plan à l'esprit.

35

Dimanche soir

Lorsque Ross revint de sa promenade avec Jean dimanche après-midi, il lui tardait, avant de reprendre la garde, de se faire couler un bain chaud, de boire une tasse de thé et de manger un biscuit sablé.

Tandis qu'ils avançaient sur l'allée menant à Glenleven Lodge, il ne fut pas surpris de voir le chauffeur placer une valise dans le coffre de la voiture. Il était normal que plusieurs clients quittent le relais après un week-end de chasse. Ross ne s'intéressait qu'à un seul résident et, puisque celui-ci ne devait partir que mardi, il n'y fit guère attention.

Ils montaient à leur chambre lorsque Diego Martinez les croisa dans l'escalier, dévalant les marches deux par deux, comme s'il était en retard pour une réunion.

— Ah, j'ai laissé mon journal sur la table du vestibule ! s'écria Ross. Ne m'attends pas, Jean. Je te rejoins dans quelques instants.

Il fit demi-tour et resdescendit, s'efforçant de ne pas dévisager Diego qui parlait à la réceptionniste. Il se dirigeait lentement vers le salon de thé lorsque Diego sortit à grands pas du relais et s'installa sur le siège arrière de la voiture. Changeant de direction et d'allure, Ross pivota sur ses talons et courut vers la porte d'entrée, arrivant juste à temps pour voir le véhicule s'éloigner dans l'allée. Il rentra précipitamment dans le vestibule et alla directement à la réception. La jeune fille lui fit un radieux sourire.

— Bonjour, monsieur Buchanan. Que puis-je faire pour vous ?

L'heure n'était pas aux politesses.

— Je viens de voir partir M. Diego Martinez. Je pensais l'inviter à dîner ce soir avec mon épouse. Doit-il revenir plus tard ?

— Non, monsieur. Bruce le conduit à Édimbourg pour prendre le train de nuit de Londres. Mais don Pedro et M. Luis Martinez restent avec nous jusqu'à mardi. Par conséquent, si vous souhaitez dîner avec eux…

— Il faut que je téléphone de toute urgence.

— Je crains que le téléphone ne soit en panne, monsieur Buchanan, et, comme je l'ai expliqué à M. Martinez, il ne fonctionnera sans doute pas avant demain.

Sur ce, homme d'habitude courtois, Ross se précipita vers la porte, sortit du relais en courant, sauta dans sa voiture et entama un voyage improvisé. Il ne chercha pas à rattraper Diego pour qu'il ne s'aperçoive pas qu'il était suivi.

Son esprit carburait. Il commença par réfléchir aux questions pratiques. Devait-il s'arrêter pour téléphoner à Cedric afin de l'informer des derniers événements ? Il rejeta l'idée, ne devant pas rater le train pour Londres. S'il lui restait du temps lorsqu'il arriverait à la gare Waverley, il appellerait Cedric pour le prévenir que Diego rentrait à Londres un jour plus tôt.

Puis il pensa à utiliser sa position de membre du conseil d'administration de British Railways pour interdire qu'on délivre un billet à Diego. Mais cela ne servirait à rien, parce que celui-ci prendrait une chambre dans un hôtel d'Édimbourg et téléphonerait à son agent de change avant l'ouverture de la Bourse le lendemain matin. Il découvrirait alors que l'action Barrington avait lourdement chuté pendant le week-end, ce qui lui donnerait assez de temps pour annuler la décision de mettre sur le marché les actions de son père. Non, il valait mieux le laisser monter dans le train puis réfléchir à l'étape suivante… Non qu'il ait la moindre idée de quelle étape il s'agirait.

Une fois sur la grand-route d'Édimbourg, il garda l'aiguille du compteur sur le cent. Il n'aurait aucun mal à obtenir un compartiment-couchettes, car il y en avait toujours un de réservé pour les directeurs de British Railways. Il espérait seulement qu'aucun de ses collègues du conseil d'administration ne se rendait à Londres ce soir-là.

Il pesta d'être obligé de faire le long trajet pour contourner le pont routier du Firth of Forth, qui ne serait ouvert à la circulation que la semaine suivante. Lorsqu'il atteignit les abords de la ville, il ne savait toujours pas ce qu'il allait faire de Diego une fois qu'ils seraient à bord du train. Il aurait voulu que Harry Clifton soit à ses côtés, car il aurait déjà imaginé une dizaine de scénarios. Enfin, dans un roman, il se serait contenté de trucider Diego.

Sa rêverie fut brusquement interrompue par un tressaillement du moteur. Jetant un coup d'œil à la jauge d'essence, il aperçut une lumière rouge qui clignotait. Il jura, donna des coups de poing sur le volant et se mit à chercher une station-service. Environ un kilomètre et demi plus loin, le tressaillement devint crachotement et la voiture se mit à ralentir, avant de gagner le bas-côté de la route en roue libre. Il consulta sa montre. Il restait quarante minutes avant le départ du train pour Londres. Sautant à bas de la voiture, il se mit à courir jusqu'à ce qu'il atteigne, tout essoufflé, le poteau indicateur signalant que le centre-ville se trouvait à cinq kilomètres. Cela faisait bien longtemps qu'il ne pouvait plus parcourir cinq kilomètres en quarante minutes.

Il se posta sur le bord de la route et essaya de faire de l'auto-stop. Il devait avoir l'air bizarre avec sa veste de tweed bleu-vert, son kilt du clan Buchanan, ses bas verts, en train de faire quelque chose qu'il n'avait pas fait depuis ses années d'étudiant à l'université Saint-Andrews… Et même alors ça n'avait pas été son fort.

Changeant de tactique, il partit à la recherche d'un taxi. Autre quête sans espoir, un dimanche soir, dans ce quartier d'Édimbourg. Puis il aperçut son sauveur sous la forme d'un autobus rouge qui se dirigeait vers lui et annonçait fièrement CENTRE-VILLE. Comme l'autobus passait devant lui en brinquebalant, Ross fit demi-tour et courut vers l'arrêt plus vite qu'il n'avait jamais couru, tout en espérant que, pris de pitié, le conducteur l'attendrait. Sa prière fut exaucée et il grimpa dans le véhicule pour s'affaler sur la première banquette.

— Quel arrêt ? s'enquit le contrôleur.

— Gare Waverley, haleta Ross.

— Ce sera six pence.

Ross sortit son portefeuille et lui tendit un billet de dix shillings.

— J'ai pas de monnaie pour ça.

Ross fouilla dans ses poches à la recherche de petites pièces, mais il les avait laissées dans sa chambre de Glenleven Lodge. Et ce n'était pas la seule chose qu'il y avait laissée.

— Gardez la monnaie, dit-il.

Stupéfait, le contrôleur empocha le billet sans demander son reste. En général, Noël ne se fête pas au mois d'août.

L'autobus n'avait parcouru que quelques centaines de mètres lorsque Ross aperçut une station-service. Macphersons, ouvert vingt-quatre heures sur vingt-quatre. Il poussa un nouveau juron, puis un troisième parce qu'il avait oublié que les autobus s'arrêtent régulièrement. À chaque arrêt et à chaque feu rouge, il jetait un coup d'œil à sa montre, mais les aiguilles ne ralentissaient pas et l'autobus n'accélérait pas. Lorsque la gare finit par apparaître, il lui restait huit minutes. Ce n'était pas assez pour appeler Cedric. Quand il descendit de l'autobus, le contrôleur se mit au garde-à-vous comme si Ross était un général en inspection.

Il entra à grands pas dans la gare et se dirigea vers un train à bord duquel il avait déjà beaucoup voyagé. Il pourrait à présent dîner, boire tranquillement un verre avant de dormir profondément, cahoté par les rails, pendant les cinq cent trente kilomètres. Or, aujourd'hui, il avait le sentiment qu'il n'allait pas fermer l'œil de la nuit.

Lorsqu'il atteignit la barrière, il fut à nouveau gratifié d'un salut, encore plus impeccable. Les contrôleurs de Waverley se targuent de reconnaître à trente pas tous les directeurs de la compagnie.

— Bonsoir, monsieur Buchanan, dit le contrôleur. Je ne savais pas que vous voyagiez avec nous cette nuit.

Ce n'était pas prévu, eut envie d'expliquer Ross, mais il se contenta de rendre son salut au contrôleur, avant de gagner l'autre bout du quai et de monter à bord du train, avec seulement quelques minutes d'avance.

Comme il longeait le couloir en direction du compartiment des directeurs, il aperçut le chef steward qui venait vers lui.

— Bonsoir, Angus.

— Bonsoir, monsieur Buchanan. Je n'ai pas vu votre nom sur la liste des passagers de première classe.

— J'ai pris ma décision à la dernière minute.

— Je crains que le compartiment des directeurs – Ross retint son souffle – n'ait pas été préparé, mais si vous vouliez prendre un verre au wagon-restaurant, je vais envoyer quelqu'un s'en occuper sur-le-champ.

— Merci, Angus. C'est une bonne idée.

Dès qu'il entra dans le restaurant, Ross remarqua une jolie jeune femme assise au bar et qui avait un air vaguement familier. Il commanda un whisky-soda et s'installa sur le tabouret à côté d'elle. Pensant à Jean, il se sentit coupable de l'avoir abandonnée. Or il n'avait aucun moyen de lui indiquer avant le lendemain matin où il se trouvait. Il se rappela alors qu'il avait abandonné quelque chose d'autre. Pis, il n'avait pas noté le nom de la rue où il avait laissé sa voiture.

— Bonsoir, monsieur Buchanan, dit la jeune femme, à la grande surprise de Ross qui la regarda de plus près sans la reconnaître. Je m'appelle Kitty, dit-elle en lui tendant une main gantée. Je vous vois régulièrement dans ce train ; il est vrai que vous êtes l'un des directeurs de British Railways.

Ross sourit et avala une petite gorgée de son whisky avant de demander :

— Pour quelle raison effectuez-vous si régulièrement ces allers-retours entre Édimbourg et Londres ?

— Je suis une travailleuse indépendante.

— Et dans quel domaine ? s'enquit Ross comme le steward apparaissait à ses côtés.

— Votre compartiment est prêt, monsieur. Si vous voulez bien me suivre.

Ross vida son verre.

— Ravi d'avoir fait votre connaissance, Kitty.

— Tout le plaisir était pour moi, monsieur Buchanan.

— Quelle charmante jeune femme, Angus, dit Ross en suivant le steward sur le chemin de son compartiment. Elle s'apprêtait à me dire pourquoi elle voyage si fréquemment à bord de ce train.

— Je n'en ai absolument aucune idée, monsieur.

— Et moi, je suis certain que vous le savez, Angus, parce que le *Night Scotsman* n'a aucun secret pour vous.

— Eh bien, disons qu'elle est très appréciée par certains de nos habitués.

— Suggérez-vous… ?

— C'est ça, monsieur. Elle fait l'aller-retour deux ou trois fois par semaine. Elle est très discrète et…

— Angus ! Nous gérons un train de nuit, pas un bordel !

— Nous devons tous gagner notre vie, monsieur… Et si Kitty fait de bonnes affaires, tout le monde en profite.

Ross éclata de rire.

— Certains des autres directeurs connaissent-ils l'existence de Kitty ?

— Deux ou trois. Elle leur fait un prix d'ami.

— Mesurez vos propos, Angus.

— Désolé, monsieur.

— Bon. Revenons à votre travail. Je veux voir la liste des passagers de première classe. Il se peut qu'il y ait un voyageur avec qui j'aurais envie de dîner.

— Bien sûr, monsieur, répondit le chef steward en enlevant une feuille de son écritoire à pince pour la tendre à Buchanan. Je vous ai réservé votre table habituelle.

Ross fit courir son doigt sur la liste et découvrit que M. D. Martinez se trouvait dans la voiture numéro 4.

— J'aimerais dire deux mots à Kitty, dit-il en rendant la liste à Angus. Et sans que personne s'en aperçoive.

— On me surnomme « Bouche cousue », répondit Angus en réprimant un sourire.

— Ce n'est pas ce que vous croyez.

— Ce n'est jamais le cas, monsieur.

— Je veux que vous donniez ma table à M. Martinez qui a un compartiment dans la voiture numéro 4.

— Bien, monsieur, acquiesça Angus, tout à fait déconcerté à présent.

— Je vais garder votre petit secret, Angus, si vous gardez le mien.

— Ce serait avec plaisir, monsieur, si je savais seulement de quoi il s'agit.

— Vous le saurez lorsque nous arriverons à Londres.

— Je vais chercher Kitty, monsieur.

Ross s'efforça de rassembler ses idées en attendant Kitty. Pour le moment, il essayait simplement de gagner du temps, mais cela lui permettrait peut-être d'élaborer une tactique plus efficace. La porte de son compartiment coulissa et Kitty entra prestement.

— Quel plaisir de vous revoir, monsieur Buchanan ! fit-elle en s'asseyant en face de lui et en croisant les jambes, révélant ainsi le haut de ses bas. Puis-je vous être utile ?

— Je l'espère. Quel est votre prix ?

— Ça dépend de vos désirs.

Ross les lui exposa avec précision.

— Cela vous coûtera cinq livres, monsieur. Tout compris.

Il sortit son porte-monnaie, en tira un billet de cinq livres et le lui donna.

— Je vais faire de mon mieux, promit Kitty en soulevant sa jupe pour glisser le billet dans son bas, avant de disparaître aussi discrètement qu'elle était arrivée.

Ross appuya sur le bouton rouge près de la porte et le steward reparut quelques instants plus tard.

— Avez-vous réservé ma table pour M. Martinez ?

— Oui, et je vous ai trouvé une place à l'autre bout du wagon-restaurant.

— Merci, Angus. Kitty doit être placée en face de M. Martinez et c'est moi qui réglerai son addition.

— Très bien, monsieur. Et celle de M. Martinez ?

— Il paiera son repas mais on lui servira les meilleurs vins et les meilleures liqueurs, et on lui indiquera clairement que c'est la maison qui les lui offre.

— Ils seront également mis sur votre compte, monsieur ?

— Oui. Mais il ne doit pas le savoir ; j'espère bien qu'il dormira comme une bûche ce soir.

— Je crois que je commence à comprendre, monsieur.

Une fois le steward reparti, Ross se demanda si Kitty allait réussir son coup. Si elle pouvait soûler Martinez au point qu'il reste dans son compartiment jusqu'à 9 heures le lendemain matin, elle aurait accompli sa tâche et Ross se séparerait volontiers alors d'un deuxième billet de cinq livres. Il aimait particulièrement la suggestion de Kitty de le menotter aux quatre coins de la couchette puis d'accrocher le panneau « Ne pas déranger » à la poignée de la porte. Cela n'éveillerait les soupçons de personne puisqu'on n'était pas obligé de descendre du train avant 9 h 30 et un grand nombre de voyageurs aimaient faire la grasse matinée avant de déguster du haddock écossais au cours d'un petit déjeuner tardif.

Ross sortit de son compartiment un peu après 20 heures, se dirigea vers la salle à manger et passa sans s'arrêter devant Kitty, assise en face de Diego Martinez. Il entendit le chef sommelier leur énumérer les vins de la carte.

Angus avait placé Ross à l'autre bout du wagon, lui faisant tourner le dos à Martinez, et bien que Ross ait été plus d'une fois tenté de se retourner, il résista. Une fois qu'il eut bu son café, ayant refusé son rituel ballon de brandy, il signa l'addition puis regagna son compartiment. En passant devant sa table habituelle, il fut ravi de constater qu'il n'y avait plus personne. Très content de lui, c'est presque en plastronnant qu'il se dirigea vers sa voiture.

Le sentiment de victoire se dissipa d'un seul coup dès qu'il ouvrit la porte de son compartiment et qu'il aperçut Kitty.

— Que faites-vous là ? demanda-t-il. Je croyais…

— Je n'ai pas réussi à l'intéresser, monsieur Buchanan. Et ne croyez pas que je n'ai pas tout essayé, du bondage à la blouse d'écolière. Pour commencer, il ne boit pas. Une raison religieuse. Et bien avant le plat principal, il est apparu clairement que les femmes ne l'excitent pas. Désolé, monsieur, mais merci pour le dîner.

— Merci, Kitty. Je vous suis très reconnaissant, dit-il en s'affalant sur le siège en face d'elle.

Elle souleva sa jupe, tira le billet de cinq livres de son bas et le lui rendit.

— Sûrement pas ! fit-il d'un ton ferme. Vous l'avez gagné.

— Je pourrais toujours… dit-elle en plaçant sa main sous le kilt de Ross, ses doigts montant lentement le long de sa cuisse.

— Non, merci, Kitty, déclara-t-il, en levant les yeux au ciel d'un air faussement horrifié.

Ce fut alors qu'une deuxième idée lui traversa l'esprit. Il la força à reprendre le billet.

— Vous n'êtes pas l'un de ces hommes bizarres, n'est-ce pas, monsieur Buchanan ?

— Je dois reconnaître, Kitty, que ce que je vais vous proposer est assez bizarre.

Elle écouta attentivement la description du service qu'elle devait lui rendre.

— À quelle heure voulez-vous que je fasse ça ?

— Vers 3 heures, 3 h 30.

— Où ?

— Je suggère les toilettes.

— Et combien de fois ?

— Une fois devrait suffire, il me semble.

— Ça ne va pas me causer d'ennuis, pas vrai, monsieur Buchanan ? Parce que c'est pour moi une source de revenus réguliers et la plupart des voyageurs de première classe ne sont pas très exigeants.

— Vous avez ma parole, Kitty. Ça ne se produira qu'une fois, et personne n'a besoin de savoir que vous êtes impliquée.

— Vous êtes un vrai gentleman, monsieur Buchanan, dit-elle en lui posant un baiser sur la joue avant de s'éclipser.

Il n'était pas sûr de ce qui aurait pu se passer si elle était restée une minute ou deux de plus. Il appuya sur le bouton et attendit l'arrivée du steward.

— J'espère que vous avez été satisfait, monsieur ?

— Je ne peux pas encore me prononcer.

— Puis-je faire quelque chose d'autre pour vous, monsieur ?

— Oui, Angus. Il me faudrait le registre du règlement et des statuts de la compagnie des chemins de fer.

— Je vais voir si je peux en trouver un exemplaire, monsieur, répondit Angus, intrigué.

Il revint vingt minutes plus tard, chargé d'un énorme livre rouge dont les pages ne paraissaient pas avoir été souvent tournées. Ross s'installa pour une lecture du soir. Il commença par repérer les trois sections qu'il lui fallait étudier très soigneusement, comme s'il était de retour à Saint-Andrews et préparait un examen. À 3 heures du matin, il avait lu et coché tous les passages appropriés. Il passa les trente minutes suivantes à essayer de les apprendre par cœur.

À 3 h 30, il referma l'épais volume, s'appuya au dossier du siège et attendit, n'ayant jamais envisagé que Kitty puisse lui faire faux bond. 3 h 30, 3 h 35, 3 h 40… Il y eut soudain une énorme secousse qui faillit l'éjecter de son siège, suivie d'un strident crissement de roues ; le train perdit rapidement de la vitesse avant de s'immobiliser. Ross sortit dans le couloir et vit le chef steward qui venait vers lui en courant.

— Un problème, Angus ?

— Un *cretinus* de merde – excusez mon latin de cuisine, monsieur – a tiré le signal d'alarme.

— Tenez-moi au courant.

— D'accord, monsieur.

Ross n'arrêtait pas de consulter sa montre, souhaitant que l'incident dure le plus longtemps possible. Un certain nombre de voyageurs allaient et venaient à présent dans le couloir, cherchant à savoir ce qui se passait ; quatorze minutes s'écoulèrent avant le retour du steward.

— Quelqu'un a actionné le signal d'alarme dans les toilettes, monsieur Buchanan. Il a dû le confondre avec la chasse d'eau. Ça ne va guère tirer à conséquence du moment qu'on redémarre dans vingt minutes.

— Pourquoi vingt minutes ? demanda Ross, l'air innocent.

— Si on reste arrêté plus longtemps, le *Newcastle Flyer* va nous doubler et on sera coincés.

— Pourquoi donc ?

— On sera obligés de rester derrière lui, et on sera forcément en retard car il fait halte dans huit gares entre ici et Londres. C'est arrivé il y a deux ans : un mioche a tiré le signal et le train est arrivé à King's Cross avec plus d'une heure de retard.

— Une heure seulement ?

— C'est ça. On est arrivés à Londres un peu après 8 h 40. On n'a pas envie que ça se reproduise, pas vrai, monsieur ? Avec votre permission, je vais donner le signal du départ.

— Un instant, Angus. Avez-vous identifié l'auteur des faits ?

— Non, monsieur. Il a dû filer dès qu'il s'est aperçu de son erreur.

— Eh bien, je regrette de devoir vous informer que l'article 43b du règlement des chemins de fer vous oblige à retrouver la personne qui a tiré le signal et la raison pour laquelle elle l'a fait avant que le train puisse redémarrer.

— Mais ça pourrait prendre une éternité, monsieur ! Et je doute qu'on soit en fin de compte plus avancé.

— S'il n'avait pas une bonne raison de tirer le signal, le coupable se verra infliger une amende de cinq livres et sera dénoncé auprès des autorités, déclara Ross qui continuait à citer le règlement des chemins de fer.

— Laissez-moi deviner, monsieur…

— Article 47c.

— Je dois dire que j'admire votre don de double vue, étant donné que vous avez demandé le registre du règlement et des statuts quelques heures seulement avant que soit tiré le signal d'alarme.

— En effet. Quelle chance, non ? Quoi qu'il en soit, le conseil d'administration s'attendrait à ce que nous respections le règlement, quels que soient les inconvénients que cela risque d'entraîner.

— Si vous le dites, monsieur.

— Je le dis.

Ross continua à regarder anxieusement à l'extérieur et ne sourit que lorsque, vingt minutes plus tard, le *Newcastle Flyer* passa à toute vitesse en les saluant de deux longs coups de sifflet. Ross se rendait bien compte, malgré tout, que, s'ils entraient en gare de King's Cross vers 8 h 40 comme l'avait prédit Angus, Diego aurait toujours largement le temps d'utiliser une cabine téléphonique de la gare pour appeler son agent de change et annuler la vente des actions de son père avant l'ouverture du marché à 9 heures.

— C'est fait, annonça Angus. Puis-je demander au conducteur de repartir ? L'un des passagers menace d'intenter un procès à British Railways si le train n'arrive pas à Londres avant 9 heures.

Ross n'avait pas besoin de demander le nom du voyageur qui brandissait la menace.

— Allez-y, Angus ! répondit-il à contrecœur avant de refermer la porte de son compartiment, sans trop savoir quoi faire d'autre pour retenir le train pendant au moins vingt minutes de plus.

Le *Night Scotsman* fit plusieurs arrêts non prévus puisque le *Newcastle Flyer* faisait halte pour déposer et charger des voyageurs à Durham, Darlington, York et Doncaster.

Un coup fut frappé à la porte et le steward entra dans le compartiment.

— Quelles sont les dernières nouvelles, Angus ?

— L'homme qui a exigé qu'on arrive à Londres à l'heure demande s'il peut descendre du train lorsque le *Flyer* s'arrêtera à Peterborough.

— Non. C'est impossible, rétorqua Ross, parce qu'il n'est pas prévu que le train fasse halte à Peterborough et, de toute façon, nous nous arrêterons un peu avant la gare, mettant ainsi sa vie en péril.

— Article 49c ?

— Par conséquent, s'il tente de descendre du train, vous êtes obligé de l'en empêcher de force. Article 49f. Après tout, ajouta-t-il, nous ne voudrions pas que le malheureux se fasse tuer.

— Vraiment, monsieur ?

— Et combien d'arrêts y a-t-il après Peterborough ?

— Aucun, monsieur.

— D'après vous, à quelle heure allons-nous arriver à King's Cross ?

— Vers 8 h 40. 8 h 45 au plus tard.

Ross poussa un profond soupir.

— Si près du but et pourtant si loin, murmura-t-il en aparté.

— Pardonnez-moi de vous poser cette question,

monsieur, dit Angus. Mais à quelle heure voudriez-vous personnellement que le train arrive à Londres ?

— Quelques minutes après 9 heures, ce serait idéal, répondit Ross en réprimant un sourire.

— Je vais voir ce que je peux faire, monsieur, dit le chef steward avant de sortir du compartiment.

Le train roula à une vitesse régulière durant le reste du trajet, puis soudain, sans crier gare, il s'arrêta quelques centaines de mètres avant la gare de King's Cross.

— Ici, votre steward, annonça une voix dans le haut-parleur. Veuillez nous excuser du retard du *Night Scotsman*, mais il s'agit d'un cas de force majeure. Nous espérons pouvoir autoriser les voyageurs à descendre du train dans quelques minutes.

Comment Angus avait-il réussi à rallonger de trente minutes le trajet ? se demanda Ross. Il sortit dans le couloir où il le vit en train d'essayer de calmer un groupe de voyageurs furieux.

— Comment vous êtes-vous débrouillé, Angus ? chuchota-t-il.

— Il semble qu'un autre train attende à notre quai, et comme il ne doit partir pour Durham qu'à 9 h 05, je crains que nous ne puissions débarquer les voyageurs avant 9 h 15. Désolé pour la gêne, monsieur, ajouta-t-il un ton plus haut.

— Merci beaucoup, Angus.

— Je vous en prie, monsieur… Ah, non ! lança-t-il en se précipitant vers la fenêtre. C'est lui !

Suivant son regard, Ross vit Diego Martinez courir à toute vitesse le long des rails vers la gare. Il consulta sa montre… 8 h 53.

Lundi matin

Cedric était entré dans son bureau juste avant 7 heures du matin et s'était mis à arpenter la pièce en attendant la sonnerie du téléphone. Mais personne n'appela avant 8 heures. C'était Abe Cohen.

— J'ai réussi à me débarrasser de tout le stock, monsieur Hardcastle. Les toutes dernières se sont envolées à Hong Kong. Franchement, personne ne comprend pourquoi l'action est si basse.

— Quel a été le dernier prix ?

— Une livre, huit shillings.

— C'est absolument parfait, Abe. Ross avait raison. Vous êtes tout simplement le meilleur.

— Merci, monsieur. J'espère seulement que vous aviez une bonne raison de perdre tout cet argent... Je vais aller dormir un peu, ajouta-t-il avant que Cedric ne puisse répondre.

Cedric consulta sa montre. La Bourse allait ouvrir dans quarante-cinq minutes. Un petit coup fut frappé à la porte et Sebastian entra, chargé d'un plateau sur lequel se trouvaient du café et des biscuits. Il s'assit en face du président.

— Comment cela s'est-il passé ? s'enquit Cedric.

— J'ai appelé quatorze des plus importants agents de change pour leur signaler que nous achèterions toutes les actions Barrington qui se trouveraient sur le marché.

— Très bien, dit Cedric en consultant à nouveau sa montre. Étant donné que Ross n'a pas appelé, nous devons encore avoir une chance.

Il but une petite gorgée de café, n'arrêtant pas de consulter sa montre.

Lorsque cent différentes horloges du quartier de la Bourse commencèrent à égrener neuf coups, Cedric se leva pour saluer l'hymne de la City. Sebastian resta assis, les yeux fixés sur le téléphone, cherchant à le faire sonner. À 9 h 03, quelqu'un obéit à son ordre. Cedric saisit maladroitement le récepteur, manquant de le laisser tomber.

— Un agent de la Capels au bout du fil, monsieur, dit sa secrétaire. Je vous le passe ?

— Tout de suite.

— Bonjour, monsieur Hardcastle. Ici, David Alexander de Capels. Je sais que nous ne sommes pas votre agent de change habituel, mais nous avons appris que vous cherchiez des actions Barrington… Aussi ai-je pensé vous faire savoir que nous en avons une grande quantité à vendre, notre client nous ayant enjoint de les céder au prix de l'ouverture du marché, ce matin. Seriez-vous intéressé ?

— Ce n'est pas impossible, répondit Cedric, d'un ton qu'il espérait serein.

— Toutefois, une notification d'opposition est attachée à cette vente, précisa Alexander.

— C'est-à-dire ? fit Cedric, sachant fort bien de quoi il s'agissait.

— Nous n'avons pas le droit de vendre à quiconque représente les familles Barrington ou Clifton.

— Mon client est dans le Lincolnshire, et je peux vous assurer qu'il n'a jamais eu le moindre rapport avec l'une ou l'autre de ces deux familles.

— Alors je serais heureux d'effectuer la transaction, monsieur.

Cedric se sentit comme un débutant qui s'apprête à traiter sa première affaire.

— Et quel est le prix actuel, monsieur Alexander ? demanda-t-il, ravi que l'agent de change de Capels ne puisse voir son front ruisselant de sueur.

— Une livre, neuf shillings. Elle a pris un shilling depuis l'ouverture du marché.

— De combien d'actions disposez-vous ?

— Un million deux cent mille.

— Je prends le tout.

— Vous ai-je bien entendu, monsieur ?

— Absolument.

— Il s'agit, par conséquent, d'un ordre d'achat d'un million deux cent mille actions de la compagnie maritime Barrington au prix d'une livre, neuf shillings. Acceptez-vous la transaction, monsieur ?

— Oui, je l'accepte, répondit le président de la banque Farthings d'un ton qui se voulait solennel.

— Marché conclu, monsieur. Ces actions sont à présent détenues par la banque Farthings. Je vais vous envoyer les documents à signer dans la matinée, ajouta Alexander avant de raccrocher.

Cedric sauta en l'air et donna des coups de poing dans le vide comme si Huddersfield Town venait de gagner la coupe d'Angleterre. Sebastian l'aurait imité si le téléphone n'avait pas à nouveau sonné.

Il saisit le récepteur, écouta quelques instants, puis s'empressa de le passer à Cedric.

— C'est David Alexander. Il dit que c'est urgent.

Diego Martinez

1964

36

8 h 53, lundi matin

Diego Martinez consulta sa montre. Il lui était impossible d'attendre plus longtemps. Il parcourut du regard dans les deux sens le couloir bondé de monde pour s'assurer que le steward n'était pas en vue, puis, abaissant la vitre, il passa la main à l'extérieur pour attraper la poignée et ouvrir la portière. Sautant hors du train, il atterrit sur les rails.

— Vous n'avez pas le droit de faire ça ! cria quelqu'un.

Il ne perdit pas son temps à faire remarquer que l'avertissement venait trop tard.

Sous le regard étonné des voyageurs, il se mit à courir vers la gare brillamment éclairée, deux cents mètres plus loin.

— Il doit s'agir d'une question de vie ou de mort, suggéra l'un d'entre eux.

Il poursuivit sa course jusqu'au bout du quai. Il tira son portefeuille de sa poche sans s'arrêter et en sortit son billet bien avant d'avoir atteint la barrière.

— On m'avait dit que le *Night Scotsman* n'entrerait pas en gare avant au moins quinze minutes, s'étonna le contrôleur en le dévisageant.

— Où se trouve la cabine téléphonique la plus proche ? cria Diego.

— Là, tout près, répondit le contrôleur en désignant une rangée de cabines rouges. Vous ne risquez pas de les manquer.

Diego traversa à toute vitesse la salle des pas perdus, tout en essayant, sans ralentir le pas, d'attraper une poignée de pièces dans la poche de son pantalon. Il s'immobilisa devant les six cabines, trois d'entre elles étant occupées. Il tira sur une porte et vérifia sa monnaie, mais il n'avait pas les quatre pennies. Il lui en manquait un.

— Lisez l'article !

Il pivota sur ses talons, aperçut le petit vendeur de journaux, courut vers lui et, sans prendre place dans la longue file d'attente, lui tendit une demi-couronne.

— Il me faut absolument un penny ! lança-t-il.

— Pour sûr, patron ! répondit le petit vendeur qui, supposant que Diego avait un besoin impérieux d'aller aux toilettes, lui donna tout de suite un penny.

Diego repartit en courant vers les cabines téléphoniques sans entendre le gamin lui crier :

— N'oubliez pas vot' monnaie, m'sieur ! Et vot' journal ?

Ouvrant la porte d'une cabine, il fut accueilli par l'inscription : « Hors service ». Il se précipita dans la cabine d'à côté, juste au moment où une femme stupéfaite ouvrait la porte. Il décrocha l'appareil, glissa quatre pennies dans la boîte noire, composa CITY 416 et ne tarda pas à entendre la sonnerie.

— Décroche ! Décroche ! hurla-t-il.

Une voix féminine finit par répondre.

— Capels et Compagnie. Que puis-je faire pour vous ?

Diego appuya sur le bouton A et entendit les pièces tomber dans la boîte.

— Passez-moi M. Alexander.

— Quel M. Alexander ? A., D., ou W. ?

— Un instant. (Il posa le récepteur sur la boîte, sortit son portefeuille, y prit la carte de M. Alexander et ressaisit l'appareil.) Vous êtes toujours là ?

— Oui, monsieur.

— David Alexander.

— Il n'est pas disponible pour le moment. Puis-je vous passer un autre agent ?

— Non. Passez-moi immédiatement David Alexander !

— Mais il est en communication avec un autre client.

— Eh bien, interrompez-le ! C'est un cas d'urgence.

— Je n'ai pas le droit d'interrompre une communication, monsieur.

— Vous pouvez et vous allez le faire, espèce d'idiote, si vous espérez toujours avoir votre travail demain matin.

— Qui dois-je annoncer ? demanda une voix tremblante.

— Passez-le-moi, je vous dis ! hurla Diego.

Il entendit un déclic.

— Êtes-vous toujours là, monsieur Hardcastle ?

— Non. Ici, Diego Martinez, monsieur Alexander.

— Ah, bonjour, monsieur Martinez. Vous ne pourriez appeler à un meilleur moment.

— Dites-moi que vous n'avez pas vendu les actions Barrington de mon père.

— Si, en fait. Juste avant de vous avoir au bout du fil… Je suis sûr que vous allez être ravi d'apprendre qu'un client a acheté le million deux cent mille. Normalement, cela aurait pris deux, peut-être trois semaines pour vendre tout le stock. J'ai même eu un shilling de plus par action par rapport à son prix à l'ouverture.

— À combien les avez-vous vendues ?

— Une livre, neuf shillings. J'ai l'ordre de vente sous les yeux.

— Mais l'action valait deux livres, huit shillings à la clôture du marché, vendredi soir.

— C'est vrai mais il semble qu'elle ait été très disputée. J'ai supposé que vous étiez au courant et c'est l'une des raisons pour lesquelles j'ai été ravi de m'en débarrasser si rapidement.

— Pourquoi n'avez-vous pas essayé de contacter mon père pour le prévenir que l'action s'était effondrée ? hurla Diego.

— Votre père avait clairement indiqué qu'il ne serait pas joignable durant le week-end et qu'il ne rentrerait pas à Londres avant demain matin.

— Mais lorsque vous avez vu que le prix de l'action s'était effondré, pourquoi n'avez-vous pas eu la jugeote d'attendre de lui avoir parlé ?

— Monsieur Martinez, j'ai sous les yeux les instructions écrites de la main de votre père. Elles ne pourraient être plus explicites. Tout son stock d'actions Barrington devait être mis sur le marché ce matin, à l'ouverture de la Bourse.

— Écoutez-moi, Alexander, et écoutez-moi bien.

Je vous ordonne d'annuler la vente et de récupérer ses actions.

— Je crains que ce ne soit impossible, monsieur. Une fois qu'une transaction a été acceptée, on ne peut pas revenir en arrière.

— Les documents ont-ils été rédigés ?

— Non, monsieur, mais ils le seront dès ce soir, avant la clôture.

— Eh bien, ne les rédigez pas ! Dites à la personne qui a acheté les actions, quelle qu'elle soit, qu'il y a eu maldonne.

— La City ne fonctionne pas ainsi, monsieur Martinez. Une fois qu'un accord a été conclu sur une transaction, il est impossible de le modifier, sinon le marché serait constamment sens dessus dessous.

— Alexander, je vous dis d'annuler cette vente ! Sinon je vous intente un procès pour négligence.

— Et moi je vous dis, monsieur Martinez, que si je faisais cela, je serais traduit devant le conseil de la Bourse et je perdrais ma licence professionnelle.

Diego changea de tactique.

— Ces actions ont-elles été achetées par un membre des familles Barrington ou Clifton ?

— Non, monsieur. Nous avons suivi à la lettre les instructions de votre père.

— Alors, qui les a achetées ?

— Le président d'une grande banque du Yorkshire, pour le compte d'un de ses clients.

Diego décida que le moment était venu de tenter une approche qui lui avait toujours réussi par le passé.

— Si vous égarez cet ordre, monsieur Alexander, je vous donnerai cent mille livres.

— Si j'acceptais, monsieur Martinez, non seulement je perdrais ma licence, mais je me retrouverais derrière les barreaux.

— Mais ce serait un don en espèces et personne ne serait au courant.

— Moi, je le suis, rétorqua Alexander, et je rapporterai vos propos à mon père et à mon frère à la prochaine réunion des associés. Je vais être clair, monsieur Martinez... Ce bureau ne traitera plus jamais avec vous ni avec aucun membre de votre famille. Adieu, monsieur.

Et il raccrocha.

*

* *

— Que voulez-vous en premier, la bonne ou la mauvaise nouvelle ?

— Je suis optimiste de nature... Alors, donnez-moi d'abord la bonne.

— Nous avons réussi notre coup. Vous pouvez à présent vous targuer d'être l'heureux propriétaire d'un million deux cent mille actions de la compagnie maritime Barrington.

— Et la mauvaise ?

— Il me faut un chèque d'un million sept cent quarante mille livres, mais vous serez heureux d'apprendre que les actions ont pris quatre shillings depuis que vous les avez achetées. Vous avez donc déjà fait un beau bénéfice.

— Je vous en suis reconnaissant, Cedric. Et, comme nous en sommes convenus, je couvrirai les pertes que vous avez subies pendant le week-end. C'est tout à fait normal. Que va-t-il se passer maintenant ?

— Dès demain, je vais envoyer Sebastian Clifton, l'un de nos directeurs adjoints, à Grimsby pour que vous signiez tous les documents. Vu l'importance de la somme, je préfère ne pas les exposer aux aléas du service postal.

— S'il s'agit du frère de Jessica, il me tarde de faire sa connaissance.

— C'est bien lui, en effet. Il devrait arriver chez vous demain, vers midi. Une fois que vous aurez signé tous les certificats, il les ramènera à Londres.

— Dites-lui que, comme vous, il va faire une expérience de grande cuisine… Le meilleur fish and chips du monde, emballé dans le *Grimsby Evening Telegraph.* Il n'est pas question que je l'invite dans un grand restaurant avec nappe et assiettes.

— Si c'était assez bon pour moi, ce sera assez bon pour lui, dit Cedric. Je serai ravi de vous voir lundi prochain, à l'assemblée générale.

— Nous avons encore quelques problèmes à régler, dit Sebastian, une fois que Cedric eut raccroché.

— C'est-à-dire ?

— Même si l'action Barrington a déjà commencé à remonter, nous ne devons pas oublier que la lettre de démission de Fisher sera envoyée à la presse vendredi. Un membre du conseil d'administration qui suggère que la compagnie est au bord de la faillite risque de faire à nouveau s'effondrer l'action.

— C'est l'une des deux raisons pour lesquelles vous vous rendez demain à Grimsby. Fisher vient me voir à midi, heure à laquelle vous serez en train de déguster le meilleur fish and chips du pays, accompagné d'une purée de pois.

— Et quelle est l'autre raison ?

— Il ne faut pas que vous soyez là quand je recevrai Fisher. Votre présence lui indiquerait de quel côté je me range, en fait.

— Il n'est pas facile à ébranler, avertit Sebastian, comme mon oncle Giles l'a plus d'une fois appris à ses dépens.

— Je n'ai pas l'intention de l'ébranler. Au contraire, je compte le soutenir. D'autres problèmes ?

— Trois, en fait… Don Pedro Martinez, Diego Martinez et, à un degré moindre, Luis Martinez.

— Je sais de source sûre que ces trois-là sont fichus. Don Pedro est sur le point de faire faillite, Diego pourrait être arrêté à tout moment pour tentative de corruption ; quant à Luis, il est incapable de se moucher si son père ne lui passe pas un mouchoir. Je pense que ces trois messieurs ne devraient pas tarder à prendre un aller simple pour l'Argentine.

— J'ai quand même le sentiment qu'avant de s'en aller don Pedro va essayer d'étancher jusqu'à la dernière goutte sa soif de vengeance.

— Je ne crois pas qu'il oserait s'approcher des familles Barrington et Clifton en ce moment.

— Je ne pensais pas à ma famille.

— Ne vous en faites pas pour moi. Je peux me protéger tout seul.

— Ni même à vous.

— À qui, alors ?

— À Samantha Sullivan.

— Je ne pense pas qu'il soit prêt à prendre ce risque.
— Martinez ne pense pas comme vous…

Lundi soir

Don Pedro était si en colère qu'il mit un certain temps à pouvoir s'exprimer.

— Comme ont-ils réussi leur coup ? demanda-t-il.

— Après la clôture vendredi et mon départ pour l'Écosse, répondit Diego, quelqu'un s'est mis à vendre une grande quantité d'actions Barrington à New York et à Los Angeles, puis d'autres encore à l'ouverture de la Bourse de Sydney, ce matin. Avant de se débarrasser des toutes dernières à Hong Kong, pendant que nous étions tous endormis.

— Dans tous les sens du terme, renchérit don Pedro.

Il y eut un autre long silence que personne, cette fois non plus, ne songea à interrompre.

— Bon. Combien ai-je perdu ? finit-il par demander.

— Plus d'un million de livres.

— As-tu découvert qui a vendu ces actions ? cracha don Pedro. Je parie que c'est la même personne qui a acheté les miennes ce matin à moitié prix.

— Je crois que c'est un certain Hardcastle qui était en communication avec David Alexander quand j'ai appelé.

— Cedric Hardcastle. C'est un banquier du Yorkshire qui siège au conseil d'administration de la Barrington et qui soutient toujours la présidente… Il va me le payer.

— Père, nous ne sommes pas en Argentine. Tu as presque tout perdu et nous savons déjà que les autorités cherchent le moindre prétexte pour nous expulser. Peut-être le moment est-il venu de mettre un terme à cette vendetta.

Diego sentit venir la réprimande mais il resta impavide.

— On ne dit pas à son père ce qu'il peut ou ne peut pas faire, répliqua don Pedro. Je partirai quand ça m'arrangera, pas avant. Est-ce bien compris ? (Diego hocha la tête.) Autre chose ?

— Je n'en suis pas sûr à 100 %, mais il me semble que j'ai aperçu Sebastian Clifton à King's Cross quand je suis monté dans le train, bien qu'il se soit trouvé à une certaine distance.

— Pourquoi n'as-tu pas vérifié ?

— Parce que le train était sur le point de démarrer et…

— Ils avaient compris qu'ils ne pouvaient pas mettre en œuvre leur projet si tu ne prenais pas le *Night Scotsman*. Très malin… Par conséquent, ils devaient aussi avoir posté quelqu'un à Glenleven pour nous surveiller de près, car autrement comment auraient-ils pu savoir que tu rentrais à Londres ?

— Je suis certain que personne ne m'a suivi quand j'ai quitté l'hôtel. J'ai vérifié plusieurs fois.

— Mais quelqu'un devait savoir que tu étais à bord de ce train. C'est une trop grande coïncidence que, justement le soir où tu as pris le *Night Scotsman*, il y ait eu une heure et demie de retard, pour la première fois depuis des années. Te rappelles-tu si quelque chose d'inhabituel est arrivé pendant le voyage ?

— Une pute du nom de Kitty a essayé de me lever, et ensuite quelqu'un a tiré le signal d'alarme...

— Ça fait beaucoup.

— Plus tard, je l'ai vue chuchoter quelque chose au chef steward, qui a souri avant de s'éloigner.

— Une prostituée et un steward ne peuvent pas, de leur propre chef, retarder le *Night Scotsman* pendant une heure et demie. Non, quelqu'un possédant une réelle autorité devait voyager à bord de ce train et tirer les ficelles. Je suis certain qu'ils nous ont démasqués, reprit Martinez après un nouveau long silence, mais, nom de Dieu ! je vais m'assurer qu'ils ne nous voient pas revenir à la charge. Et pour ça, il va falloir qu'on soit aussi bien organisés qu'eux.

Diego ne répondit pas à ce monologue.

— Combien d'argent liquide me reste-t-il ?

— Environ trois cent mille livres, la dernière fois où j'ai vérifié.

— Et ma collection d'œuvres d'art a été mise en vente à Bond Street, hier soir. Agnew m'a assuré qu'elle devrait rapporter plus d'un million de livres. Par conséquent, il me reste largement assez d'argent pour m'attaquer à eux. N'oublie pas : peu importe le nombre de batailles perdues du moment qu'on gagne la dernière.

Diego sentit que ce n'était pas le moment de rappeler à son père lequel des deux généraux avait émis cette opinion à Waterloo.

Don Pedro ferma les yeux, s'adossa à son siège et resta silencieux. Cette fois encore, personne ne chercha à interrompre le cours de ses pensées. Puis il rouvrit soudain les yeux et se redressa brusquement.

— Écoute-moi bien ! lança-t-il en s'adressant à son

plus jeune fils. Luis, je te charge de tenir à jour la fiche de Sebastian Clifton.

— Père, commença Diego, on nous a prévenus…

— Tais-toi ! Si tu ne veux pas faire partie de mon équipe, libre à toi de déguerpir tout de suite.

Diego ne bougea pas, mais il fut davantage vexé que si son père l'avait giflé.

— Je veux que tu découvres où il vit, poursuivit don Pedro en s'adressant à nouveau à Luis, où il travaille et qui sont ses amis. Penses-tu pouvoir te charger de cette tâche ?

— Oui, père.

Diego était sûr que, si son frère avait été un chien, il remuerait la queue.

— Diego, poursuivit don Pedro, en se tournant vers son fils aîné, tu vas te rendre à Bristol pour voir Fisher. Ne le préviens pas, il vaut mieux le prendre de court. C'est encore plus important à présent qu'il remette sa lettre de démission à Mme Clifton vendredi matin et qu'il l'envoie ensuite à la presse. Je veux que le responsable des pages économiques de tous les journaux nationaux en reçoive un exemplaire et je veux que Fisher soit disponible pour tous les journalistes qui souhaitent l'interviewer. Prends mille livres avec toi. Rien n'excite mieux l'intérêt de Fisher que la vue de l'argent liquide.

— Peut-être l'ont-ils déjà approché eux aussi.

— Alors, prends deux mille livres. Et toi, Karl, continua don Pedro en s'adressant à son allié le plus sûr, je t'ai gardé la meilleure part. Réserve-toi une place dans le train-couchettes pour Édimbourg et trouve cette putain. Alors arrange-toi pour lui faire passer une nuit inoubliable. Peu m'importe comment tu t'y prends, mais je veux savoir qui est responsable de ce retard d'une heure et demie du train. On se retrouve tous demain soir. Entre-temps, je serai allé voir Agnew pour savoir où en est la vente... J'ai le sentiment, ajouta-t-il avant un bref silence, qu'on va avoir besoin d'une grosse somme d'argent pour mettre en œuvre ce que j'ai en tête.

37

Mardi matin

— J'ai un cadeau pour toi.

— Laisse-moi deviner.

— Non. Tu vas devoir attendre.

— Ah, c'est le genre de cadeau « Attends de voir ».

— Oui. Je reconnais que je ne l'ai pas encore mais…

— Mais maintenant que tu as obtenu ce que tu voulais de moi, je vais devoir attendre longtemps pour le voir. C'est ça ?

— Tu commences à comprendre. Mais pour ma défense, j'espère aller le chercher aujourd'hui chez…

— Chez Tiffany.

— Eh bien, non, pas chez…

— Chez Asprey ?

— Pas tout à fait.

— Cartier ?

— C'est mon second choix.

— Et ton premier ?

— Bingham ?

— Bingham de Bond Street ?

— Non. Bingham de Grimsby.

— Et pourquoi ce Bingham est-il célèbre ? Les

diamants ? La fourrure ? Le parfum ? demanda-t-elle, pleine d'espoir.

— La pâte de poisson.

— Un ou deux pots ?

— Un pour commencer, car je veux d'abord voir comment évolue notre relation.

— Je suppose que c'est tout ce que peut espérer une petite vendeuse au chômage, dit Samantha en sortant du lit. Quand je pense que je rêvais d'être une femme entretenue…

— Ça, ce sera pour plus tard. Quand je serai président de la banque, répondit Sebastian en la suivant dans la salle de bains.

— Je n'ai peut-être pas envie d'attendre si longtemps, répliqua-t-elle en entrant dans la douche.

Elle s'apprêtait à tirer le rideau lorsque Sebastian se joignit à elle.

— Il n'y a pas assez de place pour nous deux, dit-elle.

— As-tu jamais fait l'amour dans la douche ?

— Attends de voir !

*

* *

— C'est très aimable à vous, commandant, d'avoir trouvé le temps de passer me voir.

— Pas du tout, Hardcastle. J'étais à Londres pour affaires. Tout s'est assez bien goupillé.

— Puis-je vous offrir un café, vieille branche ?

— Oui, merci. Noir, sans sucre, répondit Fisher en s'asseyant de l'autre côté du bureau du président.

Cedric appuya sur un bouton de son téléphone.

— Mademoiselle Clough, dit-il, deux cafés noirs, sans sucre, ainsi que quelques biscuits peut-être... Nous vivons une époque passionnante, vous ne trouvez pas, Fisher ?

— À quoi pensez-vous précisément ?

— Au baptême du *Buckingham* par la reine mère, le mois prochain, bien sûr, ainsi qu'au voyage inaugural qui devrait faire entrer la compagnie dans une toute nouvelle ère.

— Espérons ! Quoiqu'il existe encore plusieurs obstacles à franchir avant que je sois entièrement convaincu.

— C'est justement la raison pour laquelle je voulais avoir un petit entretien avec vous, vieille branche.

Un coup discret fut frappé à la porte et Mlle Clough entra, chargée d'un plateau. Elle plaça une tasse de café devant le commandant, une autre près du président, ainsi qu'une assiette de *fat rascals*[1] entre les deux hommes.

— Permettez-moi de vous dire d'emblée à quel point je regrette que M. Martinez ait décidé de vendre tout son stock d'actions Barrington. Je me demandais si vous pourriez m'éclairer sur le motif de cette décision.

Fisher laissa retomber sa tasse, répandant quelques gouttes dans la soucoupe.

— Je n'étais pas du tout au courant, marmonna-t-il.

1. Sorte de petite brioche, fourrée aux fruits, typique du Yorkshire et peu connue dans le reste de l'Angleterre avant les années 1980.

— Je suis absolument désolé, Alex. Je supposais qu'il vous en aurait informé avant de prendre une telle décision.

— Quand cela s'est-il passé ?

— Hier matin. Quelques instants seulement après l'ouverture de la Bourse. Voilà pourquoi je vous ai appelé.

Fisher eut l'air affolé d'un renard ébloui par les phares d'une voiture.

— Voyez-vous, il y a un sujet dont j'aimerais discuter avec vous.

Fisher restant sans voix, Cedric en profita pour prolonger un peu plus son supplice.

— Je vais avoir soixante-cinq ans en octobre et, quoique je n'aie pas l'intention de prendre ma retraite en tant que président de la banque, je compte bien renoncer à quelques-uns de mes intérêts extérieurs, notamment à ma participation au conseil d'administration de la Barrington.

Oubliant son café, Fisher buvait les paroles de Cedric.

— C'est pourquoi j'ai décidé de démissionner du conseil pour laisser la place à un homme plus jeune.

— Je suis désolé de l'apprendre. J'ai toujours pensé que vous apportiez de la sagesse et de la gravité aux débats.

— C'est très aimable à vous, et c'est précisément la raison pour laquelle je souhaitais vous voir. Durant les cinq dernières années, Alex, je vous ai soigneusement observé et, ce qui m'a le plus impressionné, c'est l'indéfectible soutien que vous avez apporté à notre présidente, d'autant plus que, lorsque vous vous êtes opposé à elle, elle a gagné uniquement grâce à la voix du président démissionnaire.

— Il ne faut jamais permettre à ses sentiments personnels d'aller à l'encontre de ce qui est bon pour la compagnie.

— Je n'aurais pu mieux exprimer moi-même ma pensée, Alex. Voilà pourquoi j'espérais pouvoir vous persuader de me remplacer au conseil puisque vous n'allez plus y représenter les intérêts de M. Martinez.

— C'est là une très généreuse proposition, Cedric.

— Non. C'est très égoïste de ma part, en fait. Parce que, si vous pensiez l'accepter, cela contribuerait à garantir la stabilité et la pérennité de la Barrington et de la Farthings.

— Oui, je comprends.

— Outre les mille livres par an que vous recevez en ce moment comme directeur extérieur, la Farthings vous en octroierait mille de plus pour représenter les intérêts de la banque. Étant donné qu'il me faudra un compte rendu complet après chaque séance du conseil, cela vous obligera à venir à Londres et à y passer la nuit, les frais occasionnés étant, naturellement, réglés par la banque.

— C'est extrêmement généreux de votre part, Cedric, mais il va me falloir un peu de temps pour y réfléchir, répondit le commandant, à l'évidence en proie à un débat intérieur.

— C'est tout à fait normal, acquiesça Cedric, devinant parfaitement de quoi il s'agissait.

— Quand vous faut-il ma réponse ?

— À la fin de la semaine. J'aimerais que l'affaire soit réglée avant l'AG de lundi prochain. J'avais d'abord pensé prier mon fils Arnold de me remplacer, mais c'était avant qu'il me vienne à l'idée que vous étiez peut-être disponible.

— Je vous tiendrai au courant vendredi au plus tard.

— Très aimable de votre part, Alex. Je vais rédiger une lettre pour confirmer ma proposition et la posterai dès ce soir.

— Merci, Cedric. Je vais mûrement y réfléchir, n'en doutez pas.

— Excellent. Bon, je ne vous retiens pas plus longtemps car, si j'ai bonne mémoire, vous avez un rendez-vous à Westminster.

— En effet, dit Fisher en se levant lentement de son siège pour serrer la main de Cedric qui le raccompagna jusqu'à la porte.

Cedric regagna sa table de travail, s'assit et commença à rédiger sa lettre au commandant, tout en se demandant si son offre serait plus alléchante que celle que Martinez, à l'évidence, s'apprêtait à lui faire.

*

* *

La Rolls-Royce rouge s'arrêta devant la galerie Agnew. Lorsqu'il en descendit, don Pedro aperçut dans la vitrine le portrait en pied de Mme Kathleen Newton, la belle maîtresse de James Tissot. Il sourit en voyant le point rouge.

Un sourire encore plus radieux apparut sur son visage après qu'il fut entré dans la galerie. Pas parce qu'il voyait de nombreuses et magnifiques peintures et sculptures, mais parce que des petits points rouges figuraient dans les coins.

— Que puis-je pour vous ? s'enquit une femme entre deux âges.

Il se demanda où était passée la splendide jeune fille qui l'avait accueilli la dernière fois où il était venu.

— Je souhaite parler à M. Agnew.

— Je ne suis pas certaine qu'il soit disponible pour le moment. Peut-être pourrais-je vous renseigner ?

— Il sera disponible pour moi. Après tout, c'est mon exposition, ajouta-t-il en levant les deux bras comme s'il bénissait une assemblée de fidèles.

Elle n'insista pas et, sans un mot de plus, frappa à la porte du bureau de M. Agnew avant de disparaître à l'intérieur. Le galeriste ne tarda pas à apparaître.

— Bonjour, monsieur Martinez, dit-il avec une certaine raideur, que don Pedro mit sur le compte de la réserve anglaise.

— Je vois que la vente bat son plein… Combien avez-vous encaissé jusqu'à présent ?

— Pourrions-nous passer dans mon bureau ? Nous serons plus tranquilles.

Don Pedro traversa la galerie à sa suite, comptant les points rouges, mais il attendit que la porte du bureau soit fermée avant de répéter sa question.

— Combien avez-vous encaissé jusqu'à présent ?

— Un peu plus de cent soixante-dix mille livres le premier soir, et ce matin quelqu'un a appelé pour réserver deux œuvres de plus, le Bonnard et un Utrillo, ce qui va nous faire largement dépasser les deux cent mille livres. Nous avons également reçu une demande de renseignements de la part de la National Gallery à propos du Raphaël.

— Très bien. Parce que j'ai besoin de cent mille livres sur-le-champ.

— Je crains que cela ne soit pas possible, monsieur Martinez.

— Pourquoi donc ? C'est mon argent.

— Voilà plusieurs jours que j'essaye de vous contacter mais vous étiez à la chasse en Écosse.

— Pourquoi ne puis-je pas toucher mon argent ? s'écria Martinez d'un ton menaçant.

— Vendredi dernier, nous avons reçu la visite d'un certain M. Ledbury de la Midland Bank, rue Saint-James. Il était accompagné d'un avocat qui nous a ordonné de transférer directement à la banque toute somme d'argent provenant de cette vente.

— Il n'a aucune autorité pour cela. Cette collection m'appartient.

— Ils m'ont montré plusieurs documents juridiques prouvant que vous aviez hypothéqué toute la collection, chaque pièce mentionnée individuellement, comme garantie d'un emprunt que la banque vous a accordé.

— Mais j'ai remboursé cet emprunt hier !

— L'avocat est revenu hier soir, juste avant l'ouverture de la vente, muni d'une ordonnance du tribunal m'empêchant de transférer l'argent à quiconque à part à la banque. Je dois souligner, monsieur Martinez, que ce n'est pas la façon dont la maison Agnew aime conduire ses affaires.

— Je vais de ce pas chercher un contrordre. À mon retour, je compte sur vous pour tenir à ma disposition un chèque de cent mille livres.

— À tout à l'heure, monsieur Martinez.

Don Pedro quitta la galerie sans une poignée de main ni le moindre mot. Il marcha d'un bon pas en direction de la rue Saint-James, sa Rolls-Royce derrière lui. Quand il atteignit la banque, il y entra à grandes enjambées et se dirigea vers le bureau du directeur avant qu'on ait eu le temps de lui demander qui il était et qui il voulait voir. Parvenu au bout du couloir, il entra sans frapper en trombe dans le bureau où, assis à sa table de travail, M. Ledbury dictait à sa secrétaire.

— Bonjour, monsieur Martinez, dit le directeur, presque comme s'il l'attendait.

— Sortez ! lança don Pedro en pointant le doigt vers la secrétaire, qui s'empressa de quitter la pièce sans même jeter un coup d'œil au directeur. À quel jeu jouez-vous, Ledbury ? Je reviens de chez Agnew. Il refuse de me donner le moindre sou provenant de la vente de ma collection d'œuvres d'art et rejette la faute sur vous.

— Je crains que la collection ne vous appartienne plus, et cela depuis très longtemps. Vous avez apparemment oublié que vous l'avez cédée à la banque après que nous avons augmenté une fois de plus vos possibilités de découvert, déclara le banquier avant de déverrouiller le premier tiroir d'un petit classeur vert et d'en sortir un dossier.

— Et l'argent provenant de la vente de mes actions Barrington ? Elle m'a rapporté plus de trois millions de livres.

— Ce qui laisse quand même un découvert, expliqua Ledbury en feuilletant quelques pages du dossier, de sept cent soixante-douze mille quatre cent cinquante livres à la clôture du marché hier soir. Afin de ne pas vous retrouver à nouveau dans cette situation gênante, permettez-moi de vous rappeler que vous avez récemment apporté une garantie personnelle comprenant votre propriété à la campagne et votre hôtel particulier du 44 Eaton Square. Et je dois vous avertir que, si la vente de votre collection d'œuvres d'art ne parvient pas à éponger votre actuel découvert, nous vous demanderons lequel de ces deux biens immobiliers vous comptez céder en premier.

— Vous n'avez pas le droit de faire ça !

— Si, monsieur Martinez. Et, le cas échéant, je le ferai. Par ailleurs, la prochaine fois que vous souhaitez me voir, précisa le directeur en se dirigeant vers la porte, ayez l'amabilité, s'il vous plaît, de prendre rendez-vous avec ma secrétaire. N'oubliez pas, je vous prie, que cet établissement est une banque, pas un casino. Au revoir, monsieur, ajouta-t-il en ouvrant la porte.

L'air penaud, Martinez quitta le bureau du directeur, longea le couloir, traversa le hall et ressortit dans la rue où l'attendait sa voiture. Il alla jusqu'à se demander s'il en était toujours le propriétaire.

— À la maison ! ordonna-t-il.

Lorsqu'elle atteignit le haut de la rue Saint-James, la voiture prit à gauche, suivit Piccadilly, dépassa la station Green Park d'où émergeait un flot de voyageurs. Parmi eux se trouvait un jeune homme qui traversa la rue et se dirigea vers Albemarle Street.

Lorsque Sebastian entra dans la galerie Agnew pour la troisième fois en moins d'une semaine, il avait l'intention de n'y passer qu'un bref moment, le temps d'y récupérer le tableau de Jessica. Il aurait pu le faire lorsque la police l'avait ramené à la galerie, mais il avait eu la tête ailleurs, ne pensant qu'à Sam enfermée dans une cellule.

Ce jour là, il fut une nouvelle fois distrait, non par le fait qu'il devait délivrer une infortunée damoiselle, mais par la qualité des œuvres d'art exposées. Il s'arrêta pour admirer *La Vierge de Bogota* de Raphaël, qui avait été sienne pendant quelques heures, et il essaya d'imaginer la sensation que devait procurer la signature d'un chèque de cent mille livres qui ne serait pas rejeté par la banque.

Cela l'amusa de voir que *Le Penseur* de Rodin avait été évalué cent cinquante mille livres. Il se rappela fort bien la fois où don Pedro l'avait acheté à Sotheby's pour cent vingt mille livres, prix record pour un Rodin à l'époque. Don Pedro avait cru alors qu'il contenait huit millions de livres en faux billets de cinq. Ç'avait été le début des ennuis de Sebastian.

— Bienvenue à nouveau, monsieur Clifton.

— Je crains d'avoir encore été négligent. J'ai oublié de prendre le tableau de ma sœur.

— En effet. Je viens de demander à mon assistante d'aller le chercher.

— Merci, monsieur, dit Sebastian.

La remplaçante de Sam apparut, chargée d'un volumineux paquet qu'elle remit à M. Agnew qui vérifia soigneusement l'étiquette avant de le donner à Sebastian.

— Espérons que ce n'est pas un Rembrandt cette fois-ci, dit Sebastian, incapable de réprimer un sourire ironique.

Ni M. Agnew ni son assistante ne lui rendirent son sourire. En fait, Agnew se contenta de déclarer :

— Et n'oubliez pas notre accord.

— Si je ne vends pas un tableau mais l'offre à quelqu'un, aurai-je rompu notre accord ?

— À qui pensiez-vous l'offrir ?

— À Sam. Pour m'excuser auprès d'elle.

— Je n'ai aucune objection à cela. Comme vous, je suis persuadé que Mlle Sullivan ne songerait jamais à le vendre.

— Merci, monsieur... Un jour je serai propriétaire de ce tableau, ajouta-t-il en regardant le Raphaël.

— Je l'espère. Parce que c'est ainsi que nous gagnons notre vie.

Lorsque Sebastian quitta la galerie, c'était une si belle soirée qu'il décida de gagner Pimlico à pied pour offrir à Sam son cadeau « Attends de voir ». En marchant dans St James' Park, il se remémora sa visite à Grimsby ce jour-là. Il aimait bien M. Bingham, son usine, les ouvriers. Ce que Cedric appelait de vraies gens effectuant de vrais boulots.

Cela avait pris environ cinq minutes à M. Bingham pour signer tous les certificats de transfert des actions ; Sebastian et lui en avaient mis trente de plus pour dévorer deux portions du meilleur fish and chips du monde, enveloppé dans l'exemplaire de la veille du *Grimsby Evening Telegraph*. Juste avant le départ de Sebastian, M. Bingham lui avait offert un pot de pâte de poisson et lui avait proposé de passer la nuit au château Mablethorpe.

— C'est très aimable à vous, monsieur, mais

M. Hardcastle compte sur moi pour avoir ces certificats sur son bureau avant la fin de la journée.

— Je comprends. Mais j'ai le sentiment qu'on se verra davantage maintenant que je vais siéger au conseil d'administration de la Barrington.

— Vous allez siéger au conseil, monsieur ?

— C'est une longue histoire. Je vous raconterai tout quand on se connaîtra mieux.

C'est à ce moment que Sebastian comprit que Bob Bingham était le mystérieux personnage dont on ne pouvait prononcer le nom avant la conclusion du marché.

Il lui tardait d'offrir son cadeau à Sam. Quand il arriva devant son immeuble, il ouvrit la porte d'entrée avec la clé qu'elle lui avait donnée ce matin-là.

Dissimulé dans l'ombre, de l'autre côté de la rue, un homme prit note de l'adresse. Comme Clifton avait ouvert la porte avec sa clé, il supposa que c'était là qu'il habitait. Au cours du dîner, il donnerait à son père le nom de la personne qui avait acheté les actions Barrington, celui de la banque qui s'était occupée de la transaction et l'adresse de Sebastian Clifton. Et même ce qu'il avait mangé au déjeuner. Il héla un taxi et demanda qu'on le conduise à Eaton Square.

— Arrêtez ! cria Luis quand il aperçut l'affiche.

Il bondit hors du taxi, courut vers le petit vendeur de journaux et attrapa un exemplaire du *London Evening News*. Il sourit en lisant le gros titre, avant de remonter dans le taxi. « FEMME DANS LE COMA APRÈS AVOIR SAUTÉ DU *NIGHT SCOTSMAN* ». À l'évidence, un autre avait exécuté, lui aussi, les ordres de son père.

38

Mercredi soir

Le secrétaire général du gouvernement avait étudié toutes les alternatives et avait fini par trouver la façon idéale de régler leur compte aux quatre individus d'un seul coup magistral.

Sir Alan Redmayne croyait en l'autorité de la loi. N'était-ce pas le fondement de la démocratie ? Chaque fois qu'on lui posait la question, il répondait qu'il était d'accord avec Churchill : la démocratie avait des inconvénients, mais en fin de compte c'était la moins mauvaise forme de gouvernement. Toutefois, si ça ne tenait qu'à lui, il aurait choisi une dictature bienveillante. L'ennui, c'est que, par nature, les dictateurs ne sont pas bienveillants, cette qualité n'étant pas une des caractéristiques de l'emploi. À son avis, en Grande-Bretagne, le secrétaire général du gouvernement était la personne qui se rapprochait le plus d'un dictateur bienveillant.

S'il avait été en Argentine, sir Alan aurait simplement ordonné au colonel Scott-Hopkins d'éliminer don Pedro Martinez, Diego Martinez, Luis Martinez et, bien sûr, Karl Lunsdorf, et il aurait refermé leurs dossiers. Or, comme beaucoup de secrétaires généraux du gouvernement avant lui, il devrait accepter un compromis et se satisfaire d'un kidnapping, de deux expulsions, ainsi que d'un homme ruiné qui serait contraint de retourner dans son pays natal sans espoir de retour.

Normalement, sir Alan aurait attendu que la justice suive son cours, mais, malheureusement, la reine mère – rien de moins – lui avait forcé la main.

Ce matin-là, il avait lu dans le bulletin de la Cour que Sa Majesté avait gracieusement accepté l'invitation de Mme Harry Clifton, présidente de la compagnie maritime Barrington, à baptiser le *Buckingham* le lundi 21 septembre, à midi, ce qui ne lui laissait que quelques semaines pour mettre en œuvre son projet. Il était en outre persuadé que don Pedro Martinez aurait ce jour-là autre chose en tête que le baptême d'un paquebot.

Sa priorité, au cours des prochains jours qui allaient être très animés, était de s'assurer que Karl Lunsdorf soit définitivement éliminé de l'équation. Son dernier crime, commis sur le *Night Scotsman*, était odieux, impardonnable, même selon les infâmes critères de l'homme. Diego et Luis Martinez pouvaient attendre leur tour, étant donné qu'il détenait assez d'éléments pour les faire arrêter tous les deux et qu'il était sûr qu'une fois libérés sous caution, en attendant leur procès, ils quitteraient le pays sans demander leur reste. On dirait à la police de ne pas les empêcher de partir à leur arrivée à l'aéroport, les deux hommes sachant parfaitement qu'ils ne pourraient jamais revenir en Grande-Bretagne où ils risqueraient de se voir infliger une lourde peine de prison.

Ils pouvaient donc attendre, mais ce n'était pas le cas de Karl Otto Lunsdorf – le nom figurant sur son acte de naissance.

Même si, d'après le récit du chef steward du *Night Scotsman*, il était clair que c'était Lunsdorf qui avait précipité en pleine nuit sur la voie – il tourna une page du dossier – Mlle Kitty Parsons, prostituée notoire, il n'y avait guère de chance d'obtenir un verdict contre l'ancien officier SS tant que la malheureuse était dans le coma. Le char de la justice s'apprêtait néanmoins à se mettre en branle.

Sir Alan n'aimait guère les cocktails et, bien qu'il reçût une dizaine d'invitations par jour, pour assister à la garden-party de la reine, prendre place dans la loge royale à Wimbledon, etc., neuf fois sur dix, il inscrivait « Non » dans le coin supérieur droit du carton, laissant à sa secrétaire le soin de trouver un prétexte convaincant. Toutefois, lorsqu'il avait reçu une invitation du ministère des Affaires étrangères à un cocktail pour accueillir le nouvel ambassadeur d'Israël, sir Alan avait écrit : « Oui, si libre », dans le coin supérieur gauche.

S'il n'avait pas particulièrement envie de voir le nouvel ambassadeur, qu'il avait déjà rencontré par le passé quand il avait fait partie de plusieurs délégations, il y avait cependant un invité à la réception avec qui il désirait avoir une conversation privée.

Sir Alan quitta son bureau à Downing Street un peu après 18 heures et se dirigea à pied vers le ministère des Affaires étrangères et du Commonwealth. Après avoir présenté ses félicitations au nouvel ambassadeur et échangé des plaisanteries avec plusieurs autres invités qui souhaitaient lui faire la cour, il se déplaça adroitement parmi la foule, le verre à la main, jusqu'à ce qu'il aperçoive sa proie.

Simon Wiesenthal était en train de s'entretenir avec le grand rabbin lorsque sir Alan les rejoignit. Il attendit patiemment que sir Israel Brodie entame une conversation avec l'épouse de l'ambassadeur puis tourna le dos à la foule pour indiquer clairement qu'il ne voulait pas être interrompu.

— Monsieur Wiesenthal, permettez-moi de vous exprimer mon admiration pour votre chasse aux nazis impliqués dans l'Holocauste. (Wiesenthal eut un petit hochement de tête.) Je me demandais, poursuivit sir Alan en baissant la voix, si le nom de Karl Otto Lunsdorf vous disait quelque chose.

— Le lieutenant Lunsdorf était l'un des assistants les plus proches de Himmler. Il faisait partie de son état-major particulier et travaillait comme officier interrogateur SS. Je détiens d'innombrables fiches le concernant, sir Alan, mais je crains qu'il ait fui l'Allemagne quelques jours avant l'entrée des Alliés dans Berlin. Aux dernières nouvelles, il habitait Buenos Aires.

— Vous allez découvrir qu'il ne se trouve pas aussi loin, chuchota sir Alan.

Wiesenthal s'approcha un peu plus près, baissa la tête et écouta attentivement.

— Merci, sir Alan, dit Wiesenthal après que le secrétaire général lui eut communiqué les renseignements appropriés. Je vais immédiatement travailler la question.

— Si je peux faire quelque chose pour vous aider,

officieusement, bien sûr, vous savez où me trouver, dit sir Alan alors que le président des Amis d'Israël les rejoignait.

Sir Alan posa son verre sur un plateau qui passait près de lui, refusa l'offre d'une petite saucisse piquée d'un bâtonnet, souhaita le bonsoir au nouvel ambassadeur et rentra au 10 Downing Street. Il s'installa à son bureau pour étudier une nouvelle fois les grandes lignes de son plan, prenant bien soin de mettre les points sur les *i* et les barres sur les *t*, conscient que son plus gros problème serait de choisir le bon moment, surtout s'il espérait les faire arrêter tous les deux le lendemain de la disparition de Lunsdorf.

Lorsque, juste après minuit, il eut mis la dernière barre sur le dernier *t*, le secrétaire général décida qu'en fin de compte il aurait quand même préféré une dictature bienveillante.

*

* *

Le commandant Alex Fisher plaça les deux lettres sur son bureau : sa lettre de démission du conseil d'administration de la Barrington et celle de Cedric Hardcastle, qui lui était parvenue ce matin-là et qui lui offrait une chance de garder sa place au conseil. Transition en douceur, selon Hardcastle, et qui présageait un avenir à long terme.

Alex pesait le pour et le contre, sans parvenir à se décider. D'une part, devait-il accepter la généreuse proposition de Cedric et continuer à siéger au conseil, avec des émoluments s'élevant alors à deux mille livres par an, plus les frais, tout en ayant la possibilité de s'adonner à d'autre activités ?

D'autre part, s'il démissionnait du conseil, don Pedro lui avait promis cinq mille livres en espèces. Tout compte fait, la proposition de Hardcastle était la plus attrayante des deux. Mais il fallait songer à la vengeance de don Pedro s'il rompait leur accord à la dernière minute, comme l'avait récemment appris à ses dépens Mlle Kitty Parsons.

On frappa à la porte, ce qui le surprit, puisqu'il n'attendait personne. Il fut encore plus étonné quand il alla ouvrir et trouva Diego Martinez sur le seuil.

— Bonjour, fit Alex comme s'ils avaient rendez-vous.

Il conduisit Diego à la cuisine pour éviter qu'il aperçoive les deux lettres sur le bureau de son cabinet de travail.

— Quel bon vent vous amène à Bristol ? s'enquit-il et, se rappelant que Diego ne buvait pas, il emplit d'eau une bouilloire et la posa sur le feu.

— Mon père m'a chargé de vous remettre ceci, dit Diego en plaçant une grosse enveloppe sur la table de la cuisine. Il est inutile que vous comptiez. Il y a l'acompte de deux mille livres que vous avez demandé. Vous pourrez venir chercher le reste lundi, une fois que vous aurez remis votre lettre de démission.

Alex prit sa décision, la peur étant plus forte que la cupidité. Il ramassa l'enveloppe et, sans dire merci, la rangea dans une poche intérieure.

— Mon père m'a prié de vous rappeler qu'il souhaite que vous soyez disponible pour parler à la presse après que vous aurez remis votre lettre de démission, vendredi matin.

— Naturellement. Dès que j'aurai remis la lettre à Mme Clifton (il avait toujours du mal à l'appeler « la présidente »), comme convenu, j'enverrai les télégrammes puis je reviendrai chez moi pour répondre aux appels.

— Bien, fit Diego, comme l'eau commençait à bouillir. Par conséquent, nous nous verrons lundi après-midi à Eaton Square, et si les comptes rendus dans la presse sur l'AG sont favorables, ou défavorables, devrais-je plutôt dire, précisa-t-il en souriant, vous recevrez les trois mille livres restantes.

— Vous ne voulez pas prendre une tasse de café ?

— Non. J'ai apporté l'argent et le message de mon père. Il voulait simplement s'assurer que vous n'aviez pas changé d'avis.

— Qu'est-ce qui a pu lui faire croire ça ?

— Je n'en ai aucune idée. Mais rappelez-vous, ajouta-t-il, en regardant la photo de Mlle Kitty Parsons à la première page du *Telegraph*, que, s'il y a un raté, ce ne sera pas moi qui prendrai le prochain train pour Bristol.

Après le départ de Diego, Alex retourna dans son bureau, déchira la lettre de Cedric Hardcastle et jeta les morceaux dans la corbeille à papier. Il était inutile de répondre… Hardcastle comprendrait le samedi lorsqu'il lirait sa lettre de démission dans la presse nationale.

Il s'offrit un déjeuner chez Carwardine et passa le reste de l'après-midi à régler plusieurs petites dettes chez divers commerçants du quartier, certains d'entre eux attendant depuis longtemps. Lorsqu'il rentra chez lui, il regarda dans l'enveloppe et constata qu'il lui restait encore mille deux cent soixante-cinq livres en billets de cinq livres tout neufs. Il en aurait trois mille de plus le lundi si la presse lui accordait une assez grande place. Il ne ferma pas l'œil, préparant les formules qui satisferaient les journalistes… « Je crains que le *Buckingham* ne coule avant même de commencer son voyage inaugural… Choisir une femme comme présidente constituait un risque insensé et j'ai bien peur que la compagnie ne s'en remette jamais… J'ai, bien sûr, vendu toutes mes actions… Je préfère subir une petite perte aujourd'hui que boire un bouillon demain. »

Le lendemain matin, après une nuit blanche, Alex appela le bureau de la présidente et prit rendez-vous avec elle pour le vendredi matin, à 10 heures. Il passa le reste de la journée à se demander s'il avait fait le bon choix, mais il savait que, s'il retournait sa veste après avoir accepté le pot-de-vin, Karl serait la prochaine personne qui frapperait à sa porte, et pas pour lui remettre les trois mille livres restantes.

Il pensait cependant qu'il avait peut-être commis la plus grande erreur de sa vie. Il aurait dû étudier la question plus sérieusement. Une fois sa lettre publiée dans n'importe quel journal, il n'aurait plus aucune chance qu'on lui propose de devenir membre d'un conseil d'administration.

Était-il trop tard pour changer son fusil d'épaule ? S'il avouait tout à Hardcastle, celui-ci lui donnerait-il mille livres d'avance afin de rembourser totalement Martinez ? Il allait l'appeler en tout début de matinée.

Il mit la bouilloire sur le feu et alluma la radio. Il n'y prêta qu'une oreille distraite jusqu'à ce qu'il entende prononcer le nom de Kitty Parsons. Il augmenta le volume... « Un porte-parole de British Railways a confirmé, disait le présentateur du bulletin d'information, que Mlle Parsons est morte pendant la nuit. Elle n'est jamais sortie du coma. »

39

Jeudi matin

Ils se rendaient compte tous les quatre qu'ils ne pouvaient mener à bien l'opération que s'il pleuvait. Ils savaient aussi qu'il n'était pas nécessaire de le prendre en filature puisque jeudi était le jour où il faisait ses courses à Harrods et que cela se passait toujours de la même manière.

Si jeudi était un jour de pluie, il laissait son imperméable et son parapluie au vestiaire du rez-de-chaussée. Il se rendait ensuite au bureau de tabac où il achetait une boîte de Montecristo, les cigares favoris de don Pedro, puis au rayon de l'alimentation, où il faisait le plein de provisions pour le week-end. Malgré leur minutieux travail d'enquête, il fallait que tout fonctionne à la seconde près. En tout cas, ils jouissaient d'un maître atout : on peut toujours compter sur les Allemands pour suivre leur emploi du temps à la lettre.

Lunsdorf sortit du 44 Eaton Square un peu après 10 heures, un parapluie à la main et vêtu d'un grand imperméable noir. Jetant un coup d'œil au ciel, il ouvrit son parapluie et prit la direction de Knightsbridge d'un pas décidé. Ce n'était pas un jour à faire du lèche-vitrine, et il avait prévu, s'il pleuvait encore lorsqu'il aurait fait toutes ses courses, de prendre un taxi pour rentrer à Eaton Square. Ils s'étaient déjà préparés à cette éventualité.

Parvenu chez Harrods, il se dirigea immédiatement vers le vestiaire où il remit son parapluie et son imperméable à l'une des femmes se trouvant derrière le comptoir, laquelle lui donna en échange un petit disque numéroté. Passant ensuite devant la parfumerie et la bijouterie, il s'arrêta au bureau de tabac. Personne ne le suivit. Une fois qu'il eut acheté sa boîte de cigares habituelle, il gagna le rayon de l'alimentation où, pendant quarante minutes, il remplit plusieurs sacs à provisions. Il revint au vestiaire juste après 11 heures et, regardant à travers la vitre, constata qu'il pleuvait des cordes. Le portier pourrait-il lui héler un taxi ? Il posa par terre tous les sacs à provisions et donna le disque de cuivre à la femme qui se trouvait derrière le comptoir. Elle disparut dans l'arrière-salle et revint quelques instants plus tard avec un parapluie rose de femme.

— Ce n'est pas le mien, dit Lunsdorf.

— Je suis désolée, monsieur, s'excusa l'employée, qui paraissait très troublée.

Elle s'empressa de retourner dans l'arrière-salle et revint finalement chargée d'une étole en renard.

— Est-ce que ça a l'air d'être à moi ? s'exclama Lunsdorf.

Elle retourna une fois de plus dans l'arrière-salle et mit un certain temps à revenir, portant cette fois-ci un suroît jaune vif.

— Êtes-vous complètement idiote ? hurla Lunsdorf.

L'employée s'empourpra et resta figée sur place, comme médusée. Une femme plus âgée prit le relais.

— Je suis absolument désolée, monsieur. Auriez-vous l'amabilité de venir me montrer votre imperméable et votre parapluie ? demanda-t-elle en soulevant le rabat séparant les clients du personnel.

Il aurait dû remarquer sa bévue.

Il la suivit et ne tarda pas à apercevoir son imperméable accroché au milieu de la barre. Il se penchait pour récupérer son parapluie quand il sentit qu'on lui assenait un coup sur la nuque. Ses genoux ployèrent et il s'effondra au moment où trois hommes surgirent de derrière le portemanteau. Le caporal Crann lui attrapa les bras et les lui attacha derrière le dos, tandis que le sergent Roberts lui fourrait un bâillon dans la bouche et que le capitaine Hartley liait ses deux chevilles ensemble.

Quelques instants plus tard, le colonel Scott-Hopkins apparut, vêtu d'une veste de toile verte et poussant un grand panier à linge en osier, dont il garda le couvercle ouvert tandis que les trois autres y enfournaient Lunsdorf. Même plié en deux, Lunsdorf y était un peu à l'étroit. Le capitaine Hartley y jeta l'imperméable et le parapluie, Crann rabattit le couvercle et attacha fermement les boucles de cuir.

— Merci, Rachel, dit le colonel à l'employée du vestiaire qui souleva le rabat du comptoir pour lui permettre de faire rouler le panier dans le magasin.

Le caporal Crann sortit sur Brompton Road le premier, Roberts à seulement un mètre derrière lui. Le colonel transporta le panier d'une seule traite jusqu'à un fourgon Harrods garé devant l'entrée, les portières arrière ouvertes. Hartley et Roberts soulevèrent le panier, qui leur sembla plus lourd qu'ils l'avaient imaginé, et le poussèrent à l'intérieur du véhicule. Le colonel monta devant avec Crann, tandis que Hartley et Roberts sautaient à l'arrière et refermaient les portières.

— Allons-y ! lança le colonel.

Crann fit adroitement passer le fourgon sur la voie du milieu, se joignant au flot matinal des voitures qui roulaient lentement sur Brompton Road en direction de l'A4. Il savait exactement où il allait, ayant effectué une répétition la veille, procédure toujours exigée par le colonel.

Quarante minutes plus tard, Crann fit deux appels de phares au moment où il s'approchait de la grille entourant un aérodrome abandonné. Il avait à peine ralenti que le portail s'ouvrit pour le laisser rouler vers un avion-cargo portant la marque reconnaissable bleu et blanc qui les attendait, la rampe baissée.

Hartley et Roberts avaient ouvert les portières arrière du fourgon et sauté sur le tarmac sans attendre que le caporal coupe le contact. Le panier à linge fut tiré du véhicule, poussé sur la rampe et lâché dans les entrailles de l'avion. Hartley et Roberts sortirent calmement de l'appareil et grimpèrent prestement dans le fourgon, refermant immédiatement les portières derrière eux.

Le colonel avait surveillé de près le déroulement de l'opération et, grâce au secrétaire général du gouvernement, il n'aurait pas besoin de décrire le contenu du panier à un douanier zélé ni d'indiquer sa destination. Il reprit sa place sur le siège avant du fourgon.

Le moteur tournait toujours et, comme la portière se refermait, Crann démarra et prit rapidement de la vitesse.

Le fourgon atteignit le portail ouvert juste au moment où la rampe de l'avion commençait à se redresser, et il avait regagné la route quand l'avion se mit à rouler sur la piste d'envol. Ils ne le virent pas décoller car ils allaient vers l'est alors que l'appareil se dirigeait vers le sud. Quarante minutes plus tard, le fourgon Harrods était à nouveau garé devant le magasin. L'opération avait pris seulement un peu plus d'une heure et demie. Le livreur habituel attendait sur le trottoir le retour de son fourgon. Il était en retard mais il rattraperait le temps perdu pendant les livraisons de l'après-midi sans que son patron connaisse la vérité.

Crann descendit sur le trottoir et lui rendit les clés.

— Merci, Joseph, dit-il en serrant la main de son ancien collègue du SAS.

Hartley, Crann et Roberts suivirent chacun un itinéraire différent pour se rendre à la caserne de Chelsea, tandis que le colonel Scott-Hopkins rentrait dans Harrods et se dirigeait tout droit vers le vestiaire. Les deux employées se trouvaient toujours derrière le comptoir.

— Merci, Rachel, dit-il en ôtant la veste marquée Harrods, avant de la plier soigneusement et de la poser sur le comptoir.

— C'était avec plaisir, répondit la plus gradée des deux.

— Puis-je vous demander ce que vous avez fait des courses du monsieur ?

— Rebecca a apporté tous ses sacs au service des objets perdus, ainsi que le stipule le règlement quand on ne sait pas si le client va revenir. Mais nous vous avons gardé cela, ajouta-t-elle en prenant un paquet sous le comptoir.

— C'est très aimable à vous, Rachel, dit-il en récupérant une boîte de cigares Montecristo.

*

* *

À l'atterrissage, l'avion fut reçu par un comité d'accueil qui l'attendait patiemment.

Quatre jeunes soldats montèrent à grands pas dans l'avion, firent rouler sans ménagement le panier à linge le long de la rampe, avant de le lâcher devant le président du comité. Un officier s'avança, défit les lanières de cuir et souleva le couvercle, révélant un homme couvert de bosses et de bleus, pieds et poing liés.

— Ôtez-lui le bâillon et détachez-le, dit un homme qui attendait ce moment depuis près de vingt ans.

Il se tut jusqu'à ce que l'homme se soit suffisamment remis pour sortir du panier et poser le pied sur le tarmac.

— C'est la première fois que nous nous rencontrons, lieutenant Lunsdorf, dit Simon Wiesenthal. Mais permettez-moi d'être le premier à vous souhaiter la bienvenue en Israël.

Ils ne se serrèrent pas la main.

40

Vendredi matin

Don Pedro était toujours abasourdi. Tant de choses s'étaient passées en si peu de temps.

Il avait été réveillé à 5 heures du matin par une série de violents coups frappés contre la porte d'entrée, et il ne comprenait pas pourquoi Karl ne réagissait pas. Il avait pensé que l'un des garçons avait dû rentrer très tard et avait, une fois de plus, oublié sa clé. Il s'était levé, avait enfilé une robe de chambre et était descendu au rez-de-chaussée, décidé à dire à Diego ou à Luis qu'il n'appréciait guère d'être réveillé à cette heure.

Dès qu'il ouvrit la porte, une demi-douzaine de policiers entrèrent en trombe, montèrent l'escalier quatre à quatre et arrêtèrent Diego et Luis, tous les deux surpris en plein sommeil. Après qu'on leur eut permis de s'habiller, ils furent emportés dans le panier à salade. Pourquoi Karl n'était-il pas là pour l'aider ? Avait-il été arrêté lui aussi ?

Il se précipita à l'étage et ouvrit brusquement la porte de la chambre de Karl : le lit n'avait pas été défait. Il redescendit lentement, gagna son cabinet de travail et appela son avocat chez lui, jurant et donnant de grands coups de poing sur son bureau en attendant que quelqu'un décroche.

Une voix endormie finit par répondre. L'avocat écouta attentivement son client décrire de façon incohérente ce qui venait de se passer. Un pied posé sur le sol, maître Everard était à présent complètement réveillé.

— Je vous rappellerai dès que je saurai où on les a emmenés et que je connaîtrai le chef d'accusation. Ne soufflez mot de cela à personne avant que je vous aie rappelé.

Don Pedro continua à marteler son bureau de son poing et à hurler des obscénités, mais personne ne l'entendait.

Le premier appel provint de l'*Evening Standard.*

— Je n'ai aucun commentaire à faire ! beugla don Pedro avant de raccrocher brutalement.

Suivant le conseil de son avocat, il répondit aussi sèchement au *Daily Mail*, au *Mirror*, à l'*Express* et au *Times.* Il n'aurait pas décroché le téléphone s'il n'avait pas aussi fébrilement attendu l'appel d'Everard. L'avocat finit par rappeler un peu avant 8 heures pour lui indiquer le lieu de détention de Diego et de Luis, puis passa plusieurs minutes à souligner la gravité des accusations.

— Je vais demander qu'on les libère tous les deux sous caution, conclut-il. Mais je ne suis pas du tout optimiste.

— Et Karl ? fit don Pedro. Vous a-t-on dit où il se trouve et de quoi on l'accuse ?

— Ils affirment ne pas avoir la moindre idée de son sort.

— Continuez à chercher. Quelqu'un doit bien savoir où il se trouve.

*

* *

À 9 heures, Alex Fisher mit un costume croisé à fines rayures, la cravate de son régiment et une paire de chaussures noires toutes neuves. Il alla à son cabinet de travail et relut une fois encore sa lettre de démission avant de cacheter l'enveloppe et d'y inscrire l'adresse : Madame Harry Clifton, Compagnie maritime Barrington, Bristol.

Il réfléchit à ce qu'il devait faire les deux jours suivants pour respecter son accord avec don Pedro et être sûr de recevoir les trois mille livres restantes. Tout d'abord, il se rendrait aux bureaux de la compagnie Barrington à 10 heures pour remettre la lettre à Mme Clifton. Ensuite, il irait aux bureaux de deux journaux locaux, le *Bristol Evening Post* et le *Bristol Evening World*, pour donner aux rédacteurs en chef des copies de sa lettre. Ce ne serait pas la première fois qu'une de ses lettres ferait la une.

La troisième étape serait la poste, d'où il enverrait aux rédacteurs en chef de tous les journaux nationaux un télégramme qui dirait simplement : « Estimant que l'entreprise est au bord de la faillite, le commandant Alex Fisher démissionne du conseil d'administration de la compagnie maritime Barrington et demande la démission de la présidente. » Il rentrerait ensuite chez lui et attendrait près du téléphone, toutes ses réponses aux probables questions étant déjà préparées.

Il quitta son appartement juste après 9 h 30 et se rendit aux docks en voiture, roulant lentement au milieu de la circulation de l'heure de pointe. La perspective de remettre la lettre à Mme Clifton ne le réjouissait guère mais, tel le coursier qui doit apporter des documents concernant un divorce, il ne ferait aucun commentaire et repartirait en toute hâte.

Il avait décidé de la faire attendre en arrivant avec quelques minutes de retard. Comme il franchissait la grille du chantier naval, il se rendit soudain compte à quel point l'endroit allait lui manquer. Il alluma le Home Service de la BBC pour écouter les gros titres des informations. La police avait arrêté trente-sept *mods* et *rockers* à Brighton pour trouble à l'ordre public. Nelson Mandela avait commencé à effectuer sa peine de détention à vie dans une prison d'Afrique du Sud et deux hommes avaient été arrêtés au 44 Eaton… Il éteignit la radio au moment où il atteignait sa place de stationnement. 44 Eaton… ? Il s'empressa de rallumer la radio, mais on était déjà passé à un autre sujet et il dut écouter d'autres détails concernant les continuelles bagarres sur la plage de Brighton entre les *mods* et les *rockers*. Alex en rendit responsable le gouvernement qui avait mis fin au service militaire. « Nelson Mandela, le leader de l'African National Congress, a commencé à purger sa peine de prison à perpétuité pour sabotage et complot destiné à renverser le gouvernement de l'Afrique du Sud. »

— On n'entendra plus parler de ce salaud ! s'écria Alex d'un ton convaincu.

« Au petit matin, la police de Londres a effectué une descente dans une maison d'Eaton Square et arrêté deux hommes détenant des passeports argentins. Ils doivent comparaître dans la journée devant le tribunal d'instance de Chelsea... »

*

* *

Lorsque don Pedro quitta le 44 Eaton Square juste après 9 h 30, il reçut une salve de flashes. Ébloui, il se réfugia dans le relatif anonymat d'un taxi.

Quinze minutes plus tard, quand le taxi arriva devant le tribunal d'instance de Chelsea, il fut accueilli par un plus grand nombre encore d'appareils photo. Jouant des coudes au milieu d'une mêlée de journalistes, il gagna la cour numéro 4, sans s'arrêter pour répondre aux questions.

Quand il entra dans la salle d'audience, maître Everard se précipita vers lui et commença à lui expliquer la procédure. Il passa ensuite en revue les chefs d'accusation, reconnaissant qu'il n'espérait guère que les deux garçons puissent être libérés sous caution.

— Des nouvelles de Karl ?

— Non, chuchota l'avocat. Personne ne l'a vu ni n'a eu de ses nouvelles depuis qu'il a quitté Harrods hier matin.

Don Pedro se renfrogna et s'assit au premier rang, tandis qu'Everard retournait au banc de l'avocat de la défense. À l'autre bout du banc était assis un jeunot vêtu d'une cape noire courte qui feuilletait des documents. Si l'accusation n'avait que ça à offrir, don Pedro se sentait un peu plus optimiste.

Nerveux et épuisé, il parcourut des yeux le prétoire

presque vide. D'un côté étaient perchés une demi-douzaine de journalistes, le carnet ouvert, le stylo en suspens, telle une meute de chiens prête à dévorer un renard blessé. Derrière lui, au fond de la salle, étaient assis quatre hommes qu'il connaissait de vue. Il se doutait qu'ils savaient tous parfaitement où se trouvait Karl.

Il tourna à nouveau son regard vers le devant de la salle où s'activaient en tous sens plusieurs employés subalternes pour s'assurer que tout était en place avant l'arrivée de la seule personne ayant le pouvoir d'ouvrir la séance. Comme la pendule égrenait dix coups, un homme élancé portant une longue cape noire fit son entrée. Les deux avocats se levèrent immédiatement et inclinèrent respectueusement le buste. Le magistrat leur rendit le compliment avant de s'asseoir sur le fauteuil au centre de l'estrade.

Une fois installé, il parcourut tranquillement du regard la salle d'audience. S'il fut surpris par l'inhabituel intérêt que portait la presse à la séance ce matin-là, il ne le montra pas. Il fit un signe de tête au greffier, se cala dans son fauteuil et attendit. Quelques instants plus tard, le premier accusé apparut en contrebas de la salle et prit place sur le banc des accusés. Don Pedro regarda fixement Luis, ayant déjà établi le plan d'action si on le libérait sous caution.

— Lisez l'acte d'accusation, dit le juge au greffier du haut de l'estrade.

Le greffier inclina le buste, se tourna vers le prévenu et lança d'une voix de stentor :

— Luis Martinez, vous êtes accusé de violation de domicile, pour être entré par effraction dans l'appartement numéro 4, sis 12 Glebe Place, Londres SW3, durant la nuit du 6 juin 1964, où vous avez détruit plusieurs biens appartenant à Mlle Jessica Clifton. Comment plaidez-vous ? Coupable ou non-coupable ?

— Non-coupable, marmonna l'accusé.

Le juge griffonna les deux mots sur son bloc-notes comme l'avocat de la défense se levait.

— Oui, maître Everard, dit le juge.

— Votre Honneur, mon client jouit d'une réputation sans tache et, son casier judiciaire étant vierge, nous allons naturellement solliciter sa libération sous caution.

— Monsieur Duffield, déclara le magistrat en s'adressant au jeune homme assis à l'autre bout du banc, émettez-vous une objection à la requête de l'avocat de la défense ?

— Aucune objection, Votre Honneur, répondit le procureur en se levant à peine de sa place.

— Alors je vais demander une caution de mille livres, maître Everard, dit le magistrat en écrivant sur son bloc-notes. Votre client devra à nouveau comparaître devant la cour le 22 octobre à 10 heures. Est-ce bien clair, maître Everard ?

— Oui, Votre Honneur. Je vous remercie, répondit l'avocat en inclinant un peu le buste.

Luis sortit du banc des accusés, manifestement indécis quant à ce qu'il devait faire à présent. Everard désigna son père d'un signe de tête et Luis alla s'asseoir à côté de lui, au premier rang. Le père et le fils n'échangèrent aucune parole. Quelques instants plus tard, Diego apparut en contrebas accompagné par un policier. Il prit place et attendit qu'on lise l'acte d'accusation.

— Diego Martinez, vous êtes accusé d'avoir tenté de corrompre un agent de change de la City et, par ce fait, d'entraver le cours de la justice. Comment plaidez-vous ? Coupable ou non-coupable ?

— Non-coupable, répondit Diego d'un ton ferme.

Maître Everard se remit vite sur pied.

— Dans ce cas également, Votre Honneur, le casier judiciaire de l'accusé est vierge. C'est pourquoi je n'hésite pas à solliciter une libération sous caution.

M. Duffield se leva de sa place, à l'autre bout du banc et, avant même que le juge pose la question, annonça :

— La Couronne ne s'oppose pas à une libération sous caution.

Maître Everard était déconcerté. Pourquoi la Couronne ne résistait-elle pas ? C'était bien trop facile... Quelque chose lui échappait-il ?

— Je vais donc demander une caution de deux mille livres, déclara le juge, et je vais envoyer ce dossier à la Cour suprême. Une date sera fixée pour le procès quand l'agenda de la cour le permettra.

— Merci bien, Votre Honneur, dit l'avocat.

Diego quitta le banc et alla rejoindre son père et son frère. Ils s'empressèrent de sortir tous les trois de la salle, sans échanger le moindre mot.

Don Pedro et ses fils se frayèrent un passage au milieu de la foule de photographes. Ils sortirent dans la rue sans répondre aux questions répétées des journalistes. Diego héla un taxi et ils montèrent à l'arrière en silence. Aucun d'entre eux n'ouvrit la bouche avant que don Pedro ait refermé la porte du 44 Eaton Square et qu'ils se soient réfugiés dans son cabinet de travail.

Ils passèrent les deux heures suivantes à discuter des possibilités qu'il leur restait. Un peu après midi, ils choisirent une stratégie et décidèrent de la mettre immédiatement en œuvre.

*

* *

Alex sortit d'un bond de sa voiture et pénétra presque en courant dans le bâtiment Barrington. Il prit l'ascenseur jusqu'au dernier étage et se dirigea à grands pas vers le bureau de la présidente. Une secrétaire, qui manifestement l'attendait, le fit entrer immédiatement.

— Je suis extrêmement désolé d'être en retard ! fit un Alex un peu essoufflé.

— Bonjour, commandant, dit Emma sans se lever de son fauteuil. Après votre appel d'hier, ma secrétaire m'a seulement dit que vous souhaitiez me voir pour discuter d'une affaire personnelle d'une certaine importance. Je me suis bien sûr demandé de quoi il pouvait bien retourner.

— Rien de grave. Je voulais seulement vous faire savoir que, bien que nous ayons eu des désaccords par le passé, le conseil ne pourrait avoir un meilleur président par ces temps difficiles, et que je suis fier d'avoir servi sous votre présidence.

Emma ne répondit pas tout de suite car elle cherchait à deviner pourquoi il avait changé d'avis.

— En effet, nous avons eu nos désaccords par le passé, commandant, dit Emma, toujours sans l'inviter à s'asseoir. Par conséquent, je crains qu'à l'avenir le conseil ne doive se débrouiller sans votre concours.

— Peut-être pas, répliqua Alex en la gratifiant d'un chaleureux sourire. Il semble que vous n'ayez pas appris la nouvelle.

— C'est-à-dire ?

— Cedric Hardcastle m'a demandé de le remplacer au conseil. Aussi, rien n'a vraiment changé.

— Par conséquent, c'est vous qui n'avez pas appris la nouvelle, dit-elle en prenant une lettre sur son bureau. Venant de vendre toutes ses actions de la compagnie, Cedric a démissionné de son poste de directeur extérieur et il n'a donc plus le droit de siéger au conseil d'administration.

— Mais il m'avait dit... balbutia Alex.

— J'ai à regret accepté sa démission et je vais lui écrire pour lui dire à quel point j'ai apprécié sa loyauté à toute épreuve envers la compagnie, et qu'il sera très difficile de le remplacer au conseil. J'ajouterai un *post-scriptum* pour lui indiquer que j'espère le voir assister à la cérémonie du baptême du *Buckingham* et participer au voyage inaugural à New York.

— Mais... insista Alex.

— Au contraire, en ce qui vous concerne, commandant Fisher, étant donné que M. Martinez a vendu toutes ses actions, vous êtes, vous aussi, contraint de démissionner de votre poste de directeur extérieur et, dans votre cas, je suis ravie d'accepter votre démission. Votre participation à la gestion de l'entreprise a été, au fil des ans, agressive, indiscrète et nocive. J'ajouterai que je n'ai aucune envie de vous voir à la cérémonie du baptême et vous ne serez pas invité à participer avec nous au voyage inaugural. Franchement, la compagnie se portera beaucoup mieux sans vous.

— Mais je...

— Et si votre lettre de démission n'est pas sur mon bureau aujourd'hui avant 17 heures, je serai contrainte de faire une déclaration expliquant clairement pourquoi vous ne faites plus partie du conseil d'administration.

*

* *

Don Pedro traversa la pièce et se dirigea vers un coffre-fort qui n'était plus caché par un tableau. Il composa un code à six chiffres, fit pivoter le cadran et tira la lourde porte. Il en sortit deux passeports qui n'avaient jamais été tamponnés ainsi qu'une épaisse liasse de billets de cinq livres tout neufs, qu'il partagea équitablement entre ses deux fils. Juste après 17 heures, Diego et Luis quittèrent la maison séparément et prirent deux directions différentes, sachant que lorsqu'ils se reverraient ils seraient soit derrière les barreaux soit à Buenos Aires.

Don Pedro resta seul dans son cabinet de travail et réfléchit aux options qu'on lui avait laissées. À 18 heures, il alluma la télévision pour regarder le premier bulletin d'information de la soirée, s'attendant à subir l'humiliation de voir ses fils et lui sortir du tribunal en courant au milieu de la meute hurlante des journalistes. Mais la principale nouvelle ne venait pas de Chelsea : elle provenait de Tel-Aviv, et ne concernait pas Diego et Luis, mais le lieutenant SS Karl Lunsdorf qu'on exhibait devant les caméras de télévision en tenue de prisonnier, un numéro suspendu au cou.

— Je ne suis pas encore battu ! hurla don Pedro en direction de l'écran.

Ses cris furent interrompus par des coups sonores frappés contre la porte. Il jeta un coup d'œil à sa montre. Il y avait moins d'une heure que les garçons étaient partis. L'un d'entre eux avait-il déjà été arrêté ? Si oui, il savait lequel. Il sortit de son cabinet de travail, traversa le vestibule et ouvrit la porte avec précaution.

— Vous auriez dû écouter mes conseils, monsieur Martinez, dit le colonel Scott-Hopkins. Mais vous ne l'avez pas fait et à présent le lieutenant Lunsdorf va être jugé comme criminel de guerre. Par conséquent, je ne vous recommande pas de vous rendre à Tel-Aviv, même si vous feriez un passionnant témoin à décharge. Vos fils sont sur le chemin du retour à Buenos Aires, et j'espère, dans leur propre intérêt, qu'ils ne remettront jamais les pieds en Grande-Bretagne, parce que s'ils commettaient cette idiotie, soyez sûr que nous ne fermerions pas les yeux une seconde fois. Quant à vous, monsieur Martinez, franchement, l'heure de votre départ a sonné et je vous conseille de rentrer chez vous sans plus tarder. Disons qu'il vous reste vingt-huit jours, d'accord ? Si vous refusez de suivre mon conseil une nouvelle fois… eh bien, espérons qu'on ne se revoie pas, conclut le colonel avant de disparaître dans la lumière du couchant.

Don Pedro claqua la porte et regagna son cabinet de travail. Il resta assis à son bureau pendant plus d'une heure avant de décrocher le téléphone et de composer un numéro qu'il n'avait pas eu le droit de noter et qu'il ne pouvait appeler qu'une seule fois, l'avait-on prévenu.

Quand on décrocha après la troisième sonnerie, il ne fut pas surpris que personne ne parle.

— J'ai besoin d'un chauffeur, se contenta-t-il de dire.

Harry et Emma

1964

41

— J'ai lu hier soir l'allocution prononcée par Joshua Barrington en 1849 à la première assemblée générale annuelle de sa toute nouvelle compagnie. La reine Victoria était sur le trône et le soleil ne se couchait jamais sur l'Empire britannique. Aux trent-sept personnes présentes dans le Temperance Hall de Bristol, il déclara qu'en cette première année le chiffre d'affaires de la compagnie maritime Barrington était de quatre cent vingt livres, dix shillings, quatre pence, et qu'il pouvait annoncer un bénéfice de trente-trois livres, quatre shillings, deux pence. Il promit aux actionnaires qu'il ferait mieux l'année suivante.

» Aujourd'hui, à Colston Hall, je m'adresse à plus de mille actionnaires de la Barrington, à l'occasion de la cent vingt-cinquième assemblée générale. Cette année, notre chiffre d'affaires s'élève à vingt et un millions quatre cent vingt-deux mille sept cent soixante livres, et nous avons déclaré un bénéfice de six cent quatre-vingt-onze mille quatre cent soixante-douze livres. La reine Élisabeth II est sur le trône et, même si elle ne règne pas sur la moitié du monde, la Barrington vogue toujours sur les mers. Et, comme sir Joshua, j'espère faire mieux l'année prochaine.

» La compagnie gagne toujours sa vie en transportant des passagers et des marchandises aux quatre coins du monde. Nous continuons à faire du commerce d'est en ouest. Nous avons survécu à deux guerres mondiales et nous trouvons notre place dans le nouvel ordre du monde. Nous devons, bien sûr, nous remémorer avec fierté notre ancien empire colonial tout en ne craignant pas de saisir toutes les bonnes occasions.

Harry, assis au premier rang, s'amusait de voir Giles prendre des notes. Dans combien de temps les propos de sa sœur seraient-ils répétés à la Chambre des communes ?

— L'une de ces occasions fut saisie il y a six ans par Ross Buchanan, mon prédécesseur, lorsque, avec le soutien du conseil d'administration, il décida qu'il serait bon que la Barrington entreprenne la construction d'un nouveau paquebot de luxe, le *Buckingham*, premier bateau d'une flotte appelée la Palace Line. Après avoir surmonté plusieurs obstacles en chemin, nous sommes aujourd'hui à quelques semaines du baptême de ce magnifique vaisseau.

Elle se retourna vers un grand écran accroché derrière elle, sur lequel apparut, quelques instants plus tard, une image du *Buckingham*, accueillie par un hoquet de surprise suivi d'une longue salve d'applaudissements. Elle se détendit enfin et, quand les applaudissements se calmèrent, consulta à nouveau son texte.

— J'ai le grand plaisir d'annoncer que Sa Majesté la reine mère Élisabeth a accepté de baptiser le *Buckingham* le 21 septembre, lors de sa visite à Avonmouth. Sous vos sièges, vous trouverez une brochure contenant toutes les caractérisques de ce remarquable navire. Permettez-moi de souligner quelques-unes d'entre elles.

» Le conseil d'administration a choisi Harland & Wolff pour construire le *Buckingham* sous la direction du distingué architecte naval Rupert Cameron qui a travaillé avec l'ingénieur de marine sir John Biles et ses associés, en collaboration avec la compagnie danoise Burmeister & Wain. Cela a abouti à la construction du premier bateau à moteur diesel.

» Le *Buckingham* est un bimoteur de cent quatre-vingts mètres de long et de vingt-trois mètres de large, et sa vitesse peut atteindre trente-deux nœuds. Il peut loger cent deux passagers en première classe, deux cent quarante-deux en seconde et trois cent soixante en classe touriste. Il y a de la place en soute pour les véhicules des passagers ainsi que pour le transport de marchandises, selon la destination du navire. Il y a cinq cent soixante-dix-sept membres d'équipage, sans compter le chat Persée, sous le commandement du capitaine Nicholas Turnbull de la Royal Navy.

» Permettez-moi d'attirer votre attention sur une innovation unique qui ne pourra être appréciée que par les passagers du *Buckingham* et qui attisera sans aucun doute l'envie de nos concurrents. Contrairement à tous les autres paquebots, le *Buckingham* n'aura pas de ponts ouverts pour temps chaud, élément du passé, selon nous, parce que nous avons construit le premier solarium avec piscine ainsi que deux restaurants.

Une nouvelle salve d'applaudissements salua la diapositive qui apparut sur le grand écran.

» Bien sûr, je ne peux pas prétendre, poursuivit Emma, que la construction d'un paquebot de cette qualité n'a pas été coûteuse. En fait, la facture finale s'élèvera à un peu plus de dix-huit millions de livres, ce qui, comme vous l'a appris mon rapport de l'année dernière, a largement entamé nos réserves. Cependant, grâce à la prévoyance de Ross Buchanan, un deuxième contrat a été établi avec Harland & Wolff pour la construction d'un vaisseau jumeau, le *Balmoral*, pour la somme de dix-sept millions de livres, du moment que le projet est confirmé douze mois après l'obtention par le *Buckingham* de son certificat de navigabilité.

» Nous avons réceptionné le *Buckingham* il y a deux semaines, ce qui nous laisse cinquante semaines pour décider si nous donnons suite. Nous devrons alors déterminer si le *Buckingham* est une exception ou le premier navire de la flotte de la Palace. Ce ne sera ni le conseil ni les actionnaires qui prendront cette décision, mais le public, comme cela se passe dans toutes les entreprises commerciales. Lui seul décidera de l'avenir de la Palace Line.

» Voici à présent mon annonce suivante : aujourd'hui, à midi, Thomas Cook ouvrira la seconde phase des réservations pour le voyage inaugural du *Buckingham*, continua-t-elle avant de lever les yeux pour regarder l'auditoire. Depuis trois ans, vous autres, les actionnaires, n'avez pas touché les dividendes auxquels vous aviez été habitués. Aussi ai-je décidé de profiter de cette occasion pour vous remercier de votre fidélité et de votre soutien sans faille. Quiconque détient des actions depuis plus d'un an sera non seulement prioritaire pour le voyage inaugural, privilège qu'un grand nombre d'entre vous a déjà utilisé, mais jouira d'un rabais de 10 % sur l'achat de tout futur voyage à bord d'un bateau de la Barrington.

Les applaudissements nourris qui saluèrent cette annonce permirent à Emma de consulter à nouveau ses notes.

— Thomas Cook m'a conseillé de ne pas trop me réjouir du grand nombre de réservations déjà effectuées pour le voyage inaugural. On me dit que toutes les cabines seront réservées longtemps avant le départ du bateau, mais qu'il nous faudra compter, comme au théâtre, sur les habitués et sur les nouvelles réservations pendant une longue durée. Les choses sont très simples… Nous ne pouvons pas nous permettre de tomber sous la barre d'un taux d'occupation de 60 %, et ce chiffre signifierait que nous rentrons seulement dans nos frais annuels. Un taux d'occupation de 70 % nous assurerait un petit bénéfice et il nous faudra 86 % pour rembourser notre investissement en dix ans, comme Ross Buchanan l'avait prévu. Et je suppose qu'il y aura alors un solarium sur tous les bateaux de nos concurrents tandis que nous chercherons de nouvelles idées pour attirer un public toujours plus exigeant et connaisseur.

» Par conséquent, les douze mois qui viennent décideront de l'avenir de la Barrington. Allons-nous construire l'histoire ou tomber aux oubliettes ? Soyez persuadés que vos directeurs vont œuvrer sans trêve pour le bien des actionnaires qui leur ont fait confiance, afin d'assurer un service qui constituera une référence en matière de paquebot de luxe.

Permettez-moi de terminer comme j'ai commencé. À l'instar de mon grand-père, j'ai l'intention de faire mieux l'année prochaine, et l'année suivante, et l'année d'après.

Emma s'assit tandis que l'auditoire se mettait sur pied comme s'il s'agissait d'une première au théâtre. Elle ferma les yeux et pensa aux paroles de son grand-père : « Si tu es compétente en tant que présidente, le fait que tu sois une femme n'aura aucune importance. » L'amiral Summers se pencha vers elle et chuchota :

— Félicitations ! Des questions ? ajouta-t-il.

Emma se releva d'un bond.

— Désolée. J'avais complètement oublié. Naturellement, je serai ravie de répondre à toutes vos questions.

Au deuxième rang, un homme élégamment vêtu se leva immédiatement.

— Vous avez indiqué que le cours de l'action a récemment atteint un niveau record, mais pouvez-vous expliquer pourquoi, durant les deux dernières semaines, il y a eu de tels revirements de situation ? Pour un béotien comme moi, cela paraît inexplicable, voire inquiétant.

— Je ne peux pas vraiment l'expliquer moi-même, reconnut Emma. Mais je peux vous dire qu'un ancien actionnaire a déversé sur le marché 22,5 % des actions de la compagnie sans avoir la courtoisie de m'en informer, alors qu'un représentant de cet actionnaire siégeait au conseil d'administration. Heureusement pour la Barrington, le courtier concerné a eu l'intelligence de proposer ces actions à M. Cedric Hardcastle, l'un de nos anciens directeurs. M. Hardcastle, qui est banquier, a pu alors faire acquérir tout le stock par un important homme d'affaires du nord de l'Angleterre, lequel voulait depuis pas mal de temps acheter un grand nombre d'actions de l'entreprise. Les actions ne sont ainsi restées sur le marché que quelques minutes et il y a eu un minimum de dégâts, ce qui a permis à la cote de remonter en quelques jours à son niveau précédent.

Emma la vit se lever de sa place, au milieu du quatrième rang, coiffée d'un chapeau jaune à large bord qui aurait été plus dans le ton à Ascot. Elle continua à l'ignorer, préférant désigner un homme assis à quelques rangs derrière elle.

— Le *Buckingham* traversera-t-il seulement l'Atlantique ou la compagnie projette-t-elle de l'envoyer vers d'autres destinations à l'avenir ?

— Bonne question, commenta-t-elle, comme Giles lui avait appris à le faire, surtout quand ce n'en était pas une. Le *Buckingham* ne pourrait pas faire de bénéfices si nous restreignions ses voyages à la côte est des États-Unis, notamment parce que nos rivaux, et les Américains en particulier, dominent cet itinéraire depuis près d'un siècle. Non, nous devons prendre en compte une nouvelle génération de passagers qui ne considèrent pas que l'unique but d'un voyage est d'aller d'un point A à un point B. Le *Buckingham* doit être un hôtel de luxe flottant, où les passagers dorment la nuit tandis qu'ils visitent le jour des pays dans lesquels ils n'auraient jamais imaginé se rendre. C'est pourquoi le *Buckingham* ira régulièrement aux Caraïbes et aux Bahamas, et en été il naviguera en Méditerranée et le long de la côte italienne. Par ailleurs, qui peut prévoir quelles autres parties du monde s'ouvriront durant les vingt prochaines années ?

Une fois encore la femme se mit debout, et cette fois encore Emma lui préféra un homme plus près de l'estrade.

— Cela vous inquiète-t-il qu'un grand nombre de voyageurs choisissent l'avion plutôt que les transatlantiques ? demanda l'homme. La BOAC, par exemple, affirme qu'elle peut nous emmener à New York en moins de huit heures, tandis que le *Buckingham* va mettre au moins quatre jours.

— Vous avez tout à fait raison, monsieur. C'est la raison pour laquelle la publicité adopte un point de vue différent et présente une expérience dont les passagers ne peuvent espérer jouir à bord d'un avion. Quel avion peut offrir un théâtre, des boutiques, un cinéma, une bibliothèque ainsi que des restaurants préparant des mets fins, sans parler d'un solarium et d'une piscine ? La vérité, c'est que si vous êtes pressé, ne prenez pas une cabine à bord du *Buckingham*, parce que c'est un palace flottant dont vous ne voudrez jamais descendre. Et je peux vous promettre autre chose : quand vous arriverez à destination, vous ne souffrirez pas du décalage horaire.

La femme du quatrième rang était à nouveau sur pied et faisait de grands signes.

— Présidente, faites-vous semblant de ne pas me voir ?

Croyant reconnaître la voix, Giles se retourna et constata que ses pires craintes étaient confirmées.

— Pas du tout, madame. Mais comme vous n'êtes

ni actionnaire ni journaliste, je ne vous ai pas donné la priorité. Posez donc votre question, je vous prie.

— Est-il vrai que l'un de vos directeurs a vendu son énorme stock d'actions ce week-end dans l'espoir de couler l'entreprise ?

— Non, lady Virginia, ce n'est pas vrai. Vous pensez sans doute aux 22,5 % que don Pedro Martinez a déversés sur le marché sans en informer le conseil, mais heureusement, pour utiliser une expression moderne, on l'a vu venir.

Des éclats de rire fusèrent dans la salle, mais Virginia ne se tint pas pour battue.

— Si l'un de vos directeurs, reprit-elle, a été impliqué dans une telle opération, ne devrait-il pas démissionner du conseil ?

— Si vous faites allusion au commandant Alex Fisher, je lui ai demandé – je suis sûre que vous le savez déjà, lady Virginia – de démissionner vendredi dernier, lorsqu'il est venu me voir dans mon bureau.

— Qu'insinuez-vous ?

— Qu'à deux reprises, lorsque le commandant Fisher vous représentait au conseil, vous l'avez autorisé à vendre toutes vos actions pendant un week-end, et ensuite, après avoir réalisé un joli bénéfice, vous les avez rachetées pendant les trois semaines de battement réglementaires. Lorsque le cours est remonté et a atteint un nouveau sommet, vous avez effectué la même opération, ce qui vous a rapporté encore plus d'argent. Si vous aviez l'intention de couler la compagnie, lady Virginia, eh bien, à l'instar de M. Martinez, vous avez échoué, lamentablement échoué, parce que vous avez été vaincue par des gens honnêtes, des gens bien qui veulent que la compagnie réussisse.

Des applaudissements spontanés éclatèrent dans toute la salle tandis que lady Virginia se frayait un chemin sans chercher à éviter de marcher sur les pieds des nombreuses personnes assises dans la rangée. Quand elle atteignit l'allée, elle lança un regard vers l'estrade et cria :

— Mon avocat va prendre contact avec vous !

— Je l'espère bien ! répliqua Emma. Parce que alors le commandant Fisher pourra donner au jury le nom de la personne qu'il représentait lorsqu'il a acheté et vendu vos actions.

Ce coup de grâce reçut l'ovation la plus sonore de la journée. Emma eut même le temps de faire un clin d'œil à Cedric Hardcastle, assis au premier rang.

Elle passa l'heure suivante à répondre, avec une assurance et une autorité dont Harry avait rarement été témoin, à une myriade de questions posées aussi bien par des actionnaires que par des journalistes et des spécialistes de la City. Après avoir répondu à la dernière question, elle leva la séance en disant :

— J'espère que beaucoup d'entre vous m'accompagneront au cours du voyage inaugural dans deux mois, car je suis absolument persuadée que ce sera pour vous une expérience inoubliable.

— Ça, je pense qu'on peut vous le confirmer, chuchota un homme à l'accent irlandais, assis au fond de la salle et qui s'esquiva au moment où l'auditoire se levait pour applaudir Emma à tout rompre.

42

— Bonjour, Thomas Cook et fils. À votre service.

— Ici, lord McIntyre. J'espérais que vous pourriez m'aider pour une affaire personnelle.

— Je vais faire de mon mieux, monsieur.

— Je suis un ami des Barrington et des Clifton et j'avais expliqué à Harry Clifton que, malheureusement, à cause d'engagements professionnels, je ne pourrai pas me joindre à eux pour le voyage inaugural du *Buckingham* à New York. Ces engagements sont à présent tombés à l'eau et j'ai pensé que ce serait assez amusant de ne pas les prévenir que je serai à bord. Pour leur faire une surprise, en quelque sorte… Si vous voyez ce que je veux dire.

— Tout à fait, milord.

— Par conséquent, j'appelais pour savoir s'il était possible de réserver une cabine à côté de celles de la famille.

— Je vais voir ce que je peux faire… Veuillez patienter quelques instants, je vous prie. (L'homme qui appelait but une petit gorgée de Jameson et attendit.) Milord, il reste deux cabines de première sur le pont supérieur, les numéros 3 et 5.

— J'aimerais être le plus près possible de la famille.

— Eh bien, sir Giles Barrington a la cabine numéro 2.

— Et Emma ?

— Emma ?

— Veuillez m'excuser… Mme Clifton.

— Elle a la cabine numéro 1.

— Eh bien, je vais prendre la numéro 3. Je vous remercie de votre aide.

— Je suis ravi d'avoir pu vous aider, milord. Je vous souhaite un bon voyage. Puis-je savoir où je dois envoyer les billets ?

— Ne prenez pas cette peine. Mon chauffeur passera les chercher.

*
* *

Don Pedro ouvrit le coffre-fort de son cabinet de travail et en retira l'argent qui lui restait. Il rangea soigneusement des liasses de billets de cinq livres en piles de dix mille livres, couvrant toute la surface de son bureau. Il remit vingt-trois mille six cent quarante-cinq livres dans le coffre qu'il referma, puis recompta les deux cent cinquante mille livres restantes avant de les enfourner dans le sac de montagne qu'on lui avait fourni. Il s'assit à son bureau, prit le journal du matin et attendit.

Dix jours s'étaient écoulés avant que le chauffeur le rappelle pour lui annoncer que l'opération avait été approuvée dans la mesure où don Pedro acceptait de payer cinq cent mille livres. Quand il s'était étonné du montant de la somme, on lui avait fait remarquer que l'opération comportait de très gros risques car si des gars étaient arrêtés, ils risquaient de passer le restant de leurs jours à Crumlin Road, voire pis.

Il n'avait pas pris la peine de marchander. Après tout, doutant qu'il y eût beucoup de sympathisants de l'IRA à Buenos Aires, il n'avait pas la moindre intention de payer le solde.

*
* *

— Bonjour. Thomas Cook et fils.

— J'aimerais réserver une cabine de première classe pour le voyage inaugural du *Buckingham* à New York.

— Bien sûr, madame. Je vous passe le service concerné.

— Réservations de première classe. Je vous écoute.

— Ici, lady Virginia Fenwick. J'aimerais réserver une cabine pour le voyage inaugural.

— Pourriez-vous répéter votre nom, s'il vous plaît ?

— Lady Virginia Fenwick, répéta-t-elle lentement comme si elle s'adressait à un étranger.

Un long silence s'ensuivit. Elle pensa que l'employé vérifiait s'il y avait une cabine disponible.

— Je suis absolument désolé, lady Virginia, mais la première classe est complète. Souhaitez-vous réserver une cabine de seconde ?

— Sûrement pas. Vous rendez-vous compte de ma position ?

L'employé aurait voulu répondre : « Oui, je sais exactement qui vous êtes, vu que votre nom est accroché au tableau depuis un mois, agrémenté d'instructions précises à l'intention de tous les employés des réservations leur indiquant la marche à suivre si vous téléphonez pour réserver une cabine. » Cependant, il se contenta de suivre le scénario et de répondre :

— Désolé, milady, je ne peux rien faire pour vous.

— Mais je suis une amie personnelle de la présidente de la compagnie Barrington. Cela change tout, n'est-ce pas ?

— Absolument. Il nous reste, en effet, une seule cabine de première classe mais on ne peut l'attribuer que sur l'ordre de la présidente. Par conséquent, ayez l'amabilité, je vous prie, de téléphoner à Mme Clifton. Je réserve la cabine à votre nom et je vous l'attribuerai dès que je recevrai son coup de téléphone.

La cliente ne rappela pas.

*
* *

Lorsque don Pedro entendit le coup de klaxon, il replia son journal, le posa sur son bureau, souleva le sac de montagne puis se dirigea vers la porte et franchit le seuil.

— Bonjour, monsieur, dit le chauffeur en portant la main à sa casquette, avant de mettre le sac dans le coffre de la Mercedes.

Don Pedro s'installa sur le siège arrière, referma

la portière et attendit. Lorsque le chauffeur se mit au volant, ayant déjà choisi l'itinéraire, il ne demanda pas où voulait aller don Pedro. Après Eaton Square, il tourna à gauche et se dirigea vers Hyde Park Corner.

— Je suppose que le sac contient la somme prévue, dit le chauffeur comme il passait devant l'hôpital qui se trouve au coin de Hyde Park.

— Deux cent cinquante mille livres en espèces, répondit don Pedro.

— Et nous espérons bien que la deuxième moitié sera entièrement réglée vingt-quatre heures après que nous aurons honoré notre partie du contrat.

— C'est ce que j'ai promis, déclara don Pedro, tout en pensant aux vingt-trois mille six cent quarante-cinq livres qui restaient dans le coffre-fort de son cabinet de travail.

Cela constituait toute sa fortune. Même la maison n'était plus à son nom.

— Vous êtes bien conscient des conséquences si vous ne payez pas le solde ?

— Vous me l'avez assez souvent rappelé, répondit don Pedro comme la voiture remontait Park Lane en respectant la vitesse limite de 65 km/h.

— Si vous ne payiez pas à temps, nous tuerions l'un de vos fils, mais puisqu'ils sont tous les deux hors d'atteinte à Buenos Aires et que Herr Lunsdorf n'est plus parmi nous, il ne reste plus que vous, poursuivit le chauffeur en contournant Marble Arch.

Don Pedro resta silencieux tandis qu'ils roulaient sur le second tronçon de Park Lane, avant de s'arrêter à un feu rouge.

— Et que se passera-t-il si vous ne remplissez pas votre partie du contrat ? s'enquit-il.

— Eh bien, vous n'aurez pas à payer les deux cent cinquante mille livres restantes, n'est-ce pas ? dit le chauffeur en s'arrêtant devant le Dorchester.

Un portier vêu d'un long manteau vert se précipita vers la voiture dont il ouvrit la portière arrière pour permettre à don Pedro de descendre.

— Il me faut un taxi, lui dit don Pedro tandis que le chauffeur s'éloignait pour se mêler à la circulation matinale de Park Lane.

— Oui, monsieur, fit le portier en levant le bras pour donner un strident coup de sifflet.

Don Pedro monta à l'arrière du taxi et lança :

— 44 Eaton Square !

Pourquoi ce monsieur avait-il besoin d'un taxi alors qu'il avait un chauffeur ? se demanda le portier, intrigué.

*

* *

— Thomas Cook et fils, j'écoute.

— J'aimerais réserver quatre cabines à bord du *Buckingham* pour son voyage inaugural à New York.

— Première ou deuxième classe, monsieur ?

— Deuxième classe.

— Je vous passe le service concerné.

— Bonjour. Bureau des réservations de deuxième classe pour le *Buckingham*.

— Je voudrais réserver quatre cabines individuelles pour le voyage à New York, le 29 octobre.

— Puis-je avoir le nom des passagers ?

Le colonel Scott-Hopkins donna son nom et celui de ses trois collègues.

— Les billets coûtent trente-deux livres chacun. Où dois-je envoyer la facture, monsieur ?

« État-major du SAS, caserne de Chelsea, King's Road, Londres », aurait pu répondre le colonel puisque c'était le SAS qui réglait la note. Mais il se contenta de donner son adresse personnelle à l'employé.

43

— J'aimerais ouvrir la séance d'aujourd'hui en souhaitant la bienvenue à M. Bob Bingham, nouveau membre du conseil d'administration, déclara Emma. Bob est président de l'usine de pâte de poisson Bingham et, étant donné qu'il a récemment acquis 22,5 % des actions Barrington, il n'a pas besoin de chercher à convaincre qu'il croit en l'avenir de notre compagnie. Nous avons également reçu la démission de deux membres du conseil... Celle de M. Cedric Hardcastle, dont nous regretterons beaucoup les conseils sages et avisés, et celle du commandant Fisher, qui ne nous manquera pas autant.

L'amiral Summers se permit un sourire ironique.

— Étant donné qu'il ne reste que dix jours avant le baptême officiel du *Buckingham*, peut-être devrais-je d'abord vous informer du calendrier de la cérémonie. (Elle ouvrit la chemise rouge placée devant elle et consulta attentivement l'emploi du temps.) La reine mère arrivera à Temple Meads à bord du train royal le 21 septembre, à 9 h 35. Elle sera accueillie sur le quai par le lord-lieutenant du comté et de la ville de Bristol, et par le lord-maire de Bristol. Sa Majesté sera alors conduite en voiture au lycée de Bristol où elle sera reçue par le directeur qui lui montrera les nouveaux laboratoires de sciences, qu'elle inaugurera à 10 h 10. Elle rencontrera un petit groupe d'élèves et de membres du personnel, puis quittera le lycée à 11 heures. On la conduira alors à Avonmouth en voiture, l'heure d'arrivée étant prévue pour 11 h 17. Ma vie serait bien plus simple, continua-t-elle en levant les yeux de son texte, si je connaissais toujours, à la minute près, l'heure de mon arrivée... Je souhaiterai la bienvenue à Sa Majesté, poursuivit-elle, en se reportant à nouveau à l'emploi du temps, au nom de la compagnie, avant de lui présenter les membres du conseil. À 11 h 29, je l'accompagnerai au quai nord où elle rencontrera l'architecte du bateau, notre ingénieur de marine, ainsi que le président de Harland & Wolff.

» À 11 h 57, j'accueillerai officiellement notre invitée d'honneur. Mon discours durera trois minutes et, au premier coup de midi, Sa Majesté baptisera le *Buckingham* en brisant le traditionnel magnum de champagne contre la coque.

— Et que se passera-t-il si la bouteille ne se brise pas ? s'esclaffa Clive Anscott.

Personne d'autre ne rit.

— Le dossier ne dit rien à ce sujet, répondit Emma. À 12 h 30, Sa Majesté partira pour l'Académie royale de l'ouest de l'Angleterre, où elle déjeunera avec le personnel, avant d'inaugurer la nouvelle galerie d'art, à 15 heures. À 16 heures, elle sera raccompagnée à Temple Meads par le lord-lieutenant. Elle montera alors à bord du train qui repartira à destination de Paddington dix minutes plus tard.

Emma referma la chemise, poussa un soupir et

reçut une salve d'applaudissements moqueurs de la part de ses collègues.

— Enfant, ajouta-t-elle, je voulais être princesse, mais après avoir compris ce que cela implique, je dois vous dire que j'ai changé d'avis.

Cette fois-ci les applaudissements furent sincères.

— Comment saurons-nous où nous devrons nous trouver à un moment précis ? s'enquit Andy Dobbs.

— Chaque membre du conseil recevra une copie de l'emploi du temps officiel, et que Dieu protège la personne qui ne se trouve pas au bon endroit au bon moment… Je vais à présent passer à la question tout aussi importante du voyage inaugural, lequel, comme vous le savez, commencera le 29 octobre. Le conseil sera heureux d'apprendre que toutes les cabines ont été réservées, et encore plus de savoir que tous les billets de retour ont été également vendus.

— « Vendus » est un terme intéressant, dit Bob Bingham. Combien y a-t-il de passagers payants et combien sont des invités ?

— Des « invités » ? fit l'amiral.

— Des passagers qui ne paieront pas leurs billets.

— Eh bien, il y a plusieurs personnes qui ont le droit…

— … de voyager gratuitement. Je vous conseillerais d'éviter qu'ils en prennent l'habitude.

— Mettez-vous les membres du conseil et leur famille dans cette catégorie ? demanda Emma.

— Pas pour le voyage inaugural, mais à l'avenir, sans aucun doute. C'est une question de principe. Un palace flottant est très agréable lorsqu'on n'a pas à payer sa cabine, sans parler des repas et des boissons.

— Dites-moi, monsieur Bingham. Payez-vous toujours votre pâte de poisson ?

— Toujours, amiral. De cette manière, mes employés ne s'attendent pas à recevoir des échantillons gratuits pour leurs familles et leurs amis.

— Par conséquent, à l'avenir, tant que je serai présidente de la compagnie, je paierai toujours ma cabine et je ne voyagerai jamais gratuitement.

Un ou deux membres du conseil s'agitèrent sur leur siège.

— J'espère, dit David Dixon, que cela n'empêchera pas les Barrington et les Clifton d'être bien représentés pour ce voyage historique.

— La plupart des membres de ma famille se joindront à moi. Sauf ma sœur Grace qui pourra seulement assister au baptême, car c'est la première semaine de la rentrée universitaire. Elle devra retourner à Cambridge immédiatement après.

— Et sir Giles ?

— Cela dépendra de la décision du Premier Ministre quant à la convocation d'élections législatives. Quoi qu'il en soit, mon fils Sebastian sera bien de la partie, en compagnie de Samantha, sa petite amie. Mais ils voyageront en deuxième classe. Et, avant que vous ne posiez la question, monsieur Bingham, je vous informe que j'ai payé leurs billets.

— Si c'est le jeune gars qui est venu dans mon usine il y a deux semaines, à votre place, je veillerais au grain, présidente, parce que j'ai l'impression qu'il convoite votre poste.

— Il n'a que vingt-quatre ans !

— Ce n'est pas ça qui va le déranger. Moi, j'étais président de la Bingham à vingt-sept ans.

— Il me reste donc trois ans.

— À vous ou à Cedric, dit Bob. Tout dépend de la personne qu'il décide de remplacer.

— Je ne crois pas que Bingham plaisante, intervint l'amiral. Il me tarde de rencontrer ce jeune gars.

— D'anciens directeurs ont-ils été invités à participer au voyage à New York ? demanda Andy Dobbs. Je pense à Ross Buchanan.

— En effet, répondit Emma. Je dois reconnaître que j'ai invité Ross et Jean à voyager avec nous aux frais de la compagnie. Si M. Bingham est d'accord, bien sûr.

— C'est grâce à Ross Buchanan que je fais partie du conseil et, Cedric Hardcastle m'ayant expliqué ce qu'il a fait à bord du *Night Scotsman*, je pense qu'il a grandement mérité son voyage.

— Tout à fait d'accord, renchérit Jim Knowles. Mais cela ne nous aide pas à prendre une décision à propos de Fisher et de Hardcastle.

— Je n'avais pas l'intention d'inviter le commandant Fisher, dit Emma, et Cedric Hardcastle m'a déjà fait savoir que, vu l'attaque voilée de lady Virginia contre lui à l'assemblée générale, il ne pensait pas que ce serait une bonne idée qu'il assiste à la cérémonie du baptême.

— Cette femme a-t-elle fait la bêtise de mettre à exécution sa menace et de déposer plainte ?

— Oui, répondit Emma. Pour diffamation et insultes.

— Insultes, à la rigueur, dit Dobbs. Mais comment peut-elle parler de diffamation ?

— Parce que j'ai insisté pour que notre échange soit inscrit dans le procès-verbal de l'assemblée.

— Alors espérons qu'elle commettra l'idiotie de vous demander raison devant la Cour suprême.

— Elle est loin d'être idiote, déclara Bingham, mais elle est assez arrogante pour aller jusque-là, quoique j'aie le sentiment qu'elle s'abstiendra tant que Fisher risque de témoigner.

— Pourrions-nous revenir à l'ordre du jour ? demanda l'amiral. Je serai sans doute déjà mort avant que le dossier arrive devant le tribunal.

— Y a-t-il une question que vous souhaitez soulever, amiral ? demanda Emma en riant.

— Combien de temps le voyage à New York doit-il durer ?

— Un peu plus de quatre jours. Ce qui est plus rapide que les paquebots de nos concurrents.

— Puisque le *Buckingham* est le premier paquebot bimoteur diesel, il devrait assurément obtenir le ruban bleu qui récompense la traversée la plus rapide, non ?

— Si les conditions atmosphériques sont parfaites, et elles sont en général assez bonnes à cette époque de l'année, nous avons une petite chance, en effet. Mais il suffit de mentionner le ruban bleu pour que les gens pensent immédiatement au *Titanic*. Aussi ne devrions-nous pas évoquer cette possibilité avant que la statue de la Liberté se profile à l'horizon.

— Présidente, combien de personnes assisteront à la cérémonie du baptême ?

— Le chef de la police me dit qu'il pourrait y en avoir trois mille, voire quatre mille.

— Qui est responsable de la sécurité ?

— La police est chargée de canaliser la foule et de maintenir l'ordre.

— Et c'est nous qui allons régler la note.

— Comme pour les matchs de foot, expliqua Knowles.

— Espérons que ce ne sera pas le cas, déclara Emma. S'il n'y a pas d'autres questions, j'aimerais proposer que nous tenions notre prochain conseil dans la suite Walter-Barrington du *Buckingham* durant le voyage du retour de New York. Jusque-là, je me réjouis à l'avance de vous retrouver tous ici, le 21, à 10 heures précises.

— Mais c'est plus d'une heure avant l'heure d'arrivée de la chère dame ! dit Bob Bingham.

— Vous allez vous apercevoir, monsieur Bingham, que nous nous levons tôt dans la région de l'Ouest. Voilà pourquoi le monde nous appartient.

— Et c'est nous qui allons rester à la porte.

44

— Votre Majesté, puis-je vous présenter Mme Clifton, présidente de la compagnie maritime Barrington ? dit le lord-lieutenant.

Emma fit la révérence et attendit que la reine mère dise quelque chose, la note d'instructions ayant précisé qu'on ne devait parler que si on vous adressait la parole, et qu'on ne devait jamais poser de questions.

— Comme sir Walter aurait apprécié cette journée, madame Clifton !

Emma resta sans voix, car son grand-père n'avait rencontré la reine mère qu'une seule fois, et même s'il avait souvent évoqué l'événement et qu'une photographie dans son bureau le rappelait à tous, elle n'avait pas pensé que Sa Majesté s'en souviendrait.

— Puis-je vous présenter l'amiral Summers ? dit Emma, en prenant la suite du lord-lieutenant. Il fait partie du conseil d'administration de la Barrington depuis plus de vingt ans.

— La dernière fois où nous nous sommes rencontrés, amiral, vous avez eu l'amabilité de me faire visiter votre destroyer, le *Chevron*.

— Vous voulez dire le destroyer du roi, Majesté. Je ne le commandais que temporairement.

— Subtile distinction, amiral, répondit la reine mère.

Emma continua à présenter ses collègues directeurs, tout en se demandant comment réagirait Sa Majesté à la dernière recrue.

— Monsieur Bingham, vous avez été chassé du palais, déclara la reine. (Bob ouvrit la bouche mais il resta coi.) Pour être juste, pas vous personnellement, mais votre pâte de poisson.

— Mais pourquoi, Majesté ? fit Bob, oubliant la note d'instructions.

— Parce que mon petit-fils, le prince Andrew, n'arrêtait pas de planter son doigt dans le pot pour imiter le petit garçon de votre étiquette.

Bob resta silencieux tandis que la reine mère continuait à avancer pour rencontrer l'architecte du bateau.

— La dernière fois où nous nous sommes rencontrés…

Emma consulta sa montre. La reine mère bavardait avec le président de Harland & Wolff.

— Et quel est votre prochain projet, monsieur Baillie ?

— C'est un grand secret pour le moment, Majesté. Tout ce que je peux vous révéler, c'est qu'il appartiendra à la marine royale et qu'il passera énormément de temps sous l'eau.

La reine mère sourit puis le lord-lieutenant la conduisit vers un fauteuil confortable juste derrière la tribune.

Emma attendit qu'elle soit assise avant de se diriger vers la tribune pour prononcer son allocution. La connaissant par cœur, elle pouvait se dispenser de notes. Elle agrippa les côtés du pupitre, prit une profonde inspiration, comme le lui avait conseillé Giles, puis baissa le regard vers la vaste foule, qui regroupait bien plus que les quatre mille personnes prévues par la police, et qui s'était tue en attendant que le discours commence.

— Votre Majesté, c'est votre troisième visite aux chantiers navals Barrington. La première fois, c'était en tant que reine, en 1939, pour la célébration du centenaire de la compagnie, au temps de la présidence de mon grand-père. Vous êtes revenue en 1942, pendant la guerre, pour constater personnellement les dommages causés par les raids aériens, et aujourd'hui nous avons le plaisir de vous recevoir à nouveau pour lancer un paquebot portant le nom du lieu où vous avez habité pendant seize ans. Entre parenthèses, Majesté, si vous avez besoin d'une chambre pour passer la nuit… (Les paroles d'Emma furent accueillies par des rires chaleureux.) … nous en avons deux cent quatre-vingt-douze. Toutefois, je dois vous signaler que vous avez raté l'occasion de nous accompagner pendant le voyage inaugural parce que nous sommes complets.

Les rires et les applaudissements de la foule l'aidèrent à se détendre et à reprendre confiance.

— Puis-je ajouter, Majesté, que votre présence ici fait d'aujourd'hui une journée hystérique…

La foule eut un hoquet qui précéda un silence gêné. Emma aurait voulu qu'un gouffre s'ouvre devant elle pour l'engloutir, jusqu'au moment où la reine mère éclata de rire avant que la foule se mette à pousser des vivats et à jeter les casquettes en l'air. Le feu aux joues,

Emma eut du mal à se rasséréner suffisamment pour continuer.

— J'ai le grand honneur, Majesté, poursuivit-elle, de vous inviter à baptiser le paquebot *Buckingham*.

Elle recula d'un pas pour permettre à la reine mère de prendre sa place. C'était le moment qu'elle avait le plus appréhendé. Ross Buchanan lui avait parlé d'un jour mémorable où tout s'était mal passé. Non seulement le bateau avait subi une humiliation publique mais, convaincus qu'il était maudit, l'équipage et les passagers avaient refusé de naviguer à son bord.

La foule se tut à nouveau et attendit anxieusement, la même crainte s'emparant de l'esprit de tous les membres du personnel du chantier qui levaient les yeux vers leur royale visiteuse. Plusieurs d'entre eux parmi les plus superstitieux, y compris Emma, croisèrent les doigts au moment où l'horloge du chantier égrena le premier coup sonore de midi tandis que le lord-lieutenant donnait la bouteille de champagne à la reine mère.

— Je nomme ce bateau le *Buckingham*, déclara-t-elle. Puisse-t-il apporter joie et bonheur à ceux qui voyageront à son bord, et jouir d'une vie longue et prospère sur les mers.

Elle souleva le magnum de champagne, puis s'immobilisa un instant avant de le lancer. Emma avait envie de fermer les yeux comme la bouteille décrivait un grand arc de cercle en direction du bateau. Lorsqu'elle heurta la coque, la bouteille se brisa en mille morceaux et des bulles de champagne roulèrent le long des flancs du navire pendant que la foule poussait les plus retentissants hourras de la journée.

*

* *

— Cela n'aurait pas pu mieux se dérouler, déclara Giles.

La voiture de la reine mère quittait le chantier naval et disparaissait au loin.

— J'aurais pu me passer de la journée *hystérique*, dit Emma.

— Je ne suis pas d'accord. Ton petit faux pas a, à l'évidence, beaucoup amusé la reine mère et les employés vont en parler à leurs petits-enfants ; et, pour une fois, tu t'es montrée faillible.

— C'est gentil de ta part, mais il nous reste encore beaucoup de travail avant le voyage inaugural et je ne peux pas me permettre d'avoir un autre moment hystérique, ajouta-t-elle alors que leur sœur les rejoignait.

— Je suis vraiment ravie de ne pas avoir manqué ça, dit Grace. Mais te serait-il possible de choisir un jour où je serai en vacances pour baptiser ton prochain bateau ? Et si j'ai un autre conseil à donner à ma grande sœur : assure-toi de faire du voyage inaugural une fête, considère-le comme des vacances et pas comme une semaine de travail habituelle. Au fait, ajouta-t-elle après avoir embrassé son frère et sa sœur sur les deux joues, j'ai adoré le moment hystérique…

— Elle a raison, commenta Giles, en regardant Grace se diriger vers l'arrêt d'autobus le plus proche, tu dois jouir de chaque instant du voyage parce que je peux t'affirmer que c'est ce que j'ai l'intention de faire.

— Tu n'en auras peut-être pas la possibilité.

— Pourquoi donc ?

— Il se peut que tu sois ministre à ce moment-là.

— Avant d'être ministre, il faut que je garde mon siège et que le parti gagne les élections.

— Quand penses-tu qu'elles auront lieu ?

— En octobre, à mon avis. Peu après les congrès des partis. Par conséquent, tu vas me voir beaucoup à Bristol durant les prochaines semaines.

— Ainsi que Gwyneth, j'espère.

— Évidemment ! Même si je souhaite que le bébé naisse durant la campagne. Ça rapporterait un millier de voix, selon Griff.

— Tu es un charlatan, Giles Barrington.

— Non. Un homme politique qui se bat pour garder un siège disputé. Si je réussis, j'ai peut-être une chance d'entrer au gouvernement.

— Choisis bien tes rêves, comme on dit, car ils pourraient se réaliser…

45

Giles fut agréablement surpris par la façon civilisée dont se déroula la campagne des élections législatives. Surtout parce que Jeremy Fordyce, son adversaire du parti conservateur, jeune homme intelligent envoyé par l'office central, ne donna jamais l'impression qu'il croyait réellement pouvoir gagner le siège. En tout cas, il ne se livra jamais aux sournoises manigances d'Alex Fisher quand celui-ci était candidat.

Reginald Ellsworthy, l'éternel candidat du parti libéral, n'avait qu'un seul but : accroître le nombre de ses électeurs. Et même lady Virginia se garda d'asséner un coup, au-dessus ou en dessous de la ceinture, peut-être parce qu'elle ne s'était pas encore tout à fait remise du coup de poing d'Emma qui l'avait mise K-O à l'AG de la Barrington.

Ainsi, personne ne parut surpris lorsque le secrétaire de mairie annonça :

— Moi, président du bureau de vote de la circonscription des docks de Bristol, déclare que le nombre de voix obtenues par les trois candidats est le suivant :

Sir Giles Barrington – 21 114
M. Reginald Ellsworthy – 4 109

M. Jeremy Fordyce – 17 346

» Par conséquent, je déclare sir Giles Barrington dûment élu député de la circonscription des docks de Bristol.

Bien que le résultat de la circonscription n'ait pas été serré, selon Robin Day, le grand inquisiteur de la BBC, il faudrait apparemment attendre la dernière minute pour savoir qui allait gouverner le pays. En fait, ce ne fut que lorsque le résultat final de Mulgelrie fut connu à 15 h 34, le lendemain de l'élection, que la nation commença à se préparer à l'éventualité : ce serait le premier gouvernement travailliste depuis que Clement Attlee avait été Premier Ministre, treize ans plus tôt.

Giles se rendit à Londres le lendemain mais pas avant que Gwyneth, Walter Barrington, âgé de cinq semaines, et lui-même aient fait le tour de la circonscription pour remercier les collaborateurs du parti d'avoir permis à Giles de gagner avec la plus forte majorité qu'il ait jamais obtenue.

— Bonne chance pour lundi ! lui répétait-on constamment tandis qu'il circulait dans la circonscription, parce que tout le monde savait que le nouveau Premier Ministre choisirait ce jour-là les membres de son cabinet.

Giles passa le week-end à écouter au téléphone les avis de ses collègues, à lire les articles des principaux journalistes politiques, mais en vérité un seul homme savait qui serait désigné, le reste n'étant que pure spéculation.

Le lundi matin, Giles regarda à la télévision Harold

Wilson arriver en voiture au palais pour que la reine lui demande de former le gouvernement. Quarante minutes plus tard, il en ressortit Premier Ministre et on le conduisit au 10 Downing Street afin qu'il puisse inviter vingt-deux collègues à se joindre à lui en tant que membres du gouvernement.

Assis à la table du petit déjeuner, Giles faisait semblant de lire les journaux du matin quand il ne fixait pas le téléphone pour le forcer à sonner. Il sonna à plusieurs reprises, mais chaque fois c'était un membre de sa famille ou l'un de ses amis qui le félicitait pour la majorité obtenue, ou qui voulait lui souhaiter bonne chance pour sa participation éventuelle au gouvernement. « Mais raccrochez donc ! avait-il envie de leur dire. Comment le Premier Ministre peut-il m'appeler si ma ligne est toujours occupée ? » L'appel arriva enfin.

— Ici, le standard du numéro 10, sir Giles. Le Premier Ministre aimerait savoir s'il vous est possible de vous joindre à lui au numéro 10, aujourd'hui à 15 h 30.

« Je vais peut-être pouvoir le caser à ce moment-là », avait-il envie de répondre.

— Oui, bien sûr, fit-il en reposant l'appareil.

Selon l'ordre des préséances, à quoi correspondait 15 h 30 ? À 10 heures on savait si on était chancelier de l'Échiquier, ministre des Affaires étrangères ou de l'Intérieur. Ces portefeuilles avaient déjà été distribués à Jim Callaghan, Patrick Gordon Walker et Frank Soskice. Midi : Éducation, Michael Stewart, et Emploi, Barbara Castle. Le créneau de 15 h 30 était un moment charnière. Serait-il ministre à part entière ou était-il censé effectuer d'abord un stage comme secrétaire d'État ?

Giles se serait préparé un déjeuner rapide si le téléphone n'avait pas cessé de sonner toutes les deux minutes. Des collègues l'appelaient pour lui annoncer quel poste ils avaient obtenu, d'autres pour lui dire que le Premier Ministre ne les avait pas encore appelés, d'autres encore pour savoir à quelle heure le Premier Ministre avait souhaité le voir. Aucun ne semblait savoir exactement à quoi correspondait 15 h 30.

Puisque le soleil accueillait la victoire travailliste, il décida de se rendre à pied au numéro 10. Il quitta son appartement de Smith Square juste après 15 heures, marcha jusqu'à l'Embankment, puis passa devant la Chambre des lords et celle des communes pour gagner Whitehall. Il traversa la rue au moment où Big Ben sonnait le quart, dépassa le ministère des Affaires étrangères et du Commonwealth, avant de s'engager dans Downing Street où il fut accueilli par une meute de pitbulls vociférants retenus par des barrières improvisées.

— Quel travail espérez-vous décrocher ? cria l'un d'entre eux.

« Si seulement je le savais ! » avait-il envie de répondre, aveuglé par une salve de flashes.

— Espérez-vous être ministre à part entière ? demanda un autre.

« Bien sûr, espèce d'idiot ! » Mais ses lèvres ne bougèrent pas.

— Combien de temps pensez-vous que le gouvernement peut durer avec une aussi faible majorité ?

« Pas très longtemps », refusait-il d'admettre.

On continuait à le bombarder de questions comme il avançait dans Downing Street, alors que tous les journalistes savaient qu'ils n'avaient aucune chance d'obtenir une réponse avant son entrée dans le bâtiment, et guère plus qu'un geste de la main ou un signe de tête à sa sortie.

Il se trouvait à trois pas environ de la porte quand elle s'ouvrit. Il entra au 10 Downing Street, pour la première fois en tant que candidat éventuel à un poste ministériel.

— Bonjour, sir Giles, dit le secrétaire général du gouvernement, comme si c'était la première fois qu'ils se rencontraient. Le Premier Ministre reçoit l'un de vos collègues en ce moment... Par conséquent, pourriez-vous attendre dans l'antichambre qu'il soit libre ?

Giles devina que sir Alan savait déjà quel poste on était sur le point de lui offrir, mais il n'y eut pas le moindre tressaillement de sourcils sur le visage de l'impénétrable mandarin.

Giles s'assit dans la petite antichambre où Wellington et Nelson auraient, paraît-il, attendu avant d'être reçu par William Pitt le Jeune, sans qu'aucun des deux sache qui était l'autre. Il frotta ses mains sur son pantalon tout en sachant qu'il ne serrerait pas la main du Premier Ministre puisque, selon la tradition, les collègues parlementaires s'abstiennent de le faire. Seule la pendule de la cheminée battait plus fort que son cœur. La porte finit par s'ouvrir pour laisser passer sir Alan.

— Le Premier Ministre va vous recevoir maintenant, se contenta-t-il de dire.

Giles se leva et commença ce qu'on appelle la longue marche au gibet.

Quand il entra dans la salle du Conseil des ministres, Harold Wilson était assis à une grande table ovale entourée de vingt-deux fauteuils vides. Dès qu'il aperçut Giles, il se leva de son siège placé sous un portrait de Robert Peel et déclara :

— Magnifique résultat dans la circonscription des docks de Bristol, Giles ! Bravo !

— Merci, monsieur le Premier Ministre, répondit Giles, respectant la tradition de ne plus appeler celui-ci par son prénom.

— Venez donc vous asseoir, reprit Wilson en bourrant sa pipe.

Tandis que Giles s'apprêtait à s'asseoir près de lui, le Premier Ministre lui dit :

— Non, pas là. C'est la place de George. Un jour peut-être, mais pas aujourd'hui. Asseyez-vous donc là-bas, poursuivit-il en désignant un fauteuil au dossier de cuir vert à l'autre bout de la table. Puisque c'est là que s'assiéra le ministre chargé des Affaires européennes lors de la réunion du cabinet, tous les jeudis.

46

— Pense à tout ce qui peut mal se passer, dit Emma en allant et venant dans la chambre.

— Il vaudrait mieux que tu penses à tout ce qui peut bien se passer, répliqua Harry, et, comme te l'a conseillé Grace, que tu te détendes et considères toute cette affaire comme des vacances.

— Je regrette qu'elle ne participe pas au voyage avec nous.

— Grace n'aurait jamais pris deux semaines de vacances pendant un trimestre de huit semaines.

— Giles semble bien y arriver.

— Il ne prend qu'une semaine, lui rappela Harry, et il fait d'une pierre deux coups puisqu'il a l'intention d'aller aux Nations unies pendant son séjour à New York et de se rendre à Washington pour rencontrer son homologue américain.

— Pendant que Gwyneth et le bébé restent à la maison.

— Sage décision, vu les circonstances. Cela n'aurait guère été des vacances pour eux si le petit Walter avait hurlé à tue-tête jour et nuit.

— Tes bagages sont-ils prêts ?

— Oui, madame la présidente. Depuis un bon bout de temps déjà.

Emma éclata de rire et se jeta à son cou.

— Il m'arrive parfois d'oublier de dire merci.

— Pas de sentiments avec moi ! Tu as encore du boulot… Alors, allons-y !

Elle paraissait impatiente de partir, même si cela signifiait qu'ils allaient devoir rester des heures à bord à ne rien faire, avant que le capitaine ne donne l'ordre de larguer les amarres et de mettre le cap sur New York. Harry reconnut que ç'aurait été pire s'ils étaient restés à la maison.

— Regarde-moi ça ! s'écria Emma avec fierté au moment où la voiture roula sur le quai et que le *Buckingham* se profila devant eux.

— En effet. C'est un spectacle véritablement hystérique.

— Oh, je t'en prie ! Vais-je pouvoir me débarrasser de ça un jour ?

— J'espère bien que non.

*

* *

— Je suis tout excitée, dit Sam tandis que Sebastian quittait l'A4 et suivait les panneaux indiquant la direction des quais. C'est la première fois que je vais voyager à bord d'un paquebot.

— Ce n'est pas un paquebot ordinaire. Il y a un solarium, un cinéma, deux restaurants et une piscine. Ça ressemble davantage à une ville flottante.

— C'est bizarre d'avoir accès à une piscine quand on est entouré d'eau.

— « De l'eau, partout de l'eau »[1].

— C'est un vers d'un autre de tes poètes mineurs anglais ?

— Avez-vous de grands poètes américains ?

— Oui, et l'un d'eux a écrit un poème qui pourrait t'apprendre quelque chose. « Les hauteurs atteintes par les grands hommes ne le furent pas d'un trait. Tandis que leurs compagnons dormaient, eux, à grand-peine, la montagne dans la nuit escaladaient[2]. »

— Qui a écrit ça ? demanda Sebastian.

*
* *

— Combien des nôtres sont-ils déjà à bord ? s'enquit lord McIntyre en s'efforçant de continuer à jouer son rôle, dans la voiture qui quittait Bristol et se dirigeait vers le port.

— Trois porteurs et deux serveurs, l'un des deux au grill et l'autre en seconde classe, ainsi qu'un jeune coursier.

— Peut-on compter sur eux pour qu'ils se taisent si on les interroge ou si on les soumet à une réelle pression ?

1. Extrait de *The Rime of the Ancient Mariner* (*La Complainte du vieux marin*) de Samuel Taylor Coleridge (1772-1834).

2. Extrait de *Good Poems for Hard Times* (*De bons poèmes pour des temps difficiles*) de Henry Wadsworth Longfellow (1807-1882).

— Deux des porteurs et l'un des serveurs ont été choisis avec grand soin. Le coursier ne restera à bord que quelques minutes et il regagnera Belfast sans demander son reste dès qu'il aura livré les fleurs.

— Quand nous aurons embarqué, Liam, viens dans ma cabine à 21 heures. À ce moment-là la plupart des passagers de première classe seront en train de dîner, ce qui te donnera largement le temps d'installer l'équipement.

— Le problème ne sera pas de l'installer, expliqua Liam. Ce qui me préoccupe, c'est de réussir à faire monter à bord la grosse malle sans éveiller les soupçons.

— Deux des porteurs connaissent la plaque minéralogique de notre voiture, intervint le chauffeur, et ils vont surveiller notre arrivée.

— Mon accent tient-il toujours la route ? s'enquit McIntyre.

— Tu aurais pu me tromper, mais je ne suis pas un gentleman anglais. Il faut espérer que personne à bord n'a jamais rencontré lord McIntyre.

— C'est peu probable. Il a plus de quatre-vingts ans et il n'a pas été vu en public depuis la mort de sa femme, il y a dix ans.

— N'est-ce pas un parent éloigné des Barrington ?

— C'est la raison pour laquelle je l'ai choisi. Si le SAS a quelqu'un à bord, il va consulter le *Who's Who* et supposer que je fais partie de la famille.

— Et si tu tombes sur un membre de la famille ?

— Je ne vais pas tomber sur eux, c'est moi qui vais les faire tous tomber. (Le chauffeur gloussa.) Bon, dis-moi comment je rejoins mon autre cabine une fois que j'aurai appuyé sur le bouton ?

— Je te remettrai la clé à 21 heures. Te rappelles-tu où se trouvent les waters sur le pont numéro 6 ? C'est là que tu devras te changer une fois que tu auras quitté ta cabine pour la dernière fois.

— Ils se trouvent à l'autre bout du salon des première. Et, entre parenthèses, vieux, on ne dit pas « waters » mais « toilettes ». Voilà le genre d'erreur toute simple qui pourrait me trahir. N'oublie pas que le paquebot est à l'image de la société anglaise. Les classes supérieures ne se mêlent pas aux seconde et les seconde ne daignent pas parler aux passagers de la classe touriste. Par conséquent, on aura peut-être du mal à entrer en contact les uns avec les autres.

— Mais j'ai lu que c'est le premier paquebot où il y a un téléphone dans chaque cabine, dit Liam. En cas d'urgence, il te suffira de composer le 712. Si je ne décroche pas, notre serveur au grill s'appelle Jimmy, et il...

*

* *

Le colonel Scott-Hopkins ne regardait pas dans la direction du *Buckingham*. Lui et ses collègues scrutaient la foule qui se trouvait sur le quai, à la recherche de tout signe indiquant une présence irlandaise. Il n'avait jusque-là reconnu personne. C'était également le cas du capitaine Hartley et du sergent Roberts qui avaient tous les deux servi en Irlande du Nord avec le SAS. Ce fut le caporal Crann qui le repéra.

— À quatre heures. Il se tient seul en retrait de la foule. Il ne regarde pas le bateau mais les passagers.

— Que diable fait-il ici ?

— La même chose que nous… Il cherche quelqu'un. Mais qui ?

— Je n'en sais rien, répondit Scott-Hopkins. Mais ne le quittez pas des yeux, Crann. Et s'il parle à quelqu'un ou tente de monter à bord, je veux en être immédiatement avisé.

— Oui, mon colonel, acquiesça Crann avant de commencer à se frayer un chemin à travers la foule en direction de sa cible.

— À six heures… dit le capitaine Hartley.

Le colonel tourna la tête.

— Grand Dieu ! Il ne manquait plus que ça…

*

* *

— Une fois que je serai sorti de la voiture, Liam, éclipse-toi et considère qu'il y a des gens dans la foule qui te cherchent, déclara lord McIntyre. Et ne manque pas d'être dans ma cabine à 21 heures.

— Je viens d'apercevoir Cormac et Declan, dit le chauffeur.

Il fit un appel de phares et ils accoururent vers la voiture sans se soucier de plusieurs passagers qui avaient besoin d'aide.

— Ne sors pas de la voiture, enjoignit McIntyre au chauffeur.

Les deux porteurs durent unir leurs efforts pour soulever la grosse malle, la tirer hors du coffre et la déposer sur un chariot aussi délicatement que s'ils portaient un nouveau-né. Après que l'un des deux eut claqué le coffre, McIntyre déclara :

— Kevin, quand tu rentreras à Londres, garde un œil sur le 44 Eaton Square. Maintenant que Martinez a vendu sa Rolls, je crains qu'il ne file à l'anglaise... À 21 heures, donc ! ajouta-t-il en se tournant vers Liam, avant de descendre de voiture et de se mêler à la foule.

— Quand est-ce que je dois livrer les lis ? chuchota un jeune homme qui était apparu à côté de lord McIntyre.

— Trente minutes environ avant le départ du bateau. Puis assure-toi de disparaître et de ne reparaître qu'à Belfast.

*

* *

Debout en retrait de la foule, don Pedro reconnut la voiture qui s'arrêta à une certaine distance du bateau.

Il ne fut pas surpris que le chauffeur ne descende pas du véhicule lorsque, surgissant de nulle part, deux porteurs ouvrirent le coffre et déchargèrent une grosse malle qu'ils déposèrent sur un chariot, avant de le faire rouler lentement vers le bateau. Deux hommes, l'un vieux et l'autre âgé d'une trentaine d'années, sortirent de la voiture. Le vieillard, que don Pedro voyait pour la première fois, surveilla le déchargement de la malle tout en bavardant avec les porteurs. Don Pedro chercha l'autre homme des yeux mais il s'était déjà fondu dans la foule.

Quelques instants plus tard, la voiture fit demi-tour et s'éloigna. Les chauffeurs ouvrent généralement la porte arrière pour leurs passagers, les aident à sortir leurs bagages, puis attendent les instructions. Mais pas celui-là. À l'évidence, il ne souhaitait pas s'attarder de peur d'être reconnu, d'autant plus qu'il y avait beaucoup de policiers sur le quai.

Il était persuadé que, quel que soit le plan de l'IRA, il était plus probable qu'il soit mis à exécution au cours du voyage plutôt qu'avant le départ du *Buckingham*. Une fois que la voiture eut disparu, don Pedro se joignit à une longue file d'attente pour avoir un taxi. Il n'avait plus ni voiture ni chauffeur. Il était toujours agacé d'avoir dû accepter la somme proposée pour la Rolls-Royce après avoir insisté pour être payé en espèces.

Ce fut enfin son tour et il demanda au chauffeur de taxi de le conduire à la gare Temple Meads. Dans le train qui le ramenait à Paddington, il passa en revue son emploi du temps du lendemain. Il n'avait pas la moindre intention de payer les deux cent cinquante mille livres restantes, ne serait-ce que parce qu'il ne possédait pas cette somme. Son coffre-fort contenait encore un peu plus de vingt-trois mille livres, en plus des quatre mille que lui avait rapportées la vente de la Rolls. S'il pouvait quitter Londres avant que les membres de l'IRA aient honoré leur partie du contrat, il n'était guère probable qu'ils le suivent jusqu'à Buenos Aires.

*

* *

— C'était lui ? demanda le colonel.

— C'est possible, mais je n'en suis pas sûr, répondit Hartley. Il y a beaucoup de chauffeurs portant casquette et verres fumés aujourd'hui et lorsque je suis arrivé assez près pour bien le voir, il se dirigeait déjà vers la grille.

— Avez-vous vu qui il déposait ?

— Regardez autour de vous. Ce pouvait être un passager parmi les centaines qui montent à bord, répondit Hartley au moment où quelqu'un frôlait le colonel.

— Je suis absolument désolé, s'excusa lord McIntyre en soulevant son chapeau et en souriant au colonel avant de gravir la passerelle et de monter à bord.

*

* *

— Magnifique cabine ! s'extasia Sam en sortant de la douche, enveloppée dans une serviette de bain. Ils ont pensé à tout ce dont une fille a besoin.

— C'est sans doute parce que ma mère a dû inspecter toutes les cabines.

— Toutes ?

— Tu peux me croire ! Dommage qu'elle n'ait pas pensé à tout ce dont a besoin un garçon.

— Que pourrais-tu bien vouloir d'autre ?

— Un lit à deux places, pour commencer. Tu ne trouves pas qu'on est ensemble depuis trop peu de temps pour faire lit à part ?

— Tu n'es pas très débrouillard, Seb ! Tu n'as qu'à rapprocher les deux couchettes.

— J'aimerais bien que ce soit aussi simple... Mais elles sont rivées au sol.

— Alors tu n'as qu'à enlever les matelas, dit-elle en détachant les syllabes, et les poser ensuite l'un à côté de l'autre sur le sol. On dormira par terre.

— J'ai déjà essayé. Il y a à peine assez de place pour en caser un, alors ne parlons pas de deux.

— Si seulement tu gagnais assez pour qu'on puisse voyager en première, il n'y aurait aucun problème, rétorqua Sam en poussant un soupir exagéré.

— Lorsque j'en aurai les moyens, on fera déjà sans doute chambre à part.

— Pas question ! s'exclama Sam, comme la serviette tombait par terre.

*

* *

— Bonsoir, milord, je m'appelle Braithwaite et je suis chef steward sur ce pont. Puis-je vous dire que c'est pour nous un immense plaisir de vous avoir à bord ? Si vous avez besoin de quelque chose, le jour comme la nuit, décrochez simplement le téléphone, composez le 100 et quelqu'un viendra immédiatement.

— Merci, Braithwaite.

— Souhaitez-vous que je défasse vos valises pendant que vous dînez, milord ?

— Non. C'est très aimable à vous, mais j'ai eu un

voyage assez fatigant depuis l'Écosse, aussi vais-je sans doute me reposer et sauter le dîner.

— À votre guise, milord.

— En fait, reprit lord McIntyre en tirant un billet de cinq livres de son portefeuille, pourriez-vous vous assurer que je ne sois pas dérangé jusqu'à 7 heures du matin, heure à laquelle j'aimerais qu'on m'apporte une tasse de thé, quelques toasts et de la marmelade d'orange ?

— Pain blanc ou pain bis, milord ?

— Du pain bis serait parfait.

— Je vais accrocher le panneau « Ne pas déranger » à votre porte et vous laisser vous reposer. Bonne nuit, milord.

*
* *

Ils se rencontrèrent tous les quatre dans la chapelle du bateau peu après s'être installés dans leur cabine respective.

— Il me semble que nous n'allons pas beaucoup dormir les jours qui viennent, déclara Scott-Hopkins. Depuis que nous avons repéré cette voiture, il nous faut supposer qu'il y a une cellule de l'IRA à bord.

— Pourquoi l'IRA serait-elle intéressée par le *Buckingham*, vu tous les problèmes qu'elle a déjà chez elle ? demanda le caporal Crann.

— Parce que si elle pouvait réussir un coup comme le sabordage du *Buckingham*, ça ferait oublier à tout le monde ses problèmes au pays.

— Vous ne pensez quand même pas… commença Hartley.

— Il vaut toujours mieux s'attendre au pire et considérer que c'est ce que les autres ont en tête.

— Où l'IRA trouverait-elle l'argent pour financer une opération d'une telle envergure ?

— Auprès de l'homme que vous avez aperçu sur le quai.

— Mais il n'est pas monté à bord et il a tout de suite repris le train pour Londres, intervint Roberts.

— Monteriez-vous à bord si vous étiez au courant du projet de l'IRA ?

— S'il ne s'intéresse qu'aux familles Barrington et Clifton, ça réduit le champ d'action puisqu'ils se trouvent tous sur le même pont.

— Ce n'est pas exact, précisa Roberts. Sebastian Clifton et sa petite amie occupent la cabine 728. Ils pourraient également constituer une cible.

— Je ne le crois pas, dit le colonel. Si l'IRA tuait la fille d'un diplomate américain, vous pouvez être certains que l'argent qui vient des États-Unis fondrait comme neige au soleil. Je pense que nous devrions nous concentrer sur les cabines de première classe situées sur le pont numéro 1, parce que s'ils réussissaient à tuer Mme Clifton ainsi qu'un ou deux membres de sa famille, ce serait le premier et le dernier voyage du *Buckingham*. C'est pourquoi, poursuivit le colonel, pendant toute la traversée, nous serons de quart à tour de rôle. Hartley, vous surveillerez les cabines de première classe jusqu'à 2 heures du matin. Je prendrai ensuite le relais et je vous réveillerai un peu avant 6 heures. Crann et Roberts, vous serez de quart à tour de rôle aux mêmes heures en seconde classe, parce que c'est sans doute là que se trouve la cellule.

— Combien de personnes cherchons-nous ? s'enquit Crann.

— Ils ont probablement au moins trois ou quatre agents à bord qui font semblant d'être des passagers ou des membres de l'équipage. Par conséquent, si vous remarquez quelqu'un que vous avez vu dans une rue d'Irlande du Nord, il ne s'agira pas d'une simple coïncidence. Et prévenez-moi immédiatement. Au fait, avez-vous découvert le nom des passagers qui ont réservé les deux dernières cabines de première classe sur le pont numéro 1 ?

— Oui, mon colonel, répondit Hartley. M. et Mme Asprey, cabine numéro 5.

— La boutique de luxe où je ne permets pas à ma femme d'entrer, sauf accompagnée d'un autre homme que moi.

— Et lord McIntyre a la cabine numéro 3. J'ai consulté le *Who's Who*. Il a quatre-vingt-quatre ans et c'était l'époux de la sœur de lord Harvey. Par conséquent, ce doit être le grand-oncle de la présidente.

— Pourquoi le panneau « Ne pas déranger » est-il accroché à sa porte ? demanda le colonel.

— Il a dit au steward qu'il était épuisé après son long voyage depuis l'Écosse.

— Ah, vraiment ? fit le colonel. On devrait quand même le garder à l'œil, même si je ne vois pas à quoi servirait un vieillard de quatre-vingt-quatre ans à l'IRA.

La porte s'ouvrit. Ils se retournèrent tous en même

temps et virent entrer l'aumônier qui fit un chaleureux sourire aux quatre hommes, agenouillés, un missel entre les mains.

— Puis-je faire quelque chose pour vous ? s'enquit-il en se dirigeant vers eux.

— Non, merci, mon père, répondit le colonel. Nous étions sur le point de partir.

47

— Suis-je censé mettre un smoking ce soir ? demanda Harry après avoir fini de défaire sa valise.

— Non. Le premier et le dernier soir, c'est toujours informel.

— Mais qu'est-ce que ça veut dire au juste ? Parce que ça change à chaque génération.

— Il suffit que tu sois en costume-cravate.

— Y aura-t-il quelqu'un d'autre à notre table ? s'enquit-il en sortant son unique costume de la garde-robe.

— Giles, Seb et Sam. Uniquement la famille, autrement dit.

— Sam fait-elle partie de la famille, à présent ?

— Seb semble considérer que c'est le cas.

— Alors il a de la chance… Mais j'avoue qu'il me tarde de mieux connaître Bob Bingham. J'espère qu'on dînera un soir avec lui et sa femme. Comment s'appelle-t-elle ?

— Priscilla. Mais prends garde ! Ils ne se ressemblent pas du tout.

— Que veux-tu dire ?

— Je ne dirai rien avant que tu la rencontres. Tu pourras alors juger par toi-même.

— Tu m'intrigues, bien que ton « Prends garde ! » soit un indice. De toute façon, j'ai déjà décidé que Bob allait occuper plusieurs pages de mon prochain roman.

— Ce sera le héros ou le méchant ?

— Je ne le sais pas encore.

— Quel en est le sujet ? s'enquit Emma en ouvrant la garde-robe.

— William Warwick et sa femme sont en vacances à bord d'un transatlantique de luxe.

— Et qui assassine qui ?

— Le malheureux mari brimé de la présidente de la compagnie maritime tue sa femme et s'enfuit avec la cuisinière du paquebot.

— Mais William Warwick va trouver le coupable longtemps avant d'arriver au port et le méchant mari passera le reste de sa vie en prison.

— Pas du tout ! rétorqua Harry en choisissant la cravate qu'il allait porter pour le dîner. Warwick n'ayant pas le pouvoir de l'arrêter à bord d'un bateau, le mari s'en tire.

— Si c'est un navire anglais, le mari est soumis à la loi anglaise.

— Ah, voilà le hic ! Pour des raisons fiscales, le bateau navigue sous un pavillon de complaisance. Celui du Liberia en l'occurrence. Il lui suffit de donner un pot-de-vin au chef de la police locale et l'affaire n'arrive jamais au tribunal.

— Brillant ! Pourquoi n'y ai-je pas pensé ? Cela résoudrait tout mes problèmes.

— Tu penses que, si je t'assassinais, cela résoudrait tous tes problèmes ?

— Non, espèce d'idiot ! Mais éviter d'avoir à payer des impôts les résoudrait peut-être. Je crois que je vais te nommer au conseil d'administration.

— Si tu fais ça, je te tue ! riposta Harry en la prenant dans ses bras.

— Un pavillon de complaisance, répéta Emma. Comment le conseil réagirait-il à cette proposition ? (Elle sortit deux robes de la garde-robe et les lui montra.) Laquelle des deux ? La rouge ou la noire ?

— Je croyais que tu avais dit que c'était une soirée informelle ?

— Ça ne l'est jamais pour la présidente, expliqua-t-elle au moment où on frappait à la porte.

— Bien sûr.

Harry alla ouvrir. Le chef steward se tenait devant la porte.

— Bonsoir, monsieur. Sa Majesté, la reine mère Élisabeth, a envoyé des fleurs pour la présidente, annonça Braithwaite comme si c'était une pratique courante.

— Des lis, sans aucun doute, dit Harry.

— Comment l'as-tu deviné ? fit Emma au moment où un jeune homme musclé entrait dans la cabine chargé d'un grand pot en terre rempli de lis.

— Ce sont les premières fleurs que lui avait offertes le duc d'York, longtemps avant qu'elle devienne reine.

— Pourriez-vous les poser sur la table au milieu de la cabine ? demanda Emma au jeune homme tout en regardant la carte qui accompagnait les fleurs.

Elle s'apprêtait à le remercier mais il était déjà reparti.

— Que dit la carte ? s'enquit Harry.

— « Merci pour cette journée inoubliable à Bristol. J'espère que le voyage inaugural de mon deuxième foyer sera couronné de succès. »

— C'est une vraie professionnelle ! s'extasia Harry.

— C'est très gentil de sa part. Je ne pense pas que les fleurs durent longtemps après l'arrivée à New York, Braithwaite, mais j'aimerais garder le pot. Disons, en guise de souvenir.

*

* *

— Emma me dit que tu souhaites devenir le prochain président du conseil d'administration, dit Giles en s'installant au comptoir.

— De quel conseil parlait-elle ? s'enquit Sebastian.

— Celui de la Barrington, je suppose.

— Non. Je crois que maman a encore quelques litres dans le réservoir. Mais si elle me le demande, j'accepterai peut-être d'y siéger.

— C'est très aimable de ta part, dit Giles comme le barman plaçait un whisky-soda devant lui.

— Non. La Farthings m'intéresse davantage.

— À vingt-quatre ans, tu ne te trouves pas un peu jeune pour présider une banque ?

— Tu as sans doute raison. C'est pourquoi j'essaye de persuader M. Hardcastle qu'il attende d'avoir soixante-dix ans pour prendre sa retraite.

— Mais tu n'auras alors que vingt-neuf ans.

— Tu avais quatre ans de moins lorsque tu es devenu député.

— C'est vrai, mais j'ai dû attendre d'en avoir quarante-quatre pour devenir ministre.

— Uniquement parce que tu ne t'es pas inscrit au bon parti.

— Peut-être vas-tu finir par devenir tôt ou tard député, Seb ! s'esclaffa Giles.

— Dans ce cas, oncle Giles, il faudra que tu regardes vers les bancs d'en face parce que c'est là que je serai assis. Et, de toute façon, j'ai l'intention de faire fortune avant d'envisager de grimper à ce mât de cocagne.

— Quelle est cette magnifique créature ? demanda Giles en sautant de son tabouret tandis que Sam se joignait à eux.

— Je te présente Sam, ma petite amie, répondit Sebastian, incapable de cacher sa fierté.

— Vous auriez pu trouver mieux, dit Giles en lui souriant.

— Je sais, reconnut Sam. Mais une pauvre petite immigrée comme moi ne peut pas se permettre de faire la difficile.

— Vous êtes américaine ?

— Oui. Il me semble que vous connaissez mon père… Patrick Sullivan.

— En effet, je connais Pat, et je le tiens en très haute estime. En fait, j'ai toujours pensé que Londres ne constituait qu'une étape dans sa carrière déjà brillante.

— C'est exactement la façon dont je considère Sebastian, dit Sam en lui prenant la main.

Giles éclata de rire au moment où Emma et Harry entraient dans le grill.

— Qu'est-ce qu'il y a de si drôle ? demanda Emma.

— Sam a joliment remis ton fils à sa place. « Je pourrais épouser la donzelle rien que pour ce bon tour », déclama Giles en inclinant le buste devant Sam.

— Oh, je ne pense pas que Seb ressemble le moins du monde à sir Toby Belch, répliqua Sam. En fait, il ressemble davantage au personnage de Sebastian.

— « Et moi de même », enchaîna Emma en entrant dans le jeu.

— Non, la corrigea Harry. « Et de même moi. Et je n'exigerais pas d'autre dot qu'une farce du même acabit »[1].

— J'y perds mon latin ! s'écria Sebastian.

— Comme je vous l'ai dit, Sam, vous auriez pu trouver mieux… Emma, reprit Giles, quelle magnifique robe ! Le rouge te va très bien.

— Merci, Giles. Demain je serai en bleu. Il te faudra trouver un autre compliment.

— Puis-je vous offrir un verre, madame la présidente ? se moqua Harry qui avait très envie d'un gin-tonic.

— Non, mon chéri. J'ai une faim de loup. Si nous allions plutôt nous asseoir ?

Giles fit un clin d'œil à Harry.

— Quand nous avions tous les deux douze ans, dit-il, je t'avais bien conseillé d'éviter les femmes, mais tu as décidé de ne pas m'écouter.

Comme ils se dirigeaient vers une table au centre

1. Sebastian et sir Toby Belch sont des personnages de *Twelfth Night* (*La Nuit des rois*) de Shakespeare dont sont extraites les citations.

de la salle, Emma s'arrêta pour bavarder avec Ross et Jean Buchanan.

— Je constate que vous avez récupéré votre femme, Ross. En est-il de même de votre voiture ?

— Quand je suis revenu à Édimbourg, quelques jours plus tard, répondit Ross en se levant, elle avait été enlevée et transportée à la fourrière. Ça m'a coûté une fortune pour la récupérer.

— Pas autant que ça, dit Jean en touchant son rang de perles.

— Un cadeau pour sauver la paix, expliqua Ross.

— Et vous avez par la même occasion sauvé la compagnie, dit Emma. Nous vous en serons éternellement reconnaissants.

— Ne me remerciez pas. Remerciez plutôt Cedric.

— Quel dommage qu'il n'ait pas pu être du voyage !

*
* *

— Vouliez-vous un garçon ou une fille ? demanda Sam tandis que le maître d'hôtel tirait une chaise pour qu'elle s'asseye.

— Je n'ai pas donné le choix à Gwyneth, répondit Giles. Je lui ai enjoint d'avoir un garçon.

— Pourquoi donc ?

— Pour des raisons purement pratiques. Une fille ne peut pas hériter du titre de la famille. En Angleterre, tout doit passer de père en fils.

— Quel archaïsme ! J'avais toujours considéré les Anglais comme des gens extrêmement civilisés.

— Pas en matière de primogéniture.

Les trois hommes se levèrent pour saluer l'arrivée d'Emma.

— Pourtant, Mme Clifton préside la compagnie Barrington.

— Et le trône est occupé par une reine. Mais ne vous en faites pas, Sam, nous finirons par vaincre ces vieux réactionnaires.

— Pas si mon parti reprend le pouvoir, intervint Sebastian.

— Lorsque les dinosaures rôderont à nouveau, répliqua Giles en le fixant du regard.

— C'est de qui ? demanda Sam.

— De l'homme qui m'a battu.

*

* *

Liam ne frappa pas à la porte. Il tourna simplement la poignée et se glissa à l'intérieur, tout en regardant derrière lui pour s'assurer que personne ne l'avait vu. Il ne tenait pas à devoir expliquer ce que faisait un jeune homme des seconde dans la cabine d'un vieil homme respecté à cette heure tardive. Non que quelqu'un aurait émis la moindre remarque.

— Est-ce qu'il est possible qu'on soit dérangés ? demanda-t-il après avoir refermé la porte.

— Pas avant 7 heures du matin, et il n'y aura plus rien alors à déranger.

— Bien.

Il s'agenouilla, déverrouilla la grosse malle, souleva le couvercle et étudia le mécanisme complexe qu'il avait mis plus d'un mois à construire. Il passa la demi-heure suivante à vérifier qu'aucun fil ne s'était détaché, que tous les cadrans étaient correctement réglés et que la minuterie démarrait dès qu'on appuyait sur l'interrupteur. Il ne se releva qu'après s'être assuré que tout était en parfait état de marche.

— Tout est prêt, annonça-t-il. Pour quelle heure veux-tu qu'on la règle ?

— Pour 3 heures. Et il me faut trente minutes pour enlever tout ça, ajouta McIntyre en touchant son double menton, et gagner mon autre cabine.

Liam se pencha à nouveau au-dessus de la malle et régla la minuterie pour 3 heures.

— Il te suffit d'appuyer sur l'interrupteur juste avant de partir et de bien vérifier que la trotteuse fonctionne.

— Qu'est-ce qui pourrait clocher ?

— Rien, si les lis se trouvent toujours dans sa cabine. Personne dans cette coursive et probablement personne sur ce pont ne peut espérer survivre. Il y a près de deux kilos de dynamite enfouis dans la terre sous les fleurs. Bien plus que nécessaire, mais ainsi on peut être sûrs de toucher notre argent.

— Tu as ma clé ?

— Oui. Cabine 706. Tu trouveras ton nouveau passeport et ton billet sous l'oreiller.

— Devrais-je me soucier d'autre chose ?

— Non. Avant de quitter la cabine, assure-toi seulement que l'aiguille des secondes bouge bien.

McIntyre sourit.

— On se revoit à Belfast ! Et si on se retrouve dans

le même canot de sauvetage, fais semblant de ne pas me connaître.

Liam opina du chef, se dirigea vers la porte et l'ouvrit lentement. Il scruta la coursive… Personne ne revenait dans sa cabine après le dîner. Il gagna en toute hâte le bout de la coursive et poussa la porte portant l'écriteau « À n'utiliser qu'en cas d'urgence ». Il la referma en silence derrière lui et descendit les sonores marches de métal. Il ne croisa personne, mais il pensa que dans cinq heures environ l'escalier serait plein de gens pris de panique, se demandant si le bateau avait heurté un iceberg.

Quand il atteignit le pont numéro 7, il poussa la porte de secours, vérifia à nouveau qu'il n'y avait personne en vue, puis longea l'étroite coursive jusqu'à sa cabine. Quelques passagers revenaient de la salle à manger mais personne ne lui montra le moindre intérêt. Au fil des ans, il était passé maître dans l'art d'être invisible. Il déverrouilla la porte de sa cabine et, une fois à l'intérieur, s'écroula sur la couchette, avec le sentiment du devoir accompli. Il consulta sa montre : 21 h 50. L'attente serait longue.

*

* *

— Quelqu'un s'est glissé dans la cabine de lord McIntyre un peu après 21 heures, déclara Hartley. Mais je ne l'ai pas encore vu en ressortir.

— C'était peut-être le steward.

— C'est peu probable, colonel, parce que l'écriteau « Ne pas déranger » était accroché à la poignée.

De plus, le visiteur n'a pas frappé. En fait, il est entré comme s'il s'agissait de sa propre cabine.

— Vous avez donc intérêt à garder un œil sur cette porte, et si quelqu'un ressort, assurez-vous de ne pas le perdre de vue. Je vais demander à Crann s'il a quelque chose à signaler en seconde classe. Si tout va bien, je vais tenter de dormir quelques heures, et vous me passerez le témoin à 2 heures. Si quelque chose de bizarre se produit, n'hésitez pas à me réveiller.

*

* *

— Alors, qu'as-tu prévu pour nous à New York ? s'enquit Sebastian.

— Puisqu'on ne restera dans la Grosse Pomme que trente-six heures, répondit Sam, on n'aura pas une seconde à perdre. Le matin, on ira au Metropolitan Museum, puis on fera une rapide promenade dans Central Park, avant de déjeuner chez Sardi. L'après-midi, on ira à la Frick Collection et pour le soir papa nous a pris des billets pour *Hello, Dolly !* avec Carol Channing.

— On n'aura donc pas le temps de faire du shopping ?

— Je te permettrai de parcourir la 5e Avenue dans les deux sens, mais seulement pour du lèche-vitrine. Tu ne pourrais même pas acheter un coffret Tiffany, alors ne parlons pas de ce que je m'attendrais à y trouver. Mais si tu veux un souvenir de ta visite, on ira chez Macy sur la 34e Rue Ouest, où, pour moins d'un dollar, tu pourras en choisir un parmi un millier d'articles.

— Ça semble être à peu près dans mes moyens. Au fait, la Frick Collection, qu'est-ce que c'est ?

— La galerie d'art préférée de ta sœur.

— Jessica n'est jamais allée à New York.

— Cela ne l'aurait pas empêchée de connaître tous les tableaux de toutes les salles. Tu y verras le tableau qu'elle préférait entre tous.

— *La Leçon de musique interrompue*, de Vermeer.

— Pas mal ! reconnut Sam.

— Une dernière question avant que j'éteigne la lumière. Qui est Sebastian ?

— Il n'est pas Viola[1].

*

* *

— Sam est extraordinaire, non ? demanda Emma à Harry tandis qu'ils quittaient le grill et remontaient le grand escalier en direction de leur cabine.

— Et Seb peut remercier Jessica, dit Harry en lui prenant la main.

— J'aurais tant aimé qu'elle fasse ce voyage avec nous. Elle aurait déjà dessiné tout le monde. Depuis le capitaine sur la passerelle jusqu'à Braithwaite en train de servir le thé ; même Persée.

Harry se renfrogna pendant qu'ils longeaient la coursive en silence. Il ne se passait pas un seul jour sans qu'il se reproche de ne pas avoir révélé à Jessica la vérité sur l'identité de son père.

---

1. Dans *La Nuit des rois*, Sebastian est le jumeau de Viola. Celle-ci s'étant travestie en jeune page, la situation entraîne une série de quiproquos.

— As-tu rencontré le passager de la cabine numéro 3 ? s'enquit Emma, interrompant ses pensées.

— Lord McIntyre ? Non. Mais j'ai vu son nom sur la liste des passagers.

— Pourrait-il être le même lord McIntyre qui était marié à ma grand-tante Isobel ?

— C'est possible. On l'a rencontré la fois où on a séjourné dans le château de ton grand-père en Écosse. C'était un homme très gentil. Il doit avoir bien plus de quatre-vingts ans à présent.

— C'est étonnant qu'il ait décidé de faire le voyage inaugural sans nous le dire.

— Sans doute n'a-t-il pas voulu t'ennuyer. Invitons-le à dîner demain soir. Après tout, il constitue le dernier lien avec cette génération.

— Charmante idée, mon chéri. Je vais lui écrire un mot que je vais glisser sous sa porte à la première heure demain matin.

Il déverrouilla la porte de la cabine et s'écarta pour la laisser passer.

— Je suis épuisée, dit Emma en se penchant en avant pour humer le parfum des lis. Je ne sais pas comment la reine mère se débrouille pour tenir le coup, jour après jour.

— C'est son boulot, et elle le fait bien. Mais je parie qu'elle serait épuisée si elle tentait durant quelques jours de présider la Barrington.

— Je préfère quand même mon travail au sien, dit Emma en enlevant sa robe avant de la suspendre dans la garde-robe et de disparaître dans la salle de bains.

Harry relut une fois de plus la carte de Sa Majesté la reine mère. Le message était vraiment très personnel. Emma avait déjà décidé de mettre le pot dans son bureau à leur retour à Bristol et de le remplir de lis tous les lundis matin. Harry sourit. Après tout, pourquoi pas ?

Lorsqu'elle sortit de la salle de bains, Harry prit sa place et referma la porte derrière lui. Emma ôta sa robe de chambre et se glissa entre les draps, bien trop fatiguée pour envisager de lire ne serait-ce que quelques pages de *L'Espion qui venait du froid*, roman écrit par un nouvel auteur recommandé par Harry. Elle éteignit la lampe de chevet et, tout en sachant que Harry ne pouvait l'entendre, elle dit :

— Bonsoir, Harry.

Lorsque Harry sortit de la salle de bains, elle était profondément endormie. Il la borda comme si c'était un enfant, l'embrassa sur le front et murmura : « Bonsoir, ma chérie. » Puis il entra dans le lit, amusé par son léger ronronnement. Il n'aurait jamais osé lui suggérer qu'elle ronflait.

Il resta éveillé. Il était si fier d'elle. Le lancement du paquebot n'aurait pu mieux se dérouler. Il se tourna sur le côté, sûr qu'il allait vite s'assoupir. Or, même s'il avait les paupières lourdes et qu'il était épuisé, il n'arrivait pas à dormir. Quelque chose clochait.

48

Don Pedro se leva un peu après 2 heures, et pas parce qu'il n'arrivait pas à dormir.

Une fois habillé, il prépara un sac de voyage et descendit à son bureau. Il ouvrit le coffre-fort, y prit les vingt-trois mille six cent quarante-cinq livres restantes et les rangea dans le sac. La banque était à présent propriétaire de la maison et de son contenu. S'ils croyaient qu'il allait rembourser le reste du découvert, libre à M. Ledbury de venir à Buenos Aires où il recevrait une réponse en cinq lettres.

Il écouta le premier bulletin d'information à la radio. Pas un mot sur le *Buckingham.* Il était sûr de pouvoir quitter le pays en douce avant qu'on s'aperçoive qu'il avait filé. Il jeta un coup d'œil par la fenêtre et jura en voyant l'incessante pluie battante marteler le trottoir. Il craignait d'avoir à attendre longtemps avant de trouver un taxi.

Il éteignit les lumières, sortit de la maison et ferma pour la dernière fois la porte du 44 Eaton Square. Regardant des deux côtés de la rue sans grand espoir, il fut ravi de voir un taxi qui venait d'allumer le signal indiquant qu'il était libre. Don Pedro leva le bras, courut sous la pluie et sauta à l'intérieur. En refermant la portière, il entendit un clic.

— À l'aéroport de Londres ! lança-t-il en s'affalant sur le siège arrière.

— Je ne crois pas, répliqua le chauffeur.

*

* *

Un autre homme, deux cabines après celle de Harry, était également tout à fait éveillé, mais il est vrai qu'il ne cherchait pas à dormir. Il s'apprêtait à partir au travail.

Bien reposé, en pleine forme, il sortit du lit à 2 h 59 et se dirigea vers la grosse malle au milieu de la cabine dont il souleva le couvercle. Il hésita un bref instant puis, suivant les instructions, actionna l'interrupteur, déclenchant ainsi un processus irréversible. Après s'être assuré que la grande aiguille noire des secondes trottait, 29 : 59, 29 : 58, il appuya sur un bouton sur le côté de sa montre et abaissa le couvercle de la malle. Ensuite, il prit près de son lit le sac en plastique qui contenait tout ce dont il avait besoin, éteignit la lumière, ouvrit lentement la porte de la cabine et scruta la coursive faiblement éclairée. Il attendit quelques instants que ses yeux s'habituent à la lumière tamisée et, dès qu'il fut certain que personne ne se trouvait dans les parages, il sortit de la cabine et referma doucement la porte.

Posant avec précaution le pied sur l'épais tapis bleu roi, il avança en silence dans la coursive, tendant l'oreille pour détecter le moindre bruit. Il n'entendait que le ronflement harmonieux du moteur du bateau qui fendait tranquillement les eaux calmes. Il s'arrêta en haut du grand escalier. La lumière y était un peu plus vive, mais il n'y avait toujours personne en vue. Il savait que le salon des première se trouvait un pont plus bas et qu'à l'autre bout du salon il y avait une porte avec une discrète inscription : « Messieurs ».

Il ne croisa personne sur les marches, mais quand il entra dans le salon, il aperçut immédiatement un homme corpulent affalé dans un fauteuil confortable, les jambes de travers, l'air d'avoir bien joui du droit de pouvoir boire gratuitement tout son soûl, privilège accordé aux voyageurs de première classe le premier soir du voyage inaugural.

Passant à pas de loup devant le passager endormi qui ronflait à qui mieux mieux et qui ne bougea pas, il continua son chemin en direction de l'autre bout du salon. Au moment où il entra dans les *toilettes* (il commençait à penser comme eux), une lumière s'alluma, ce qui le fit sursauter. Il hésita un instant, avant de se rappeler qu'il s'agissait d'une innovation propre à ce paquebot que vantait la brochure sur papier glacé. Il se dirigea vers les lavabos et posa son sac sur le dessus en marbre, ouvrit la fermeture à glissière et commença à sortir les lotions, potions et accessoires qui le débarrasseraient de son alter ego. Le flacon d'huile, le rasoir à main, les ciseaux, le peigne et le petit pot de crème Pond's pour le visage, tout ça contribuerait à baisser le rideau sur sa prestation du soir de la première.

Il consulta sa montre. Il lui restait vingt-sept minutes et trois secondes avant un nouveau lever de rideau. Il ne serait alors plus qu'un passager au milieu d'une foule prise de panique. Il dévissa le couvercle d'un flacon d'huile et tapota son visage, son cou et son front. Il ne tarda pas à sentir la sensation de brûlure dont lui avait parlé le maquilleur. Il ôta lentement la perruque aux cheveux gris clairsemés et la posa à côté du lavabo, puis se regarda dans la glace, ravi de retrouver sa chevelure rousse, ondulée et fournie. Il effaça ensuite les joues rouges d'alcoolique comme s'il ôtait le pansement d'une blessure tout juste cicatrisée, et, enfin, entailla à l'aide des ciseaux le double menton dont le maquilleur avait été si fier.

Il remplit le lavabo d'eau chaude et se nettoya le visage, enlevant tout reste de tissu cicatriciel, toute trace de colle ou de couleur s'accrochant encore à sa peau. Après s'être séché le visage, la peau étant toujours un peu rugueuse par endroits, il appliqua une couche de crème Pond's pour achever sa transformation.

Liam Doherty se regarda dans la glace et constata qu'il avait perdu cinquante ans en moins de vingt minutes, le rêve de toute femme. Il prit son peigne, refit sa banane, puis rangea dans le sac ce qui restait du visage de lord McIntyre avant d'ôter le costume de Sa Seigneurie.

D'abord, il dégrafa le bouton du rigide col blanc Van Heusen qui lui avait laissé une fine marque rouge autour du cou, arracha la cravate d'ancien élève d'Eton et les jeta dans le sac. Il remplaça la chemise blanche de soie par une chemise grise en coton et noua une cravate-lacet que portaient à présent tous les jeunes hommes de Falls Road. Il se dégagea des bretelles jaunes, laissant le large pantalon tomber en tas par terre, ainsi que son ventre – un coussin –, se pencha en avant pour défaire les lacets des richelieus en cuir noir de lord McIntyre, avant de les enlever en agitant les pieds et de les ranger dans le sac, dont il sortit un pantalon cigarette serré, à la dernière mode. Il ne put s'empêcher de sourire en l'enfilant. Pas de bretelles, une simple ceinture de cuir étroite qu'il avait acquise à Carnaby Street lorsqu'il était à Londres pour une autre mission. Finalement, il glissa ses pieds dans une paire de mocassins en daim qui n'auraient jamais dû toucher un tapis de première classe. Il se regarda alors dans la glace et se reconnut.

Il consulta sa montre. Il lui restait onze minutes et quarante et une secondes avant de gagner l'abri sûr de sa nouvelle cabine. Pas de temps à perdre, parce que si la bombe explosait alors qu'il était toujours en première, il n'y aurait qu'un seul suspect.

Il refourra toutes les lotions et potions dans le sac, refit glisser la fermeture Éclair et se dirigea en toute hâte vers la porte qu'il ouvrit prudemment avant de parcourir le salon du regard. Personne, ni d'un côté ni de l'autre. Même l'homme soûl avait disparu. Il passa à grands pas devant le fauteuil vide où seul le profond creux indiquait que quelqu'un s'y était assis récemment.

Passager de seconde dans un cadre de première classe, il traversa rapidement le salon en direction du grand escalier, ne s'arrêtant que lorsqu'il eut atteint le palier du troisième pont, la zone de démarcation. Quand il enjamba la chaîne rouge qui séparait les officiers des grades inférieurs, il se détendit pour la première fois. S'il n'était pas encore en sécurité, en tout cas il avait quitté la zone des combats. Il posa le pied sur un tapis de corde vert et dévala encore quatre volées de marches d'un étroit escalier, jusqu'à ce qu'il atteigne le pont où l'attendait son autre cabine.

Il partit à la recherche de la 706. Il venait de dépasser la 726 et la 724 quand il aperçut un fêtard du petit matin qui s'efforçait, sans grand succès, d'insérer une clé dans une serrure. Était-ce seulement sa cabine ? Doherty détourna la tête en passant à côté de lui, quoique l'homme eût été sans doute incapable de l'identifier, lui ou une autre personne, quand l'alarme retentirait.

Quand il atteignit la cabine 706, il déverrouilla la porte et entra. Il consulta à nouveau sa montre : dans sept minutes et quarante-trois secondes, tous les passagers seraient tirés du sommeil, même ceux profondément endormis. Il se dirigea vers sa couchette et souleva l'oreiller sous lequel se trouvait un passeport tout neuf et un nouveau billet. Après avoir été lord McIntyre, il était désormais Dave Roscoe, 47 Napier Drive, Watford. Profession : peintre décorateur.

Il s'affala sur la couchette et jeta un coup d'œil à sa montre : six minutes et dix-neuf secondes, dix-huit, dix-sept. Il avait largement le temps. Trois de ses collègues attendraient également, tout à fait réveillés, mais ils ne s'adresseraient pas la parole avant de se retrouver au Volunteer, sur Falls Road, pour avaler plusieurs pintes de Guinness. Ils ne parleraient jamais en public de ce soir-là, parce que leur absence dans les endroits de Belfast Ouest qu'ils fréquentaient d'habitude aurait été remarquée et les rendrait suspects durant des mois, voire des années. Entendant qu'on frappait un coup sourd et bruyant contre une porte dans la coursive, il en déduisit que le fêtard avait dû finalement abandonner la partie.

Six minutes et vingt et une secondes…

Toujours la même angoisse de l'attente. As-tu laissé des indices qui te dénonceront à coup sûr ? As-tu commis une erreur qui conduira l'opération à l'échec et fera de toi la risée des camarades ? Il ne se détendrait qu'une fois dans le canot de sauvetage et, mieux encore, à bord d'un autre bateau voguant vers un autre port.

Cinq minutes et quatorze secondes…

Il savait que ses compatriotes, soldats luttant pour la même cause, connaîssaient la même angoisse. L'attente était toujours le pire moment. On n'avait plus aucune prise sur rien, on ne pouvait plus rien faire.

Quatre minutes et onze secondes…

Pire qu'un match de foot quand on domine par un à zéro mais qu'on sait que l'adversaire est plus fort et capable de marquer dans le temps additionnel. Il se rappela les instructions de son chef de zone… « Quand l'alarme retentira, arrangez-vous pour être les premiers sur le pont, les premiers dans les canots de sauvetage, parce que demain à cette heure on recherchera des jeunes hommes de moins de trente-cinq ans avec un accent irlandais. Alors bouclez-la, les gars. »

Trois minutes et quarante secondes… Trente-neuf…

Il fixa la porte de la cabine et imagina le pire… La bombe n'explosait pas, la porte s'ouvrait brusquement et une douzaine de brutes de la police, peut-être davantage, entraient en trombe dans la cabine, des matraques s'agitant en tout sens, frappant à toute volée. Mais il n'entendait que le vrombissement rythmé du moteur du *Buckingham* qui poursuivait sa majestueuse traversée de l'Atlantique, cap sur New York. Ville qu'il n'atteindrait jamais.

Deux minutes et trente-quatre secondes… trente-trois…

Il se mit à imaginer ce qui se passerait lorsqu'il serait de retour à Falls Road. Des petits gars en pantalon court le regarderaient, fascinés, quand il les croiserait dans la rue, ayant pour unique ambition de lui ressembler lorsqu'ils seraient grands, lui, le héros qui avait fait sauter le *Buckingham*, quelques semaines seulement après le baptême du paquebot par la reine mère. Pas la moindre mention des morts innocents… Il n'y a pas d'innocents quand on croit à une cause. En fait, il n'avait rencontré aucun des passagers des ponts supérieurs. Il connaîtrait leur identité lorsqu'il lirait les journaux du lendemain, et s'il avait bien fait son boulot, son nom ne serait pas cité.

Une minute et vingt-deux secondes… vingt et une…

Qu'est-ce qui pourrait rater à présent ? Le mécanisme, construit dans une chambre du premier étage dans le domaine de Dungannon, pourrait-il lui faire faux bond à la dernière minute ? Était-il sur le point de subir le silence de l'échec ?

Soixante secondes…

Il se mit à chuchoter chaque chiffre.

« Cinquante-neuf, cinquante-huit, cinquante-sept, cinquante-six… »

L'homme soûl affalé dans le fauteuil du salon l'attendait-il en fait ? Se dirigeait-on en ce moment vers sa cabine ?

« Quarante-neuf, quarante-huit, quarante-sept, quarante-six… »

Les lis avaient-ils été remplacés, jetés, emportés ? Peut-être Mme Clifton était-elle allergique au pollen ?

« Trente-neuf, trente-huit, trente-sept, trente-six… »

Avait-on déverrouillé la cabine de lord McIntyre et découvert la malle ouverte ?

« Vingt-neuf, vingt-huit, vingt-sept, vingt-six… »

Était-on déjà en train de fouiller le bateau à la recherche de l'homme qui était sorti en catimini des toilettes du salon de première classe ?

« Dix-neuf, dix-huit, dix-sept, seize… »

Avait-on… Il agrippa le bord de la couchette, ferma les yeux et se mit à compter à haute voix.

« Neuf, huit, sept, six, cinq, quatre, trois, deux, un… »

Il s'arrêta de compter et rouvrit les yeux. Rien. Seulement le silence qui suit toujours l'échec. Il baissa la tête et pria un Dieu en qui il ne croyait pas et, immédiatement, retentit une explosion d'une telle violence qu'il fut projeté contre la paroi de la cabine comme une feuille dans la tempête. Il se leva en chancelant et sourit en entendant les hurlements. Il se demandait combien de passagers sur le pont supérieur avaient pu survivre.

REMERCIEMENTS

Mes remerciements vont aux personnes suivantes pour leurs recherches et leurs conseils inestimables :

Simon Bainbridge, Eleanor Dryden, le professeur Ken Howard de la Royal Academy, Cormac Kinsella, le personnel du National Railway Museum, Bryan Organ, Alison Prince, Mari Roberts, le Dr Nick Robins, Shu Ueyama, Susan Watt et Peter Watts.

Du même auteur :

LE TEMPS EST VENU, Les Escales, 2017

PLUS FORT QUE L'ÉPÉE, Les Escales, 2016

DES SECRETS BIEN GARDÉS, Les Escales, 2014 ; Le Livre de Poche, 2015

LES FAUTES DE NOS PÈRES, Les Escales, 2013 ; Le Livre de Poche, 2014

SEUL L'AVENIR LE DIRA, Les Escales, 2012 ; Le Livre de Poche, 2013

ET LÀ, il y a une histoire, Éditions First, 2011

LE SENTIER DE LA GLOIRE, Éditions First, 2010 ; Le Livre de Poche, 2011. Prix Relay du roman d'évasion

KANE ET ABEL, Éditions First, 2010 ; Le Livre de Poche, 2012

SEUL CONTRE TOUS, Éditions First, 2009 ; Le Livre de Poche, 2010. Prix Polar international du Festival de Cognac

www. jeffreyarcher. com

PAPIER À BASE DE FIBRES CERTIFIÉES

Le Livre de Poche s'engage pour l'environnement en réduisant l'empreinte carbone de ses livres. Celle de cet exemplaire est de :
950 g éq. CO_2
Rendez-vous sur www.livredepoche-durable.fr

Composition réalisée par MAURY-IMPRIMEUR

Imprimé en France par CPI
en août 2018
N° d'impression : 2038270
Dépôt légal 1re publication : mai 2016
Édition 06 - août 2018
LIBRAIRIE GÉNÉRALE FRANÇAISE
21, rue du Montparnasse - 75298 Paris Cedex 06